L. C. Rosen

Camp – Queerfeldein führt auch ein Weg

Über das Buch

Der sechzehnjährige Randy Kapplehoff freut sich schon sehr auf die Sommerferien in Camp Outland, einem Ferienlager für queere Teenager. Dort hat er seine besten Freunde kennengelernt. Dort stand er zum ersten Mal in einem Musical auf der Bühne. Und dort hat er sich in Hudson Aaronson-Lim verliebt. Allerdings steht Hudson nur auf maskuline Macho-Jungs, der sensible, exzentrische Randy ist für ihn so gut wie unsichtbar.

Dieses Jahr soll jedoch alles anders werden. Randy hat sich als Del neu erfunden. Del ist muskulös, männlich und Single. Und fest entschlossen, Hudsons Herz zu gewinnen, auch wenn das bedeutet, dass er auf Musicals, Nagellack und seine Einhorn-Bettwäsche verzichten muss.

Als er und Hudson sich tatsächlich näherkommen, muss sich Randy jedoch fragen, ob er wirklich bereit ist, sich im Namen der Liebe selbst zu verleugnen. Kann es überhaupt wahre Liebe sein, wenn Hudson gar nicht weiß, wer und wie er wirklich ist? Und weiß er tatsächlich so viel über Hudson, wie er glaubt?

Über den Autor

Lev Rosen schreibt Bücher für Leser:innen aller Altersgruppen. Sein Buch »Camp« wurde unter anderem von *Forbes, Elle* und *The Today Show* als bestes Buch des Jahres ausgezeichnet, für zahlreiche Preise nominiert und wird derzeit von und mit Billy Porter verfilmt. Er lebt mit seinem Mann und einer sehr kleinen Katze in New York City.

L. C. ROSEN

CAMP

Queerfeldein führt auch ein Weg

Aus dem Amerikanischen von
Julia Schwenk

SECONDCHANCES

Die amerikanische Ausgabe erschien 2021 unter dem Titel
»Camp« bei Little, Brown.

Deutsche Erstausgabe Mai 2022

Umschlaggestaltung: Frauke Spanuth, Croco Designs
unter Verwendung von Motiven von lauritta, blackday
Grafiken im Innenteil: AGUS, dmaryashin, alle Adobe Stock
Illustration: MDI Digital

Lektorat: Meike Blatzheim
Korrektorat: Daniela Dreuth
Satz & Layout: Judith Zimmer

Druck: Print Group Sp.z.o.o. Szczecin (Stettin)

ISBN: 978-3-96966-560-2

Auch als E-Book erhältlich!

www.second-chances-verlag.de

Für Robin – wo du bist, ist Sommer

EINS

Als ich aus dem Bus steige, hüllt mich der vertraute Geruch ein wie die Umarmung eines alten Freunds. Dieser würzige, erdige Duft, unter den sich etwas Frischeres mischt. Etwas Grünes, das mich sofort an Blätter im Regen und Bäume im Wind erinnert. Wie ich diesen Geruch liebe, jeden Sommer aufs Neue. Der Duft der Freiheit. Nicht die Art Freiheit aus einer Viagra-Werbung, in der ein Kerl oben ohne in seinem Kajak zu sehen ist. Die ist für Heteros. Das hier ist anders. Die Art Freiheit, bei der es niemanden interessiert, ob man seine Worte mit klischeehaften Gesten untermalt. Die Art Freiheit, bei der man sich nicht anhören muss, wie zwei ältere Jungs am Nebentisch beim Mittagessen darüber lachen, wie »megaschwul« etwas ist.

Neben dem Parkplatz stehen einige Tische, über denen ein großes Banner hängt: WILLKOMMEN IN CAMP OUTLAND.

Ich muss allerdings zugeben, dass es dieses Jahr ein bisschen anders riecht als sonst. Vielleicht nicht ganz so frei. Aber das war mir bewusst, als ich mich entschlossen habe, meinen Plan in die Tat umzusetzen. Das hier – ein bisschen weniger Kiefer, ein bisschen mehr Gras, ein Hauch Gänseblümchen, was ich mir vielleicht aber auch nur einbilde – ist der Duft der Liebe. Hoffe ich.

»Weitergehen, weitergehen!«, ruft Joan, die Leiterin des Camps uns zu, während wir den Bus verlassen, in dem wir die letzten Stunden verbracht haben. Sie schwenkt die

Arme wie ein Verkehrspolizist. »Die Tische sind nach Altersgruppen sortiert. Lasst euch am richtigen eintragen.«

Ich suche nach dem Tisch mit der Nummer sechzehn und reihe mich in die Schlange davor ein, wobei ich mir durch die ungewohnt kurzen Haare streiche. Bis vor zwei Tagen waren sie noch kinnlang, was mir echt gut gestanden hat, wenn ich das mal so sagen darf. Aber sie mussten weichen, damit ich meinen Plan in die Tat umsetzen kann.

Die Schlange rückt auf und dann stehe ich am Tisch und sehe auf Mark hinunter, den Theaterlehrer – meinen Lehrer. Er dürfte so um die vierzig sein, mit ergrauten Schläfen und Haut, die für einen weißen Kerl ein bisschen zu gebräunt ist. Heute trägt er ein Poloshirt mit Camp-Outland-Logo, eine große Fliegersonnenbrille und eine Anstecknadel, auf der in regenbogenfarbenen Glitzerbuchstaben THEATER-SCHWULER zu lesen ist. Das wird der große Test.

Mark schaut zu mir auf, und einen kurzen Augenblick habe ich den Eindruck, dass er mich erkennt, doch dann kneift er verwirrt die Augen zusammen.

»Wie heißt du, Schätzchen?«, fragt er.

Ich lächle. Nicht mein übliches, breites Lächeln – ich habe daran gearbeitet, das abzulegen. Jetzt ist es mehr ein schiefes Grinsen.

»Randall«, antworte ich. »Randall Kapplehoff.«

»Randy?«, entfährt es ihm überrascht. Er steht auf und mustert mich von oben bis unten. »Oh mein Gott, was ist denn mit dir passiert?«

»Pubertät«, erwiderte ich und lächle nun doch richtig. Dann schaue ich mich hastig um und kehre zu meinem schiefen Grinsen zurück.

»Schätzchen, du warst letztes Jahr schon ein Bariton. Das hat nichts mit der Pubertät zu tun«, meint Mark. »Ich erkenne dich ja kaum wieder.«

Gut, denke ich bei mir. Das war ja auch Sinn der Sache.

»Mir war einfach nach Veränderung«, entgegne ich.

»Wurdest du gemobbt?«, fragt er und mustert mich besorgt über den Rand seiner Sonnenbrille hinweg.

»Nein.« Ich schüttle den Kopf. »Ich … wollte einfach mal was Neues ausprobieren.«

»Okay …« Mark setzt sich wieder. »Neu ist das auf jeden Fall. Zum Casting fürs Musical kommst du aber hoffentlich trotzdem?«

»Mal sehen.«

Er runzelt die Stirn und blättert durch die Seiten auf seinem Klemmbrett. »Na, immerhin wohnst du noch bei uns. Du bist in Hütte sieben.« Er nimmt ein Namensschild von der Rückseite des Klemmbretts und bevor ich ihn daran hindern kann, schreibt er ein großes R darauf.

»Del, bitte«, erkläre ich und strecke eine Hand aus.

Erneut schaut er mich über seine Sonnenbrille hinweg an. »Del?«

»Ja.« Ich nicke und achte darauf, dabei das Kinn vorzuschieben. »Ich heiße jetzt Del.«

»Okay«, sagt er, als würde er mir nicht recht glauben, schreibt dann aber Del auf einen neuen Aufkleber und reicht ihn mir.

Ich drücke ihn mir auf die Brust und reibe ein paarmal darüber, damit er besser hält.

»Das muss ich später mit meinem Therapeuten besprechen«, murmelt Mark zu sich selbst. Dann wirft er einen Blick auf seine Armbanduhr, bevor er sich noch einmal an mich wendet: »Das Camp trifft sich um elf am Fahnenmast. Also such dir ein Bett aus und komm in zwanzig Minuten dorthin.«

»Danke.«

»Bis später … Del.«

Ich gehe zurück zum Bus, wo unser Gepäck bereits ausgeladen wurde, und sammle den großen Seesack ein, den ich mir online bei einem Militärshop bestellt hatte. Der lila Rollkoffer mit Stickern krönchentragender Katzen wäre diesen Sommer nicht das Richtige gewesen. Und ich wollte auch auf keinen Fall von meinen Eltern hergebracht werden. Ich glaube, das hat sie ein bisschen traurig gemacht. Mich in Camp Outland anzumelden, war ihre Idee, als ich mich vor vier Jahren geoutet habe. Nicht viele zwölfjährige Jungs schwärmten damals für den wahnsinnig süßen Skylar Astin aus »Pitch Perfect 2« und hofften, dass ihr zukünftiger Freund aussehen würde wie er. Also dachten sie, es würde mir guttun, andere queere Teenager kennenzulernen. Camp Outland war perfekt dafür – ein vierwöchiges Sommerferienlager für LGBTQIA+-Jugendliche mitten in den Wäldern im Norden Connecticuts.

Und ehrlich: Die Idee war fantastisch. Jeder Sommer war besser als der davor gewesen. Aber dieser wird der beste werden. Denn diesen Sommer wird sich Hudson Aaronson-Lim in mich verlieben.

Ich schultere meinen Seesack, zucke nicht zusammen, als der kratzige, billige Stoff mein Ohr streift, und folge den anderen den Pfad entlang in den Wald.

Das Camp verteilt sich auf mehrere terrassenartige Ebenen. Vom Parkplatz ganz oben führt eine Treppe hinunter zum Verwaltungsbereich – dem Büro der Campleiterin Joan, der Krankenstation und dem großen Versammlungsraum, in dem Filmabende stattfinden. Von dort aus geht es weitere Stufen hinunter zu einer großen Fläche, an deren Rand die Hütten stehen. Noch weiter unten befindet sich die letzte Ebene – das richtige Camp – mit dem Speisesaal, dem Pool, der Theaterhütte, einem Hindernisparcours, dem Spielfeld für Fahnenraub, der Kunsthütte und einem Bootshaus am Fluss.

Ich bleibe auf der mittleren Ebene stehen. Hinter den Hütten kommt nur noch Wald. In der Mitte der Wiese steht ein Fahnenmast, an dem sich alle regelmäßig treffen und abends Lagerfeuer machen. Frühstück gibt es um neun, Mittagessen um eins und Abendessen um sechs, bevor um zehn das Licht ausgeht. Ansonsten können wir uns unseren Tag ziemlich frei einteilen.

Man kann sich fürs Schwimmen im Pool, verschiedene Sportarten und Wasserski eintragen oder einfach in der Kunsthütte vorbeischauen und den ganzen Tag lästern und Freundschaftsbändchen knüpfen. Aber mein Lieblingsort ist die Theaterhütte.

Jedes Jahr organisiert Mark eine Show zum Abschluss des Camps, und man muss vorsprechen, um mitmachen zu dürfen. Aber anders als in der Schule bekommt nicht immer automatisch das hübsche, blonde Mädchen die Hauptrolle. Im Camp sind Geschlecht und Aussehen egal. Wir sollen einfach Spaß haben, und das klappte auch jedes Jahr. Letzten Sommer habe ich Domina in »Toll trieben es die alten Römer« gespielt und Standing Ovations für meinen grandiosen Auftritt mit »That Dirty Old Man« bekommen.

Aber dieses Jahr wird es kein Theater geben. Dieses Jahr ist … Sport angesagt. Ich schaffe es sogar, bei diesem Gedanken nicht zu erschaudern.

»Hey«, ertönt auf einmal eine Stimme hinter mir.

Eine, die ich kenne. Sie ist tief und ein bisschen rauchig. Ich drehe mich um, und da steht er. Hudson Aaronson-Lim in all seiner Pracht. Groß, muskulöse Arme, um die sich der Stoff seines weißen T-Shirts spannt, und ebenso appetitliche, muskelbepackte Beine in schwarzen Sportshorts. Er hat ein breites, kantiges Gesicht mit markanten Wangenknochen und ein bisschen Bartschatten. Seine kurzen, schwarzen Haare sind zu einer Seite gekämmt, aber nicht besonders ordentlich, so, als wäre ihm total egal, wie er aussieht. Er ist zweifellos der attraktivste Kerl, den ich je im echten Leben gesehen habe. Und attraktiver als die Hälfte der Männer im Fernsehen.

Sein Lächeln ist der absolute Wahnsinn, und genau das lässt er jetzt auf mich los, ein bisschen schief und hintergründig, aber nur gerade so viel, dass es sexy ist. In seiner Nähe fühle ich mich, als wäre ich voller Sterne und könnte alles sein, alles tun, was ich will, und die Welt erobern. Ihm auf Instagram zu folgen ist nicht das Gleiche. Dieses Hoch habe ich das ganze letzte Jahr über vermisst.

»Hi«, erwidere ich nach einer etwas zu langen Pause. Hoffentlich bin ich nicht rot geworden.

»Bist du neu?«, fragt er.

Ich grinse schief. Bisher hat er mich kaum wahrgenommen, also ist es kein Wunder, dass er mich nicht erkennt. Aber jetzt habe ich seine Aufmerksamkeit.

»Könnte man so sagen«, antworte ich, weil ich ihn nicht anlügen will.

Er kommt näher. Mein Outfit habe ich für genau diesen Moment ausgesucht. Ein braun-kariertes Flanellhemd mit kurzen Ärmeln, das ich nicht in die Hose gesteckt habe, olivgrüne Shorts und gelbe Sneaker, die das Gelb im Stoff des Hemds aufgreifen. Außerdem habe ich gut zehn Kilo abgenommen, eine neue Frisur und sorgfältig die »Bros« in der Schule studiert. Jetzt bin ich, glaube ich, Hudsons Traummann. Eine maskuline Fantasie. Na gut, ich muss ständig aufpassen, wie ich mich verhalte, und ich kann dieses Jahr nicht beim Musical mitmachen, aber für die Liebe bringt man doch gerne Opfer.

Sein Duft steigt mir in die Nase, als er noch näher kommt – eine Mischung aus Deo und Ahorn. Ich muss mich zusammenreißen, damit mir die Knie nicht weich werden.

»Ich bin Hudson«, stellt er sich vor.

»Del«, entgegne ich und achte darauf, dass meine Stimme tief genug klingt.

»In welcher Hütte bist du?« Er steht jetzt direkt neben mir, und ich kann die Wärme spüren, die von seinem Körper ausgeht. Merkt er das auch, als würden wir uns berühren?

»Sieben.«

»Oh.« Er zieht eine Augenbraue nach oben. »Hast du dir die ausgesucht?«

»Ist meine Glückszahl.«

»Ich bin in der Vierzehn«, meint er. »Vielleicht bringt dir die Sieben dieses Mal kein Glück.«

»Stimmt was nicht damit?«, erkundige ich mich.

»Nee, die sind nett«, versichert er mir. »Aber wahrscheinlich hättest du mehr Spaß mit mir ... in meiner Hütte. Das sind Leute wie wir.« Er deutet zwischen uns hin und her, und in der Geste scheint beinahe die Frage mitzuschwingen, ob da was zwischen uns laufen könnte. Ich muss tief durchatmen, um nicht sofort zu nicken.

»Na ja, ich schlaf ja nur da.«

»Ja.« Er lacht und packt mich kurz freundschaftlich an der Schulter. Das ist das erste Mal, dass er mich absichtlich berührt, und ich habe mir das schon so lange gewünscht, dass es mir schwerfällt, nicht auf der Stelle dahinzuschmelzen. Stattdessen schaue ich ihm in die Augen und lächle ihn an.

Denk dran, ermahne ich mich, du willst, dass er sich in dich verliebt. Wenn ich nur mit ihm vögeln wollte, könnte ich das vermutlich sofort haben – aber ich werde der Erste sein, mit dem Hudson richtig zusammen ist. Das hat noch keiner geschafft, aber ich werde es. Weil ich einen Plan habe.

»Na dann«, sagt er und nimmt die Hand wieder weg. Seine Augen verengen sich ein wenig, als wäre er neugierig. »Dann sehen wir uns hoffentlich.«

»Hoffe ich auch«, erwidere ich, was ihn zum Grinsen bringt. Einen Moment lang frage ich mich, ob das vielleicht zu viel war, aber als ich mich umdrehe und in Richtung meiner Hütte gehe, beschließe ich, dass ich genau das richtige Maß erwischt habe. Nach ein paar Schritten schaue ich über die Schulter, und tatsächlich, er beobachtet mich noch immer und lächelt, als er meinen Blick auffängt, bevor er zu seiner eigenen Hütte geht.

Okay, rede ich mir gut zu und gehe langsam weiter. Einatmen, ausatmen. Meine Beine fühlen sich an wie Gummi, mein Herz rast. Okay. Okay, okay, okay. Schritt eins erledigt. Es hat funktioniert. Es HAT FUNKTIONIERT. Möglicherweise wird mein Plan ja wirklich aufgehen? Dann hätte es immerhin einen Sinn gehabt, dass ich auf Kohlenhydrate verzichtet, mir eine neue Frisur verpasst und Stunden damit verbracht habe, meinen Gang zu verändern und mir abzugewöhnen, die Hände beim Sprechen so viel zu bewegen. Oder in jeden Satz ein Musical-Zitat einzubauen. Vielleicht kann ich meinen Traummann tatsächlich für mich gewinnen.

Als ich die Hütte betrete, entfährt George ein Aufschrei. »OH MEIN GOTT!«, ruft er und umarmt mich fest. »Ich hab gerade aus dem Fenster geguckt und hätte dich beinahe nicht erkannt – ich meine, ich hab ja die Fotos auf Snapchat gesehen und weiß, was du mir geschrieben hast, Darling, aber ich hätte nicht gedacht, dass du das mit den Klamotten und dem Stil echt durchziehst.« Er streichelt durch die Luft, wo früher einmal meine Haare waren. »Die armen Haare. Aber du hast gerade mit ihm geredet, und er hat so was von deinen Hintern abgecheckt, als du weggegangen bist! Hast du gemerkt, wie sich der Blick aus seinen dunklen, sexy Augen in dich gebohrt hat?« Er wackelt mit den Augenbrauen.

»Hey«, begrüßt mich Ashley, die auf einem der oberen Stockbetten liegt und in einem Comic blättert.

Ich lasse meinen Seesack fallen und atme theatralisch aus. »Ich glaube, es wird funktionieren.«

George quietscht schon wieder so schrill, dass jede Dragqueen stolz auf ihn wäre.

Grinsend mustere ich die beiden. Meine beiden besten Freunde im Ferienlager. Meine besten Freunde überhaupt. Ist ganz schön traurig, wenn man das über Menschen sagt, mit denen man nur vier Wochen im Jahr verbringt, aber die restliche Zeit mailen und chatten wir miteinander und schauen zusammen »Drag Race« mit Gruppenchat. Ich habe halt keine anderen queeren Freunde. An meiner winzigen Schule im Osten Ohios gibt es nicht mal einen Gay-Straight-Alliance-Club. Bestimmt gibt es noch andere, die vielleicht sogar wie ich ein bisschen geoutet sind – so vor ein paar wenigen Freunden und ihren Eltern –, aber keiner spricht drüber. Wenn man sich erst mal outet, haben plötzlich alle eine Meinung dazu, und in Ost-Ohio sagen sie dann nicht nur nette Dinge.

Meine Veränderung ist auch an der Schule nicht unbemerkt geblieben. Ich gehe immer noch zur Theatergruppe (immer in Neben-, nie in der Hauptrolle – dort zumindest nicht), aber plötzlich fingen die Mädchen an, mich mit anderen Augen zu sehen und fragten mich, ob ich mit ihnen abhängen wollte. Ich tat oft so, als wäre ich krank. Und auch meine Eltern warfen mir komische Blicke zu und fragten, ob alles okay sei, aber ich lächelte nur und versicherte ihnen, dass alles in bester Ordnung sei. Es fühlte sich auf jeden Fall seltsam an. Aber wenn ich nach den Ferien zurückkomme und das Hintergrundbild meines Smartphones Hudson und mich zeigt, wie wir miteinander knutschen, war es die Mühe wert.

»Also«, fragt George schließlich, als er mit dem Quietschen fertig ist. »Wie sieht der Plan aus? Du verbringst doch trotzdem noch Zeit mit uns, oder? Mark hat gesagt, dass wir dieses Jahr ›Bye Bye Birdie‹ aufführen werden, und ich bin schon so aufgeregt! Darling, dir ist schon klar, dass ich alle aus dem Weg räumen werde, die zwischen mir und der Rolle als Kim stehen? Also versuch's gar nicht erst.«

George spreizt die Finger und präsentiert seine grün lackierten Nägel, auf denen in Goldbuchstaben B CAMP @ CAMP steht – sei theatralisch im Camp, wie passend. Während des Schuljahrs war ich so auf meine eigenen körperlichen Veränderungen konzentriert, dass ich seine auf Snapchat und Instagram gar nicht mitbekommen habe. So anders sieht er auf den ersten Blick auch gar nicht aus. Er ist immer noch »kräftig«, wie wir uns nennen (oder in meinem Fall genannt haben), aber sein Gesicht wirkt ein bisschen kantiger, auf seinen Wangen zeigen sich Bartstoppeln, und aus dem V-Ausschnitt seines violetten Shirts lugt Brusthaar hervor. Das verleiht ihm definitiv mehr Reife. Seine lockigen, schwarzen Haare trägt er immer noch an den Seiten abrasiert und auf dem Kopf mit viel Volumen, aber jetzt sieht es weniger wie ein Kinderhaarschnitt aus, sondern mehr nach Mann. Plötzlich ist er nicht mehr der Kleine, der zu jung für sein Alter wirkt, sondern sieht älter als wir anderen aus. Und es steht ihm gut.

Ashleigh dagegen hat sich kein bisschen verändert. Die gleichen Jeans-Shorts, das gleiche schwarz-weiß-karierte Hemd, das sie sich über einem schwarzen Tanktop um die Hüfte gebunden hat. Der gleiche, etwas ungepflegte Undercut, eine Seite des Kopfs rasiert, während ihr auf der anderen die ungewaschenen Haare in das schmale, blasse Gesicht hängen. Sie ist der ultimative Theater-Techie. Licht, Ton, Bühnenaufsicht – sie macht das alles besser als jeder andere.

»Ich weiß noch nicht, ob ich beim Musical mitmachen kann«, sage ich und versuche, nicht so traurig zu klingen, wie ich mich fühle.

»Darling, nein«, protestiert George. »Ich weiß, dein Plan und so, aber fürs Theater ist doch immer Zeit!« Er vollführt eine Runde Jazz Hands.

Ashleigh schaut von ihrem Comic auf, einer zerlesenen Ausgabe von »Deadly Class«. »Du gibst das Theater für diesen Kerl auf?«, will sie wissen. »Im Ernst?«

»Das ist der Plan«, gebe ich zurück. »Und er ist nicht irgendein Kerl. Er ist Hudson. DER Hudson. Der perfekte Mann.«

In diesem Moment kommen einige andere alte Freunde in den Schlafraum – andere Theaterleute. Wir begrüßen uns, umarmen uns und ein paar kommentieren lobend meine neue Frisur.

Jordan stutzt sichtlich und meint dann: »Wow, ich hab dich gar nicht erkannt. Ist aber ein cooler Look.« Xier wirft mir noch einen leicht besorgten Blick zu, bevor xier sich ein Bett aussucht.

Ich nehme das neben George, unter Ashleigh.

»Bei der neuen Frisur hab ich angenommen, dass du lieber oben liegen willst«, zieht George mich auf.

»Reg dich ab, es sind nur Haare.«

»Und kein Theater«, wirft Ashleigh ein.

»Was willst du denn den ganzen Sommer über machen?«, fragt George.

»Wahrscheinlich Sport«, antworte ich, auch wenn ich selbst noch nicht weiß, welchen genau. »Hindernisparcours oder so. Vielleicht auch Kunst und Werken.«

»Wenigstens das bleibt uns noch«, meint George.

»Ich versteh's einfach nicht, Randy«, sagt Ashleigh. »Also schon, dass du in den Kerl verknallt bist, aber …«

»Das ist mehr als nur ein bisschen Verknalltsein«, erkläre ich. »Bei ihm fühle ich mich … anders. Er ist was Besonderes.«

Ashleigh seufzt, und ich sehe, wie George zu ihr nach oben schaut und einen Blick mit ihr austauscht.

»Und nennt mich bitte Del«, füge ich noch hinzu. »Zumindest in der Öffentlichkeit.«

»Del«, probiert George gleich aus. »Gar nicht so übel.«

»Finde ich schon«, erwidert Ashleigh. »Das ist nicht dein Name.«

»Das ist der andere Teil von Randall.« Ich hole meine Bettwäsche aus dem Seesack – grau dieses Jahr, nicht regenbogenfarben mit Einhornaufdruck wie sonst – und beziehe mein Bett. »Keine Sorge. Ich vergesse nicht, wer ich bin. Ich ändere nur was an der Art, wie andere mich sehen.«

»Um maskuliner zu wirken«, gibt Ashleigh angewidert zurück. Sie hüpft von ihrem Bett und hilft mit, die Ecken meines Lakens festzustecken. »Als wenn das irgendeine Bedeutung hätte. Gender-essenzialistischer Schwachsinn.«

»Es ist halt ein Typ«, entgegnet George schulterzuckend.

»Hudson steht drauf.« Ich setze mich auf mein frisch gemachtes Bett und streiche den grauen Bezug glatt. Immerhin ist er qualitativ hochwertig. Er sieht vielleicht anders aus, fühlt sich aber gleich an.

»Und du bist dir sicher, dass es das wert ist?«, fragt Ashleigh.

»Voll und ganz.«

ZWEI

Wir versammeln uns im Halbkreis um den Fahnenmast und Joan, die konzentriert auf ihr Klemmbrett schaut. Dabei macht sie wie immer diese Sache mit ihrem Mund, bei der sie die Lippen spitzt. Ich sitze zwischen George und Ashleigh. Zum Glück kann ich noch mit ihnen befreundet sein – das wird dem Plan nicht schaden. Wenn Hudson ein Problem mit ihnen hat, ist er nicht der Kerl, für den ich ihn halte. Einer, der denkt, dass jeder von uns was Besonderes ist und alles erreichen kann. Dass George, Ashleigh und ich alte Freunde sind, weiß er natürlich nicht, aber das ist auch egal. Außerdem brauche ich die Hilfe der beiden.

Ich entdecke Hudson auf der anderen Seite des Halbkreises, wo er neben seinem besten Freund Brad sitzt und mir zuwinkt, als er meinen Blick bemerkt. Brad ist groß, schlaksig, hat dunkle Haut und sich die Haare abrasiert. Und er steht wie Hudson auf Sport und trägt keinen Nagellack. Eigentlich komisch, dass er nie eine von Hudsons Eroberungen war. Ist wohl so eins der großen Mysterien des Camps – wie die Frage, ob in Hütte Nummer drei wirklich jemand gestorben ist oder warum die Schlafräume nicht nach Geschlechtern getrennt sind, die Umkleiden am Pool aber schon.

»Ihr müsst mir nachher den Baum zeigen«, sage ich zu George und Ashleigh.

»Den kennst du doch«, erwidert Ashleigh. Sie war schon in der Kunsthütte, um sich Garn zu besorgen, mit dem sie jetzt ein Freundschaftsbändchen knüpft.

»Randy war schon da. Del nicht. Del muss sich den Baum anschauen, wenn Hudson es mitkriegt, damit er mich sagen hört, dass ich mit so einem Playboy nie was anfangen würde.«

»Playboy?«, wirft George ein. »Darling, wir sind nicht mehr in den Sechzigern. Das sagt doch keiner mehr.«

»Ich mache mir mehr Sorgen darüber, dass er von sich in der dritten Person spricht und so, als wäre er zwei verschiedene Menschen«, sagt Ashleigh.

»Das macht es mir leichter, mich reinzufinden«, erkläre ich. »Del ist wie eine Rolle, die ich spiele.«

»Method Acting.« George klingt angewidert. »Okay, okay, ich helfe dir – aber keine Ahnung, wie du es anstellen willst, dass Hudson uns belauscht.«

»Bring mich einfach zum Baum, wenn ich dich darum bitte, okay?«

»Aufgepasst, alle zusammen!« Joan hebt eine Hand, um sich Aufmerksamkeit zu verschaffen. »Hebe ich die Hand …«, ruft sie.

»… halten wir den Rand!«, antwortet ihr etwa die Hälfte der Anwesenden.

Ein paar reden noch weiter, doch Joan hält einfach die Hand hoch, bis alle still sind.

»Danke«, sagt sie.

Joan sieht immer aus, als bekäme sie nicht genügend Schlaf. Sie ist so um die fünfzig, hat kurze, lockige Haare und eine große Brille mit Plastikrahmen, die wahrscheinlich schon seit den Siebzigern an einer Kette um ihren Hals hängt. Dazu trägt sie immer ein violettes Camp-Poloshirt und Cargoshorts.

»Hallo, und willkommen in Camp Outland«, begrüßt sie uns mittelmäßig enthusiastisch. Ihr Lächeln würde vermutlich breiter ausfallen, wenn sie die Energie dazu hätte. »Ich bin Joan Ruiz und ich leite das Camp. Ich bin außerdem für die LGBTQIA+-Geschichtsstunde am Montagabend zuständig. Abgesehen davon bekommt ihr hauptsächlich dann mit mir zu tun, wenn ihr was anstellt, also lasst uns kurz darüber reden, wie wir das vermeiden. Erstens: keine Handys, keine Computer, keine Smartwatches oder -gürtel oder sonst so neumodischen Kram. In jeder Hütte gibt es Boomboxen, wenn ihr Musik hören wollt, aber darüber hinaus sind technische Geräte nicht erlaubt. Wenn wir euch mit einem eingeschmuggelten Handy oder irgendwas in die Richtung erwischen, bekommt ihr eine Woche Küchendienst und das Gerät wird konfisziert. Zurück bekommt ihr es erst bei der Abreise. Bis dahin wird allerdings der Akku leer sein, was bedeutet, dass ihr nicht direkt ins Internet kommt – und ich weiß doch, wie sehr ihr das wollt. Das bedeutet auch, dass ihr Briefe – richtige, echte Briefe auf Papier – schreiben müsst, wenn ihr mit eurer Familie oder euren Freunden zu Hause reden wollt. Als Nächstes: Essen. Ihr müsst an allen drei Tagesmahlzeiten teilnehmen. Wenn ihr Veganer oder Vegetarier seid oder nur koscher oder halal esst, hättet ihr uns das im Vorfeld mitteilen müssen. Sollte das aus irgendeinem Grund nicht passiert sein, kommt einfach nach dem Treffen zu mir. Es wird gegessen, was auf den Tisch kommt. So schlimm ist es nicht, versprochen. Ja, ihr dürft euch Süßigkeiten und Snacks von zu Hause schicken lassen, solange die den Regeln entsprechen. Nichts mit Erdnüssen oder Sesam oder etwas anderem, auf das jemand hochallergisch sein könnte. Eure Betreuer geben euch gerne die Liste. Bekommt ihr ein Paket von zu Hause, schaut sich euer Hüttenbetreuer das an, um sicherzugehen, dass nichts Verbotenes drin ist. Lasst kein Essen offen herumstehen! Damit lockt ihr Ameisen an. Und dann noch mehr Ameisen. Und wenn ihr schon um Süßes spielen müsst, dann bitte beim Kartenspiel. Keine Wette, wer sich übergibt, wenn er zu viel davon gegessen hat, oder wer sein Ei beim

Eierlauf fallen lässt. Das wäre einfach nur gemein. Kein Alkohol! Wenn wir euch mit Drogen oder Alkohol erwischen, fliegt ihr sofort raus. Das gilt auch, wenn ihr euch während der Nachtruhe draußen aufhaltet.«

Während Joans kleiner Rede rupfe ich ein paar Grashalme ab. Dabei werfe ich Hudson immer wieder verstohlene Blicke zu und bemerke zufrieden, dass er auch zu mir schaut. Einmal sehen wir uns länger an, und ich muss grinsen. Irgendwie geht das vielleicht ein bisschen zu leicht. Ich muss es schaffen, dass er kapiert, dass ich nicht sein nächster Aufriss werde. Das ist nämlich seine Spezialität. Im Camp hat er alle zwei Wochen einen anderen Typen. Eine Woche, in der er mit ihm flirtet, in der zweiten wird Händchen gehalten, und sie treffen sich heimlich an der Peanut Butter Pit. Dann endet das Ganze unausweichlich in einer tränenreichen Trennung.

Freunde bleiben sie trotzdem. Im Freundebleiben ist Hudson ein wahrer Meister. Ergibt auch irgendwie Sinn, weil er wirklich nett zu seinen Typen ist, sie nie betrügt. Es geht einfach nur … auseinander.

Aber ich werde es den anderen Kerlen schon zeigen, weil Hudson nämlich den ganzen Sommer bei mir bleiben wird. Und danach auch. Wir werden ein Paar werden und uns bei dem Kanuausflug am vorletzten Wochenende ein Zelt teilen.

Nachdem Joan ihre kleine Antrittsrede beendet hat, stellt sie den Krankenpfleger Cosmo vor. Der ist unglaublich dürr, Mitte sechzig und hat schulterlange, graue Haare.

»Bleibt einfach alle hübsch gesund«, ermahnt er uns. »Wasser und Sonnencreme. Ihr wisst schon.« Mit einem Winken wendet er sich zum Gehen.

Joan runzelt die Stirn, hisst dann jedoch die riesige Regenbogenflagge, die, oben angekommen, bald im Wind weht. Wir beobachten sie schweigend, aber lächeln dabei. Und ja, an dieser Stelle kommen mir immer die Tränen – aber wer kann es mir verdenken? Das hier ist ein besonderes Zuhause für Leute wie uns. Und da ist er wieder, der Duft der Freiheit, der mich die Augen schließen lässt. Aber dieses Jahr kommen Tränen nicht infrage. Hudson beobachtet mich, und maskuline Jungs heulen nicht in der Öffentlichkeit.

»Okay«, sagt Joan, nachdem sie mit der Fahne fertig ist. »Geht eure Sachen auspacken, und stellt eure Aktivitätspläne mit euren Betreuern zusammen. Danach ist Gruppenzeit, Schwimmen und anschließend Abendessen. Heute Abend haben eure Betreuer eine Talentshow für euch vorbereitet. Zeit für Pride!«

Das ist der offizielle Gruß am Ende der Fahnenmast-Treffen.

Alle stehen auf und gehen zurück zu ihren Hütten, aber ich sehe, dass Hudson sich in meine Richtung bewegt. George und Ashleigh schauen mich erwartungsvoll an.

»Wir sehen uns gleich drinnen«, sage ich, was mir einen missbilligenden Blick von George einbringt, aber die beiden gehen.

»Hey«, meint Hudson, als er schließlich vor mir steht. »Haben die Leute aus deiner Hütte dir schon alles gezeigt?«

»Ja«, erwidere ich. »Sieht alles echt cool aus.«

»Ist es auch. Vor meinem Outing konnte ich mir so was noch nicht mal vorstellen. Keiner beschimpft einen, fragt, ob man denn schon mal versucht hat, hetero zu sein, oder macht einen fertig. Kein Mobbing. Es ist echt toll.«

»Ich kann mir gar nicht vorstellen, dass dich schon mal jemand fertiggemacht hat«, entgegne ich und mustere ihn von unten bis oben.

»Na ja, nicht mehr. Mein Trick ist, sie mit ihren eigenen Waffen zu schlagen.«

Keine Ahnung, was er damit meint, aber ich nicke trotzdem.

»Egal, ich wollte dir nur sagen, dass du dich für die Outdoor-Abenteuer eintragen solltest.«

»Ach ja«?

»Ja, mache ich immer. Das ist großartig. Wir dürfen auf den Parcours und gehen wandern und so. Übrigens versuche ich immer, den Schwimmkurs vor dem Mittagessen zu belegen. Wenn du mich in Badehose sehen willst …« Er grinst mit voll aufgedrehtem Charme, was mir einen heißen Schauer über den Rücken und durch den ganzen Körper fahren lässt.

»Okay.«

»Und lass uns doch mal zusammen abhängen – nur wir zwei –, wenn wir Freizeit haben.« Er beißt sich seitlich auf die Unterlippe und guckt mich an, als wäre er irgendwie nervös.

»Ja«, bringe ich ein bisschen zu hoch heraus.

»Cool. Dann bis später.«

Ich schaue ihm hinterher, wie er davonjoggt, und spüre mein Herz im Takt seiner Schritte schlagen. »Bis dann«, sage ich, als er längst außer Hörweite ist. Danach drehe ich mich um und gehe zurück in meine Hütte.

Drinnen läuft Instrumentalmusik, die mich vom Stil her an Doo-Wop erinnert. Ich muss sofort an diese altmodischen Tänze denken, bei denen man mit angewinkelten Armen die Hüften hin und her bewegt. Und offensichtlich bin ich da auch nicht der Einzige, weil einige der Leute in meiner Hütte genau das machen.

»Randy«, begrüßt mich Mark, als ich den Raum betrete. Er ist unser Betreuer. »Wie nett, dass du zu uns stößt.«

»Del«, korrigiere ich ihn.

»Richtig, tut mir leid«, entgegnet er. »Ich habe gerade erzählt, dass unser diesjähriges Musical ›Bye Bye Birdie‹ sein wird, deswegen hören wir nur Musik aus den Fünfzigern und Sechzigern in dieser Hütte, damit wir uns ordentlich dafür in Stimmung bringen. Du kannst gerne mittanzen, wenn du willst.« Er gestikuliert in Richtung der anderen, die es inzwischen geschafft haben, eine halbwegs geordnete Choreografie auf die Beine zu stellen, die hauptsächlich daraus besteht, die Hüften zu schwingen und den Kopf in den Nacken zu werfen. »Das gibt dir ein besseres Gefühl für die Musik.«

»Und es inspiriert mich!«, ruft Crystal.

Sie ist die zweite Betreuerin unserer Hütte und die Choreografin der Camp-Aufführungen, während Mark die Rolle des Regisseurs übernimmt. Crystal hat blonde Haare, die ihr in Wellen bis auf die Schultern fallen, und trägt immer weite Röcke und locker sitzende Bauernblusen. Gerade tanzt sie ebenfalls … aber nicht zur Musik, soweit ich das beurteilen kann. Einfach zu … irgendwas in ihrem Kopf.

»Okay.« Ich tippe automatisch den Rhythmus mit dem Fuß – ich will mitmachen. Ich will mit den anderen tanzen. Vorsichtig mache ich einen Schritt nach vorn. Hudson ist in seiner eigenen Hütte, er kann mich nicht sehen.

Also tanze ich. Hüftschwung, Arme hoch, Kopf in den Nacken. Dazu machen wir ein paar Schritte vor und zurück. Das fühlt sich so gut an. Während des ganzen letzten Jahrs habe ich ständig darauf geachtet, dass meine Bewegungen lässig, unauffällig und kantig sind. Es ist schön, wieder ein bisschen Geschmeidigkeit reinzubringen. Einem Takt zu folgen. Mich wieder wie ich selbst zu fühlen.

Mark macht die Box aus, als der Song zu Ende ist und klatscht in die Hände. »Sehr schön! Keiner von euch ist neu hier in der Hütte, also müssen wir keine Kennenlernspielchen machen. Reden wir direkt über den Zeitplan. Die Theaterstunden finden in der ersten Tageshälfte statt, und morgen ist das Vorsprechen. Ich hoffe, ihr habt alle etwas vorbereitet. Was ihr mit dem Rest des Tages anfangen wollt, bleibt euch überlassen. Ihr wisst ja, wie es läuft.

Tragt euch bei den Sachen ein, die euch Spaß machen. Wenn es zu viele Anmeldungen gibt, finden wir schon eine Lösung.«

Crystal verteilt Klemmbretter mit einer Auflistung der zahlreichen Aktivitäten, aus denen wir im Camp auswählen können. Ich schaue auf meins runter. Outdoor-Abenteuer ist am Vormittag – genau wie Theater. Also atme ich tief durch und kreuze das Erste an. Das Theater vermisse ich jetzt schon, aber ich weiß, dass das Teil des Plans ist. Das Singen, das Tanzen und das Chaos hinter der Bühne werden mir wirklich fehlen … Erinnerungen vom letzten Jahr schießen mir durch den Kopf, daran, wie wahnsinnig schön das war. Aber das kann ich nächstes Jahr wieder haben. Diesen Sommer verzichte ich für Hudson darauf. Nur so kann ich in seiner Nähe sein.

George schaut zu mir rüber und schnalzt mit der Zunge. »Wenn's dir Spaß macht, Darling.«

»Hudson hat mich gefragt, ob ich mit ihm hingehe.«

»Und du willst ihn glücklich machen«, meint George. »Klar.«

Ich kreuze die Schwimmstunde vor dem Mittagessen an und versuche mir dann vorzustellen, was Hudson noch auswählen wird – wahrscheinlich irgendwas mit Sport, Touch Football und Kickball vielleicht. Das ist okay, ich habe geübt. Oder habe mich zumindest aktiv am Sportunterricht beteiligt. Zum Glück bleibt noch Zeit für Kunst und Werken am Nachmittag zusammen mit George und Ashleigh. Zum Tagesabschluss haben alle im Camp Freizeit, und wer will, kann den Pool benutzen.

Als ich Crystal mein Klemmbrett zurückgebe, schaut sie mich verwirrt an. »Du hast vergessen, die Theaterstunden anzukreuzen«, sagt sie und will mir die Liste zurückgeben.

»Ich …« Meine Kehle ist so trocken, dass ich mich räuspern muss. »Ich spiele dieses Jahr nicht mit.«

Crystal sieht mich an, als hätte ich ihr gerade den Mord an ihrem Kaninchen gestanden. Ihre Wagen röten sich, und sie klappt den Mund auf, schaut dann über die Schulter zu Mark und wieder zu mir. Das wiederholt sie, bis Mark zu uns rüberkommt und einen Blick auf das Klemmbrett wirft.

»Okay, Del.« Er runzelt die Stirn und zögert einen Moment, doch dann wird sein Gesichtsausdruck verständnisvoll. Und besorgt. »Was … ist los?«, fragte er mit einer Geste in meine Richtung. »Ist alles in Ordnung? Hast du dir den Kopf angeschlagen? Zwingt dich jemand dazu, dich so zu verhalten? Mein Therapeut sagt, dass so plötzliche Veränderungen normalerweise das Resultat eines Traumas sind.«

»Was? Nein. Ich … möchte mich einfach verändern.«

»Er macht das für einen Jungen«, wirft Ashleigh ein.

»Einen Jungen?«, entfährt es Mark ein bisschen zu laut. »Bei deiner Typveränderung gehe ich davon aus, dass es einer von denen ist, die als Hetero durchgehen wollen. Die so tun, als wären sie hetero. Honey, wenn er dir einen blä…« Er stockt und setzt ein Lächeln auf. »Wenn er dich küsst, dann ist er nicht hetero. Nichts für ungut, Jen«, meint er zu einem der Mädchen. »Bisexuelle können in einer Heterobeziehung leben und trotzdem superqueer sein. Aber ich meine Männer, die nicht wollen, dass sie jemand für schwul hält, und trotzdem gerne einen Schwan…« Er verstummt erneut und lächelt.

Mark hat schon öfter Ärger bekommen, weil er gerne mal zu explizit wird.

»Und trotzdem knutschen sie gerne mit Jungs. Sie hassen sich selbst genauso wie alle queeren Typen. Keiner von denen ist es wert, dass du deine Zeit mit ihm verschwendest, und schon gar nicht, dass du dich so sehr veränderst.« Inzwischen spricht er so laut, dass man ihn wahrscheinlich auch noch vor der Tür hört. »Ich muss eine Doppelsitzung bei Dr. Gruber buchen«, murmelt er dann zu sich selbst.

»Er tut nicht so, als wäre er hetero«, erkläre ich.

»Er steht offen auf maskuline Jungs, er ist masc4masc«, ergänzt George.

»Und wo ist da der Unterschied?«, erkundigt sich Mark. »Und woher wollt ihr das überhaupt wissen? Erzählt er das so nebenbei am Lagerfeuer?«

»Wir haben sein BoyDate-Profil gefunden«, sagt George. Es stimmt. Als mich meine Eltern letztes Jahr abgeholt haben, haben sie mir mein Handy mitgebracht. Ich wollte nur mal nachsehen, ob ich sein Profil finde – damit ich es abspeichern und vielleicht ein paar Fotos anschauen konnte – und tatsächlich: HudsonRocks, eins achtzig groß, sportlich, masc4masc. Als hätten wir das nicht schon vorher gewusst. Die Kerle, mit denen er im Camp rumgemacht hat, passten genau.

Mark seufzt und beugt sich zu mir runter, um mir in die Augen zu sehen, wobei er mich sanft an den Schultern fasst. »Hör mal, Del, Randy. Mir ist egal, wie du dich nennst. Ich will nur, dass du damit glücklich bist. Bist du das denn? Willst du nicht den lila Pullover anziehen, den du sonst jedes Jahr dabei hast? Willst du nicht bei unserem Stück mitsingen?«

»Ich …« Ich hole tief Luft. Natürlich will ich das. Aber ich will auch noch etwas anderes und beides zusammen geht nicht. »Ich will Hudson.«

Mark lässt mich los und richtet sich wieder auf. »Das ist deine Entscheidung. Aber ich hab schon eine Menge erlebt, Honey, und eins kann ich dir versprechen: Wenn ein Mann von dir verlangt, dass du dich veränderst, um mit ihm zusammen zu sein, ist er es nicht wert.«

»Er ist es«, erwidere ich leise.

Mark ignoriert mich und klatscht in die Hände. »Haben alle ihre Listen zurückgegeben? Wunderbar. Dann können wir ja weitertanzen!« Er dreht die Musik wieder auf und alle tanzen dazu, doch ich lasse mich auf mein Bett fallen und vergrabe das Gesicht in den Händen. Im Moment habe ich das Gefühl, dass mein Plan zwar aufgehen wird, ich dafür aber alle anderen enttäusche. Tief durchatmen. Hudson ist es wert, rede ich mir selbst gut zu. Alles, was ich für ihn aufgebe, ist es wert.

DREI

EIN JAHR ZUVOR

Normalerweise interessiert mich der traditionelle Wettkampf, der jedes Jahr im Camp abgehalten wird, nicht besonders. Drei Tage, an denen alle anderen Aktivitäten ausgesetzt werden, um Staffelläufe und Fahnenraub-Spielchen durchzuführen, Banner zu bemalen und nutzlose Punkte anzusammeln wie leere Kondomverpackungen im Bootshaus? Nervig. Mark hasst es – er meint, dass Joan durch die Unterbrechung der Proben und das Geschrei, das unsere Stimmbänder schädigt, sein Stück sabotieren will.

Das Camp wird in zwei Teams aufgeteilt – die Hütten bleiben allerdings zusammen, damit es keinen Streit innerhalb der Hüttengemeinschaften gibt –, und dieses Jahr sind wir Team Grün. Nicht meine Lieblingsfarbe oder eine, die ich normalerweise tragen würde, aber ich besitze weiße Shorts mit grünem Spitzensaum. Die verkörpern zusammen mit einem schwarzen Shirt meinen Teamgeist sehr modisch. Wenigstens bin ich nicht in Team Orange. Dafür hätte ich absolut keine passenden Klamotten.

Außerdem ist Hudson bei uns. Nicht nur als Gruppenmitglied, er ist einer der Captains. Einer von acht, die ihre Gruppen in die Schlacht führen, vier für jedes Team. Sie sind so was wie Generäle und Cheerleader in einer Person. Hudson hat seine Rolle übernommen, als wäre ihm die Mission von Gott höchstpersönlich verliehen worden.

Gerade steht er mit den drei anderen Captains auf der kleinen Bühne. Er trägt ein grellgrünes Poloshirt, das sich fürchterlich mit seinen khakigrünen Shorts beißt. Die grünen Streifen auf seinen Wangen machen ihn zur wahrgewordenen Footballer-Fantasie, und er hat sich sogar auswaschbare grüne Farbe in die Haare gesprüht. Er schwenkt brüllend eine grüne Fahne.

»Los, kühne Grüne!«, schreit er zusammen mit den anderen Captains.

Team Orange wirft uns vom gegenüberliegenden Rand des Fußballfelds finstere Blicke zu. Noch ein Grund, warum ich froh bin, bei den Grünen zu sein: Auf orange reimt sich nichts.

George sitzt rechts neben mir. Er hat grünen Lidschatten aufgetragen, und seinen waldgrünen Overall zieren goldene Sternchen. Ashleigh links von mir trägt ein schwarzes Tanktop und Jeans-Shorts. Aus einer ihrer Hosentaschen hängt ein grünes Bandana, das ihr eine der Betreuerinnen gegeben hat.

»Ich fühle mich wie in einer Sekte«, beschwert sich Ashleigh.

»Wie beim Militär«, korrigiert George sie. »Eine Sekte, die ganz offen eine andere bekämpft, anstatt heimlich gegen alle Außenstehenden zu agieren.«

»Seid doch nicht so.« Ich beobachte Hudson, der auf der auf der Bühne auf- und abspringt. »Ob seine Unterwäsche wohl auch grün ist?«

»Wenn dieser Kerl irgendwas anderes besitzt als ›lustige‹ Boxershorts mit Bildern von Speck drauf oder so, fress ich meine eigene Unterwäsche«, meint George. »Aber ich muss zugeben, dass die Streifen auf seinen Wangen wirklich perfekt aufgetragen sind. An den Kanten ist nichts verschmiert. Wer ihm da wohl geholfen hat?«

»Ein grüner Slip«, denke ich laut. »Ich werde ihn mir in einem grünen Slip vorstellen.«

»Eklig«, gibt Ashleigh zurück. »Ich will nichts über deine Fantasien wissen.«

»Sweetie, du hast gerade einen fünfminütigen Monolog über den lila Bikini von Janice gehalten.«

Ashleigh starrt auf die Grasbüschel vor sich und rupft ein paar Halme aus, während ich den Blick nicht von Hudson abwenden kann. »Er sieht so gut aus. Sogar in diesem Outfit.«

»Darling, das ist ja auch genau sein Ding«, erklärt mir George. »Attraktiv, maskulin, könnte als Hetero durchgehen, nenn es, wie du willst. Und er fängt nur was mit Jungs an, die genauso sind wie er.«

»Ich könnte auch so sein.«

»Ach, komm schon, Randy«, sagt Ashleigh. »Du trägst Mädchenoberteile, Nagellack und manchmal Lippenstift. Deine Haare sind lang, und Muskeln hast du auch keine. Kein Bodyshaming, ich finde dich perfekt so, wie du bist, aber selbst wenn du das mit dem ›hetero‹ plötzlich auf die Reihe kriegst, müsstest du immer noch andere Klamotten anziehen, dir die Haare schneiden lassen, abnehmen und Muskeln aufbauen …«

»Ich könnte mich voll auf die Rolle konzentrieren«, behaupte ich. »Wie ein Method Actor.«

»Und dann macht er nach zwei Wochen mit dir Schluss«, gibt George zu bedenken. »Wie bei allen anderen auch. Du verwandelst dich durch ein Wunder über Nacht, aber wofür? Eine Woche Knutschen und ein bisschen Vögeln in der Peanut Butter Pit, bevor er deinen Namen wieder vergisst?«

Die Peanut Butter Pit ist eine Grube unter den Kletterseilen im Hindernisparcours – tief genug, dass man sie nicht sofort einsehen kann, und deswegen Hudsons Lieblingsort für Horizontalaktivitäten. Oder Aktivitäten in Reiter- und Doggy-Stellung.

»So ist er doch gar nicht«, verteidige ich Hudson und reiße auch einen Grashalm ab, den ich zwischen den Fingern drehe. »Ich meine, er tut so als ob, aber da steckt mehr dahinter.«

»Woher willst du das wissen? Weil du ihm tief in die Augen gesehen hast?«

»Nein«, antworte ich. »Wir waren in meinem ersten Jahr in derselben Hütte. Seine Grandma war da gerade gestorben, und Hudson hat im Schlaf geweint, weil er von ihr geträumt hat. Ich hab ihn aufgeweckt, und wir haben ein bisschen geredet. Über seinen Traum. Darüber, wie er sich an sie erinnern will. Wie man der bestmögliche Mensch werden kann. Es war … tiefgründig.« Ich senke den Blick.

Davon habe ich noch nie jemandem erzählt, weil es ein besonderer Moment war, und ich weiß, dass die beiden ihn nur zerlegen werden. Aber sie müssen eins verstehen: Hudson ist nicht einfach nur ein heißer Kerl. Er ist der Einzige, der mir das Gefühl gibt, nicht nur hier frei und ich selbst sein zu können – sondern überall. Scheiß auf die Leute, die mir was anderes einreden wollen.

»Hat er überhaupt gesehen, wer du bist?«

»Das Licht war aus.« Vielleicht klinge ich ein bisschen defensiv. »Aber er ist ein guter Mensch. Er hat nur noch niemanden kennengelernt, der ihn lange genug interessiert, um richtig mit ihm zusammen zu sein.«

»Ach so«, sagt George. »Klar. Und dieser Typ wirst du sein?«

»Ja.« Ich schicke den Wunsch zeitgleich ans Universum. »Werde ich.«

»Wir machen die Orangen platt!«, ruft Hudson und zieht die Aufmerksamkeit des Teams auf sich. »Ich weiß, dass das für euch wahrscheinlich nur ein dummer Eierlauf ist, nur ein paar blöde Punkte für ein blödes Spiel. Und das verstehe ich.

Aber wisst ihr was? Wir rocken das Ding trotzdem. Warum? Weil wir toll sind. Wir sind queer und wir sind großartig. Da draußen in der echten Welt sagt uns ständig jemand, wie wir zu sein oder nicht zu sein haben. Wir werden gemobbt, wir werden beschimpft und runtergemacht. Die sagen uns, dass nie was aus uns wird, weil wir sind, wie wir sind. Aber hier können wir Kraft tanken. Hier können wir dran arbeiten, alles zu werden, was wir ihrer Meinung nach nicht sein können. Hier beweisen wir uns selbst, wie toll wir sind, damit wir es danach denen da draußen beweisen können. Und wir können alles schaffen und sie bei jeder Herausforderung schlagen! Wir können sein, was immer wir sein wollen! Wir sind was Besonderes!«

Sein Blick fällt einen intensiven Augenblick lang auf mich. Es fühlt sich an, als würde er nur zu mir sprechen. Ich kann alles sein, was ich will. Ich kann alles tun, was ich will.

»Und ja, vielleicht heißt das, heute mit einem Ei auf einem Löffel durch die Gegend zu rennen, ohne es fallen zu lassen. Aber hier Erfolg zu haben, bereitet uns darauf vor, da draußen Erfolg zu haben, selbst wenn es nur bei einem lächerlichen Eierlauf ist. Also gehen wir aufs Feld und zeigen denen, zu was wir fähig sind!«

Alle jubeln. Mich eingeschlossen. Ich weiß nicht, ob mich Hudsons Nähe zu einem besseren Menschen macht oder ich mich einfach nur anders wahrnehme, aber auf einmal ist alles, was mich sonst runterzieht, wie weggeblasen. Niemand sonst auf meiner Schule ist queer, ich habe keine engen Freunde außerhalb des Camps, meine Eltern unterstützen mich, behandeln mich aber oft, als käme ich von einem anderen Stern. Ich muss immer aufpassen, was und wie ich es sage und dass ich nicht zu viel Aufmerksamkeit errege. All das fällt von mir ab wie wie die Kleidung einer Dragqueen, die sich dramatisch enthüllt, und da bin ich, ein neuer, grandioser Superheld: Queer Randy. Jedes Mal, wenn das passiert, will ich Hudson unbedingt küssen. Weil mir noch nie jemand anderes dieses Gefühl gegeben hat.

Ich weiß, dass ich Ashleigh und George viel bedeute und Mark und Crystal auch. Und dass meine Eltern mich lieben. Aber Hudson schenkt mir etwas, das ich nirgendwo anders bekomme. Bei ihm fühle ich mich, als wäre ich etwas Besonderes. Als könnte ich der, der ich hier im Camp bin – wo ich meine Hände nicht im Bus zu Fäusten balle, um den Nagellack zu verstecken, wenn irgend so eine Sportskanone an mir vorbeigeht, und wo ich eine schlagfertige Antwort auf alles habe –, auch dort draußen sein.

Mir ist natürlich klar, dass Hudson nicht zu mir persönlich spricht, aber es kommt mir so vor. Und ich glaube, er würde dasselbe sagen, wenn ich allein vor ihm stehen würde. Ich kann mir vorstellen, dass er an mich glaubt, und das fühlt sich an, als hätte ich Sterne, eine ganze Galaxie in mir, die ihr strahlendes Licht verbreiten.

»Also stellt euch auf, und lasst uns einen fantastischen Eierlauf machen!«, ruft Hudson, was mich jubelnd aufspringen lässt. Ich beeile mich, um der erste Läufer zu sein.

VIER

Irgendwann haben wir genug vom Tanzen und ziehen uns um, weil unsere freie Zeit ansteht, in der wir den Pool benutzen dürfen. Ich bin so stolz auf meine Badehose. Sie ist schwarz mit weißen Ziernähten und sitzt ein bisschen zu eng. Ashleigh stutzt, als sie sieht, wie ich sie aus meinem Seesack hole.

»Hör mal.« Sie legt mir eine Hand auf die Schulter. »Ich finde diesen Plan immer noch durchgeknallt, aber wenn du das wirklich durchziehen willst, solltest du es richtig machen.«

»Wieso?«, will ich wissen. »Stimmt was nicht mit meiner Badehose?«

»Shorts«, sagt Ashleigh. »Deine Shorts. Und deine Schuhe.«

»Ich liebe diese Schuhe.«

»Das sollte dir schon mal zu denken geben«, erwidert sie. »Du siehst aus, wie … ein schwuler Hetero. Das Karomuster zu den Schuhen? Die Badehose, die Sean Connery in einem alten Bond-Streifen tragen würde? Du siehst aus, als würdest du versuchen, einen Hetero in einem Theaterstück zu spielen.«

»Theater ohne Schwule geht, aber Schwule ohne Theater nicht«, mischt sich George ein und kommt zu uns rüber. Er trägt eine weiße Badehose mit Regenbogenaufdruck quer über dem Hintern und kein Shirt, was den Blick auf seine behaarte Brust und den Bauch freigibt. So sah er letztes Jahr noch nicht aus.

»Und was mache ich jetzt?«, frage ich. »Ich habe die in Schwarz, Rot und Blau. Was anderes gibt's nicht.«

»Die sollten schon gehen«, entgegnet Ashleigh. »Aber lass mal den Rest deiner Klamotten sehen.«

Ich führe sie zu meinem Regalfach, in dem ich meine Kleidung sauber gefaltet nach Farben sortiert habe.

»Du musst die Sachen nur anders kombinieren. Zufälliger«, erklärt Ashley.

»Machen wir eine Modenschau?«, erkundigt sich George.

Die anderen aus unserer Hütte, die gerade noch dabei waren, sich umzuziehen, schauen uns mit großen Augen an.

»Modenschau?«, wiederholt Montgomery, ein schmaler Rothaariger, der ein Jahr älter ist als wir. Er hat uns Geschichten aus seinem Schuljahr in L.A. erzählt und sich selbst dabei schon viermal als »diese Bitch« beschrieben.

»Mach's nicht so spannend«, sagt Paz, die ebenfalls ein Jahr älter ist als wir. Sie hat dunkle Haut und trägt die Haare abrasiert.

»Modenschau! Modenschau!«, rufen die anderen.

Ashleigh grinst, und George wirft mir ein paar Kleidungsstücke zu, nachdem er mit ihr meine Auswahl durchwühlt hat.

»Bildmontage!«, brüllt Montgomery, und in den folgenden zwanzig Minuten führe ich ihnen verschiedene Outfits vor.

Das bringt mir Zurufe wie »Oh, Honey, so männlich!« und »Das geht beinahe als Kerl durch!« ein. Sogar Mark, dem das alles eher auf die Nerven zu gehen scheint, macht irgendwann mit. Allerdings fühle ich mich ein bisschen ausgelacht, als er »How Lovely to Be a Woman« auflegt. Vielleicht hat er das aber auch nur ausgesucht, weil es aus dem diesjährigen Musical ist.

Trotz des kontraproduktiven Soundtracks genieße ich jede Sekunde und strenge mich bei jedem Outfit an, die

Maskulinität zu zeigen, die ich ein Jahr lang geübt habe. Beine breit beim Laufen, das Becken nach vorne schieben, mit dem Kinn nicken. Ich zeige sogar meine Bauchmuskeln und präsentiere stolz den auftrainierten Bizeps. Ein paar der Jungs schauen mich danach anders an, als wäre ich ein Neuer in der Gruppe. Das war ja auch irgendwie Sinn der Aktion.

Nach meiner kleinen Show habe ich eine ganz andere Auswahl an Outfits. Die sind … ehrlich gesagt nicht so toll. Ja, ich verstehe schon. Wenn man aussehen will, als würde man sich morgens nach dem Aufstehen einfach das Erstbeste anziehen, sind sie schon ganz sexy. Aber nichts ist ordentlich, und überhaupt fühlt es sich total zusammengewürfelt an. Wenn das ein Stil ist, dann verstehe ich ihn nicht. Oder er entspricht halt nicht meinem Geschmack. Die anderen versichern mir allerdings, dass es seinen Zweck erfüllen wird. Und was ist schon Kleidung im Vergleich zu Liebe?

»Da wir jetzt hier fertig sind, können wir zum Pool«, sagt Mark. »Kommt schon. Keiner wird zurückgelassen.«

Ich ziehe mir die schwarze Badehose an, schnappe mir mein Handtuch und gehe zusammen mit den anderen die Treppe zur untersten Camp-Ebene hinunter. Dort merkt man erst so richtig, wie groß das Gelände eigentlich ist. Ich weiß gar nicht, wie viele Quadratmeilen es umfasst, aber es sind sicher einige. Von den Stufen aus kann man den Fluss nicht sehen, der sich am anderen Ende des Camps befindet. Allerdings kann man von der Theaterhütte aus den Speisesaal sehen, das sind die beiden anderen Punkte, die am weitesten voneinander entfernt liegen.

Der Pool ist direkt neben der Treppe, und es tummelt sich schon ein Haufen Leute lachend darin und spritzt sich gegenseitig nass. Das Wasser lockt mich, doch als wir uns dem Becken nähern, packt Ashleigh George und mich am Arm. Sie starrt in Richtung der Rettungsschwimmerin, die heute Aufsicht hat, und ich folge ihrem Blick. Da sehe ich erst, wer das ist.

»Janice«, flüstert Ashleigh.

»Darling, alles ist gut«, beruhigt George sie.

Fast alle, die in Camp Outland arbeiten, sind ebenfalls queer – bis auf die Badeaufsicht und das Küchenpersonal. Die müssen staatlich geprüft sein, und es ist wohl echt schwer, queere Mitarbeiter zu finden, die hier in der Gegend wohnen. Zumindest hat Mark uns das vor ein paar Jahren so erklärt. Deswegen beauftragt Joan eine Firma damit, diese Posten zu besetzen, auch wenn sie die Leute, die eingestellt werden, vorher genau unter die Lupe nimmt. »Die Frau wittert Homophobe aus hundert Metern Entfernung«, sagt Mark immer. »Was glaubt ihr denn, warum sie immer so müde aussieht?«

Die meisten der Rettungsschwimmer sind also hetero. Sogar Janice Uncas mit ihren langen, lavendelfarbenen Locken und dem Lippenpiercing, die gar nicht so viel älter ist als wir. Es ist also total okay, wie Ashleigh uns versichert hat, dass die beiden sich letztes Jahr angefreundet haben. Es ist nichts zwischen ihnen passiert, aber trotzdem hat sich Ashleigh ein bisschen in Janice verliebt. Und ein bisschen verliebt in ein Hetero-Mädchen bedeutet – soweit ich das mitbekommen habe – ganz schön viel Schmerz über den Sommer.

»Ist schon okay«, sage ich zu Ashleigh. »Ihr seid befreundet. Du bist drüber weg, oder?« Zumindest hat sie uns letzten November eine ellenlange E-Mail geschickt, wie sehr sie mit Janice abgeschlossen hat.

»Ja«, erwidert sie. »Ich … ich hatte nur nicht erwartet, dass sie wieder da ist. Ich dachte, sie verbringt den Sommer bei ihren Großeltern und macht so traditionelles Mohegan-Zeug. Das hat sie zumindest erzählt.«

»Ihre Pläne haben sich wohl geändert«, meine ich.

»Sie winkt uns zu«, ergänzt George. »Winkt zurück.«

Wir gehorchen und gehen dann weiter.

»Ich will das nicht noch mal«, sagt Ashleigh. »Dieses Mal halte ich Abstand. Freundlich, aber keine besten Freundinnen mehr wie letztes Jahr.«

»Guter Plan«, entgegne ich.

»Wir werden dich dran erinnern«, verspricht George ihr.

»Okay.« Ashleigh zupft an den Trägern ihres schwarzen, mit Totenköpfen bedruckten Badeanzugs.

Wir umrunden den Sicherheitszaun um den Pool, kommen an den Umkleiden vorbei und gehen zum Becken, in das George auch direkt hineinspringt. Hudson in seiner blauen Badehose – in seinen Badeshorts, meine ich – fällt mir sofort auf. Ich wate bis zur Hüfte ins Wasser, bevor er mich bemerkt, sodass er meine nicht-ausreichend-maskuline Badehose nicht sieht. Es ist ein bisschen kalt, aber die Luft ist warm, was die Kühle des Wassers angenehm macht, und einen Moment später lasse ich mich bis zum Hals hineinsinken.

»Darling, zeig deine Bauchmuskeln«, weist George mich an. »Er kommt rüber.«

Hudson schwimmt tatsächlich zusammen mit Brad auf uns zu. Seine dunklen Haare kleben ihm nass an der Stirn, und einen Moment später ist er schon da. Ich nehme mir die Zeit, ihn oben ohne zu bewundern – ausgeprägte, aber nicht zu ausgeprägte Bauchmuskeln und breite Schultern, die sich vermutlich auch als Kissen gut machen würden. Und mir geht auf, dass auch er mich abcheckt und sein Blick der feinen Spur aus Haaren folgt, die von meinem Bauchnabel abwärts führt. Meine Wangen werden heiß, und ich tauche ab, um mich zu verstecken, komme aber gleich wieder hoch.

»Habt ihr euch jetzt lange genug angestarrt?«, fragt George.

»Ich habe dich angestarrt«, meint Brad zu ihm.

»Da bekommt man ein paar Haare auf der Brust, und plötzlich wird man interessant«, sagt George zu Ashleigh.

Die schaut immer noch zu Janice und scheint nichts um sich herum mitzubekommen.

»Ich fand dich vorher schon interessant, George«, erklärt Brad.

George wirkt ein bisschen überrascht, dass Hudsons Freund überhaupt weiß, wie er heißt.

»Aber ja … die Haare stehen dir gut. Ich würde gerne mal mit der Zunge …«

»Manchmal ist weniger mehr, Darling«, unterbricht George ihn. »Aber danke.« Er schenkt Brad einen Augenaufschlag, woraufhin dieser sich grinsend auf die Unterlippe beißt.

»Klar doch. Wie war euer letztes Jahr?«, erkundigt sich Brad.

Das kommt Hudson wohl komisch vor. »Alter, Del ist neu.«

»Del?«

»Darling«, wendet sich George an Brad, »warum unterhalten wir uns nicht noch ein bisschen am tiefen Beckenende über das Wunder, das die Pubertät an meinem Körper vollbracht hat?«

»Ja?« Brad grinst erneut. »Klar.«

Ich werfe George einen dankbaren Blick zu. Hoffentlich kann er Brad davon abhalten, meinen Plan zu ruinieren.

Sie schwimmen weg und Ashleigh, die immer noch voll auf Janice fixiert ist, entfernt sich ebenfalls von uns.

»Ich werde mit Janice reden«, meint sie.

»Nein, du hast doch gesagt …«, setze ich an, aber da legt Hudson mir einen Arm um die Schultern – meine nackten Schultern – und ich kann nicht weitersprechen. Ich drehe mich zu ihm um. Er lächelt mich an. Seine Augen sind dunkelgrau mit einem Hauch von Blau, und das Wasser lässt sie funkeln.

»Ich bin froh, dass sie uns allein gelassen haben.«

»Ja«, erwidere ich.

»Also, relativ allein.« Er deutet auf die Leute um uns herum.

Ich muss lachen. »Ja.«

»Hast du dich erst vor Kurzem geoutet?«, erkundigt er sich und lehnt sich gegen die Beckenwand, wo er sich bis zum Hals ins Wasser sinken lässt.

Ich mache es ihm nach, und das fühlt sich irgendwie intim an. Unsere Köpfe sind über Wasser, unsere Körper verschwimmen unter der Oberfläche, wodurch es aussieht, als würden wir uns berühren.

»Nein. Da war ich zwölf.« Das stimmt. Es ist einfacher, bei der Wahrheit zu bleiben.

»Dann wollten dich deine Eltern nur bisher nicht in ein queeres Camp schicken? Hatten sie Angst, es gäbe hier nur Orgien und Dragshows? So war es nämlich bei meinen.«

»So was in der Art.« Das ist eine Lüge. Der Vorschlag, den Sommer im Camp zu verbringen, kam vor vier Jahren von meinen Eltern. Aber das kann ich später aufklären. Für den Moment kann er ruhig glauben, dass ich das erste Mal hier bin.

»Ich habe ihnen erklärt, dass es hier wie in jedem anderen Sommercamp ist, nur dass keiner Angst hat, mit mir in den Pool zu steigen.«

»Angst?«, hake ich nach. »Wer ist denn so drauf?«

»Ein paar Leute aus meiner Schule. Ich habe mich auch schon mit zwölf geoutet. Außer vor meinen Eltern. Na ja, lief nicht so gut. Kleinstadtschulen in West-Virginia sind nicht gerade superliberal. Das hier ist … wie Urlaub.«

»Ja, verstehe ich. Ist in Ohio auch so«, entgegne ich. »So schlimm ist es bei mir aber nicht. Die meisten ignorieren mich einfach.«

»Kaum vorzustellen.« Hudson wackelt mit den Augenbrauen, und sein Knie streift im Wasser meins.

Ich senke den Blick, um mein Erröten zu verbergen. »Tja, ist aber so. Jedenfalls tut es mir leid, dass du gemobbt wurdest.«

»Es war kein richtiges Mobbing. Ich mag das Wort nicht – das klingt so dramatisch oder als wäre ich ein Opfer oder so. Aber reden wir über was anderes. Wir sind gerade in einem queeren Camp, und es ist toll!«

»Ja.« Inzwischen drücken sich unsere Knie fest gegeneinander. »Alles ist perfekt.«

Plötzlich trifft uns ein Schwall Wasser. George hat direkt neben uns eine Arschbombe hingelegt und Brad gleich danach.

Jetzt schwimmt er zu uns rüber und sieht uns aus leicht zusammengekniffenen Augen an. »Wo ist Ashleigh?«

»Sie ist ...« Plötzlich trifft mich die Erkenntnis wie ein Schlag ins Gesicht. »Sie wollte mit Janice reden. Ich hab versucht, sie davon abzuhalten.« Aber nicht genug.

»Nicht erfolgreich, wie man sieht.« George schwimmt zum Beckenrand und stemmt sich aus dem Wasser. »Komm, wir müssen sie aufhalten.«

»Was, warum?«, fragt Hudson.

»Tut mir leid«, antworte ich und folge George. »Wir haben es ihr versprochen.«

»Soll ich mitkommen?«

»Nein«, erwidert George. »Das lenkt nur ab.«

»Beeil dich, und komm dann wieder.« Hudson legt die verschränkten Arme auf den Beckenrand und stützt sein Kinn darauf.

»Mache ich«, sage ich. »Ansonsten sehen wir uns nachher beim Essen.«

»Okay!«, ruft er mir noch hinterher, während ich George zur anderen Seite des Pools folge.

»Brad wird die Klappe halten. Gern geschehen«, raunt George mir zu, während wir das Becken zügig umrunden – am Pool wird nicht gerannt. »Ich habe ihm gesagt, dass du dir den Kopf gestoßen hast.«

»Was?«, platzt es ein bisschen zu laut aus mir heraus.

»War für mich eine passende Erklärung nach Marks Kommentar«, meint er und hebt die Hände in einer gespielt abwehrenden Geste. »Du kannst dich noch erinnern, aber nicht mehr an alles. Und wenn man dich auf irgendwas aus der Vergangenheit aufmerksam macht, könntest du einen Nervenzusammenbruch bekommen. Deswegen haben wir entschieden, dass es am besten ist, wenn Hudson dich für einen Neuling hält.«

»Warum behauptest du so was?«, will ich wissen, aber in diesem Moment erreichen wir Ashleigh und Janice, die mit den Füßen im Wasser am Beckenrand sitzen. Janice' Rettungsschwimmerplatz hat ein älterer Mann übernommen, aber sie beobachtet das Treiben im Pool trotzdem aufmerksam durch ihre Sonnenbrille. Ashleigh erzählt ihr etwas, das sie beide lachen lässt.

»Das ist echt lustig«, sagt Janice gerade, als wir uns neben Ashleigh fallen lassen. Diese wirft uns einen finsteren Seitenblick zu.

»Was ist so lustig?«, erkundigt sich George.

»Ashleigh hat mir gerade von diesem Typen aus der Schule berichtet, der sie immer wieder fragt, ob sie mit ihm ausgeht«, erklärt Janice. »Erzähl's ihnen.«

»Ach, er hat einfach nicht aufgehört«, meint Ashleigh. »Deshalb habe ich mir eine meiner Hetero-Freundinnen geschnappt und zu ihr gesagt: ›Können wir vor ihm rummachen, bis er abhaut?‹ Das war okay für sie, also habe ich mit ihr rumgeknutscht, als er das nächste Mal ankam. Wie beleidigt der war! ›Du hättest was sagen können.‹ Als hätte es nicht gereicht, dass ich ihm immer wieder erklärt habe, dass ich eine demisexuelle Lesbe bin. Dann hat er uns als Kampflesben beschimpft und hat auf Instagram über mich hergezogen. Aber hey, immerhin hat er mich danach nicht mehr gefragt, ob ich mit ihm ausgehe.«

»Ja, das ist echt lustig«, sagt George und wirft mir einen Blick zu.

Wir wissen beide, dass ihr die Geschichte, wie sie mit einem Hetero-Mädchen rumgemacht hat, wahrscheinlich nicht zufällig eingefallen ist.

»Aber wir müssen zurück zur Hütte, Ashleigh«, fährt er fort. »Du weißt doch noch, worüber wir geredet haben?«

Ashleigh runzelt die Stirn, weil sie ganz genau weiß, dass wir eigentlich nicht vorhatten, zurückzugehen.

»Du weißt schon …«, werfe ich ein. »Wir haben es dir versprochen.«

»Ach ja«, sagt sie. »Tut mir leid, Janice, ich sollte gehen.«

»Schon okay. Wir sehen uns.«

»Bis dann.«

Wir stehen auf und kehren auf die andere Seite des Beckens zurück. Ich will wieder zu Hudson ins Wasser springen, da packt Ashleigh mich am Arm. »Wir haben gerade behauptet, dass wir zurück zur Hütte gehen. Wenn wir das nicht machen, weiß sie, dass ich nur von ihr wegwollte.«

»Stimmt.« Ich seufze. Kurz kann ich Hudson in die Augen sehen, doch dann zucke ich resigniert die Schultern und lasse mich von Ashleigh mitziehen. Er winkt mir enttäuscht nach.

»Sorry«, entschuldigt Ashleigh sich auf dem Weg zur Hütte. »Tut mir echt leid. Ich wollte das doch gar nicht, aber es gibt nicht viele Mädchen, mit denen die Chemie so stimmt, dass ich …«

»Darling, wir sind in einem queeren Camp. Hast du mal geschaut, ob die Chemie mit einer anderen vielleicht auch stimmt?«

»Na ja … mit Daphne vor zwei Jahren.«

»Die ist weg«, meine ich. Das Camp ist nur für Leute unter achtzehn. Wir bleiben mit den Älteren oft in Kontakt, aber sie dürfen nicht mehr herkommen. Ist schon ein bisschen traurig, aber wenn wir mitkriegen, wie sie aufs College gehen und jeden Tag so leben wie hier im Camp, kommt es einem weniger wie ein Abschied und mehr wie eine Flucht in ein besseres Leben vor.

»Ich weiß, aber ich muss jemanden erst besser kennenlernen und wirklich mögen, bevor ich ... ihr wisst schon. Ich finde nicht einfach irgendein Mädchen heiß und spreche es dann an. Und ich habe das Gefühl, dass mich niemand wirklich kennenlernen will.«

»Das ist doch Blödsinn«, sagt George.

»Absolut«, stimme ich ihm zu. »Nicht jeder ist demisexuell. Es gibt einen Haufen Mädchen, die dich kennenlernen wollen.«

Ashleigh lacht. »Ja, aber was, wenn ich die nicht mag?«

»Dann sagst du nein, danke. Aber versprich mir, dass du dieses Jahr mit irgendwem anders als mit dem Hetero-Mädchen redest, ja?«, bittet George sie.

»Okay. Danke, Jungs.«

Inzwischen sind wir an unserer Hütte angekommen.

»Was läuft denn da zwischen Brad und dir?«, will ich von George wissen, während wir duschen gehen.

Im Waschraum gibt es vier Waschbecken und sechs Duschkabinen mit Trennwänden als Sichtschutz dazwischen, sodass man sich weiter unterhalten kann, wenn man laut genug spricht.

»Passiert mir in letzter Zeit öfter«, erwidert George. »Kaum kriege ich Haare auf der Brust, stehen plötzlich alle auf mich. Die Jungs in der Schule haben mich vorher kaum bemerkt, und jetzt habe ich schon mit drei von denen geschlafen.«

»Du hattest Sex?« Bin ich froh, dass er nicht sieht, wie ich knallrot anlaufe. Ich hatte noch keinen. Ja, ich habe schon mal ein bisschen rumgemacht, und ich weiß, wie sich ein Kerl anfühlt, wenn er scharf ist. Vor zwei Jahren hat Carter Monroe mir zu verstehen gegeben, dass er mehr will, nachdem wir uns geküsst haben, aber ich möchte, dass mein erstes Mal was Besonderes wird. Und dass es mit Hudson passiert.

»Hhm«, antwortet George.

»Warum hast du uns das nicht erzählt?«, fragt Ashleigh.

»War für mich irgendwie kein großes Ding. Ich bin aus Manhattan, Darlings. Da hat man einfach manchmal Sex.«

Meine Wangen werden noch heißer, doch ich zwinge mich zum Lachen.

»Damit kannst du uns nicht kommen. Wir sind deine Freunde. So was musst du uns sagen.«

»Irgendwie …« George ist über das Rauschen des Wassers schwer zu verstehen.

Ich beeile mich, stelle die Dusche aus und trockne mich ab.

»Es war mir … irgendwie peinlich. Auf einmal sehe ich älter aus und jemand steht auf mich, und ich gehe bei der erstbesten Gelegenheit mit ihm ins Bett? Ich wollte nicht, dass ihr mich für eine Schlampe haltet.«

»Warum sollten wir das tun?« Ich wickle mir das Handtuch um die Hüften.

»Du wartest auf Hudson, und Ashleigh will nur was von Mädchen, für die sie Gefühle hat. Ich vögle mit einem Kerl, dessen Nachnamen ich längst vergessen habe.«

»War es gut?«, will Ashleigh wissen.

»Schon«, antwortet George und stellt ebenfalls das Wasser ab. »Beim ersten Mal war es ein bisschen komisch. Aber dann war es gut. Echt gut. Kann ich nur empfehlen.«

Ashleigh und ich müssen lachen.

»Ich halte dich nicht für eine Schlampe«, sage ich, während ich meine Haare im Spiegel richte. Es ist ziemlich schwierig, sie so zu stylen, als wäre es mir egal, wie sie aussehen.

»Ich auch nicht.« Ashleigh verlässt ihre Kabine und trägt schon wieder ihre Jeans-Shorts und ein schwarzes Tanktop. Sie streicht sich mit beiden Händen die Haare nach hinten und geht dann in den Schlafraum.

»Vielen Dank, ihr Lieben. Aber immer schön dran denken: Wenn ein hübscher Kerl euch mal fragt – ich schlafe mit absolut jedem.« George schiebt den Duschvorhang beiseite und kommt, in ein riesiges, pinkes Handtuch gewickelt, aus der Kabine. Er hat es sich bis unter die Achseln hochgezogen, und trotzdem schleift es fast auf dem Boden.

»Mit Brad auch?«, frage ich.

»Vielleicht.« George stellt sich vor den Spiegel und neigt den Kopf zur Seite, während er eine Dose Haarspray schüttelt. »Er ist süß. Aber wir sind erst einen Tag hier.«

Nachdem ich fertig bin, kehre ich ebenfalls in den Hauptraum zurück und wähle eins meiner frisch zusammengestellten, ausreichend maskulinen Outfits aus. Mit dem weißen T-Shirt und den blauen Shorts unterm Arm husche ich zurück in eine der Kabinen und ziehe mich an. Als ich wieder herauskomme, knetet George gerade seine Haare in Form, und Ashleigh trägt sich neben ihm dunklen Lippenstift auf.

»Könntet ihr mir nach dem Abendessen den Baum zeigen?«, frage ich die beiden. »Wir müssen nur aufpassen, dass Hudson uns folgt – aber mit ein bisschen Abstand.«

»Wie willst du das anstellen?«, erkundigt sich Ashleigh.

»Wir könnten zusammen mit ihm und Brad essen. Dann nimmst du mich im Gehen beiseite und sagst so was wie: ›Wir müssen dir was zeigen.‹ Da folgt er uns bestimmt.«

»Er folgt uns, aber wir bemerken ihn nicht?« George klingt skeptisch. »Ich bin ja echt für jeden Spaß zu haben, aber das ist schon ein bisschen abgedreht.«

»Spielt eigentlich keine große Rolle, ob er uns nachkommt – er muss nur wissen, dass wir da hingehen. Wenn er uns wirklich folgt, kann ich darüber reden, dass ich nie nur eine weitere Eroberung für so einen Mann wäre.« Ich presse mir eine Hand auf die Brust wie eine zutiefst empörte, viktorianische Dame.

»Vielleicht schraubst du das ein bisschen runter, wenn du's glaubhaft rüberbringen willst«, meint George.

Ashleigh lacht schnaubend.

»Ich brauche nur einen Grund, um ihm die kalte Schulter zu zeigen. Und um ihm klarzumachen, dass ich eine echte Beziehung will.«

»Wie kommst du eigentlich darauf, dass er sich nicht einfach einen Kerl sucht, der leichter zu haben ist?«, fragt George.

»Wer passt denn sonst so perfekt in sein Beuteschema? Also, einer, den er noch nicht mit zur Peanut Butter Pit genommen hat.«

»Möglicherweise sind ja ein paar Neue da«, gibt Ashleigh zu bedenken.

»Oder er fängt noch mal mit einem von den Alten was an.«

»Da ist was zwischen uns. Und er hat schon den ersten Schritt gemacht. Das heißt, dass er niemand anderen im Auge hat. Außerdem steht er auf Herausforderungen. Vielleicht tut er am Anfang nur so, als wäre er auf was Langfristiges aus, aber er wird die Sache langsam angehen. Und das reicht mir, um ihn dazu zu bringen, sich tatsächlich in mich zu verlieben.«

George wechselt im Spiegel einen Blick mit Ashleigh, und ich sehe beiden an, dass sie mich für komplett durchgeknallt halten. Hinter uns kommen ein paar der anderen in die Hütte. Jordan betritt den Waschraum, als George und Ashleigh gerade loskichern.

»Vielleicht könntest du es auch Brad erzählen«, fordere ich George auf. »Ihn wissen lassen, dass ich romantisch veranlagt bin, dass aus mir keine weitere Kerbe im Baum wird und Hudson sich für mich ins Zeug legen muss. Du weißt schon, wegen meiner Kopfverletzung.«

George verdreht die Augen. »Ich habe nichts gegen eine größere Rolle in deinem Stück einzuwenden. Auch wenn ich normalerweise Komödien so einer Farce vorziehe.«

»Hast du wirklich was am Kopf?«, erkundigt sich Jordan, dier gerade in eine der Duschen geht.

»Nein«, antworte ich schnell.

»Das ist nur Teil des Plans, Darling!«

»Des Verführungsplans?« Jordan streckt noch einmal xiesen Kopf aus der Kabine. Jordan hat einen sehr kurzen, geraden Pony, während der Rest der Haare fast komplett abrasiert ist. Das gibt xiem einen sehr punkigen Look, was ich ziemlich lustig finde, weil Jordan ein wahnsinniger Softie ist, dier jede Liebeskomödie schon x-mal gesehen hat. »Ich liebe so was! Das ist wie in ›Bettgeflüster‹!« Jordan verschwindet wieder in der Dusche. »Oder bei ›Wie angelt man sich einen Millionär‹.« Xier kichert.

»Wissen etwa alle Bescheid?«, frage ich.

»Die in unserer Hütte, ja.« Ashleigh zuckt die Schultern. »Hast du echt gedacht, dass das niemand mitkriegt?«

Ich muss lachen. »Okay. Ist auch egal, weil es großartig wird. Es wird wunderbar funktionieren.«

Hoffe ich. Ich habe jede nur erdenkliche Variante durchgespielt. Hudsons Aufmerksamkeit zu erregen, war der einfache Teil, sie länger als zwei Wochen zu behalten, wird schwieriger. Aber indem ich ihm nicht nur klarmache, dass ich nicht auf eine schnelle Nummer aus bin, sondern es für ihn zur Herausforderung mache, sollte es klappen. Die hat ihm noch nie jemand geliefert, nicht so richtig, aber jeder weiß, wie ehrgeizig Hudson ist. Selbst beim Fahnenraub muss sein Team immer gewinnen. Auf dem Hindernisparcours muss er der Schnellste sein. Dann würde er doch einen Kerl, den er mag, nicht so einfach aufgeben, oder? Und um mich zu erobern, muss er Zeit aufwenden, Zeit, die wir miteinander verbringen, wodurch wir uns ineinander verlieben werden. Das ist ein solider Plan – rede ich mir ein. George und Ashleigh wechseln noch einen Blick, dann geht George sich anziehen. Und selbstverständlich bin ich nicht durch den Konsum von zu vielen alten Liebeskomödien auf diese Idee gekommen.

»Dann muss ich wohl die Böse spielen?« Ashleigh verschränkt die Arme vor der Brust und lehnt sich gegen die Wand. »Dich zum Baum bringen und davor warnen, was Hudson für ein Aufreißer ist?«

»Ja, wenn das für dich okay ist?«

»Ich bin keine Schauspielerin, das weißt du. Ich mache Technikkram.«

»Dafür musst du nichts spielen«, versichere ich ihr. »Du hältst das mit Hudson ja offensichtlich wirklich für eine dumme Idee.«

»Hör mal …« Sie geht zurück in den Schlafraum, wo George sich bereits einen Hausmantel aus grünem Satin mit weiten Ärmeln übergezogen hat. Er ist mit blauen Nelken bestickt. Ich besitze einen identischen, allerdings in Violett mit goldenen und weißen Lilien drauf. Die habe ich vor zwei Jahren online gefunden und ihm den Link geschickt, damit wir sie uns beide kaufen können. Letztes Jahr war ihre Premiere im Camp. Dieses Jahr habe ich meinen zu Hause gelassen.

»Ich habe ja gar nichts dagegen, dass du mit ihm zusammenkommst«, sagt Ashleigh, »wenn du denkst, dass dich das glücklich macht. Es ist nur … dieser ganze Plan. So zu tun, als wärst du jemand anderes. Wo soll das enden?«

»Wir verlieben uns.« Ich folge ihr.

»Und dann was? Bleibst du für den Rest deines Lebens Del?«

Ich zucke die Schultern. »Wenn wir uns erst mal lieben, werde ich Stück für Stück wieder zu Randy.«

»Zu jemandem, in den er sich nicht verliebt hat«, sagt Ashleigh. »Verstehst du das Problem? Dein Skript ist nicht durchdacht.«

»Es geht vor allem darum, wie man es rüberbringt«, halte ich dagegen. »Was soll denn schon passieren? Dass ich den Kerl nicht bekomme?« *Bitte nicht. Bitte, bitte, bitte.* Ich zwinge mich zu einem Lächeln. »Dann sind wir eben damit durch und du brauchst dir keine Sorgen mehr machen.«

»Von deinem Liebeskummer mal abgesehen.«

»Dann kannst du mir vorhalten, dass du es mir gleich gesagt hast.« *Bitte, gib ihr keinen Grund, mir das zu sagen.*

»Lasst uns nicht streiten, ihr Lieben«, unterbricht uns George. »Randy hat einen Plan und er bittet uns um Hilfe. Wenn es schiefgeht, haben wir hinterher wenigstens was zu erzählen. Es ist nur Liebe, kein Grund, das so ernst zu nehmen.«

»Stimmt«, erwidere ich, muss mein Lächeln jedoch so krampfhaft aufrechterhalten, dass meine Wangen wehtun.

»Okay, okay«, gibt Ashleigh nach. »Nur fürs Protokoll: Ich sehe das nicht gut ausgehen, und mir gefällt nicht, dass du dich für irgendeinen Typen so veränderst. Du kannst auch einen finden, der dich so liebt, wie du bist.«

»Aber der wäre nicht Hudson. Würdest du nicht auch andere Sachen anziehen, wenn Janice sich dadurch in dich verliebt?«

Ashleigh klettert auf ihr Stockbett. »Ja, okay, ich verstehe schon.«

In diesem Moment kommt Mark herein. »Was ist denn hier los? Ist euch Schwimmen zu langweilig? Zu viel Klatsch, den nicht das ganze Camp mitbekommen soll?«

»So was in der Art«, sagt George, holt seinen Sandelholz-Fächer unter dem Kopfkissen heraus und klappt ihn auf.

»Außerdem brauche ich Zeit, um meine Haare vor dem Essen lufttrocknen zu lassen.«

»Das zumindest ist eine nachvollziehbare Begründung.« Mark geht in den Raum der Betreuer, der so winzig ist, dass gerade mal zwei Einzelbetten und ein Nachttisch reinpassen, aber hey, die Betreuer haben wohl zumindest etwas Privatsphäre verdient. »Um sechs gibt es Essen, zieh dir bis dahin was an.«

Kurz darauf trudelt nach und nach der Rest unserer Gruppe ein. Sie gehen duschen und ziehen sich um. George sucht sich – nachdem seine Haare trocken genug sind – ein violettes T-Shirt mit einem Foto von Ariana Grande als Jungfrau Maria und extrem kurze, schwarze Shorts raus. Irgendwer legt den Soundtrack von »Bye Bye Birdie« auf und alle singen mit, um für das Casting morgen zu üben. Ich lächle, höre zu und stimme manchmal mit ein, auch wenn der morgige Tag für mich ganz anders laufen wird.

FÜNF

EIN JAHR ZUVOR

»Er sieht so gut aus«, wiederhole ich. Ich liege im Gras und beobachte Hudson, der über den Rasen sprintet. Gerade läuft eine Partie Fahnenraub im Rahmen des Camp-Wettkampfs. George, Montgomery und ich haben uns gefangen nehmen lassen, damit wir am Spielfeldrand sitzen und das Treiben beobachten können. Montgomery trägt grüne Hotpants, die so kurz sind, dass seine Pobacken unten rausgucken, und dazu ein schwarzes Crop Top. George und ich wollten nicht noch mal das Gleiche wie gestern anziehen, deswegen haben wir uns für Pink und Lila entschieden, aber unsere Nägel sind grün lackiert, und praktischerweise ist der Seidenfächer, den ich von zu Hause mitgebracht habe, hellgrün. Also trage ich den in der hinteren Hosentasche mit mir herum und fächle mir Luft damit zu. Hudson hat sein Shirt ausgezogen, und seine Haut glänzt schweißnass. Möglicherweise sabbere ich ein bisschen. Aber ich kann es hinter dem Fächer verstecken.

»Darling, du musst endlich damit aufhören«, ermahnt George mich. »Oder dir was ausdenken, damit er dich bemerkt.«

»Ich arbeite dran, Sweetie. Ich habe schon ein paar Ideen.« Ich zupfe ein Gänseblümchen ab und stecke es mir hinters Ohr.

»Ach ja?«, will Montgomery wissen. »Was denn?«

»Ich muss ihn dazu bringen, mit mir zu reden.« Ich stecke mir ein weiteres Gänseblümchen hinters andere Ohr. »Wenn er sich bei mir dadurch nur halb so wohl fühlt wie ich mich bei ihm, werden ihm die zwei Wochen nicht reichen.«

Plötzlich kommt Hudson auf uns zugerannt, als hätte er uns gehört. George und ich sehen uns erschrocken an, doch Hudson tippt uns nur auf die Schulter und läuft dann wieder auf die andere Spielfeldseite. Über die Schulter wirft er uns noch ein breites, fröhliches Grinsen zu. »Kommt schon!«, ruft er. »Ich habe euch befreit!«

Wir stehen schulterzuckend auf und beeilen uns, ihm auf seine Seite der Linie zu folgen. Ich streiche mir ein paar Haarsträhnen aus dem Gesicht und warte neben Hudson, der uns immer noch anlächelt.

»Was denn, kein Danke?«, fragt er.

»Danke«, antworte ich.

»Darling, das war reine Zeitverschwendung«, informiert George ihn. »Wir sind absolut nutzlos bei diesem Spiel.«

»Ach was.« Hudson sieht mir direkt in die Augen. »Ihr werdet das super machen. Versucht es einfach mal.«

Ich erwidere das alberne Grinsen und merke, wie mir ganz warm in der Brust wird. So wie bei dem einen Mal, wo ich Tequila probiert habe. Ich fühle mich lockerer und stärker. Noch nie hat jemand daran geglaubt, dass ich gut in Sport bin. Ich gehöre in die Theatertruppe, bin ein Schwächling und kann kaum einen Ball geradeaus werfen. Selbst mein Dad hat gesagt, dass es vielleicht »nicht unser Ding« ist, nachdem wir im Garten mit einem Baseball Fangen geübt und die Nachbarn sich über uns lustig gemacht haben. Hudson sieht das Gleiche wie alle anderen. Er sieht meine lackierten Fingernägel, meine Handbewegungen, und glaubt trotzdem daran, dass ich gut in Sport sein könnte, wenn ich es nur versuche.

Doch dann ist er wieder weg.

Ich drehe mich zu George um. »Siehst du? Er ist so großartig.«

Montgomery schaut Hudson nach. »Er hat schon einen geilen Arsch«, kommentiert er und verschränkt die Arme vor der Brust.

»Ich hol mir die Fahne.« Damit klappe ich meinen Fächer zu und stecke ihn in meine hintere Hosentasche. »Deckst du mich?«

»Was?«, fragt George.

»Bist du verrückt geworden?«, ruft Montgomery mir hinterher, aber ich habe schon die Linie ins Feindesland überquert.

Bevor ich Zeit zum Antworten finde, muss ich anderen Spielern ausweichen, die mich erwischen wollen. Mein Ziel ist die grell orangefarbene Flagge auf dem Hügel auf der anderen Seite des Camps. Und plötzlich wird mir klar, dass ich es wirklich schaffen kann. Ich kann wirklich tun, was immer ich will, und ich bin schon so nah am Hügel dran. Hudson ist immer noch vor mir, doch ich hole ihn ein, und irgendwie machen wir das auf einmal gemeinsam. Wir stehlen die Fahne als Team. Er schaut zu mir rüber und schenkt mir erneut dieses Lächeln.

Und dann stolpere ich. Schlage der Länge nach hin. Einer der Gegner tippt mich sofort an, was bedeutet, dass ich vorerst raus bin, aber Hudson schafft es, sich die Fahne zu schnappen, mit der er abhauen will, doch dann erwischt ihn auch jemand. Er kommt zu mir ins Gefängnis und setzt sich grinsend neben mich ins Gras. Schweiß rinnt ihm über den nackten Oberkörper, und er riecht nach Erde und Sonne.

»Danke für die Ablenkung, Alter.« Er streckt mir eine Faust hin.

Einen Moment zu spät geht mir auf, dass er einen Faustcheck erwartet, also tue ich ihm den Gefallen, auch wenn es sich gezwungen anfühlt und ich mir dumm dabei vorkomme.

»Ja.« Ich nicke. »Habe ich mit Absicht gemacht.«

»Du warst echt gut«, meint er. Ich kann nicht erkennen, ob er meine Lüge durchschaut. »Hab doch gesagt, dass du gut bist, wenn du es versuchst.«

»Sieht so aus.«

Er packt eine Handvoll Gras und zieht daran, streicht es dann aber wieder glatt. »Weißt du ... Wir müssen nicht sein, was die anderen uns aufdrücken wollen. Wir können Sportler und Superhelden sein. Wir können stark und schnell sein und gewinnen. Wir müssen uns nur die Ohren zuhalten und dürfen nicht mehr auf sie hören. Und wir müssen zulassen, das alles zu wollen. Mehr sein zu wollen. Dann schaffen wir alles.«

»Ja«, stimme ich ihm zu und spüre wieder diese Wärme in mir, wie funkelnde Sterne. Ob er es wohl auch merkt? Wie kann ich ihm dieses Gefühl auch geben?

»Kommt schon, ihr Loser.« Ashleigh schlendert auf uns zu, als wäre ihr das Spiel vollkommen egal, und tippt uns auf die Schultern. Tatsächlich liebt sie Fahnenraub, aber macht lieber einen auf »Spion« – sie will dem Gegner weismachen, dass sie sich nicht dafür interessiert, sich unauffällig an die Fahne ranschleichen, sie sich in die Hosentasche stopfen und einfach gehen. Das hat bis jetzt zwar noch nie funktioniert, aber Ashleigh ist fest davon überzeugt, dass es irgendwann klappen wird.

»Man sieht sich«, verabschiedet Hudson sich und rennt auf unsere Seite des Spielfelds zurück, bevor er einen erneuten Angriff auf die feindliche Flagge startet.

»Bis dann«, sage ich leise.

»Du grinst wie ein Chorknabe, der sich vor seinem großen Auftritt mit Red Bull gedopt hat«, meint Ashleigh.

SECHS

Beim Abendessen setzen sich Hudson und Brad zu uns, ohne dass ich sie heranwinken muss. Das läuft so viel besser, als ich es mir erhofft hatte. Enttäuschend ist allerdings das Essen – trockene Hamburger mit viel zu weichen Pommes, die eine Konsistenz haben, als wären sie nass geworden. Dass das Essen so schlecht ist, kümmert niemanden so richtig – was definitiv am Ambiente liegt.

Der Speisesaal ist fantastisch. Anders kann man es nicht beschreiben. Von außen sieht der Raum aus wie eine riesige Blockhütte, aber drinnen ist jeder Baumstamm in einer anderen Farbe des Regenbogens gestrichen. Statt Neonröhren hängen bunte Lichterketten von der Decke und dazwischen große, weiße Lampen, die Joan – die Metallkünstlerin ist – gemacht hat. Jede von ihnen hat die Größe eines Medizinballs und die Form eines Sterns.

Ja, das Licht ist ein bisschen schummrig, aber wer will auch schon so genau das Essen auf seinem Teller sehen? Unter den Sternen stehen Tische aus dunklem Holz zu einem großen Quadrat angeordnet, und wir können sitzen, wo wir wollen. Platten mit Essen und Karaffen mit Wasser und Brause werden herumgereicht, jeder nimmt sich, was er möchte, und die Leute mit Allergien oder besonderen Essenswünschen können sich ihre Gerichte direkt an der Küchentür abholen. Jede Mahlzeit ist wie ein Familienessen unterm Sternenhimmel. Und neben Hudson zu sitzen, dessen Haut das weiche Licht sehr schmeichelt, fühlt sich an, als hätten wir ein romantisches Date.

»Schade, dass du vorhin wegmusstest«, meint er.

Die Gespräche und das Geschirrklappern der Leute um uns herum sind laut genug, dass uns niemand hört, wenn wir leise sprechen. Er drückt seinen Oberschenkel gegen meinen.

»Ja, sorry«, entschuldige ich mich.

»Kein Ding, ich versteh das. Wie gefällt es dir denn bisher?«, erkundigt er sich. »Es ist toll, oder?«

»Ja, ist es. Ich fühle mich so …«

»Frei?«

»Genau.«

George stößt mich mit dem Ellenbogen an, und ich drehe mich zu ihm. Er reicht mir eine Platte mit Pommes, die ich entgegennehme und von der ich mir eine Portion auf den Teller schaufle, bevor ich sie an Hudson weiterreiche, der dasselbe tut.

Er steckt sich eine Pommes in den Mund und als ich beobachte, wie sich seine Lippen darum schließen, bekomme ich auf einmal unglaublich Durst. Zum Glück kommt die Brause gerade an mir vorbei, und ich gieße mir und Hudson etwas davon ein. Als Nächstes folgt die Platte mit Burgern, die verdächtig nach aufgewärmten McDonalds-Essen aussehen. Aber es ist Essen. Ich nehme mir einen.

»Als ich das erste Mal hergekommen bin«, fährt Hudson fort und fischt sich ebenfalls einen Burger vom Tablett, bevor er es weitergibt, »hatte ich endlich das Gefühl … als könnte ich atmen. Und dabei hatte ich vorher gar nicht gewusst, dass ich die Luft angehalten habe. Hier sind so viele unterschiedliche queere Leute. Zu Hause bin ich der Einzige weit und breit. Vor dem Camp dachte ich immer, dass alle anderen außer mir so wie die im Fernsehen sind.«

Ich lache. »Wie bei ›Will & Grace‹?«

»Und ›Queer Eye‹. Und diese Teenie-Liebeskomödie, die vor ein paar Monaten ins Kino gekommen ist, wurde bei uns nicht gezeigt, also muss ich auf Netflix warten. Vielleicht gucken wir die ja hier. Wenn es regnet, machen wir Filmabende.«

»Ach?« Ich drehe mich ein bisschen weg, damit er mir nicht ansieht, dass ich das schon weiß, und beiße in meinen Burger. Der schmeckt nach Pappe.

Hudson lehnt sich ein wenig zu mir. »Wir könnten zusammen hingehen.«

»Fragst du mich nach einem Date?«

»Ja.« Er grinst. »Tue ich. Interessiert?«

»Ja«, antworte ich mit einem Nicken. Und wieder wird mir warm. »Ich würde gerne mit dir ein Date haben, wenn es das nächste Mal regnet.«

»Dann sollte ich mal rausfinden, wie ich es regnen lassen kann«, erwidert er lachend.

Ich ersticke beinahe an den Pommes, die ich gerade esse, weil ich mir ihn unwillkürlich in einem Tanga auf einer Bühne vorstelle, wo er sich sexy zur Musik bewegt und Dollarscheine auf ihn runterregnen.

»Alles okay?« Hudson klopft mir auf den Rücken und reicht mir meinen Becher, aus dem ich einen Schluck trinke.

»Ja, sorry. Ich musste beim Regnenlassen irgendwie an Stripper denken.«

»Oh.« Sein Lächeln wird ein bisschen steifer. »Ja, haha.«

»Tut mir leid, hätte ich nicht von Strippern reden sollen?«

Er lacht. »Nein, das ist kein Problem. Aber ich mach mir kein Bodyglitter für dich drauf. Sorry, aber das ist nicht mein Ding.«

»Okay.« Ich nicke, obwohl Hudson mit Bodyglitter voll mein Ding wäre. »Das habe ich auch nicht gemeint.«

Er legt mir eine Hand auf den Oberschenkel und drückt ihn leicht, bevor er sie wieder wegnimmt. »Aber vielleicht erzähle ich dir, was mein Ding ist«, murmelt er dicht an meinem Ohr.

Ich werde garantiert knallrot. Ashleigh mir gegenüber zieht fragend die Augenbrauen hoch. Immerhin tut sie, worum ich sie gebeten habe, und unterhält sich mit Paz, die während des Schuljahrs mit ihrer Freundin Schluss gemacht hat.

»Ich sag dir das lieber direkt. Ich bin … nicht … also ich … Ich finde dich echt süß, und du bist nett, und da ist was zwischen uns, aber ich will zuerst ein Date«, sage ich zu Hudson. »Weißt du, was ich meine?«

Er lehnt sich ein wenig zurück, lächelt jedoch und schaut mich ein bisschen anders an als zuvor. Eben kam ich mir noch fast wie seine Beute vor, jetzt wirkt sein Blick liebevoller. »Ja, ich verstehe. Wir gehen es langsam an, versprochen. Außerdem muss ich eh erst mal am Regen arbeiten.«

Ich muss lachen. »Vielleicht solltest du doch übers Strippen nachdenken.«

Sein Lächeln wird frecher und seine graublauen Augen verengen sich ein wenig. Er wackelt mit den Augenbrauen. »Das wollte ich gerade sagen, aber ich dachte, dass du es langsam angehen willst.«

Unsere Schultern berühren sich, als ich mich zu ihm rüberbeuge. »Will ich auch. Ich will nur helfen. Und dass es regnet.«

»Dann könnten wir ja vielleicht …« Er lässt es klingen, als wäre ihm dieser Einfall gerade erst gekommen. »… ein bisschen zusammen abhängen – als hätten wir ein Date –, auch wenn es nicht regnet.«

Ich spiele mit. »Das ist ja eine spannende Idee. Da wäre ich dabei. Aber ich kenne mich noch nicht aus. Was können wir denn machen, wenn wir uns keinen Film anschauen können?«

»Wir haben nach dem Essen ein bisschen Zeit, bis die Talentshow anfängt. Da gibt es Einiges – manche Leute sind gerne am Bootshaus, und manchmal gibt es neben dem Fahnenmast ein Lagerfeuer. Oder …« Sein Gesicht hellt sich auf. »Ich könnte dich rumführen. Ist ja alles neu für dich.«

»Das wäre schön«, erwidere ich. »Zeig mir die Highlights.«

Er lacht. »Dafür ist es sogar besser, wenn es nicht regnet. Wir könnten direkt nach dem Essen gehen.«

»Jetzt gleich?« Das läuft wesentlich besser als erwartet. »Ich …« Ich werfe Ashleigh einen Blick zu, die immer noch mit Paz redet und sie anlächelt. »Ashleigh hat gesagt, dass sie mir was zeigen will. Einen Baum? Aber danach gehöre ich ganz dir.«

Als ich mich Hudson wieder zuwende, bemerke ich, dass seine Wangen einen leicht rosigen Schimmer bekommen haben. »Einen Baum?«, hakt er nach. »Ist das ein spezieller Baum?«

Ich zucke die Schultern und muss meine kompletten schauspielerischen Fähigkeiten aufwenden, um nicht zu lächeln. »Das hat sie gesagt.«

»Das kannst du doch ausfallen lassen, oder?« Er widmet sich seinem Essen und schlingt es geradezu hinunter. Endlich habe ich etwas gefunden, was mir an ihm nicht gefällt: Seine Tischmanieren sind nicht so besonders. Warum macht ihn das nur noch attraktiver?

»Das ist doch unhöflich«, entgegne ich. »Wir sind in derselben Hütte, und sie gibt sich echt Mühe, sich mit mir anzufreunden. Willst du mitkommen? Weißt du, welchen Baum sie meint?«

»Ja, ich glaube schon.«

Ich schaue ihn stumm an, beiße noch mal von meinem Burger ab und esse ein paar Pommes. Rechts von mir lachen Brad und George über irgendwas.

»Stimmt was nicht?«, frage ich schließlich leise.

»Alles gut«, meint er. »Es ist nur … der Baum. Es gab da diesen Kerl, Hal. Der sah mir ziemlich ähnlich und sein Name steht auf dem Baum. Oft.«

Ich muss mich schwer beherrschen, um nicht die Augen aufzureißen. Damit habe ich nicht gerechnet. Er tut so, als wäre er jemand anderes.

Okay … damit sind wir schon zu zweit.

»Auf dem Baum stehen Namen?«, frage ich.

»Ja.« Er lächelt und trinkt einen großen Schluck, deutlich entspannter als noch vor einer Minute. Offenbar ist er zufrieden mit seinem eigenen Plan. »Aber mehr sage ich dazu nicht. Ich will die Überraschung nicht verderben. Es ist echt … richtig toll. So was gibt es sonst nirgends.«

»Okay …« Ich versuche, skeptisch zu klingen, aber innerlich drehe ich fast durch. Das war nicht Teil des Plans. Ich greife nach meinem Becher und esse dann meinen Burger auf. Kurz danach geht die Nachtischplatte rum – Cupcakes, die ein bisschen zu dunkel geraten sind.

Unsere Oberschenkel drücken sich noch immer gegeneinander, während wir an den Cupcakes kauen – Schokolade ist Schokolade, verbrannt hin oder her –, und als Joan das Essen offiziell beendet, gehen wir zusammen nach draußen, wo Ashleigh auf mich wartet.

»Komm schon«, fordert sie mich komplett tonlos auf. »Ich zeige dir den Baum, von dem ich dir erzählt habe.« Sie winkt.

Ihre Schauspielkünste sind deutlich schlechter, als ich befürchtet hatte. Ich werfe Hudson einen Seitenblick zu, weil ich mir Sorgen mache, dass uns das verrät, aber er lächelt und findet es offenbar nicht seltsam.

»Okay«, stimme ich zu. »Hudson kommt mit.«

»Ach ja?«

»Ja«, wirft er ein. »Ich weiß, dass einige glauben, dass mein Name da am Baum steht. Aber das ist der von Hal. Er sieht aus wie ich, ist aber nicht mehr da.«

Ashleigh lacht laut auf. »Wie bitte?«

»Ich meine damit nur …« Hudson verstummt, als er George und Brad bemerkt und winkt sie zu uns rüber. »Hey, Brad, du kennst mich doch. Ich bin nicht auf dem Baum, oder?«

Brad runzelt verwirrt die Stirn.

»Aber Hal, der Typ, der nicht mehr da ist … der steht da. Und er sieht mir echt ähnlich, deswegen denken die Leute …«

Ashleigh lacht immer noch, aber wenigstens versucht sie jetzt, es zu verbergen. Ich kann es ihr nicht übel nehmen. So was passiert, wenn Leute ohne Schauspieltalent improvisieren.

»Klar doch«, antwortet Brad schließlich, nachdem Hudson und er eine lange Reihe Blicke ausgetauscht haben. »Hal. Ja. Hudson wurde nie auf dem Baum verewigt.«

»Was ist das denn überhaupt für ein Baum?«, frage ich – und bin definitiv am überzeugendsten von den hier Anwesenden.

Ashleigh gibt auf und hält sich den Bauch vor Lachen. »Ich kann nicht mehr … ich … George.«

Der stellt sich direkt vor sie. »Ich zeig dir den Baum, Darling«, sagt er mit vollkommen gelassenem Gesichtsausdruck. »Ashleigh hat ihre fünf Minuten.«

»Super, vielen Dank.« Es ist so schön, einen professionellen Spielpartner zu haben.

George drehte sich um, und ich folge ihm mit Hudson, Brad und einer noch immer kichernden Ashleigh auf den Fersen. Es geht am Kickball- und Fußballfeld vorbei hinein in den Wald. Wir folgen einem Pfad, der uns zu einem riesigen Baum führt, dessen Stamm so dick ist, dass man ihn nur mit vier oder fünf Leuten umfassen kann. Es ist dunkel, aber nicht zu dunkel, um zu erkennen, was in die Rinde geritzt worden ist – und was ich mir hier anschauen soll.

Ein Haufen Herzen und darin Namen und Initialen. Tom und Steven, Becky und Jessica, LR und CS. Hunderte davon. Aber ein Name taucht öfters auf – HAL und … irgendein anderer Jungenname. HAL. Hudson Aaronson-Lim. Aber nein, das stimmt nicht mehr. Jetzt ist es Hal. Eine erfundene Person.

Ich trete näher und streiche über die Vertiefungen.

»Siehst du?«, fragt Hudson. »So viel Liebe. So viel queere Liebe. Ist das nicht einfach … großartig?«

»Ja«, antworte ich.

»Ich hoffe, dass ich eines Tages jemanden finde, der mir wichtig genug ist, um meinen Namen mit ihm reinzuritzen.« Er schaut mir tief in die Augen, und in seinem Blick liegt so viel Wärme und Zuneigung.

Hinter ihm bricht Ashleigh erneut in Gelächter aus.

SIEBEN

EIN JAHR ZUVOR

»Glaubst du, dass sie Mund-zu-Mund-Beatmung bei mir machen würde, wenn ich so tue, als würde ich ertrinken?«, will Ashleigh wissen, ohne den Blick von Janice auf der anderen Seite des Beckens abzuwenden. Wie eine Katze, die einen Vogel durch ein Fenster anvisiert.

»Dazu müsstest du wahrscheinlich aufhören zu atmen, Sweetie«, informiere ich sie.

»Und dann würde sie vermutlich auch dieses Ding machen, wo man kräftig auf der Brust rumdrückt«, fügt George hinzu.

»Sie darf gerne alles an mir so fest drücken, wie sie will.«

»Ich kenne mich mit weiblicher Anatomie nicht genug aus, um zu kapieren, was du meinst«, meine ich. »Aber ich habe das Gefühl, dass das zu viel Info war.«

»Oh, klar, du darfst dir vorstellen, welche Unterwäsche Hudson anhat, aber ein Kommentar über Janice' Hand auf meiner Klit ist zu viel.«

George und ich starren sie mit großen Augen an.

»Darling, was hältst du davon, wenn wir nicht über Dinge unter der Unterwäsche reden?«, fragt George, nachdem er sich wieder gefangen hat. »Neue Regel.«

Ashleigh lacht leise. »Okay. Ihr seid so prüde.«

»Könnte aber funktionieren«, sinniere ich.

»Nein«, gibt George zurück.

»Nicht die Mund-zu-Mund-Beatmung, aber vielleicht eine Rettungsaktion. Adrenalin, Körperkontakt …«

»Bestärk sie nicht noch darin.«

»Das ist doch eine tolle Szene«, beharre ich. »Eine Rettung, ein Dankeschön, ein Blick.«

»Eine Szene woraus? Einem Hetero-Porno?«, will George wissen. »Komm schon, Darling.«

»Nein, nein. Ich fände das total romantisch. Dann ist Ashleigh Janice was für die Rettung ihres Lebens schuldig, und sie verbringen viel Zeit miteinander und verlieben sich!« Ich drücke mir die gefalteten Hände gegen die Brust.

»Klingt gut«, meint Ashleigh. »Ich mach's.«

»Was?«, fragt George.

»Warte, du musst das vorbereiten.« Ich will sie aufhalten, aber Ashleigh ist schon unterwegs in die Mitte des tiefen Beckenendes und zappelt dort herum. Ich seufze. »So was muss man planen.«

»Wenn sie stirbt, bist du schuld«, meint George.

Ich schaue zu Janice rüber, die das Treiben im Wasser aufmerksam beobachtet, Ashleighs dramatisches Gehampel aber nicht bemerkt. Jemand anderes dafür schon. Hudson landet mit einem Kopfsprung neben uns im Wasser, schwimmt zu Ashleigh, packt sie an der Taille und versucht, sie zu uns zu ziehen. Plötzlich würde ich auch gerne so tun, als würde ich ertrinken.

»Was für ein Held.« George kann sich ein Kichern nicht verkneifen.

»Hey, das ist er ja auch«, erwidere ich.

Hudson will immer noch Ashleigh aus dem tiefen Wasser ziehen, doch von ihm will sie gar nicht gerettet werden, weswegen sie sich gegen ihn wehrt und nach ihm tritt, um wieder in die Mitte des Beckens zu kommen. Er schaut sie verwirrt an, doch in diesem Moment ertönt ein schriller Pfiff aus Janice' Trillerpfeife.

»Kein Gerangel!«, ruft sie ihnen zu.

Ich sehe, wie peinlich Ashleigh das ist, auch wenn ihre nassen Haare ihr Gesicht zum Großteil verdecken. Sie schwimmt zu uns zurück, und Hudson folgt ihr.

»Alter, was sollte das denn?«, will sie von ihm wissen und streicht sich die Haarsträhnen aus dem Gesicht.

»Ich wollte nur helfen«, erwidert Hudson perplex. »Es sah aus, als hättest du Probleme.«

»Das sollte ja auch so aussehen«, gebe ich Ashleigh zu bedenken.

Sie seufzt tief.

»Was denn?«, will Hudson wissen.

»Egal«, entgegnet Ashleigh und fügt zähneknirschend ein »Danke« hinzu.

»Ich ... wir müssen aufeinander aufpassen, oder?«

»Ja.«

»Ja«, stimme ich gleichzeitig mit Ashleigh zu, allerdings mit deutlich mehr Enthusiasmus in der Stimme.

Hudson grinst uns an. So ein breites, fröhliches Grinsen, als wüsste er genau, dass er etwas nicht mitbekommen hat, es ihm aber egal ist, weil er versucht hat, zu helfen und denkt, dass er das wohl geschafft hat.

»Passt auf euch auf«, sagt er noch und schwimmt dann zu Brad und ein paar anderen rüber, die gerade versuchen, einen Wasserball in der Luft zu halten.

»Ach, komm schon«, sage ich zu Ashleigh. »Er hat dich gerettet. Das hat nichts mit Sex zu tun, er ist einfach ein netter Kerl. Dafür kannst du ihm nicht böse sein.«

»Ich kann sauer sein, auf wen ich will.« Ashleigh verdreht die Augen.

»Es war wirklich heldenhaft«, stimmt George mir zu. »Sogar in meiner Hose hat sich was geregt. Aber keine Angst, Darling, er gehört trotzdem dir.«

»Okay, ja, er ist ein Held, er ist toll, er ist perfekt, und er hat meinen Plan ruiniert«, murrt Ashleigh.

Ich lache. »Du hättest einfach besser planen sollen. Jetzt kannst du es nicht noch mal versuchen.«

»Hätte doch sowieso nicht funktioniert, oder? Ich meine, verrückte Pläne, damit sich jemand in einen verliebt, gehen nie auf.«

»Kommt drauf an«, erwidere ich lächelnd und beobachte, wie Hudson aus dem Wasser springt, um den Wasserball höher in die Luft zu befördern. »Wenn sie verrückt genug sind, vielleicht schon.«

An diesem Abend sitzen wir um ein großes Lagerfeuer, grillen Marshmallows und singen Lieder. Mark versucht, das ganze Camp dazu zu bringen, »I'm Coming Out« zu singen, aber das klingt nur mit einer Akustikgitarre begleitet nicht besonders toll, was alle merken und sich deswegen nur halbherzig beteiligen. George lackiert Jordan die Fingernägel und Ashleigh hat ein System aus fünf Stöcken entwickelt, die sie immer wieder dreht, um gleichzeitig mehrere Marshmallows über dem Feuer zu rösten.

»Hat sie vorhin wirklich so getan, als würde sie ertrinken?«, will Jordan wissen und betrachtet xiese Nägel. Xier hat George gebeten, ein Muster zu versuchen, also malt der gerade schwarze Herzen auf die glitzernde, pinke Grundierung.

»Was tut man nicht alles für die Liebe«, meine ich.

»Vortäuschen reicht nicht«, erwidert Jordan. »In Liebeskomödien muss man unabsichtlich fast ertrinken, dabei gerettet werden und vielleicht noch das Gedächtnis verlieren. Man kann nicht einfach im Wasser rumstrampeln und so tun als ob. Das versuchen sie doch immer in diesen Sommerfilmen mit Teenagern am Strand, und da funktioniert es auch nie.«

»Ich will ja nicht gemein sein«, wirft Montgomery ein, der neben uns auf einem Baumstamm sitzt und Georges Maniküreünste beobachtet. »Aber wie soll das denn überhaupt klappen? Heteros werden nicht plötzlich homo, nur weil sie jemanden retten. Wenn das so wäre, würde ich regelmäßig unsere Wohnung anzünden, bis ich mich durch den kompletten L.-A.-Feuerwehr-Kalender gearbeitet habe.«

»Darling, bring mich nicht zum Lachen, sonst versau ich noch Jordans Nägel«, sagt George grinsend.

Ich hole mir ein Marshmallow aus einer der Tüten, die auf dem Boden liegen, wische die Ameisen runter, spieße es auf meinen Stock und gehe die paar Schritte zum Feuer. Hudson steht da und röstet zwei Marshmallows auf einmal. Sein aktueller Lover, dessen Namen ich vergessen habe, unterhält sich ein Stück weiter mit Brad.

»Danke«, spreche ich Hudson an, während ich meinen Stock übers Feuer halte. »Ashleigh würde das nie zugeben, aber du warst wirklich mutig.«

Er schaut mich an und grinst. »Das im Pool? Was war denn da eigentlich los?«

Ich mache eine wegwerfende Handbewegung. »Ein schlecht durchdachter Plan, aber natürlich war Liebe im Spiel.«

»Ohhh, dann tut es mir leid, dass ich dazwischengefunkt habe«, erwidert er. »Ich liebe Liebe.«

Mir fällt auf, dass er dabei nicht zu seinem Date schaut und mir plötzlich unglaublich warm wird, was nichts damit zu tun hat, dass wir am Feuer stehen.

»Wer nicht? Aber ich fürchte, das ist eine Liebe, die nicht sein soll.«

»Was? Das ist doch depri. Ich mag nur Liebesgeschichten mit Happy End.«

»Ist bei den beiden nicht sehr wahrscheinlich«, entgegne ich.

»Na, mal abwarten. Wenn sie wirklich verliebt ist, sollte sie dafür kämpfen, oder? Es noch mal versuchen, die Konkurrenz aus dem Weg räumen oder Hindernisse überwinden und gewinnen.« Er schweigt einen Moment lang und starrt ins Feuer. Die Flammen spiegeln sich in seinen Augen. »Ich glaube … ich glaube, dass Liebe was Besonderes ist, vor allem für uns queere Leute, aber wir müssen uns mehr dafür anstrengen. Auch wenn sie vielleicht unerreichbar wirkt. Wenn da was ist, wenn einem jemand dieses Gefühl gibt … das passiert nicht so oft. Wir haben das seltener als die Heteros. Deswegen … ist es das wert. Auch wenn die Aussichten schlecht sind. Man muss es versuchen.«

Ich muss grinsen. »Vielleicht hast du recht.«

»Hey, Babe.« Hudsons Herzallerliebster kommt zu uns. »Ist mein S'Mores schon fertig?«

»S'More«, korrigiere ich ihn. »Einzahl.«

»Okay«, meint er und verdreht die Augen. »Aber ich will endlich was Süßes im Mund haben.«

»Das kannst du haben«, sagt Hudson, schnappt sich seinen Freund und zieht ihn zu einem Kuss zu sich. Mein Marshmallow beginnt zu knistern, und die Außenseite färbt sich schwarz. Ich ziehe es aus dem Feuer.

»Bis dann«, verabschiede ich mich. Keiner der beiden merkt, dass ich gehe.

ACHT

»Das ist so eine dermaßen abgefahrene Situation, Darling, und ich will unbedingt wissen, wie es weitergeht.« George sitzt auf seinem Bett und fächelt sich Luft zu. »Ich meine, ich wusste, dass das schräg wird, aber mir war nicht klar, wie lustig es wird, dabei zuzusehen.«

»Das war nicht der Plan«, protestiere ich und schnappe mir eine Basecap und ein Sweatshirt. Ich höre Ashleigh vom oberen Stockbett schnauben. »Könntest du damit aufhören? Aber das ist schon okay. Dann tut er eben so, als wäre er nicht der große …«

»Playboy?«, ergänzt George. »Ich bin dafür, dass wir das Wort wieder benutzen.«

»Ist doch gut für mich, dass er das macht. Das bedeutet, dass er mir näherkommen will.«

»Offensichtlich hat deine Typveränderung ihr Ziel erreicht, wenn er dir so eine Geschichte auftischt«, meint George. »Wer hätte gedacht, dass unser kleiner, ach so maskuliner Junge heimlich eine dramatisch veranlagte Diva ist? Kannst du dir vorstellen, was der mit diesen Improvisationsfähigkeiten und seinem großen Einsatz auf einer Bühne reißen würde?«

»Wie kommt er auf die Idee, dass wir dir nichts davon erzählen?«, fragt Ashleigh.

»Nach deinem Lachanfall wäre ich nicht überrascht, wenn er davon ausgeht, dass du es zu lustig findest«, antwortet George. »Oder er glaubt, dass wir nicht genug über sein Liebesleben wissen, um was zu sagen.«

»Willst du das immer noch durchziehen?« Ashleighs Stimme klingt weiterhin ein bisschen heiser vom Lachen. »Du spielst Del, er spielt Hudson-der-nicht-Hal-ist. Keiner von euch beiden lernt den anderen wirklich kennen.«

»Ich kenne ihn doch schon«, gebe ich zurück. »Und er kennt mich. Nur in anderer Kleidung.«

»Mit anderem Verhalten und anderen Interessen«, stellt Ashleigh fest.

»Plus tieferer Stimme, und du sprichst auch langsamer als sonst – ist übrigens eine gute Idee. Oscarreif.«

»Danke.« Das macht mich tatsächlich ein bisschen stolz, obwohl ich lieber sauer wäre, weil sie sich über mich lustig machen. Ich setze die Baseballkappe auf und kann das Grinsen einfach nicht zurückhalten. Mit einem leisen Quietschen stampfe ich ein paarmal auf. »Es läuft perfekt. Er merkt, dass wir füreinander bestimmt sind – deswegen will er nicht, dass ich weiß, dass er auf dem Baum steht.«

George und Ashleigh starren mich an, als hätte ich ihnen gerade verkündet, wie fabelhaft ich Brüste finde. Dann nickt George.

»Hör mal«, meint Ashleigh. »Ich will hier nicht die Spaßbremse sein, aber denk dran, dass er ein Player ist.«

»Ein Playboy«, korrigiert George sie.

»Okay. Playboy. Und vielleicht behauptet er ja nur, dass er nicht Hal ist, weil er dich flachlegen will und weiß, dass du einen Playboy nicht ranlassen würdest.«

»Oder vielleicht hat er nur darauf gewartet, endlich mal eine richtige Verbindung zu jemandem zu spüren«, erwidere ich.

Ashleigh seufzt. »Klar, möglich. Aber … du hast mir geraten, dass ich mich nicht wieder kopfüber in Liebeskummer stürzen soll. Also sage ich das jetzt auch zu dir.«

»Es wird alles gut.« Ich betrachte mich im Spiegel und richte eine meiner Haarsträhnen. Ziehe ich das Sweatshirt an oder nehme ich es nur mit? Für den Moment reicht wohl mitnehmen, so kalt ist es draußen nicht. »Okay, ich muss los. Ich wollte mir nur ein Sweatshirt holen, bevor ich mich mit ihm am Fahnenmast treffe. Wir sehen uns dann nachher bei der Talentshow.«

»Wahrscheinlich musste er denen in seiner Hütte noch von seiner neuen Identität erzählen«, mutmaßt George.

Ashleigh schnaubt erneut.

»Alles läuft super.« Ich gehe zur Fliegengittertür, um die Hütte zu verlassen. »Bis später.« Die Tür öffnet sich quietschend, und ich jogge zum Fahnenmast und meinem Date.

Dort komme ich vor Hudson an, aber das ist mir nur recht. Ich wollte aus der Hütte raus und einfach nur einen Moment lang glücklich sein. Hudson mag mich schon genug, um so zu tun, als wäre er romantisch veranlagt! George und Ashleigh finden das vielleicht lustig, und ja, das ist es ein bisschen, aber es ist auch so süß. Ich glaube ja, dass er sich gerade so gibt, wie er immer sein wollte und mit dem richtigen Kerl auch ist – es kommt mir vor, als wäre ihm schon völlig klar, dass ich das bin. Es geht nicht nur darum, mich flachzulegen. Dafür wäre das viel zu viel Aufwand. Er macht das, weil er etwas für mich empfindet. Und das bedeutet, dass ich recht hatte, dass sich die Arbeit an mir im letzten Jahr gelohnt hat, dass es die richtige Entscheidung war, das Musical sausen zu lassen. Das muss einfach so sein.

Ich schaue nach oben. Die Sonne ist inzwischen fast vollständig untergegangen und der Horizont hat sich blau, orange und lila verfärbt, doch direkt über mir ist der Himmel schon dunkel und übersät mit Sternen. Sie zwinkern mir zu.

»Hey«, ertönt Hudsons Stimme hinter mir, ein bisschen leiser als nötig.

Ich drehe mich um. Da steht er in einem alten, grünen Sweatshirt, das eng genug sitzt, um seine Schultern und seinen flachen Bauch zu betonen, fast noch mehr als das T-Shirt vorhin. Mein eigenes Sweatshirt halte ich immer noch in der Hand und plötzlich frage ich mich, ob ich es mir über die Schultern legen oder um die Hüfte binden soll. Oder ist das zu feminin?

Es anzuziehen ist am einfachsten, also schlüpfe ich schnell hinein, während Hudson auf mich zukommt. Dabei fege ich mir die Basecap vom Kopf, und plötzlich steht Hudson dicht vor mir und geht in die Knie, um sie aufzuheben. Er gibt mir die Kappe zurück und ich muss mir einen Scherz darüber verkneifen, dass er wie ein Prinz ist, der mir einen gläsernen Pantoffel überreicht. Das würde unweigerlich dazu führen, dass ich was aus »Cinderella« singe – aus der Version von Rogers und Hammerstein, versteht sich, nicht aus der von Disney.

»Danke.« Ich setze mir die Basecap wieder auf. »Sorry, mir ist nur gerade kalt geworden.«

»Ja, hier draußen kann es nachts echt frisch werden«, meint er. »Ist das in Ohio im Sommer auch so? Tagsüber superheiß, aber manchmal nachts ziemlich … kühl?«

»Ja.« Wir schauen uns an, und ich frage mich, ob ihm klar ist, dass wir uns wie zwei Vollpfosten übers Wetter unterhalten, oder ob er mir in die Augen schaut, weil er mich küssen will. Ich vermute, beides.

»Na dann, auf zur Führung.« Da ist es wieder, das breite, freche Grinsen. Wenn er das macht, kann ich seine Zunge ein bisschen sehen, die zwischen seinen Zahnreihen hervorblitzt. »Das hier ist also der Fahnenmast. In einer Viertelstunde zünden sie hier das Lagerfeuer an. Da kann man Marshmallows rösten und S'Mores machen und so. Das da …« Er deutet auf etwas und tritt näher zu mir, um seine Hand auf meine Augenhöhe zu bringen. »… ist Hütte Nummer vierzehn. Meine Hütte. Nur, falls du mal zu Besuch kommen willst.«

»Dürfen wir das denn?«, frage ich. »In andere Hütten gehen?«

»Ja«, antwortet Hudson. »Bis zur Nachtruhe. Danach ... muss man vorsichtig sein, damit die Betreuer einen nicht erwischen. Es gibt ein Fenster in der Rückwand, das ist direkt über meinem Bett.«

»Liegst du oben oder unten?«, will ich wissen. Doch kaum habe ich die Worte ausgesprochen, werden meine Wangen heiß. Ich bin froh, dass man das im Dunkeln nicht gut sehen kann. »Ich meine ... tut mir leid ... ich wollte nicht ...«

»Beides«, unterbricht er mich und zwinkert mir zu. »Im Stockbett unten. Ich lasse mich da am Ende des Tages gerne einfach reinfallen.«

»Ich auch.« Wer mag das nicht? Aber das ist nur die halbe Wahrheit. In meinem zweiten Jahr hatte ich mir auch wieder eins der oberen Betten ausgesucht und Ashleigh hatte das unter mir. Dann ist mir Nagellack auf sie runtergetropft, und wir haben getauscht.

»Du könntest also einfach an mein Fenster klopfen, und ich klettere raus. Wenn es mal einen guten Grund dafür geben sollte«, fährt er fort.

Ich lache. Das sind die Sprüche, die er jedes Jahr ablässt – das merke ich sofort, weil sie so eingeübt klingen. Aber jetzt nutzt er sie bei mir. Und das heißt nicht unbedingt, dass er immer noch ein Playboy ist. Vielleicht weiß er einfach nur, dass sie funktionieren und will mich darüber für sich gewinnen. Ashleigh war unromantisch, das ist alles. Ich schaue noch mal zu den Sternen hoch.

»Okay, gut zu wissen ... theoretisch. Aber die Führung ist bis dato nicht besonders spannend.« So. Das sollte die Sache abkühlen.

»Bis dato?«

»Bis dato«, wiederhole ich nachdrücklich.

»Okay, dann lass uns doch mal datoigst fortfahren zur nächsten Station, die da wäre die Krankenstation.« Seine sprachlichen Bemühungen sind grauenvoll.

»Die da wäre.«

»So was von«, gibt er zurück und geht in Richtung Treppe. Die Holzstufen sind direkt in den Boden eingelassen und winden sich in einer Kurve nach oben wie Pilze an einem Baum. An manchen Stellen sind sie schmal, an anderen breit, und im Dunkeln ist es gar nicht so leicht, nicht ins Stolpern zu geraten.

»Vorsicht«, warnt Hudson mich. »Die Treppe kann ohne Licht gefährlich werden. Willst du mir die Hand geben, damit du nicht fällst?«

Ich atme tief durch, bevor ich antworte: »Gerne.« Als ich die Hand ausstrecke, greift er danach, und ich werde fast sofort hart. Seine Haut ist warm und ein bisschen rau – vielleicht sollte ich ihm was von meiner Handcreme abgeben –, aber auch weich, und der Druck ist genau richtig. Wir steigen gemeinsam nach oben.

»Hätte nicht gedacht, dass du dich drauf einlässt«, meint er.

»Ich wollte sehen, ob du bluffst.«

»Tja, damit haben wir ein paar Schritte übersprungen. Jetzt halten wir schon Händchen. Wir sind die Typen, die beim ersten Date schon nach fünf Minuten Händchen halten.«

»Doch nur, weil die Treppe so gefährlich ist.«

»Natürlich«, erwidert Hudson, und ich kann hören, wie zufrieden er ist. »Nur deswegen.«

Wir erreichen die nächste Ebene, lassen einander aber nicht los. Auch nicht, als eine Stechmücke auf meinem Handgelenk landet und beginnt, mein Blut zu saugen. Hudson bemerkt es und schlägt sie für mich weg. Halb erwarte ich, dass er einen Witz darüber reißt, dass er der Einzige ist, der heute Abend an mir saugen darf, aber dann würde ich vermutlich unkontrolliert loskichern und abhauen.

Wir folgen dem Weg und erreichen eine kleine Lichtung, wo Hudson die freie Hand benutzt, um auf die drei Gebäude zu deuten. »Das da ist die Krankenstation«, erklärt er. »Cosmo ist ein bisschen komisch, aber auch echt cool. Da kannst du hingehen und dich hinlegen, wenn es dir nicht gut geht, und er gibt dir ein Aspirin oder ein Pflaster, wenn du dich mal verletzt. Krankenzeug halt. Aber man kann auch echt gut mit ihm reden, und er kennt ein paar krasse Geschichten über Stonewall – er war dabei. Ich meine, wenn dich so was interessiert. Manche wollen nichts darüber wissen. Meine Mom sagt, dass das nicht wichtig ist, aber ich … find's spannend. Außerdem hat er Schüsseln mit Kondomen und Gleitgel auf seinem Schreibtisch stehen, von denen sich jeder was nehmen darf.«

»Einfach so?«, frage ich, als hätte ich mich daran nicht selbst schon bedient.

»Er meint, dass es total blödsinnig ist, so zu tun, als würde hier niemand vögeln, und will dafür sorgen, dass wir dabei safe sind.«

»Dann haben die Leute hier also wirklich Sex?«, hake ich nach. »In den Hütten, wo alle zuschauen können?«

Wenn ich das Gespräch auf Sex lenke, kann ich es danach auch wieder davon abbringen. Wenn er nur ein Playboy ist, wie Ashleigh sagt – und was ich nicht glaube –, muss ich ihn locken und mich dann zurückziehen, locken und zurückziehen, bis er mich besser kennt und wir uns verlieben. Und dann locke ich ihn und ziehe mich nicht zurück. Del spielt gerne.

»Nein!« Hudson muss lachen. »Ich habe schon von welchen gehört, die das versucht haben – sehr leise, unter der Decke, während alle anderen schlafen –, aber sie wurden immer erwischt. Und dann müssen sie sich das den Rest des Sommers anhören.«

»Sind hier auch Leute, die einfach nur eine schöne Zeit haben wollen – ohne was Romantisches?« Und wieder zurückziehen.

»Oh, klar. Es ist ein Camp. Tennis, Schwimmen, Wasserski … zeig ich dir später, das ist nämlich alles auf der unteren Ebene. Machen wir erst mal hier weiter. Ich nehme meine Verantwortung als Tourguide sehr ernst.«

»Okay«, erwidere ich lachend.

»Dort ist das Büro.« Er deutet auf ein kleines, weißes Gebäude, mehr Haus als Hütte. Ich nicke, als würde ich es das erste Mal sehen, was natürlich nicht der Fall ist. »Joan ist meistens da drin. Sie und ihre Frau leben das ganze Jahr über hier, aber ihre Frau ist Anwältin, deswegen sieht man sie nicht oft im Camp, außer manchmal zum Abendessen.«

»Okay.« Die Tour fängt an, mich zu langweilen, weil ich alles schon weiß. Aber ich muss mitspielen.

»Oh, und das …« Er lässt meine Hand los und sprintet los, was mir nicht passt, aber irgendwann hätten wir uns wohl sowieso loslassen müssen. »Das ist der Versammlungsraum.«

Ich versuche, beeindruckt auszusehen.

»Wofür ist der?«

»Für Regentage – Filmabende, die Gruppen, die normalerweise Outdoor-Sachen machen, können ihn bei schlechtem Wetter benutzen und manchmal …« Er zieht die Fliegengittertür auf und versucht dann, die schwere Holztür zu öffnen. »Ach, Mist. Manchmal lassen sie sie offen. Da drin hatten definitiv schon Leute Sex«, meint er mit einem Grinsen, das ich zwar erwidere, aber dann wende ich mich ab.

Denk dran, Del spielt gerne, ermahne ich mich. Dazu zählt, ihn nicht gegen die Wand zu drängen und seine unglaublich weich aussehenden Lippen zu küssen. Noch nicht.

»Man muss aber leise sein«, fährt er fort. »Weil Joan direkt nebenan ist. Letztes Jahr haben zwei Mädchen so laut gestöhnt, dass sie sie gehört hat, und sie sind noch am gleichen Abend rausgeflogen.«

»Wegen Sex?«

»Weil sie während der Nachtruhe nicht in ihren Hütten waren.« Hudson schließt die Fliegengittertür wieder und lehnt sich gegen die Wand der Hütte.

Inzwischen ist es komplett dunkel. Ein paar elektrische Laternen spenden Licht, aber die meiste Helligkeit kommt aus Joans Büro und der Krankenstation.

»Es ist ein queeres Camp, und sie wollen, dass Sex positiv gesehen wird, dass sich niemand dafür schämen muss, dass man Sex haben will. Aber die Regeln machen es ziemlich schwer, mit jemandem allein zu sein. Das ist ja auch irgendwie der Spaß daran.« Wieder schenkt er mir dieses Lächeln, bei dem sich seine Zunge zwischen seine Zähne schiebt.

Hudson greift erneut nach meiner Hand, und kurz denke ich, dass er mich für einen Kuss zu sich ziehen will, doch stattdessen führt er mich zurück zur Treppe. Wir steigen sie hinunter und kommen wieder auf der Ebene der Schlafhütten beim Fahnenmast an, wo ein paar Leute gerade versuchen, ein Lagerfeuer zu entfachen. Wir bleiben jedoch nicht stehen, sondern gehen weiter runter in den Hauptteil des Camps.

»Also …« Hudson lässt meine Hand los, als er merkt, dass sich auf den Tennisplätzen ein paar Leute tummeln.

Das macht mich ein bisschen traurig, aber ich verstehe schon – wir wollen uns ja nicht an Tag eins lächerlich machen. Langsam machen bringt weniger Gerede.

»Da drüben sind die Tennisplätze. Spielst du?«

»Ja.« Tennis war einer der einfachsten Wege, fitter zu werden. Dad hat ein Netz im Garten gespannt. »Mein Vater spielt auch gerne.«

»Cool. Ich bin da echt schlecht drin. Mein Aufschlag ist total mies.«

»Vielleicht kann ich dir ein paar Tipps geben.«

Trotz der schlechten Lichtverhältnisse sehe ich sein Lächeln. »Vielleicht.«

Dann geht es mit der Tour weiter und wir verschaffen uns einen Überblick über das Camp. Das Gras riecht so gut, und die Nacht gibt ihm einen Hauch von Tau. Vom Fluss steigt ein leicht fischiger Geruch auf, aber nicht eklig fischig. Um uns herum sind Leute mit Taschenlampen unterwegs und erschrecken sich gegenseitig im Dunkeln. Ein paar Betreuer sind auch da und beaufsichtigen alles. Vor der Theaterhütte entdecke ich Ashleigh, die George und die anderen aus meiner Hütte beobachtet, wie sie ihre Tanzeinlagen für das Casting morgen üben.

»Den Speisesaal kennst du ja schon. In der Hütte da kann man Kunst und Werken ausprobieren. Die Betreuerin Marguerite macht im richtigen Leben so komische Konzeptkunst. Sie stellt wohl auch Zeug im Museum aus oder so. Ich gehe da meistens nicht hin, meine künstlerischen Fähigkeiten liegen ungefähr bei null.«

»Null? Wirklich?« Ich gebe keinen Kommentar dazu ab, dass *komisch* die Untertreibung des Jahres für Marguerite ist.

»Ich …« Hudson verstummt.

Es ist schwer, seinen Gesichtsausdruck im Licht der Sterne und der wenigen Laternen zu deuten, aber einen Augenblick lang wirkt er fast traurig. Dann ist es jedoch wieder weg. Lag wohl doch nur am Licht.

»Ja, echt. Aber cool, wenn das dein Ding ist. Ich bin superneidisch auf Leute, die künstlerisch veranlagt sind.«

»Na ja, so toll bin ich auch nicht in Kunst«, meine ich. »Aber ich habe mich mal für K und W eingetragen. Ist vielleicht ganz nett, um sich zu entspannen.«

»Klar doch. Und K und W, nicht schlecht. Du hast den Slang ja schon ganz gut drauf.«

Verflixt! Bin ich zu weit gegangen? »Na ja, ist nicht mein erstes Camp. Nur halt mein erstes Mal hier.« Das geht mir über die Lippen, bevor ich darüber nachdenken kann, aber dann geht mir auf, wie genial ich bin! Das macht es mir so viel einfacher.

»Ja? In was für einem Camp warst denn schon?«

»Ach, in so einem kleinen, jüdischen in Ohio«, erwidere ich. »Camp Shalom.« Das ist der typischste jüdische Camp-Name, auf den ich so spontan komme.

»Mein Dad wollte mich auch in ein jüdisches Camp schicken«, sagt Hudson. »Aber ich wollte wirklich gern in das hier. Als er gesehen hat, dass die Outdoor-Betreuerin eine Olympiateilnehmerin ist, war es okay für ihn.«

»Wäre es das sonst nicht gewesen?«

»Er … Ihm hat das jüdische Camp besser gefallen.« Hudson wendet sich ab. »Da drüben ist das Bootshaus.« Er präsentiert das dunkle, verschlossene Gebäude mit einer ausladenden Handbewegung. Das Motorboot und die Kanus sind am Steg festgemacht, der sich davor ins Wasser streckt. Auf der anderen Seite des Flusses ist kein Licht zu sehen, nur Bäume. Es riecht schwach nach Fisch und Moos. Hudson weist mich auf die Boote hin und redet über Wasserski und Kanutouren.

»Aber am besten ist die Veranda.« Er deutet auf die überdachte Holzplattform, die vom Bootshaus über das Wasser ragt. »Ist toll, da abzuhängen und aufs Wasser zu schauen.«

»Cool«, erwidere ich und versuche, nicht zu lachen. Auf der Veranda kann man exzellent knutschen.

»Da drüben im Wald ist der Abenteuerpfad«, sagt Hudson. »Da verbringe ich den Großteil des Tags. Hindernisparcours, wandern … es ist super.«

»Ich habe mich auch dafür eingetragen.«

»Cool.« Er legt mir eine Hand auf die Schulter. »Dann zeig ich dir das morgen. Ist ziemlich gefährlich, wenn es dunkel ist.«

Wir drehen um und lassen den Fluss hinter uns. Hudson führt mich noch zum Rest – dem Fußballfeld, das auch für Touch Football und Fahnenraub genutzt wird, der Farm mit den beiden Streichelziegen und drei Hühnern. Der Bogenschießanlage, dem Kickballfeld, dem Basketballplatz. Und der Theaterhütte, die er mir zwar zeigt, zu der er aber nichts weiter zu sagen hat. Wenn er doch nur wüsste, wie wunderbar es dort ist.

Keine Ahnung, ob er jemals drin gewesen ist, mal abgesehen davon, dass er sicher bei den Aufführungen zum Abschluss des Sommercamps im Publikum gesessen hat. Oder hat er sie sich vielleicht auch gar nicht angesehen? Möglicherweise hat er sich im Waschraum versteckt und sich danach im Wald herumgetrieben, anstatt sich das Musical anzuschauen. Das würde erklären, warum ich ihm überhaupt nicht bekannt vorkomme, obwohl ich letztes Jahr einen dermaßen grandiosen Auftritt als Domina in »Toll trieben es die alten Römer« hingelegt habe.

»Ich freue mich auf die Aufführung«, verkünde ich, bereue es jedoch sofort. Das stimmt zwar und ich will, dass es ihm auch so geht, aber es ist noch viel zu früh, um ihn zu einem Musical-Liebhaber zu machen. »Ich meine, die meisten von den Leuten aus meiner Hütte spielen da mit.«

»Ja. Ist schon ganz lustig. Ich habe nur immer das Gefühl, dass ich nicht alles verstehe, ist nicht so mein Ding.«

Das ist mehr, als ich gehofft hatte – bedeutet allerdings auch, dass er sich vermutlich nicht rausgeschlichen hat. Also hat er meine Domina letztes Jahr tatsächlich mitbekommen. Ich werte es als Kompliment, dass ich offenbar so in der Rolle drin war, dass er nicht schnallt, dass Del von demselben zukünftigen Bühnenstar gespielt wird.

»Ich verstehe nur nicht, wieso man da so viel Energie reinsteckt. Wenn man keine Lust mehr hat, kann man nicht einfach aussteigen, und es bleibt fast keine Zeit, in der man was anderes machen kann. Man kann seine Tage doch wirklich mit Besserem verbringen.«

Mir wird heiß, und ich muss den Kopf wegdrehen, weil ich befürchte, dass ich rot anlaufe. Was Besseres? Musicals sind pure Lebensfreude. Sie erzählen Geschichten durch Musik und Tanz, und das schafft Gemeinschaft. Es verbindet Menschen – die Schauspieler, aber auch das Publikum –, und man spielt und wiederholt dieselbe Szene Dutzende Male auf unterschiedliche Art, bis man für sich eine Wahrheit gefunden hat, die man nach außen tragen kann. Das klingt so hochtrabend, aber es stimmt. Ich darf eine Facette von mir zeigen, die sich jedes Mal echt anfühlt, wenn ich schauspielere, singe und tanze. Hier im Camp ist es queer, und es gibt keine so blödsinnigen Einschränkungen wie Geschlecht oder Sexualität. Hier findet man mit jeder Szene mehr über sich selbst heraus.

Aber das kann ich nicht laut sagen, weil es mich verraten würde. Und außerdem hat er recht. Es gibt etwas Besseres, sonst würde ich nicht dieses Jahr darauf verzichten. Er ist besser.

»Ja«, antworte ich also, anstatt ihm zu widersprechen. »Ich verstehe, was du meinst.«

Er nickt. Ich nicke.

»Tja, das war's also«, meint er dann. »Willst du rübergehen und dir die Talentshow anschauen?«

»Unbedingt.«

»Was hast du denn vorbereitet?«

Damit erwischt er mich kalt, und Panik schießt durch meinen Körper wie Kohlensäure in einer Coladose, die vor dem Öffnen geschüttelt wurde. Habe ich was verpasst? Für den ersten Abend bereiten immer die Betreuer die Talentshow vor. Dann geht mir aber ein Licht auf: Er verarscht mich. Den Neuen.

»Was? Muss jeder was vorbereiten?«

Er lacht und schnappt sich wieder meine Hand, während wir zur Theaterhütte schlendern. Und dieses Mal gibt es keine Treppe als Ausrede. »Ich mache nur Spaß. Am ersten Abend sind die Betreuer dran. Die Talentshow für uns kommt erst in ein paar Wochen, und die Teilnahme ist komplett freiwillig. Hättest du denn was vorzuführen?«

Meine Hütte bereitet normalerweise eine große Musical-Nummer aus einem Stück vor, das wir nicht am Ende des Sommers aufführen, aber auch darauf werde ich wohl verzichten müssen.

»Nicht wirklich«, erwidere ich deshalb. »Du?«

»Nichts, was sie mich auf der Bühne machen lassen würden«, sagt Hudson. Ich höre sein Lächeln in der Dunkelheit. »Aber ich kann es dir gerne mal zeigen, wenn wir allein sind.«

Ich warte einen Moment zu lang, bevor ich antworte. »Irgendwann vielleicht mal.«

»Klingt nach einem Plan. Oh, aber ich sollte dich warnen. Die Betreuer-Show … ufert manchmal ein bisschen aus. Sie ist großartig und yeah, Gay Pride, aber … mach dich auf was gefasst.«

»Okay.« Ich muss mir ein Lächeln verkneifen, weil ich genau weiß, was er meint. Die Betreuer-Talentshow ist eins meiner Lieblingsevents.

NEUN

»Ich bin Diana Loan, und das ist auch gut so.«

Mark zwinkert dem Publikum zu, und sein violetter Lidschatten funkelt wie Amethyst im Licht der Bühnenscheinwerfer. Seine burgunderfarben geschminkten Lippen deuten ein kleines Lächeln an. Nein, nicht Marks Lippen, sondern Dianas, die seiner Drag-Persona. Sie hat ihre schwarzen Haare zu einem voluminösen Knoten frisiert, in dem weiße Blumen stecken, und trägt ein langärmeliges, rotes Abendkleid, das ihre ausgestopften Kurven zur Geltung bringt. An einigen Stellen ist es mit Pailletten besetzt, an anderen hat es ein Muster aus weißen Blumen. Dianas Make-up ist schrill und überzogen, und ihre langen Ohrringe funkeln, wenn sie beim Gang über die Bühne den Kopf dreht. Der Spotscheinwerfer folgt ihr. Was anderes wäre auch gar nicht möglich.

»Willkommen, ihr jungen, queeren Menschen in Camp Outland. Hallo an die Neulinge – ihr werdet heute noch mal verschont. Und an die Wiederholungstäter: Tja, euch hat man wohl in den guten Camps nicht reingelassen.« Das Publikum lacht leise. »Keine Sorge! Bei uns ist jeder willkommen, solange die Person queer ist. Schaut euch nur mal unseren Krankenpfleger Cosmo an.« Er deutet auf den älteren Mann, der grinsend in der ersten Reihe sitzt. »Wir lassen ihn hier arbeiten, obwohl er schon seit sieben Jahren tot ist.«

Alle inklusive Cosmo lachen, obwohl Diana diesen Witz schon mindestens so lange erzählt, wie ich hier ins Camp komme. Es liegt an der Art, wie sie ihn rüberbringt. Mark ist oft nervös und überdreht, aber Diana ist cool und selbstbewusst.

»Nur ein kleiner Scherz«, sagt Diana mit einer Geste zu Cosmo. »Cosmo ist ein lebendiges Stück queerer Geschichte. Er war beim Stonewall-Aufstand dabei. Er stand bei den Menschen, die gegen die Polizei für unsere Rechte gekämpft haben. Und das hat Spuren bei ihm hinterlassen – diesen Kriegern Auge in Auge gegenüberzustehen. Ihr kennt doch sicher die Leute, die sich die Hände nicht mehr waschen, nachdem sie einen Promi angefasst haben, den sie bewundern? Unser Cosmo hier hat seit Stonewall nicht mehr geduscht. An ihm kann man die Geschichte riechen.«

Der Witz ist neu und bringt alle zum Lachen, auch mich. Hudson ebenso, was mich erleichtert. Ich habe mir nach seiner Warnung vorhin schon Sorgen gemacht, dass er die Dragshow nicht mag. Aber das wäre verrückt. Nicht, dass mir das hypermaskuline Ding was ausmacht, aber nur seelenlose Monster finden Dragqueens nicht lustig.

Wir sitzen ziemlich weit hinten links – weil wir ein bisschen zu spät dran waren. Aber ich entdecke George und Ashleigh ein paar Reihen vor uns. Einmal schauen sie zu uns rüber und scheinen zu bemerken, dass wir immer noch Händchen halten. George wirkt beeindruckt, Ashleigh verdreht die Augen.

»Joan deutet gerade auf ihre Uhr, was wohl so viel heißt wie ›Beeil dich, Diana‹«, fährt Diana fort. »Ehrlich, Joan, du hast es immer so eilig. Ich glaube, wenn es nach ihr ginge, wäre der Sommer morgen Mittag schon wieder vorbei. Aber nein, wir schulden Joan wirklich viel. Sie hat dieses Camp aufgebaut und hält es am Laufen, deswegen bitte ich um einen großen Applaus für Joan.« Wir klatschen, doch Diana bricht es sofort mit einem »Stopp« ab. »Wir müssen uns beeilen. Die heutige Talentshow eröffnet …« Sie zieht eine Liste aus ihrem Ärmel und wirft einen Blick darauf. »Oh … na schön. Es tut mir wirklich leid, aber anscheinend hat Marguerite aus der Kunsthütte einen selbst geschriebenen Song für uns vorbereitet. Eine Runde Applaus für Marguerite!«

Diana geht von der Bühne ab, und aus den Lautsprechern ertönt ein Intro. Marguerite betritt die Bühne und legt einen Auftritt hin, der eins zu eins von Björk sein könnte, was ihr aber offensichtlich nicht auffällt. Im Verlauf der Show kündigt Diana jede Nummer an – Tina und Lisa, die das Motorboot fahren, singen eine ganz ordentliche Coverversion von Tegan and Sarah, Crystal steppt. Rebecca, die für die Kanutouren verantwortlich ist, singt was von Indigo Girls (zwischen ihr und Tina und Lisa tobt schon lange ein Konkurrenzkampf), und Karl, der deutsche Twink, der sich um die Farm kümmert und normalerweise nur Latzhosen trägt, tanzt in paillettenbesetzten Hotpants und einem Crop Top zu einem Song von Years & Years. Andere Betreuer führen Zaubertricks oder Akrobatik vor, singen, tanzen und feiern ungeniert ihre Queerness.

Ein paar aus dem Publikum tanzen bei den Musical-Ausschnitten mit. Es fühlt sich an, als hätten wir an einem Abend ein Dutzend Schwulenclubs besucht – zumindest stelle ich mir Schwulenclubs so vor, ich war ja noch nie in einem. Im ländlichen Ohio gibt es nicht so viele davon, und ich kenne niemanden, der mich dafür nach Cleveland fahren würde.

Hudson springt sogar auf und zieht mich mit sich, um mit mir zu tanzen, als Pablo, einer der Tennislehrer, ein »Best of Madonna« in einem zehnminütigen DJ-Mix auflegt. Mit Hudsons Hand an meiner Taille bewege ich mich zur Musik, bevor mir aufgeht, dass ich dummerweise nicht geübt habe, maskulin zu tanzen. Ich bewege die Hüften viel stärker als Hudson. Also versuche ich, ihn nachzumachen, indem ich von einem Fuß auf den anderen trete, aber das fühlt sich steif und unnatürlich an und bringt uns aus dem Rhythmus. Er lacht und beugt sich ein bisschen zu mir, während im Hintergrund ein Remix von »What It Feels Like for a Girl« läuft.

»Tanzt du nicht gerne?«, fragt er.

Ich verbeiße mir einen Kommentar darüber, dass ich tatsächlich einer der besten Tänzer im Camp bin und es eher sein Mangel an Fähigkeiten ist, der mich zurückhält. Das ist Teil des Deals – für Hudson bin ich gern ein schlechter Tänzer.

»Ich habe noch nie mit einem Kerl getanzt«, erkläre ich. Das stimmt. Oh mein Gott – das stimmt! Ich tanze mit einem Jungen! Hudson zieht mich etwas näher zu sich. Unsere Körper berühren sich, und ich muss aufpassen, dass er die Beule in meiner Hose nicht bemerkt.

»Mach es so.« Er legt mir auch die andere Hand an die Taille. »Beweg dich einfach langsam im Takt. Halt dich an mir fest.«

Das mache ich. Ich lege ihm die Hände auf die Schultern, widerstehe aber der Versuchung, ihm die Arme um den Nacken zu schlingen. Garantiert sehen wir aus wie Zehnjährige, die auf einer Hochzeit die Erwachsenen imitieren. Dann verklingen die letzten Noten von »I Rise«, und einer der Köche tritt mit einer Jongliernummer auf. Als wir uns wieder setzen, legt Hudson mir eine Hand aufs Bein und drückt leicht zu. Ich schaue zu George rüber, der vielsagend mit den Augenbrauen wackelt. Alles läuft wunderbar.

Zum Abschluss des Abends legt sich Diana noch einmal richtig ins Zeug mit einer grandios überzogenen Playback-Darbietung aus dem Musical, das wir im jeweiligen Jahr einstudieren. Dieses Mal ist es eine sinnliche Version von »Honestly Sincere«. Normalerweise geht sie dabei ins Publikum und setzt sich auf Joans Schoß oder flirtet mit

Cosmo, aber heute kommt sie schnurstracks auf mich zu, beugt sich beim Singen über mich und tut so, als würde sie mir ein paar Strähnen hinters Ohr streichen – ich habe sie mir ja abschneiden lassen.

Dass es in dem Song um Ehrlichkeit geht, ist sicher kein Zufall. Mark war noch nie besonders subtil. Immer noch singend kehrt Diana auf die Bühne zurück.

Ich schaue zu Hudson, der mich strahlend anlächelt und sichtlich begeistert ist, dass ich von ihr auserwählt wurde. Mir doch egal, worüber Diana singt. Ich bin einfach nur glücklich. Ehrlich glücklich.

Die Show endet mit einer Standing Ovation, und anschließend verlassen wir die Theaterhütte, um vorsichtig die Treppe hinauf zu den Hütten zurückzugehen.

»Das war großartig, oder?«, fragt Hudson mich. Wir halten nicht mehr Händchen, aber das würde mitten zwischen den anderen auch nur schwer gehen.

»Es war fantastisch.«

»Dieser Madonna-Mix war so gut. Ich weiß nichts übers Auflegen, aber es hat echt gerockt.«

»Ja, und Dianas Playback-Song war der Hammer«, erwidere ich. »Mark geht's gerade bestimmt richtig gut.«

»Ich stehe ja nicht so sehr auf Drag«, meint Hudson. »Aber das eine Mal im Jahr ist okay. Manchmal habe ich nur das Gefühl, da drin der einzige Normale zu sein. Ist aber gut so.«

»Der einzige Normale?«, frage ich.

»Also für die Hetero-Welt da draußen«, erklärt er. »Queer zu sein ist natürlich normal, aber dann sind da Dragqueens und Musicals und dabei …« Er macht eine kurze Pause. »Manchmal fühlt es sich an, als wäre ich in zwei Hälften geteilt. Als würde es die normale Welt und die schwule Welt geben, und nur hier kriege ich die schwule Welt mit. Das finde ich super – aber ich frage mich auch, wie ich da reinpasse. Und vielleicht würde ich mir wünschen, dass es mehr Leute wie mich in der schwulen Welt gibt? Keine Ahnung, das ergibt nicht viel Sinn, oder?«

»Doch«, erwidere ich. »Ich glaube, ich weiß, was du meinst. Gerade sind wir voll und ganz in der schwulen Welt, und es ist vielleicht nicht so leicht, zu akzeptieren, dass das deine Welt ist – die Welt, in die du gehörst. Die Hetero-Welt – nicht die normale Welt – will dich nicht haben. Aber hier kannst du sein, was du willst, und es stört niemanden.«

»Ich glaube nicht, dass die Hetero-Welt mich nicht haben will.« Er lacht. »Ich meine, wir müssen ja in ihr leben, und die meiste Zeit fühle ich mich da auch ganz wohl.«

»Na ja, aber du solltest dich hier auch wohlfühlen.«

»Tue ich ja. Ich will nur keine Dragqueen sein, mehr wollte ich gar nicht sagen.«

»Ich glaube nicht, dass das jemand von dir verlangt.« Jetzt bin ich dran mit Lachen. »Vor allem nicht mit diesen Schultern.«

Er wirft mir einen komischen Blick zu, lacht dann aber auch. Wir erreichen das obere Ende der Treppe, und die anderen verteilen sich rasch in alle Richtungen.

»Du weißt echt viel darüber, dafür, dass du neu bist«, meint Hudson.

»Ich habe viel drüber nachgedacht.« Das ist nicht mal gelogen. Ich habe darüber nachgedacht. Als ich zum ersten Mal außerhalb des Camps meine Nägel lackiert habe, habe ich gedacht: Das ist noch ein Grund mehr für Arschlöcher, sich mir gegenüber scheiße zu verhalten. Aber dann kam mir der Gedanke: Das machen sie doch sowieso, also kann ich mir auch das schöne Gefühl gönnen, wenn ich sehe, wie meine Nägel in der Sonne glitzern. Und ich habe an den Jungen im Camp gedacht, der mir im Dunkeln gesagt hat, dass ich was Besonderes bin, und wie ich das Gefühl hatte, dass das stimmen könnte. Aber das ist keine Geschichte, die ich Hudson erzählen würde. Keine Geschichte, die Del erzählt.

»Verstehe. Komm mit, ich will dir was zeigen.« Hudson greift nach meiner Hand und zieht mich seitlich neben eine Hütte, wo kaum Licht hinfällt.

»Was denn?«, will ich wissen.

»War das ein gutes erstes Date?« Sein Gesicht liegt halb im Schatten, und das Licht, das vom Platz her darauf fällt, lässt seine Wangenknochen schärfer hervortreten und spiegelt sich in seinen Augen.

»Ja«, antworte ich. »Wirklich gut.«

»Sehr schön.«

Er dreht uns ein bisschen, sodass ich mit dem Rücken an der Hüttenwand lehne und wir uns jetzt direkt ansehen. Bevor ich kapiere, was er da vorhat, beugt er sich zu mir und küsst mich. Irgendwie hatte ich erwartet, dass seine Küsse rau und fast schon ungelenk sein würden – was angesichts seiner Erfahrung natürlich blödsinnig ist. Aber seine Präsenz ist so stark, dass ich gedacht habe, dass sich ein Kuss von ihm wie ein Faustschlag anfühlen wird – was nicht so ist. Die Berührung ist zart, wenn auch sehr zielstrebig, und seine Zunge schiebt sich vorsichtig in meinen Mund, während er die Arme um mich schlingt. Hudson lehnt sich gegen mich, und dieses Mal stört es mich nicht, dass er meine Erektion mitbekommt, weil ich seine auch spüre.

Seine Hände gleiten meinen Rücken hinunter und ziehen mich noch näher an ihn heran. Ich sollte ihn wegstoßen – das ist inzwischen viel mehr als nur ein Kuss. Das ist schon fast ein Vorspiel, was absolut zu weit geht. So verhält sich ein Playboy, was mich zu einer weiteren seiner Zwei-Wochen-Flammen machen wird, aber es fühlt sich so gut an. So gut, dass mir die Luft wegbleibt. So gut, als würde ich ein Solo singen. Als würde ich eine Standing Ovation bekommen.

Trotzdem reiße ich mich zusammen und löse mich von ihm, als wir Luft holen müssen. »Nicht so schnell. Sonst komme ich noch auf die Idee, dass du mit diesem Hal mehr gemeinsam hast, als du zugeben willst.«

Das scheint ihn zu schockieren, und ich habe schon die Befürchtung, dass ich alles versaut habe, aber dann grinst Hudson.

»Stimmt«, sagt er. »Langsam. Sorry. Du bist … nur ein echt guter Küsser.«

»Du auch.« Ich lehne noch immer an der Wand, weil meine Knie zu weich sind, um mein Gewicht zu tragen. Vorher hätte ich nicht geglaubt, dass es das wirklich gibt – weiche Knie –, aber jetzt spüre ich es, also muss es wohl wahr sein.

»So sollte ein gutes Date enden«, meint Hudson. »Oder? War das okay?«

»Ja.« Ich will die Hände nach ihm ausstrecken. Will fühlen, wie er sich an mich drängt. Ich will meine Beine um ihn schlingen und mich von ihm festhalten lassen, während wir uns berühren und aneinander reiben und …

»Soll ich dich noch zu deiner Hütte bringen?«

»Gerne«, erwidere ich.

Hudson nimmt meine Hand, und meine Knie geben nicht unter mir nach, als ich mich aufrichte und wir schweigend bis zur Eingangstür meiner Hütte gehen. Ich kann praktisch spüren, wie die anderen uns durch die Fenster beobachten.

»Na dann …«, sagt er. »Gute Nacht. Wir sehen uns morgen.«

»Bis morgen.«

Hudson lässt meine Hand los und schlendert zu seiner eigenen Hütte, wobei er noch einen Blick über die Schulter wirft und mich dabei erwischt, wie ich ihm nachschaue. Dann gehe ich rein.

»Das läuft viel besser, als es sollte«, meint George, der an der Wand neben der Tür lehnt, sodass mein Blick beim Reinkommen als Erstes auf ihn fällt. »Das ist wirklich wie bei so einer kitschigen Rom-Com. Würde mich nicht überraschen, wenn ihr euch noch vor Ende des Sommers einen Hund anschafft.«

»Läuft es nicht perfekt?«, frage ich grinsend.

Er verdreht die Augen, muss aber ebenfalls lächeln. »Offenbar erreichst du mit deinem durchgeknallten Plan echt alles, was du wolltest. Vielleicht sollte ich mir auch mal einen ausdenken. Ashleigh, wir brauchen alberne Pläne.«

Ashleigh sitzt auf ihrem Bett und blättert in etwas, das wie eine Bedienungsanleitung für Scheinwerfer aussieht. »Wofür?«, erkundigt sie sich.

»Keine Ahnung. Was willst du denn?«

»Ich will dieses Jahr Stage-Managerin werden«, erwidert sie seufzend. »Aber das kann ich vergessen. Es wird wieder jemand aus Hütte acht, wie immer.«

In Hütte acht ist der Großteil der Theater-Techies untergebracht. Ashleigh ist nur deshalb bei uns, dem geballten Talent in Nummer sieben, weil wir so eng befreundet sind.

»Ach, und mich in ein Mädchen zu verlieben, das nicht hetero ist. Wäre doch ein Ziel.«

»Okay, also … Wie könnte ein durchgeknallter Plan dafür aussehen?«, fragt George. Als Ashleigh jedoch nur die Schultern zuckt, wendet er sich wieder mir zu.

»Schau mich nicht so an«, meine ich auf dem Weg zu meinem Bett. »Ashleighs Ziel ist viel zu ungenau. Durchgeknallt funktioniert nur, wenn man was ganz Bestimmtes will. Aber du könntest versuchen, denen von Hütte acht was ins Wasser zu mischen. Nichts Tödliches, aber vielleicht was, von dem ihnen schwindelig wird, damit sie das Skript nicht mehr lesen können. Dann wirst du automatisch Stage-Managerin.«

»Ich will aber nicht Stage-Managerin werden, weil sonst keiner mehr da ist«, protestiert Ashleigh. »Außerdem bin ich schon zufrieden, wenn ich dieses Jahr wenigstens das Licht bekomme.«

»Vielleicht sollte der Traum größer sein«, überlegt George. »Ich will alle Rollen im Musical.«

»Nur über meine Leiche«, mischt Paz sich von ihrem Bett über Georges aus ein. »Ich bin die perfekte Rose. Willst du wirklich ›Spanish Rose‹ singen?«

»Gutes Argument«, sagt George. »Ich will alle Rollen außer Rose, die von Paz gespielt wird.«

»Ich würde dir trotzdem die Show stehlen«, meint Paz, was uns zum Lachen bringt.

Die Hüttentür wird geöffnet, und Mark kommt herein. Er trägt noch sein Diana-Kleid und Make-up, hält die Perücke aber in der Hand. Wir applaudieren begeistert, und Mark verbeugt sich ein paarmal.

»Danke sehr, danke sehr. Das war eine gute Show heute Abend.«

»Wird jedes Jahr besser!«, ruft Crystal rüber, die an einer Wand lehnt und sich mit ein paar von den anderen unterhält.

»Hilfst du mir bitte mal aus dem Ding?«, bittet er sie, und Crystal beeilt sich, den Reißverschluss des Kleids zu öffnen. »Ich hoffe, ihr hattet viel Spaß. Aber morgen ist das Vorsprechen, da solltet ihr ausgeschlafen sein. Na ja …« Er schenkt mir einen finsteren Diana-Blick. »Die meisten von euch haben ein Vorsprechen.«

»Ich würde am liebsten beides machen«, versichere ich ihm.

Er schlurft zu mir rüber, wobei er das Kleid mit einer Hand festhält, und setzt sich neben mich aufs Bett. »Ich hoffe wirklich, dass der Sommer für dich nicht in einer Enttäuschung endet. Denk dran, du kannst während der laufenden Proben nicht mehr einsteigen. Vielleicht finden wir ein Plätzchen bei der Technik für dich, aber du weißt ja, wie das mit der Choreografie und der Zusammenstellung der Stimmen ist.«

»Ich weiß. Es ist nur … Hast du noch nie aus Liebe was Verrücktes gemacht?«

»Schon so oft«, antwortet er und lehnt sich ein bisschen zurück. Das Vorderteil seines Kleids rutscht nach unten. »Da war dieser Kerl, mit dem ich eine Nummer aus ›Ein süßer Fratz‹ auf einem Kreuzfahrtschiff performt habe. Er war so attraktiv, hatte einen großen …« Er bricht ab, als Crystal sich laut räuspert und schaut in die Runde. Auch die anderen aus der Hütte hören ihm zu. »Charme. Wirklich groß. Aber er hatte auch einen Freund – der allerdings nicht mit an Bord war. Also habe ich ihm erzählt, dass ich seinen Freund kenne und der nichts dagegen hätte, wenn ich die Zweitbesetzung als Partner einnehme, wenn ihr versteht, was ich meine. Total verrückt. Hat mir ein paar wütende Anrufe eingebracht, nachdem wir wieder angelegt hatten. Und die hatte ich auch verdient. Jetzt kann ich nicht mehr in Miami arbeiten. So dumm war ich.«

»Aber hast du ihn geliebt? Oder ging es nur um Sex?«

»Wo ist der Unterschied, wenn man dreiundzwanzig ist?«, fragt er. »Oder sechzehn. Hör mal, ich will nicht ständig darauf rumreiten. Erzähl Lügen, erfinde dich neu, tu, was immer du willst. Aber pass auf, dass es auch wirklich ist, was du willst. Denn was, wenn du nicht glücklich bist, wenn du hast, was du wolltest, dann aber irgendwie glücklich sein musst, weil du dich sonst fragen müsstest, wofür du das eigentlich gemacht hast? Das ist ein klassischer Musical-Plot, und ich will nicht, dass einer meiner Schauspieler – selbst wenn er sich gerade … eine Auszeit nimmt – diese Rolle im echten Leben spielen muss. Wir sind hier nicht bei ›Follies‹.«

»Oder ›Merrily‹«, ergänzt Crystal.

»Oder sonst was von Sondheim.« Mark steht auf, und der Stoff rutscht nun fast bis zu seinen Hüften. »Ich möchte nur, dass du glücklich bist, Randall. Es sind nur vier Wochen im Jahr. Verschwende die nicht.«

Ich muss beinahe lachen. »Das werde ich nicht. Ich habe einen Plan, und ich liege schon vor meinem Zeitplan. Ich hätte nicht gedacht, dass Hudson mich vor Ende der Woche küsst.«

»Küsst?«, platzt George heraus.

Ashleigh hängt sich über die Seite des Betts. »Du hast nichts von einem Kuss erzählt.«

»Ja, vielleicht gab's ein bisschen Lippenkontakt«, gebe ich gespielt schüchtern zu.

»Das geht mich nichts an.« Mark verschwindet in seinem Zimmer.

»Aber uns schon!« George liegt inzwischen bäuchlings auf dem Bett, den Kopf in die Hände gestützt und schwenkt die Füße in der Luft. »Wer hat wen geküsst?«

»Er mich.«

»Wo?«

»An einer Hüttenwand.«

»Wann?«

»Direkt nach der Talentshow.« Seine Fragen bringen mich zum Lachen. »Ist keine große Sache.«

»Ach nein?«, fragt Ashleigh. Sie hat sich wieder auf ihr Bett zurückgezogen, weswegen ich nur noch ihre Stimme über mir höre. »Das war also keine große Sache für dich?«

»Es war ein echter Kuss. Mit Zunge und so.«

»Hände?«, will George wissen.

»Keine Hände in meinem Mund, nein«, erwidere ich verwirrt.

»Nein, wo waren seine Hände, Darling?«

»Oh! Auf meinem Rücken. Ziemlich weit unten.«

»Nicht auf deinem Hintern. Ein Gentleman.«

»Oder ein Playboy, der weiß, wie man es richtig anstellt«, sagt Ashleigh. »Er hat dich beim ersten Date geküsst. Du hast doch selbst gesagt, dass du vor dem Zeitplan liegst. War es nicht der Sinn des Ganzen, nicht nur seine Zwei-Wochen-Affäre zu werden?«

»Ist schon okay«, entgegne ich. »Es läuft alles wunderbar. Ich halte ihn genug hin. Meinen Mund bekommt er, aber nicht meinen …«

»Darling, führ diesen Satz bitte nicht zu Ende. Das kann nur unanständig werden.«

»Okay«, gebe ich nach.

»War es ein guter Kuss?«, fragt er.

»Ja.« Ich versuche, mir ein Seufzen zu verkneifen, schaffe es aber nicht.

»Hat er dir seinen Pin geschenkt?«, fragt Paz von ihrem Bett aus und spielt dabei auf einen Liedtext aus »Bye Bye Birdie« an. »Oder war er zu schüchtern?«

»Keine Pins«, erwidere ich. »Wir sind nicht fest zusammen … noch nicht.«

»Noch nicht endgültig«, ergänzt Ashleigh.

George singt eine weitere Liedzeile aus dem Musical, und Montgomery steigt darauf vom anderen Ende der Hütte aus ein. Ich vergrabe das Gesicht in meinem Kissen.

Zehn Sekunden später singt die ganze Hütte den Song »Telephone Hour« aus »Bye Bye Birdie«. Alle sitzen auf ihren Betten, tun so, als würden sie telefonieren, und improvisieren Tanzbewegungen. Mark streckt im Schlafanzug den Kopf aus seinem Zimmer und nickt zufrieden.

»Mehr Haareschleudern!«, weist er Jen an. »Mehr Fußbewegungen, Jordan!« Er macht einmal die Runde, während alle weitersingen. Als sie fertig sind, applaudiert er. »Sehr guter Anfang. Aber jetzt schont eure Stimmen, morgen ist

Vorsprechen. In zwanzig Minuten geht das Licht aus.« Damit verschwindet er wieder in seinem Raum.

»Das Musical dieses Jahr wird so toll«, meint George und steht auf. »Echt schade, dass du nicht dabei bist, Darling.« Er schnappt sich seine Zahnbürste aus dem Waschbeutel und geht nach nebenan.

Ich bin genauso traurig wie er darüber. Aber das ist es wert. Muss es einfach sein.

Was bedeutet, dass der Plan funktionieren muss.

Jemand singt im Waschraum weiter, übers Zusammensein, und genau das wünsche ich mir mit Hudson.

ZEHN

VIER JAHRE ZUVOR

Ich werde wach, weil jemand weint. Ganz leise und fast ein bisschen gruselig. Im ersten Moment habe ich Angst, dass vielleicht doch was Wahres an der Geistergeschichte dran ist, die die Älteren uns am ersten Abend erzählt haben, aber dann schüttle ich den Kopf. Gruselgeschichten gehören zu Camps dazu. Geister nicht. Und ein Geist, der sich ein queeres Camp zum Rumspuken aussucht, wäre sicher großartig, was schon wieder richtig cool wäre.

Ich setze mich im Dunkeln auf. Das Licht im Betreuerzimmer ist aus, und der Mond scheint auch nicht, also ist es wirklich stockfinster. Ich lausche.

Ja, da weint tatsächlich jemand gedämpft. Direkt unter mir.

Ich habe noch nie in einem Stockbett geschlafen und mir deswegen das erstbeste geschnappt, damit ich oben liegen kann. Also zum Schlafen. Und es macht Spaß, in sein Bett zu klettern. Unter mir schläft ein anderer Junge, der auch neu ist. Er heißt Hudson und ist echt süß, schon jetzt sind alle in ihn verknallt. Vorsichtig klettere ich hinunter. Es muss Hudson sein, der da weint. Ich knie mich neben das Bett, ungefähr da, wo sein Kopf sein muss.

»Hudson, alles okay?«, flüstere ich.

Er weint leise weiter, also berühre ich ihn sanft am Arm. Dabei erwische ich aber wohl seine Wange und ziehe die Hand hastig zurück. Das Weinen hört kurz auf.

»Hallo?«, fragt er kaum hörbar.

»Du hast geweint«, wispere ich zurück. »Alles okay?«

Er schnieft, weint aber jetzt, wo er wach ist, nicht mehr. »Tut mir leid, ich habe geträumt.«

»Was denn?«, frage ich und lehne mich gegen den Bettpfosten.

»Ist nicht wichtig.«

»Ich will nur, dass es dir besser geht.« Und das stimmt. Weil das hier die ersten queeren Menschen sind, die ich kennengelernt habe, und ich will, dass wir uns alle besser fühlen. Besser, weil uns hier niemand runtermacht. Ich will mit ihm befreundet sein. Ich will mit allen befreundet sein. »Wenn du drüber redest, geht's dir danach bestimmt besser.«

Er schnieft noch mal, und ich denke schon, dass er wieder eingeschlafen ist.

»Ich hab von meiner Grandma geträumt«, sagt er dann doch. »Im Traum war sie wieder da, aber dann habe ich mich dran erinnert, dass sie weg ist und …«

Ich glaube, er weint wieder. *Dummer Randy, machst alles nur noch schlimmer.*

»Sie ist gestorben?«, frage ich.

»Ja«, flüstert er. »Kurz bevor ich hergekommen bin.«

»Was mochtest du am liebsten an ihr?«

»Was meinst du?«

»Das hat meine Mom mich gefragt, als meine Grandma gestorben ist. Sie hat gesagt, wenn ich mich ganz fest an das erinnere, was ich am liebsten an ihr gemocht habe, dann ist sie immer noch bei mir.«

»Oh.«

Jetzt bin ich mir sicher, dass er wieder weint. Ich höre, wie er sich die Tränen wegwischt.

»Sie war … echt cool. Wegen ihr durfte ich hierherkommen.«

»Echt? Ich habe mich nie vor meinen Großeltern geoutet.«

»Sie war die Erste, der ich es erzählt habe. Danach hat sie mich ganz fest umarmt und mir gesagt, dass ich immer ich selbst und stolz auf mich sein soll.«

»Das ist eine schöne Erinnerung.«

»Ja.« Wieder ein Schniefen. »Sie wollte, dass ich herkomme, damit ich Freunde finde, die so sind wie ich.«

»Na, die hast du ja jetzt.« Ich lege eine Hand auf die Matratzenkante. Das spürt er wohl, denn er tastet nach meinen Fingern.

»Danke. Du sagst doch niemandem, dass ich geheult habe, oder?«

»Nicht, wenn du das nicht willst«, verspreche ich ihm.

»Ich vermisse sie nur so sehr.«

»Das verstehe ich.«

Wir schweigen für einen Moment, dann seufzt er.

»Ich wäre nur gerne besser«, meint Hudson.

»Besser in was?«

»Keine Ahnung … in all dem. Im Schwulsein.«

»Ich glaube nicht, dass man darin irgendwie besser werden kann«, erwidere ich.

Das hat zumindest Mark, der Theaterbetreuer, letzte Woche während des Castings gesagt. Dass das Musical sehr schwul werden wird, dass das aber was anderes ist, als wir denken, und es einfach nur heißt, dass wir sehr stolz darauf sein werden. Dass niemand besser oder schlechter schwul ist. Ich weiß nicht, ob ich das richtig verstanden habe, aber es fühlt sich richtig an, es jetzt zu wiederholen.

»Weiß nicht«, sagt Hudson.

»Ich glaube, wir dürfen hier einfach wir selbst sein. Wir müssen uns keine Gedanken um die Welt da draußen machen, wo wir uns verstecken müssen, damit uns niemand fertigmacht. Mehr müssen wir gar nicht tun, um gut darin zu sein.«

»Das gefällt mir«, entgegnet Hudson. Wir schweigen einen Moment lang. »Hey … könntest du mir einen Gefallen tun, auch wenn's komisch klingt?«

»Was denn?«

»Könntest du mir für ein paar Minuten den Rücken streicheln? Meine Mom hat das früher immer gemacht, wenn ich nicht einschlafen konnte.«

Ich lächle in die Dunkelheit. »Klar.«

»Du hast recht«, meint er und dreht sich auf den Bauch. »Wir können sein, wer wir wollen. Nicht nur hier. Das hätte meine Grandma sich für mich gewünscht. Dass es mir … besser geht.«

Er atmet tief durch, und seine Hand klatscht gegen meinen Unterarm, als er nach mir greift. Dann tastet er sich nach unten bis zu meinem Handgelenk, was mir eine kribbelige Gänsehaut macht. Hudson drückt meine Hand, und ich drücke zurück.

»Danke. Du bist echt was Besonderes.« Seine Stimme ist so leise, dass ich ihn kaum verstehe, aber plötzlich explodieren Sterne in mir.

Ich streichle Hudson sanft ein paar Minuten lang über den Rücken, bis sein Atem tiefer wird. Dann klettere ich wieder in mein Bett. Da geht mir auf, dass er wahrscheinlich gar nicht weiß, dass ich das war, der Junge, der über ihm schläft. Wenn er wie mein Dad ist, wird er sich am Morgen nicht daran erinnern. Aber das ist egal.

Ich schließe die Augen und versuche, wieder zu schlafen. Doch es fühlt sich an, als würde sich in mir eine ganze Galaxie formen, und plötzlich ist es Morgen.

»Hey, alles okay bei dir?«, frage ich und hänge mich kopfüber nach unten, um Hudson anzusehen.

»Warum?«, fragt er. »Habe ich geschnarcht?«

Er weiß es nicht mehr.

»Nee, du hast nur ein bisschen im Schlaf geredet.«

»Oh …« Er reibt sich die Augen. »Keine Ahnung. Waren aber wahrscheinlich gute Träume.«

»Das ist schön«, erwidere ich mit einem Lächeln.

Er wirft mir einen komischen Blick zu, und ich ziehe mich wieder nach oben, um an die Decke zu starren. Er hatte wegen mir gute Träume. Er hat gesagt, dass ich was Besonderes bin. Und er hat recht – es geht nicht nur darum, dass wir uns hier nicht verstellen müssen und anders sein können als draußen in der Welt. Es geht darum, wer wir sein wollen.

George, einer meiner neuen Freunde aus der Theatergruppe, hat gestern so einen coolen Nagellack getragen. Der hat mir gefallen. Vielleicht frage ich ihn heute, ob er mir auch die Nägel lackiert. Das wäre toll. Ich glaube, das will ich. Ich mag Nagellack, weil glitzrige Nägel aussehen, als hätte man Magie unter der Haut. Als wäre man voller Sterne.

Hudson steht auf und geht mit niedlich verstrubbelten Haaren in den Waschraum. Plötzlich erinnere ich mich wieder an das Gefühl, das ich hatte, als er in der Nacht meine Hand gedrückt hat, und ich frage mich, ob meine Nägel wohl im Dunkeln geglitzert hätten, wenn sie lackiert gewesen wären. Das hätte Hudson bestimmt auch gefallen. Mir auf jeden Fall – unsere verschränkten Finger mit Glitzer auf jedem zweiten Nagel. Ein bisschen war es sogar so, weil er wusste, dass ich was Besonderes bin – er wusste schon von den Sternen unter meiner Haut, sogar im Dunkeln. Obwohl er mich nicht erkannt hat.

Ich mag dieses Camp. Hier kann ich mich entscheiden, jemand anderes zu sein. Jemand Besonderes. Ich klettere von meinem Stockbett und mache mich für den Tag fertig.

ELF

Normalerweise wäre ich heute beim Casting. Niemand spricht für eine bestimmte Rolle vor – auch wenn ich mir sicher bin, dass George es hart auf Kim anlegt –, aber jeder singt ein selbst gewähltes Solo, und dann macht Crystal verschiedene Choreografien mit allen, um zu sehen, wer sich so bewegt, wie sie es sich vorstellt. Dann ist eine halbe Stunde Pause, in der alle draußen abhängen und sich vom Tanzen ausruhen oder das Skript durchgehen. Anschließend gibt es die zweite Runde. Es werden Lieder aus dem Musical gesungen, Leute tanzen in verschiedenen Konstellationen zusammen und proben bis zum Mittagessen. Später am Tag hängen Mark und Crystal dann die Besetzungsliste in den Hütten der Leute aus, die beim Casting dabei waren.

Das macht immer viel Spaß. Es ist zwar stressig, aber irgendwie guter Stress. Den anderen beim Singen zuhören, zusammen tanzen, Dialoge durchgehen und proben. Es könnte ganz anders aussehen, das ist mir klar, wenn man sich gegenseitig die Augen auskratzt und sich runtermacht, aber so ist das nie. Alle wollen nur, dass die Aufführung gut wird. Ich weiß nicht, ob das daran liegt, dass das hier ein queeres Camp ist und wir alle begeistert sind, daran, dass Mark und Crystal so was nie dulden würden, oder an der Sommerstimmung. Jedenfalls ist das Casting immer lustig.

Aber heute spreche ich für keine Rolle vor. Na ja, zumindest für keine im Musical.

»Als Erstes dreht jeder eine Runde über den Hindernisparcours«, verkündet Connie.

Wir stehen alle in einer Reihe vor ihr, wie Army-Rekruten, aber Connie war nie beim Militär. Sie ist eine ehemalige Olympiateilnehmerin. Leichtathletik. Zwei Silber- und eine Bronzemedaille. Weil sie hier die Berühmteste ist, prangt ihr Gesicht auf den Flyern fürs Camp, und sie muss nicht mit uns hier wohnen wie die anderen Betreuer, sondern darf pendeln. Sie ist eine große, sehnige Frau mit dunkler Haut und langen, glatten, schwarzen Haaren. Wenn sie sich nicht als trans geoutet hätte, hätte sie wahrscheinlich als Coach Karriere machen können. Und wenn es nicht eine berühmtere trans Olympionikin gegeben hätte, hätte sie vielleicht einen Fernsehvertrag bekommen oder ihr Buch hätte sich besser verkauft. Dass sie schwarz ist, trägt vermutlich auch dazu bei, dass die Welt sie aus den Augen verliert. Aber es scheint ihr hier zu gefallen. Den Rest des Jahres arbeitet sie als Sportlehrerin. Sie mag Kinder und Jugendliche.

Glaube ich zumindest. Sie ist schwer zu durchschauen. Gerade mustert sie uns eher abschätzend. Als ihr Blick mich trifft, zieht sie eine Augenbraue nach oben und einer ihrer Mundwinkel zuckt. Findet sie es lustig, dass ich hier bin? Okay, ja, es ist schon ziemlich albern, aber auf der anderen Seite auch wieder nicht. Ich schaffe das. Es ist nur ein Hindernisparcours. Durch ein paar Reifen hüpfen, unter einem Netz durchkriechen, eine steile Rampe hochrennen, über eine Strickleiter balancieren, die zwischen zwei Bäumen gespannt ist, dann die Rutsche runter, von Stein zu Stein über den kleinen (aber hüfttiefen und eiskalten) Bach springen, die Querleiter entlanghangeln, das Drahtseil überwinden, mit dem Kopf voran durch einen hängenden Reifen auf eine Sandfläche springen. Die muss man überqueren, bevor das große Finale folgt: Man muss über die Peanut Butter

Pit, an einem Seil, das über der tiefen Grube hängt. Wenn man sich da drübergeschwungen hat, hat man es geschafft. Das Problem dabei ist, dass das Seil in der Mitte über der Grube hängt – es wartet nicht gerade darauf, dass man danach greift. Man muss springen, um es zu erreichen.

Mehr ist es nicht. Ja, es ist nicht einfach. Aber man trifft auch nicht so einfach den höchsten Ton in »That Dirty Old Man«, und das habe ich letztes Jahr auch geschafft.

»Wenn ihr fallt oder es nicht hinkriegt, macht euch keinen Kopf. Steht einfach auf und macht weiter. Wenn ihr euch an eins der Hindernisse nicht rantraut, ist das auch kein Problem, lauft einfach außenrum. Niemand nimmt euch das übel. Ich will nur wissen, wie fit ihr seid. Und am Ende des Sommers schafft ihr das Ding superschnell und mit links.« Ein paar der Neulinge werden blass um die Nase – ich vermutlich auch.

»Das Drahtseil ist neu«, flüstert Hudson mir aufgeregt zu. Unsere Schultern berühren sich und mir wird schwindelig von seiner Nähe. »Dafür braucht man einen echt guten Gleichgewichtssinn.«

Ich bin erledigt. »Durch den Reifen zu springen, macht mir gerade mehr Sorgen«, flüstere ich zurück.

»Unter dem Sand ist eine Matte. Du kannst dich nicht verletzen.«

»Das klingt fast wie eine Herausforderung. Eine, die ich nicht annehmen werde, nur damit das klar ist.«

Hudson lacht, und Connie wirft uns einen Blick zu. Ihre Augenbraue geht schon wieder nach oben.

»Keine Sorge«, sagt sie. »Wir verbringen nicht die ganze Zeit auf dem Parcours. Wir gehen auch wandern, klettern auf Bäume, lernen, wie man Zelte aufbaut und Feuer macht. Alles, was draußen Spaß macht. Aber der Hindernisparcours ist eine Challenge. Und ich will euch zeigen, dass ihr die meistern könnt – weil das Leben euch noch genug Steine in den Weg legen wird. Wenn ihr euch in ein paar Wochen an dem Seil über die Grube schwingen könnt, hält das vielleicht die Arschlöcher da draußen nicht davon ab, euch zu beschimpfen, aber ihr werdet euch richtig gut fühlen, versprochen. Also, wer will anfangen?«

Hudson und ein paar andere heben die Hände, und Connie schickt uns einen nach dem anderen über den Parcours. Die Gruppe schaut dabei zu, aber es ist wie beim Casting – es gibt keine Konkurrenz. Deshalb benutzen wir wohl auch nur die eine Strecke, die andere bleibt für den Camp-Wettkampf reserviert, bei dem wir in Teams gegeneinander antreten.

Ich feuere jeden Einzelnen an. Hudson läuft als Fünfter los, und ihn zu beobachten, jagt mir einen angenehmen Schauer über den Körper. Er trägt tief sitzende, beige Shorts und ein blaues T-Shirt, das zwar nicht eng ist, aber ständig nach oben rutscht, sodass man seinen Bauch und die Hüften sieht. Beim Erklettern der Rampe und auf der Strickleiter beobachte ich, wie die Muskeln in seinen Armen arbeiten. Seine Waden spannen sich an, als er von Stein zu Stein springt. Er ist der perfekteste Mensch, den ich je gesehen habe.

Und ich habe ihn gestern Abend geküsst.

Nein, er hat mich geküsst.

Was passiert hier eigentlich gerade?

»Randy?«, spricht Connie mich an, und es muss wohl schon das zweite Mal sein. »Bist du dir sicher, dass du das machen willst?«

»Del«, informiere ich sie. Zum Glück ist Hudson auf der anderen Seite des Parcours und kann uns deswegen nicht hören. »Ich bin jetzt Del.«

Sie nickt. »Okay, Del. Du bist dran.«

Darauf konnte ich mich in Ohio nicht vorbereiten. Ich habe Gewichte gestemmt und bin Bahnen gelaufen, aber an meiner Schule gibt es ansonsten nur die auf dem Boden liegenden Reifen – das erste Hindernis vor mir. Die bringe ich ohne Probleme schnell hinter mich – das ist ein Muster wie beim Tanzen. Unter dem Netz durchzukriechen ist auch nicht schwer – man schlängelt sich einfach wie eine Schlange, das lässt uns Crystal manchmal zum Aufwärmen machen.

Aber dann stehe ich vor der Rampe. Mein einziges Training dafür war, den steilsten Hügel hochzurennen, den ich finden konnte, was in Ohio gerade mal einen Winkel von vielleicht vierzig Grad bedeutet. Allerdings habe ich mir die Physik angeschaut, die dahintersteckt, und eigentlich ist es gar nicht so wild. Donald O'Connor ist in »Du sollst mein Glücksstern sein« Wände hochgelaufen. Das vor mir ist nur ein echt steiler Hügel. Ich schaffe das, rede ich mir gut zu, als ich nach dem Netz wieder auf die Beine komme. Augen zu und durch.

Ich sprinte los, und es klappt. Mit den Fingern klammere ich mich an die Kante der Rampe, um mich das letzte Stück hochzuziehen, was nicht toll ist – Hudson musste das nicht –, aber immerhin ist es erlaubt. Die Strickleiter ist auch nicht so schlimm, über die krabble ich einfach langsam und vorsichtig auf allen vieren. In der Schule habe ich dabei geholfen, Scheinwerfer fürs Theater zu verschieben, und das war ziemlich ähnlich. Die Erinnerung daran hilft mir, das Schwanken unter mir auszuhalten. Ich habe natürlich Angst, aber es ist machbar. Die Rutsche ist nur eine Rutsche, und von Stein zu Stein zu springen ist leicht, solange der Bach nicht so anschwillt, dass die Steine unter Wasser liegen, was heute nicht der Fall ist. Ehrlich gesagt bin ich erstaunt, wie gut das läuft.

Für die Hangelleiter hätte ich definitiv üben sollen. In der Nähe meines Hauses gibt es einen Park, aber die Klettergerüste sind für kleine Kinder, und ich wäre mir dumm vorgekommen, dort zu trainieren. Wenn Kinder das können, kann ich das auch. Aber ich habe nicht erwartet, wie weh es tut. Ich baumle an einem Arm von einer Strebe und strecke den anderen nach der nächsten aus. Mein Körpergewicht zerrt brennend an meinem Arm. Außerdem schwitze ich und versuche deshalb, es schnell hinter mich zu bringen, damit ich mit den feuchten Händen nicht abrutsche. Einer vor mir hat die Hangelleiter auch nicht geschafft, also wäre es nicht das Ende der Welt, wenn ich abrutschen würde, aber ich will nicht, dass Hudson mich für den Zweitschlechtesten hält.

Vielleicht ist es ja doch ein Wettbewerb. Aber nur für mich. Wenn ich auf dem Parcours gewinne, gewinne ich Hudson für mich. War der Kerl, der hier runtergefallen ist, nicht einer seiner Ex-Lover? Wie viele von denen sind wohl hier? Ich habe immer versucht, nicht so sehr drauf zu achten, mit wem Hudson gerade zusammen ist – George hat gesagt, dass mich das depri macht –, also erinnere ich mich nur so undeutlich an ihre Gesichter, als wären sie verschwommene Hintergrundgestalten auf einem Foto, das Hudson zeigt. Aber ich glaube, der Kerl, der runtergefallen ist, war eine von Hudsons Affären. Und vielleicht auch der erste Starter, der alle Hindernisse außer der Peanut Butter Pit und dem Drahtseil bezwungen hat.

Langsam, aber sicher arbeite ich mich die Hangelleiter entlang und spüre dabei, wie mir das T-Shirt verschwitzt am Rücken klebt. Wenn ich noch längere Haare hätte, würden sie mir feucht in die Stirn hängen. Als ich mich schließlich am Ende der Hangelleiter fallen lasse, ballen sich meine Hände automatisch zu Fäusten, und meine Handflächen fühlen sich an, als würden sie in Flammen stehen. Doch darum kann ich mich jetzt nicht kümmern. Als Nächstes liegt das Drahtseil vor mir – das nur einen knappen halben Meter über dem Boden angebracht ist. Auch darauf konnte ich mich nicht vorbereiten, weil es das letztes Jahr noch nicht gab. Aber ich ziehe mich am Baumstamm, an dem es festgemacht ist, hoch und konzentriere mich. Der Vorteil: Niemand ist hier bis jetzt rübergekommen. Nur Hudson ist immer wieder rauf, sobald er runtergefallen ist, nur um nach dem nächsten Schritt wieder zu fallen. Alle anderen haben nach dem ersten oder zweiten Versuch aufgegeben.

Tatsächlich ist es aber gar nicht so schwierig. Leicht natürlich auch nicht. Das Drahtseil dehnt sich und bewegt sich unter mir, und ich wäre gerne barfuß, um mich besser daran festhalten zu können, aber in einer perfekt geraden Linie zu laufen, ist etwas, das wir für die Gruppenchoreografien brauchen. Denn wenn man ein bisschen zu weit links oder rechts geht, erwischt man die Person neben sich mit den ausgebreiteten Händen. Also tue ich das, was ich auch beim Tanzen mache: Ich konzentriere mich nicht auf meine Füße, sondern orientiere mich an einem weiter entfernten Punkt – dem Baum am anderen Ende des Seils. Die Arme breite ich aus, um das Gleichgewicht besser zu halten, und dann gehe ich zügig los.

Ich schaffe es bis zur Hälfte, bevor ich runterfalle, weiter als alle anderen. Aber dafür lande ich nicht auf den Füßen, sondern stolpere und finde mich auf allen vieren wieder. Das ist … nicht gut. Doch als ich aufsehe, lacht Hudson mich nicht aus. Er feuert mich an.

»Komm schon, Del! Steh auf! Du schaffst das!«

Ich liebe ihn.

Ich werfe dem Drahtseil noch einen Blick zu, stehe dann auf und gehe weiter. Daran habe ich mich genug bewiesen. Der Reifen ist dran. Er hängt aufrecht, von vier dicken Seilen gehalten, in der Luft. Hier geht es ums kontrollierte Fallen. Man muss durch den Reifen springen, sich abrollen und idealerweise direkt wieder auf die Füße kommen, um weiterzulaufen.

Ich springe und lande bäuchlings im Reifen. Das war nicht hoch genug. Jemand kommentiert das mit einem »Uff«, aber es tut gar nicht so weh. Der Reifen ist aus Gummi. Aber dieser Laut – dass jemand denkt, ich hätte verkackt, was ja auch stimmt – gibt mir das Gefühl, ich würde mich saudumm anstellen. Das tut weh. Eine Welle von »Warum machst du das überhaupt?« und »Es wird nie funktionieren, wenn Hudson sieht, wie unmännlich du bist« und »Würdest du gerade nicht lieber am Casting teilnehmen?« überrollt mich. Mein Gesicht brennt vor Scham. Ich hoffe, dass der Laut nicht von Hudson kam, aber sicher bin ich mir nicht. Außerdem muss ich mich darauf konzentrieren, den Parcours zu beenden. Im Moment hänge ich noch im Reifen fest, die Arme nach vorne ausgestreckt wie Superman, und meine Füße schweben knapp über dem Boden. Ich greife nach der Unterseite des Reifens und ziehe mich nach vorn, wodurch ich unelegant auf dem Rücken im Sand aufschlage, der nach Füßen riecht.

Einen Moment lang schaue ich durch die Bäume zur Sonne hoch. Ob sonst noch jemandem auffällt, dass die Sonne hinter den Baumkronen aussieht wie die Milchstraße? George und ich liegen nach dem Casting gerne im Schatten, schauen zum Himmel und schielen ein bisschen, sodass unser Sichtfeld verschwimmt und das Licht zwischen den Ästen zu riesigen Flüssen aus Sternen und die Blätter zu schwarzem Nichts werden. Der Tag wird zur Nacht und wieder zum Tag.

»Du schaffst das, Del!«, ruft jemand.

Hudson.

Ich stehe wieder auf.

Fehlt nur noch eins: die Peanut Butter Pit. Warum eigentlich Erdnussbutter? Beinahe hätte ich die Frage laut gestellt. Das Seil hängt in der Mitte der Grube, deutlich außerhalb meiner Reichweite. Ich nehme Anlauf und schaffe es sogar ziemlich weit. Auf dem Weg in die Grube streifen meine Hände das Seil. Zum Glück liegt da unten auch eine Matte. Und dass ich an diesem Hindernis gescheitert bin, dafür schäme ich mich nicht. Das hat bisher nur Hudson geschafft.

Ich klettere auf der anderen Seite aus der Grube, und Hudson zieht mich sofort in eine Umarmung, die meine Schmerzen verschwinden lässt. Meine brennenden Hände … brennen immer noch, aber jetzt, weil ich ihn an mich ziehen will. Mein Körper, der bis eben noch wehgetan hat, fühlt sich jetzt wieder ganz gut an. Meine steifen Muskeln entspannen sich … außer denen in einem bestimmten Körperteil, die genau das Gegenteil tun.

Hudson riecht nach Erde und Schweiß, und auch wenn das wie ein seltsamer Fetisch klingt, riecht sein Schweiß wirklich gut. Süß und herb und ein bisschen salzig. Am liebsten würde ich den Geruch abfüllen oder mir eine Duftkerze draus machen, die ich in meinem Zimmer nur zu besonderen Anlässen anzünde.

Wem will ich was vormachen? Die Kerze würde rund um die Uhr brennen.

»Du warst echt gut«, meint Hudson.

Über seine Schulter hinweg sehe ich die anderen, die uns anstarren. Einer der Kerle, einer von Hudsons Ex-Lovern, glaube ich, grinst und wendet den Blick dann ab. Ich drücke Hudson ein bisschen fester an mich.

»Ich hab's beim Reifen versaut, aber dass das passieren würde, wusste ich vorher schon.«

»Dafür warst du super am neuen Drahtseil. Das Ding ist auch echt schwer. Wie hast du es so weit geschafft?« Er lässt mich wieder los, legt den Arm aber locker um meine Taille.

Alle Nervenenden in meinem Körper scheinen plötzlich auf diesen Punkt zuzulaufen und schicken heiße Blitze in mein Hirn. Ich brauche einen Moment, um zu merken, dass er mir eine Frage gestellt hat.

»Ich habe mich auf das Ende fokussiert, nicht auf meine Füße«, erkläre ich ihm.

»Schlau. Das versuche ich beim nächsten Mal auch. Oh, Brad ist dran.«

Brad verkackt das Drahtseil auch, aber er ist der Zweite, der es über die Peanut Butter Pit schafft. Nachdem er gelandet ist, gibt er Hudson ein High five.

»Das Drahtseil ist echt schwierig«, meint er.

»Del hat sich da aber super geschlagen«, erwidert Hudson und zieht mich ein wenig dichter an sich.

Ich muss ein Kichern unterdrücken.

»Ja.« Brad nickt und schaut mich an. »Du hast einen guten Gleichgewichtssinn.«

»Danke.« Ich lächle und bete, dass er mich nicht verrät. George hat ja gemeint, dass ich mir da keine Sorgen machen brauche, und ich vertraue George, aber vielleicht sollte der Brad nicht vertrauen.

»Vom Tanzen?«, erkundigt sich Brad.

Ich bemühe mich, ein verwirrtes Gesicht zu machen, weil mir absolut keine passende Antwort darauf einfällt.

»Ha«, sagt Hudson. »Nein. Wir haben gestern Abend getanzt und er … ist da nicht so gut drin. Nicht böse gemeint, Babe.«

Babe! Er hat mich Babe genannt, und jetzt ist mein Kopf noch leerer. Ich stehe da wie eine Gummipuppe, während die beiden sich über mich unterhalten, und schwanke zwischen Freude und Angst.

»Ach nein?« Brad lacht. »Das ist ja witzig.«

»Ich tue mich schwer«, bringe ich schließlich heraus, auch wenn ich keine Ahnung habe, woher die Worte kommen oder warum meine Stimme auf einmal so hoch klingt.

»Du bist nur ein bisschen steif«, meint Hudson. »Ist halt ungewohnt für dich. Du wirst schon noch lockerer.«

Ich lache ein wenig gezwungen und schlucke. Meine Kehle ist auf einmal staubtrocken.

»Wenigstens hast du nicht gesagt, dass du ihn lockerer machen wirst«, erwidert Brad und verdreht die Augen. »Lass ihm bloß keine Sprüche durchgehen, Del. Der Kerl wirkt, als hätte er es voll drauf, aber eigentlich ist er genauso unsicher wie du.«

»Ach ja?«, frage ich.

»Ich glaube nicht, dass wir beide unsicher sind«, sagt Hudson.

»Hmm.« Brad nickt, sieht aber wenig überzeugt aus. »Aber ich wollte dich noch was fragen, Del … Ist George Single? Hat er jemanden zu Hause oder so?«

»Wer ist George?«, will Hudson wissen.

»Ein Freund von mir«, antworte ich ein bisschen verärgert, dass er sich nicht an ihn erinnert. »Aus meiner Hütte. Dunkler Teint, trägt immer Nagellack und manchmal Lidschatten?«

»Ah, stimmt.« Hudson wendet sich wieder an Brad. »Echt? Nagellack und Lidschatten?«

»Und er hat eine haarige Brust und vermutlich einen genauso haarigen Hintern.« Brad wackelt mit den Augenbrauen. »Und er hat Humor. Aber … ist er Single?« Die Frage geht an mich.

»Ja«, antworte ich. »Ist er.«

»Cool.« Brad nickt ein paarmal nachdenklich.

»Okay, alle zusammen!«, ruft Connie und kommt zu uns rüber.

Der Letzte hat den Parcours hinter sich gebracht, und sie bringt uns eine Kühlbox mit Wasserflaschen. Wir nehmen uns jeder gierig eine. Das Wasser fühlt sich fast so gut an wie Hudson, als es meine Kehle hinabrinnt. Wie seine Umarmung, meine ich.

»Ihr habt euch alle gut geschlagen. Sieht aber aus, als hättet ihr Probleme auf dem Drahtseil gehabt. Gleichgewicht ist wichtig! Das hilft euch bei allem, was ihr tut – Wandern, Sport, Tanzen, Sachen aus hohen Regalen runterholen. Daran werden wir arbeiten. Kommt mit und gebt Hilfestellung.«

Wir werfen unsere leeren Wasserflaschen zurück in die Kühlbox, gehen zum Drahtseil und verteilen uns auf beiden Seiten davon. Dann breiten wir die Arme aus und bilden so zwei menschliche Mauern für die Leute auf dem Seil, an denen sie sich beim Überqueren festhalten können.

Connie erklärt uns: »Das Drahtseil habe ich dazugenommen, weil es auf dem Parcours zwar um Zeit geht, die ich beim nächsten Mal auch stoppen werde, aber ihr braucht auch Geduld. Ihr müsst bei jedem Schritt vorsichtig sein und eure Balance finden, bevor ihr den nächsten macht. Del, du warst vorhin ziemlich gut, willst du es noch mal versuchen?«

»Klar«, antworte ich, weil ich eh keine andere Wahl habe. Ich klettere auf das Seil und suche mein Gleichgewicht, wie ich es vor einem High Kick tun würde. Dann mache ich den ersten Schritt und fokussiere meinen Blick dabei auf das Ende des Drahtseils. Ich gehe langsam. Einmal rutsche ich weg, doch jemand fängt mich auf und drückt mich wieder nach oben.

»Danke«, sage ich, ohne hinzuschauen, wer es war. Ich gehe weiter. Als ich es bis zum Ende schaffe, klatschen alle, inklusive Connie.

»Gut gemacht«, lobt sie. »Das war sehr gut, wie du vor jedem Schritt geatmet und die Beine aus der Hüfte und nicht aus dem Knie gehoben hast.«

»Danke.« Plötzlich ist mir das sehr peinlich. »Und danke fürs Auffangen, wer auch immer das war.«

»Ich war's«, meldet sich der Typ, der mich vorhin angegrinst hat.

Vielleicht ist er doch kein so schlechter Kerl.

»Danke«, wiederhole ich noch einmal.

»So was machen wir füreinander«, erwidert er.

»Okay«, sagt Connie. »Als Nächstes … Brad, wie wäre es mit dir?«

»Echt jetzt? Ich konnte vorhin kaum drauf stehen.«

»Genau. Hoch mit dir.«

Ich nehme meinen Platz neben den anderen ein, und Brad steigt aufs Seil, wo er versucht, sein Gleichgewicht zu finden. Aber er schaut auf seine Füße hinunter, und schon beim ersten Schritt fällt er beinahe. Die Umstehenden halten ihn oben.

»Schau geradeaus«, rate ich ihm. »Ans Ende des Seils.«

Brad hebt den Kopf und macht einen vorsichtigen Schritt nach dem anderen. Er stolpert noch ein paarmal, fällt aber nicht runter, weil er immer aufgefangen wird. Als er das Ende erreicht, sieht er sehr erleichtert aus. Wir klatschen erneut.

»Es ist schwerer, je größer man ist«, erklärt Connie. »Finde deinen Körperschwerpunkt.«

Brad nickt. »Und danke für den Rat, Del.«

»Gern«, erwidere ich und breite dann die Arme wieder aus, um der nächsten Person zu helfen.

»Jane, du bist dran.«

Den Reifen habe ich verkackt … aber Hudson mag mich immer noch und Connie jetzt vielleicht auch? Womöglich geht nicht nur mein Plan auf, vielleicht verschafft er mir auch Respekt. Vielleicht freunden sich die ganzen Sportler mit mir an. Wäre das nicht ironisch?

ZWÖLF

Nach dem Outdoor-Kurs steht Schwimmunterricht auf dem Plan, wo erst unsere Leistung geprüft wird und wir dann in Gruppen eingeteilt werden – leider komme ich in eine andere als Hudson. Dann gibt es Mittagessen. Hudson und ich gehen zusammen hin – nicht Hand in Hand, aber näher nebeneinander, als Freunde laufen würden. Ich entdecke George und Ashleigh und will zu ihnen rübergehen.

»Babe, willst du dich nicht zu den anderen vom Parcours setzen?«, fragt Hudson.

»Heute war das Casting fürs Musical«, erwidere ich. »Ich will wissen, wie es gelaufen ist.«

»Okay, klingt wichtig.« Hudson lacht, als Brad an uns vorbeikommt, weil er geradewegs auf George zusteuert. »Alter, Brad verknallt sich ja nicht oft, aber wenn, weiß er nicht, was er machen soll. Wie ein Welpe.«

»Das ist aber süß.« Ich beobachte, wie Brad sich neben George setzt und der ihn anlächelt.

»Wir schauen uns wahrscheinlich auch so an«, sagt Hudson. Er nimmt meine Hand und ich setze mich grinsend neben Ashleigh und gegenüber von George.

»Und?«, will ich wissen. »Wie ist es gelaufen?«

»Ich habe ›Let Me Be Your Star‹ aus ›Smash‹, dieser Fernsehserie, gesungen und sie damit umgehauen«, erzählt George.

»Das stimmt«, bestätigt Ashleigh. »Es gab sogar Applaus.«

»Ich habe echt Schiss, dass er doch noch die Rolle der Rose bekommt«, wirft Paz von Ashleighs anderer Seite aus ein. Interessant, wie nah sie nebeneinandersitzen. Paz ist cool, aber erst nimmt sie das Bett über George und jetzt sitzt sie bei uns ... Ich mustere die beiden einen Moment lang und werfe dann George einen Blick zu, der jedoch nur leicht die Schultern zuckt.

»Ich will nur Kim«, meint er, »aber ich kann nicht einschätzen, wie gut ich beim Tanzen war. Und Kim ist eine Tanzrolle.«

Hudson lehnt sich zu mir. »Tanzrolle?«, fragt er.

»Eine Figur, die viel tanzt«, erkläre ich. »Ich meine, für die meisten Parts muss man ein bisschen tanzen, aber Kim hat ein Tanzsolo bei einem Song und macht auch oft bei den anderen mit ...«

»Du kennst das Musical?«, fragt er.

»Darling, das ist ein Klassiker«, mischt George sich ein. »Es wurde sogar verfilmt, ganz gut sogar, abgesehen von dem Unsinn mit der Schildkröte. Netflix es mal, wenn du wieder zu Hause bist.«

»Hm, okay.« Hudson schaut mich verwirrt an.

»Ist ein guter Film«, meine ich, ohne dabei übermäßig begeistert zu klingen, weil mir wieder einfällt, dass Musicals nicht sein Ding sind.

»Klar.« Er verengt die Augen ein wenig, doch ich kann seinen Gesichtsausdruck nicht deuten.

»Ich wette, dass du ein super Tänzer bist«, sagt Brad zu George.

»Ich weiß, wie ich meinen Körper einsetzen muss«, gibt der zurück und schenkt ihm einen Augenaufschlag. Dann runzelt er jedoch die Stirn. »Aber das ist nicht das Gleiche. Ich habe ein paar von den Schritten versaut.«

»Hey, zerdenk das nicht. Das ist durch«, beruhige ich ihn. »Und du hast selbst gesagt, dass du toll gesungen hast. Mark weiß, was du kannst.«

»Ja«, erwidert George mit einem Nicken. »Danke, Darling. Jetzt fühle ich mich besser.«

»Und wie war's bei dir?«, erkundige ich mich bei Ashleigh.

»Sie haben ein paar neue Scheinwerfer installiert. Mark hat den Techies Baupläne gezeigt, das wird ziemlich cool. Wahrscheinlich werde ich wieder Assistentin des Stage-Managers am Licht. Schauen wir mal.«

»Deine Lichteinstellungen sind immer großartig«, sagt Paz.

Ashleigh dreht sich zu mir, sodass Paz sie nicht sehen kann. Als sie die Augen aufreißt, nicke ich lächelnd. Sie zieht angespannt die Augenbrauen zusammen.

»Ich habe echt das Gefühl, als wärt ihr alte Freunde«, meint Hudson zu mir. »Nicht, als wärst du der Neue.«

Alle erstarren einen Augenblick lang.

»Äh … na ja …« Fieberhaft spiele ich verschiedene Lügen im Kopf durch. Wie lenke ich ihn am besten ab? Oder sollte ich ihn einfach küssen? Das funktioniert doch in Filmen immer. Und es würde mir gefallen.

»Stimmt ja auch«, sagt George, bevor ich meine Theorie testen kann. »Wir haben uns online kennengelernt. Ich habe ihm vom Camp erzählt.«

»Oh … Bei einer dieser Coming-out-Supportgruppen?«

»Ja«, antworte ich und bin echt froh, dass George genauso gut improvisieren kann wie ich. »George hat mir wirklich geholfen.«

»Das freut mich.« Hudson grinst und hält George die Hand für einen Faustcheck hin. »Gut gemacht, Alter.«

George betrachtet sie misstrauisch und tätschelt sie dann leicht wie einen Hund. »So bin ich, Darling«, erwidert er.

Die Platten mit dem Essen werden herumgegeben, und wir bedienen uns kräftig an den Nudeln mit Fertigtomatensoße und geriebenem Käse, weil wir alle hungrig sind.

Nach dem vielen Sport am Morgen brauche ich das jetzt. Während wir essen, teilen wir uns in Paare auf – Brad und George flirten, wobei George ihn jedoch auf Abstand hält. Paz redet mit Ashleigh, die von der Vorstellung entsetzt scheint, dass sich jemand mit ihr beschäftigt. Und Hudson unterhält sich mit mir. Hauptsächlich über den Parcours und wie man durch den Reifen kommt – offenbar braucht man die richtige Technik mit den Knien – und über die Peanut Butter Pit – wo es auch um Kniearbeit geht, es aber vor allem darauf ankommt, das Seil früher zu greifen, als man denken würde. Ich nicke und erzähle ihm, wie der Parcours für mich war. Die ganze Zeit über berühren sich unsere Oberschenkel, Hudson lächelt mich an und ich habe alles, was ich in mir in den letzten vier Jahren gewünscht habe.

Nach dem Mittagessen gibt er mir einen Kuss auf die Wange und geht zum Bogenschießen, während ich mich auf zu Kunst und Werken mache. Ich bleibe lächelnd stehen und sehe ihm nach. Dabei starre ich ihm nicht mal auf den Hintern, sondern schwelge in dem Gefühl, das der kleine Kuss hinterlassen hat. Dann erinnere ich mich, wie er mich gestern Abend geküsst hat. Und ich will ihn noch mal so küssen.

»Darling, du siehst aus wie ein Reh im Scheinwerferlicht«, kommentiert George, der in diesem Moment an mir vorbeigeht. Ich folge ihm.

»Ehrlich«, meint Ashleigh, »du hast doch alles, was du wolltest, ihr seid praktisch schon zusammen. Tu doch nicht so, als würde es dich überraschen, dass er auf dich steht. Du hast dich in seinen Traummann verwandelt.«

»Der war ich schon immer«, erwidere ich. »Er … bemerkt mich jetzt einfach nur, weil ich heute Morgen durch den Hindernisparcours gekommen bin. Der gleiche Randy, mit neuen Hobbys.«

»Hm«, brummt Ashleigh.

»Du bist doch in derselben Situation«, sage ich zu ihr, während George die quietschende Fliegengittertür der Hütte öffnet. »Paz will dich besser kennenlernen – so wie du dir gewünscht hast, dass ein Mädchen dich näher kennenlernen will –, aber du kriegst kalte Füße.«

Ashleigh verdreht die Augen. »Ich habe mich einfach nur mit ihr unterhalten.«

Wir setzen uns an den runden Tisch in der Mitte des Raums. Er nimmt den Großteil der Hütte ein. An den Wänden sind Regale angebracht, in denen sich Bastelmaterialien befinden – Pailletten, Tonpapier, Garn, Glitzer, Karton, Pompons, Farbe … Die Fächer quellen über.

»Und?«, will George wissen. »Du hast dich mit ihr unterhalten … Irgendwelche … Gefühle?«

»Zweimal oder so. Sie ist nett. Keine Ahnung.«

»Okay.« George wendet sich an mich. »Und du, erzähl uns vom Parcours. Bist du am Schluss in Hudsons Bett gelandet?«

Ich lache. »Nein. Es war furchtbar … Aber auch irgendwie cool. Auf dem neuen Drahtseil war ich echt gut, und Connie meint, dass mein Durchlauf insgesamt in Ordnung war. Aber ich bin in die Peanut Butter Pit gefallen.«

»Ach bitte, die schaffen doch nur fünf Leute oder so im ganzen Camp«, meint George. »Aber er hat nichts gemerkt? Hudson glaubt dir, dass dir das Spaß macht?«

»Hat es tatsächlich irgendwie.« Ich zucke lächelnd die Schultern.

»Mehr, als im Musical mitzuspielen?«, fragt Ashleigh.

Ich runzele die Stirn, weil mich die Frage auf einmal runterzieht. »Nein. Aber Hudson hat einen Arm um mich gelegt und ihn da gelassen.«

»Er markiert sein Territorium«, sagt George beeindruckt. »Nicht schlecht.«

»Und er hat mich Babe genannt!«

»Mehr hetero geht ja gar nicht.«

»Okay!« Marguerite stürmt in die Hütte.

Inzwischen sitzen auch ein paar andere mit uns am Tisch. Einige von ihnen kenne ich, andere sind neu, und zum Glück ist niemand aus der Parcours-Gruppe dabei. Erwartungsvoll schauen wir Marguerite an.

Die meisten Betreuer tragen T-Shirts und Shorts, aber nicht Marguerite. Sie hat ein rotes Kleid mit weißen Punkten an und hat sich irgendwann seit gestern Abend rote Perlen in ihren kurzen braunen Bob geflochten.

»Heute basteln wir etwas, das man traditionell Gottesauge nennt. Aber was ist Gott eigentlich? Glaubt ihr an sie? Ich möchte, dass ihr mit Stöcken und Wolle ausdrückt, wie die Welt uns sieht – insbesondere uns Menschen, die sich als queer identifizieren. Wer beobachtet euch? Passt jemand auf euch auf? Oder ist es das Auge des grausamen Patriarchats?« Sie faltet die Hände, als würde sie beten. »Und erwidert ihr den Blick?« Sie nickt lächelnd. »Sucht euch draußen zwei Stöcke, die ungefähr so lang wie euer Unterarm sind, und nehmt euch dann Wolle aus dem Regal. Ihr könnt auch andere Materialien verwenden, wenn ihr wollt. Oder ihr nehmt weiße Wolle, die wir dann mit Blumen färben!« Sie klatscht in die Hände. »Überlegt euch was.«

Sie gibt den Weg nach draußen frei, damit wir unsere Stöcke holen können.

»Es ist cool, dass ich in diesem Outdoor-Zeug besser bin, als ich dachte«, nehme ich unser früheres Gespräch wieder auf. »Wie Hudson gesagt hat, als wir damals beim Fahnenraub gefangen wurden: Wir können alles schaffen, wenn wir es nur versuchen.«

»Hat er das wirklich so gemeint?« Ashleigh hüpft unter einem Ast nach oben und bricht sich einen dünnen Zweig davon ab. »Ob Marguerite auch mit einem kleinen Gottesauge zufrieden ist?«

»Sweetie, sag ihr einfach, dass du dir Gottes Augen klein vorstellst und sie deswegen nicht sieht, wie sehr die Welt leidet«, schlage ich vor. »Das wird ihr gefallen.«

»Okay«, erwidert Ashleigh grinsend.

Wir sammeln unsere Stöcke ein und gehen wieder rein, wo Marguerite uns ihr eigenes Gottesauge vorführt, das sie »Panoptikum« nennt. Es besteht aus Drahtgeflecht mit Wollhülle und Verlängerungskabeln, die sie über Stöcke gespannt hat. Während wir an unseren eigenen Gottesaugen arbeiten, geht Marguerite durch den Raum, nickt zufrieden und gibt uns Tipps.

»Danke, dass du mich beim Mittagessen gerettet hast«, sage ich zu George und wickle pinke Glitzerwolle um die beiden Birkenzweige, die ich mir geholt habe. »Brieffreunde. Sehr schlau.«

»Jetzt müssen wir nicht mehr so tun, als wären wir keine Freunde«, meint George.

»Das hatte ich nie vor.«

»Ach nein?«, fragt Ashleigh. »Was, wenn er will, dass du dich morgen zum Mittagessen mit zu seinen Freunden setzt?«

»Ich kann mich doch ab und zu mal woanders hinsetzen als zu euch«, erwidere ich. »Es ist nur fair, wenn wir abwechselnd bei unseren Freunden sitzen. Vielleicht können wir die Gruppen ja auch zusammenlegen. Brad mag dich, George.«

George seufzt. »Ja, tut er wohl.«

»Und?«

»Und er ist süß. Ich weiß nicht, was ich will. Eigentlich wollte ich chillen, und du hast sowieso genug Romantik für uns beide am Laufen. Was Einfaches wäre okay. Und ich weiß nicht, ob Brad das ist.«

»Warum nicht?«, erkundige ich mich.

»Unterschiedliche Welten. Ich verzichte sicher nicht auf Nagellack, so wie du.«

»Vielleicht mag er den Nagellack ja«, sage ich. »Als Hudson ihn danach gefragt hat, meinte er, dass du heiß bist und ihn zum Lachen bringst und ihn dein Make-up nicht stört.«

Lächelnd wickelt George ein Stück lila Wolle um seine Stöcke. »Ach, echt?«

»Ja.«

»Brad hat gesagt, dass ihm Georges Nagellack gefällt?«, will Ashleigh wissen. »Wie seid ihr denn da drauf gekommen?«

»Oh.« Plötzlich wird meine Kehle staubtrocken. Ich halte den Blick fest auf meine Stöcke gerichtet. »Hudson fand es lustig, dass Brad auf jemanden steht, der Nagellack trägt.«

»Hmmm«, meint Ashleigh. »Ist das derselbe gleiche Kerl, der dich bis zum Ende des Sommers so mögen soll, wie du bist?«

»Es sind doch erst zwei Tage«, gebe ich vielleicht ein bisschen zu laut zurück. »Wir müssen uns doch erst mal richtig kennenlernen.«

»Okay, okay. Sorry.«

»Es … wird schon alles klappen«, sage ich. »Ich mag ihn wirklich. Und er mag mich auch sehr. Wir müssen nur mehr miteinander reden.« Ich zögere kurz. »Und uns vielleicht noch öfter küssen.«

George lacht. »Magische Lippen mit Lippenstift, die feminine Macht sogar auf die Maskulinsten überträgt.«

»Sehr witzig.« Ich versuche, es trocken klingen zu lassen, muss aber lachen und Ashleigh auch.

»Aber Darling, dein Plan geht auf. Ich bin echt beeindruckt. Und die meisten anderen im Camp auch.«

»Die anderen?«

»Hast du gedacht, dass niemand mitkriegt, wie du dich verändert hast?«, fragt Ashleigh. »Was glaubst du, wie viele Kerle mich schon gefragt haben, ob du Single bist? Und wie viele Mädchen gefragt haben, ob es dir gut geht?«

Ich lache. »Ach, Quatsch.«

»Oh, Darling, aber so was von. Aber wir haben Gerüchte gestreut, damit dir niemand dazwischenfunkt.«

»Dann denken jetzt alle, dass ich eine Kopfverletzung hatte?«, frage ich entsetzt.

»Nein ... Wir sind da näher an der Wahrheit geblieben als bei Brad.« George konzentriert sich gerade erstaunlich stark auf seine Konstruktion aus Stöcken und Wolle. »Tut mir leid, sie haben zu viele Fragen gestellt. Aber wir haben alle dazu verpflichtet, nichts zu sagen, versprochen.«

»Und es sind auch nur die Leute, die dich von sich aus wiedererkannt haben«, ergänzt Ashleigh.

»Oooookay.« Ich atme tief durch und betrachte dabei das Zentrum meines Gottesauges, was mich schwindelig macht. »Dann wissen also alle, mehr oder weniger, was ich vorhabe.«

Ein Teil von mir ist nervös – denn das bedeutet, dass Hudson von jemanden erfahren könnte, was los ist. Aber bisher hat es ihm niemand gesagt. Und dem anderen Teil von mir wird gerade ein bisschen warm. Es kommt mir vor, als wäre ich der Star eines Stücks, das sich jeder anschaut. Dann sollte ich wohl besser nicht meinen Text vergessen.

»Es werden Wetten angenommen, ob du es schaffst oder nicht«, fügt Ashleigh hinzu.

»Was?«

»Das war ein Witz, Darling.«

»George hat zwei Packungen Minzschokolade darauf gesetzt, dass du es versaust.«

»Das stimmt doch gar nicht. Sie denkt sich das aus«, protestiert George mit entsetzt geweiteten Augen.

Ich mustere Ashleigh. Sie wickelt mit vollkommen ausdruckslosem Gesicht dünnes Garn um ihre Stöcke. Wir schweigen einen langen Moment, dann zucken ihre Mundwinkel nach oben.

Ich muss lachen.

»Das war gemein!« George wirft ein Wollknäuel nach Ashleigh, die nur lacht und es zurückwirft.

»Kunst sollte nicht in Gewalt ausarten«, tadelt Marguerite uns ruhig, aber laut. Wir wenden unsere Aufmerksamkeit wieder der Bastelei zu.

»Was sieht denn jetzt der Plan vor?«, fragt George leise. »Ihr haltet ja schon Händchen und küsst euch.«

»Als Nächstes kommen wir fest zusammen«, erwidere ich nachdrücklich. »Dann reden wir noch mehr – um uns richtig kennenzulernen. Eltern, Musik, Coming-out. Alles. Und vielleicht noch mehr Küssen. Aber kein Sex. Noch nicht. Aber bald. Bald.«

»Du willst echt gerne mit ihm in die Kiste, oder?«, erkundigt sich Ashleigh.

»So sehr«, gebe ich zu.

»Vier Jahre angestaute sexuelle Frustration«, kommentiert George. »Darling, ich bin beeindruckt, wenn du es bis übermorgen aushältst.«

»Hol dir heute Abend lieber ein paar Kondome bei Cosmo«, rät Ashleigh mir grinsend.

»Und Gleitgel«, sagt George. »Mehr als du denkst, wenn du Analsex haben willst. Und mach dich vorher sauber. In der Dusche, du weißt schon.«

»Es sei denn, du willst oben liegen«, meint Ashleigh. »Ist Hudson denn passiv?«

»Er hat einen Witz darüber gemacht, dass er beides mag. Keine Ahnung. Da steht meine Entscheidung noch nicht.«

Ashleigh verdreht die Augen. »Keine Erektionswitze, bitte.«

Ich kichere. »Egal was, das wird nicht vor nächstem Mittwoch passieren. Nicht morgen«, entgegne ich grinsend und merke, dass ich normal laut geredet habe, weil Marguerite mich strafend anschaut.

»Was sieht ein Gottesauge, Del?«, fragt sie. »Und was hört deine Betreuerin gerade, das sie wirklich nicht hören will?«

»Tut mir leid.«

Wir verbringen den Rest der Stunde damit, unsere Gottesaugen fertigzustellen. Georges ist lila und rot und mit grellpinken Pailletten verziert. Meins ist rosa und blau, aber mit Glitzerwolle, und Ashleighs ist winzig. Sie hat es aus dem Garn gemacht, das eigentlich für Armbänder gedacht ist, und das es in tausend verschiedenen Farben gibt. Marguerite lobt unsere Arbeiten, bevor sie diese in verschiedenen Höhen an der Decke aufhängt. Ein paar sind tief genug, dass sie sie mit dem Kopf streift.

»Wir sehen uns morgen wieder«, verabschiedet sie uns. »Dann färben wir Seidenschals mit Pflanzenfarben!«

Anschließend gehe ich zum Sport, und George und Ashleigh gehen zu Naturkunde zum Bootshaus. Ich schaffe es kaum, Hudson zu begrüßen, als unser Sportlehrer Ryan auch schon in seine Trillerpfeife bläst und wir in unterschiedlichen Teams landen.

»Spielen wir Fahnenraub, Jungs! Und Mädchen! Und Non-binarys!« Ryan verteilt rote und blaue Bandanas, die wir unserem jeweiligen Team entsprechend tragen sollen. Er denkt, dass es ihm mit seinem Babyface gelingt, einen auf »cool« zu machen und uns »näher« zu sein. Sehr tragisch. »Ein Camp-Klassiker. Ihr kennt alle die Regeln?« Auf eine Antwort wartet er gar nicht erst. »Gut. Los geht's!«

Er pfeift erneut, und ich setze mich in Bewegung. Wo ist die Grenzlinie? Um mich zu orientieren, beobachte ich die anderen, die Ryans Regeln offensichtlich kennen. Es ist wohl die Mittellinie des Fußballfelds, auf dem wir uns gerade befinden. Hudson steht auf der anderen Seite und grinst mich viel zu sexy an.

»Hey«, meint er. »Versuchst du, meine Fahne zu klauen, Babe?«

Ich trete bis an die Grenze heran. »Das wäre doch gerade echt dumm. Du lässt mich ja nicht aus den Augen.«

»Aber wenn du rüberkommst, kann ich dich anspringen«, erwidert er mit einem Zwinkern.

»Komm doch rüber auf meine Seite, wenn du auf Körperkontakt aus bist.« Das Flirten fällt mir immer leichter. Vielleicht ist es wirklich so, wie Ashleigh gesagt hat: Ich weiß schon, dass er auf mich steht, also riskiere ich dabei nichts.

»Ist ganz schön heiß«, bemerkt Hudson und beginnt, sich das Shirt auszuziehen. Sein Bandana hat er an der Hüfte befestigt, und ich versuche, mich darauf zu konzentrieren anstatt auf den eng anliegenden Stoff, der nun den Blick auf Hudsons Bauchmuskeln freigibt. Ganz bestimmt lecke ich mir mit einem absichtlich lauten Schmatzen über die Lippen. Seine Brust ist leicht behaart und ebenso definiert wie seine Arme, aber beides sieht auch so angenehm weich aus. Als wäre es bequem, sich daran zu schmiegen.

»Das ist Beschiss«, beschwere ich mich, als er sein Shirt komplett ausgezogen hat.

»Wieso?«

»Du lenkst mich ab.«

»Das ist doch keine Ablenkung«, erwidert er grinsend. »Aber das hier schon.« Im gleichen Moment wirft er mir sein Shirt an den Kopf, sodass es in meinem Gesicht landet, und sprintet an mir vorbei. Ich muss lachen, aber es funktioniert. Ich ziehe mir den Stoff vom Gesicht und versuche, nicht allzu auffällig den Geruch seines Schweißes einzuatmen, bevor ich das Shirt zu Boden fallen lasse und ihm nachrenne. Doch sein Vorsprung ist schon zu groß. Dann will ihm eins meiner Teammitglieder – eins der Mädchen vom Parcours – den Weg abschneiden, doch Hudson schlägt einen Haken. Ich biege scharf ab und hole damit ein bisschen auf.

Hudson wirft einen Blick über die Schulter – sowohl ich als auch meine Teamkameradin sind ihm jetzt auf den Fersen. Er grinst und wechselt die Richtung nach links, wo unsere Fahne ziemlich unzeremoniell im Fußballtor liegt. Selbst wenn er die Fahne bekommt, muss er sie anschließend noch zurück auf seine Seite des Spielfelds bringen, also laufe ich in einem weiten Bogen dorthin, wo er wahrscheinlich hinwill, wenn er sie hat.

Und ich habe recht – er schnappt sich die Flagge mit einer fließenden Bewegung vom Boden, macht kehrt und kommt nun direkt auf mich zu. Als er mich entdeckt, will er mir ausweichen, aber ich springe ihn an. Hudson geht rückwärts zu Boden und ich lande auf ihm.

»Uff. Das war hart.«

»Du hast doch vom Anspringen geredet«, erwidere ich schulterzuckend und richte mich auf, sodass ich rittlings auf ihm sitze und ihm die Fahne aus der Hand nehmen kann. »So funktioniert das Spiel doch, oder?«

Ich sollte aufstehen. Mache ich aber nicht. Hudson legt mir die Hände auf die Oberschenkel und seine Fingerspitzen gleiten ein winziges Stück unter den Saum meiner Shorts. Ich spüre, wie sich sein Körper zwischen meinen Beinen gegen mich drängt.

Dann höre ich Ryans Trillerpfeife. »Hebt euch das für eure Freizeit auf, Jungs!«, ruft er uns zu. »Und das ist ein Spiel, wo man sich nur antippt. Kein Grund, jemanden zu Boden zu reißen, Kapplehoff!«

»Tut mir leid.« Mein Gesicht wird heiß, und ich steige von Hudson. Ein paar unserer Mitspieler starren uns offen an.

»Ich brauche was zu trinken«, meine ich zu Hudson. »Und du gehst ins Gefängnis.« Ich deute auf den Bereich, in dem gefangene Spieler warten, bis sie von einem ihrer Teammitglieder ausgelöst werden.

»Ja, Sir«, gibt er lächelnd zurück. »Und wo ist mein Shirt?«

»Irgendwo da hinten. Kannst du dir später wiederholen.«

»Das werde ich«, sagt er und marschiert ins Gefängnis. Ich verlasse das Spielfeld und steuere den nächsten Trinkbrunnen an, wo ich mir erst Wasser ins Gesicht spritze, bevor ich trinke.

Ich wollte ihm dort an Ort und Stelle die Shorts runterziehen. Kein Wunder, dass er die Jungs immer schon am Ende der ersten Woche ins Bett bekommt. Ich schüttle den Kopf. Das kann ich nicht machen. Ich darf nicht einfach eine weitere seiner Affären werden. Dann hätte ich das Musical für ein bisschen Vögeln sausen lassen. Egal, wie attraktiv Hudson ist, ich mache das hier für die Liebe. Und das bedeutet: kein Sex. Für … mindestens zwei Wochen? Klingt verdammt lang. Vielleicht zehn Tage. Schon besser.

Ich weiß, dass mich der Gedanke an mein erstes Mal auch ein bisschen nervös machen sollte, aber da es mit Hudson sein wird, fühlt sich das einfach nur richtig an.

Nachdem mein Gesicht wieder abgekühlt ist, kehre ich aufs Spielfeld zurück, wo Hudson mir von der anderen Seite aus zuwinkt. Er ist also entkommen. Ich erwidere sein Lächeln.

Schließlich gewinnt mein Team, aber es gibt leider keinen weiteren Körperkontakt zwischen Hudson und mir. Danach gehen wir zur freien Poolzeit, wo wir einfach nur im Becken schwimmen und spielen können, ohne dass es Programm gibt. Das Wasser fühlt sich nach der ganzen Bewegung heute großartig an. Hudson und ich lehnen uns gegen die Beckenwand und halten unter Wasser Händchen.

»Hattest du heute Spaß, Babe?«, erkundigt er sich.

»Ja.«

»Toll. Das freut mich echt. Und wenn wir hier fertig sind, haben wir noch Zeit bis zum Abendessen – wenn du noch ein bisschen abhängen willst.«

»Ja«, stimme ich zu, und im gleichen Moment springen George und Ashleigh neben uns ins Becken. »Das würde ich gerne.«

»Toll«, wiederholt Hudson mit einem Nicken.

»Oh, hey«, sagt Ashleigh, die zur gegenüberliegenden Seite des Pools schaut. »Janice hat Dienst.«

»Und du wirst nicht mit ihr reden«, meint George, als Ashleigh unserer Badeaufsicht zuwinkt.

Janice winkt zurück.

»Hey, Paz«, begrüße ich unsere Freundin, die eben an uns vorbeigeht. »Komm mit rein.«

»Okay.« Paz springt ins Wasser. Sie trägt einen schwarzen Badeanzug mit tiefem Ausschnitt und lächelt Ashleigh an, als sie wieder auftaucht. »Was geht?«

»Du hast uns noch gar nicht erzählt, wie das Casting für dich gelaufen ist.« George stellt sich auf Ashleighs andere Seite, sodass sie näher an Paz dran ist.

»Oh.« Paz' rasierter Kopf glänzt in der Sonne, als sie nickt. »Es war okay, denke ich. Ihr habt es ja gehört, ›Big Spender‹ aus ›Sweet Charity‹. Vielleicht ein bisschen zu explizit, aber sonst lief es ganz gut.«

»Ganz bestimmt«, meint Ashleigh, als George sie mit dem Ellenbogen anstößt. »Du hast echt gut gesungen. Wenn sie dich nicht als Rose casten, weiß ich auch nicht.«

»Danke.« Paz grinst, und Ashleigh lächelt zurück. Sie schenkt Janice tatsächlich keine Aufmerksamkeit mehr.

George nickt mir zu.

»Was läuft denn da?«, will Hudson leise wissen.

Ich schwimme ein Stück weg und er folgt mir. »Ashleigh steht auf eine der Rettungsschwimmerinnen, aber die ist hetero. Wir versuchen, ihre Gefühle auf jemanden umzulenken, bei dem sie bessere Chancen hat.«

»Oh, verstehe. Sich in einen Hetero zu verknallen, ist echt schlimm. Aber … ich kann's nachvollziehen. Ist mir schon oft passiert. Liegt vielleicht auch daran, dass es von denen einfach mehr gibt, weißt du, was ich meine? Hier verknalle ich mich nicht in Heteros.«

»Ich glaube nicht, dass mir das schon mal passiert ist«, meine ich nachdenklich. »Außer bei Promis.«

»Ach ja? Wer denn so?«

»Du zuerst.«

»Ich hab als Erster gefragt.«

»Na gut … Taron Egerton«, gebe ich nach. Was ich nicht dazusage: Es war seine Rolle in »Rocketman«, in der er geschminkt und in fantastischen, glitzernden Hosenanzügen zu sehen ist.

»Okay«, meint Hudson nickend. »Nachvollziehbare Wahl. Ein bisschen klein, aber süß.«

»Jetzt du?«

»Oh Mann. Chris Evans wahrscheinlich.«

»Nicht besonders kreativ, aber verständlich.«

»Nicht besonders kreativ?« Hudson lacht und spritzt mich ein bisschen nass. »Und das aus dem Mund von einem, der auf einen kleinen, weißen Kerl steht. Meiner trägt wenigstens ab und zu mal einen Bart.«

»Ja, aber nicht besonders originell. Sein Arsch ist ein Meme.«

»Es sind eben noch viele andere der gleichen Meinung wie ich«, sagt Hudson schulterzuckend. »Das heißt nur, dass es eine nachvollziehbare Wahl ist.«

Ich lache. »Okay. Also wenn Chris Evans jemals hier im Camp auftaucht, sorge ich dafür, dass du nichts davon erfährst.«

»Wieso das? Willst du mich selbst abschleppen?«, fragt er und schwimmt ein Stück von mir weg.

»Ich glaube, ich stelle mich da im Moment ganz gut an«, antworte ich und setze ihm nach.

»Kann sein.« Hudson wackelt mit den Augenbrauen. »Kann auch sein, dass ich das mit dem Anspringen vorhin echt gut fand.«

»Ja, das habe ich gemerkt.«

Er grinst und ich bilde mir ein, dass er ein bisschen rot wird, bevor er abtaucht. Im nächsten Moment spüre ich seine Arme um meine Taille, und er zieht mich nach unten. Ich lasse die Augen in der blauen Welt aus Beinen und Luftblasen offen, und Hudson drückt mich fest an sich. Angst habe ich keine. Sein Atem vermischt sich warm mit meinem, als er mich küsst, und das Wasser zwischen unseren Lippen schmeckt nach Chlor. Dann kommen wir beide wieder an die Oberfläche.

»Habt ihr euch unter Wasser geküsst?«, will Ashleigh wissen. Wir stehen inzwischen wieder bei den anderen. »Eklig.«

Ich lache und wende den Blick ab, während Hudson mir wieder einen Arm um die Taille legt. »Ich finde ihn nicht eklig«, gibt er zurück.

Ashleigh verdreht die Augen, und George sieht mich mit hochgezogenen Augenbrauen an.

Mir geht plötzlich etwas auf. »Oh nein. Jetzt sind wir so ein Paar.«

Langsam dreht Hudson sich zu mir um. »Paar?«

Ich spüre, wie mir brennende Hitze in die Wangen steigt. Ich habe gerade Paar gesagt. Okay, das war dumm. Oder nicht? Wir knutschen und halten Händchen, oder? Aber nein, stimmt nicht. Wir knutschen nur und halten nur Händchen. Paar ist kein Label, über das wir schon gesprochen haben. Außer ich in meinem Kopf während der letzten vier Jahre, in denen ich mir vorgestellt habe, wie Hudson sich auf ein Knie sinken lässt und mich bittet, sein

Freund zu sein. Alles ist perfekt und später kaufen wir uns vielleicht ein Haus in New York, wo ich ein Broadway-Star bin, und wir könnten vielleicht eine Katze und einen Hund haben, weil ich beides mag. George versetzt mir unter Wasser einen Tritt gegens Knie, was mich daran erinnert, was gerade passiert ist. Mein Mund wird trocken.

»Also, ich habe nicht Paar Paar gemeint«, rudere ich zurück. »Ich meinte nur, wie die paar Leute, die in der Öffentlichkeit rummachen, und alle anderen verdrehen darüber die Augen.«

Hudson lacht. »Okay. Das könnte schon ein bisschen stimmen.«

»Vielleicht sogar ein bisschen mehr, als allen anderen recht ist«, meint Ashleigh.

Paz versucht, ihr Lachen hinter vorgehaltener Hand zu verstecken.

»Was meint ihr denn, wer Birdie spielen darf?«, fragt George, um die Situation aufzulösen. »Jen?«

»Jen wird eher Albert«, erwidert Paz. »Ich glaube, Montgomery kriegt Birdie. Oder du?«

»Ich? Darling, dafür reicht meine Coolness nicht aus.«

»Deswegen gefällt mir die Idee ja«, sagt Paz. »Birdie mit einem Fächer, Birdie als Dragshow.«

George neigt den Kopf zur Seite und denkt darüber nach.

»Ist die Figur im Film auch so?«, fragt Hudson verwirrt.

»Nein, Birdie ist mehr wie Elvis«, meine ich.

»Streng genommen war Conway Twitty die ursprüngliche Inspiration für die Figur«, sagt George. »Aber ja, er sieht schon sehr nach Elvis aus. Was an sich schon eine Dragshow ist.«

»Was hat Elvis denn mit Drag zu tun?«, will Hudson wissen und scheint sich schwer zu beherrschen, nicht die Augen zu verdrehen.

»Performative Maskulinität«, erklärt Paz. »Die übertriebene Vorstellung davon, was Männlichkeit ist …« Sie schaut zu Hudson, der die Augenbrauen zusammengezogen hat. »Sich butch verhalten, um sich darüber lustig zu machen, was als maskulin gesehen wird.«

»Ich dachte, Elvis … war einfach so?«, fragt er.

»Wir schauspielern doch alle ein bisschen«, mische ich mich ein, was mir eine hochgezogene Augenbraue von George einbringt.

»Ja … okay.« Ein harter Unterton schleicht sich in Hudsons Stimme. »Aber, na ja, butch zu sein ist doch kein Drag. Es ist einfach so … wie man sein will.«

»Es hat wohl eher was damit zu tun, wie übertrieben Männlichkeit dargestellt ist. Oder an wen sie sich richtet«, sagt Paz. »Zumindest haben wir das in meinem Genderforschungsseminar letztes Jahr besprochen.«

»Das versteh ich nicht. Ich habe das Gefühl, dass Drag und so das ist, was Heteros über Schwule denken, nicht über andere Heteros.«

»Sexualität hat für mich nicht zwingend was damit zu tun«, erwidert Paz.

»Es sollte keine Rolle spielen, was Heteros über queere Menschen denken«, wirft Ashleigh ein.

Paz lacht laut auf. »Sehr richtig.«

»Hier vielleicht nicht«, sagt Hudson. »Aber in der Welt da draußen …« Er runzelt die Stirn, doch dann fällt sein Blick auf Brad auf der anderen Seite des Pools. »Ich sag schnell Brad Hallo«, meint er zu mir und gibt mir einen kurzen Kuss auf die Wange, bevor er wegschwimmt.

Ich runzle die Stirn. Hat ihn das Gesprächsthema vertrieben? Die anderen scheinen auf eine Reaktion von mir zu warten, das sehe ich ihnen an. Ich bin … sauer? Das sollte ich nicht sein, ich weiß. Sie haben nur geredet, aber mir kommt es so vor, als hätten sie am Schluss mit

Hudson gestritten. Oder vielleicht er mit ihnen … Oder er stand kurz davor?

»Bist du dir sicher, dass dein Plan funktionieren wird?«, fragt Ashleigh.

»Vielleicht, wenn wir ihm nicht schon am zweiten Tag Gendertheorien um die Ohren hauen«, erwidere ich und verschränke die Arme vor der Brust.

»Sorry«, entschuldigt sich Paz. »Ich kenne den Plan, aber offensichtlich nicht die Regeln.«

»Du brauchst dich nicht zu entschuldigen«, versichert Ashleigh ihr.

Ich lehne mich seufzend gegen die Beckenwand und lasse mich etwas tiefer ins Wasser sinken. »Er gewöhnt sich schon noch dran. Wir müssen ihn nur langsam ranführen. Das war gut. Wir haben ihm was zum Nachdenken gegeben. Einen Schritt nach dem anderen.«

»Redest du gerade mit uns oder mit dir selbst?«, erkundigt sich George.

»Beides?«

Ich schaue zum tiefen Ende rüber, wo Brad und Hudson herumalbern.

»Ist doch eh alles Blödsinn, oder? Butch, feminin, maskulin, blabla … hat alles keine Bedeutung«, tröstet Paz mich.

»Für ihn schon«, entgegne ich und beobachte weiter Hudson.

DREIZEHN

George, Ashleigh und Paz verlassen den Pool früher, weil sie Mark erspähen, der mit einem Klemmbrett in der Hand von der Theaterhütte zurück nach oben zu den Schlafhütten geht. Ich schwimme rüber zu Hudson, und wir verbringen den Rest der Schwimmzeit damit, uns gegenseitig nass zu spritzen. Das Gespräch, das ihn vorhin vielleicht verärgert hat, ist vergessen. Wir küssen uns sogar noch mal unter Wasser.

Als die Badeaufsicht uns mit einem Pfiff das Ende der Schwimmzeit mitteilt, stemmt Hudson sich neben mir aus dem Becken. Wir nehmen unsere Handtücher mit und gehen die Treppe nach oben zu den Schlafhütten.

»Also …«, meint er. »Wollen wir nach dem Abendessen noch was machen? Vor Joans Geschichtsstunde?«

»Gerne«, erwidere ich lächelnd. Gut. Es läuft immer noch alles nach Plan.

»Cool. Sehen wir uns beim Essen?«

»Ja«, antworte ich grinsend.

»Super.« Am oberen Ende der Treppe angekommen sieht er sich rasch um und küsst mich dann auf den Mund, wobei er mich an der Taille fest an sich zieht. Ich öffne automatisch die Lippen, weil ich zu gerne weitergehen und mir die klamme Badehose ausziehen will, um mich an ihn zu drängen. Doch bevor ich überhaupt richtig darüber nachdenken kann, zieht er sich auch schon wieder zurück. »Ich hol dich an deiner Hütte ab. Wir können zusammen zum Essen gehen.«

Mir ist vollkommen klar, dass ich dämlich grinsend in meine Schlafhütte zurückkehre. Die Besetzungsliste hängt wie immer neben Marks Zimmer aus, und mein Blick wandert dorthin, bevor ich irgendwas anderes wahrnehme. Instinktiv will ich sogar hingehen, weil ich wissen will, welchen Part ich bekommen habe, welche Rolle ich spielen werde – vielleicht werde ich ja Birdie! –, doch dann erinnere ich mich, dass ich dieses Jahr gar nicht dabei bin und ändere die Richtung. George hat sich auf seinem Bett ausgestreckt und Ashleigh und Paz sitzen am Fußende.

»Und?«, will ich wissen.

»Ich habe traurige Neuigkeiten«, verkündet George, klappt mit einer ruckartigen Handbewegung seinen grellpinken Fächer auf und fächelt sich damit Luft zu. »Lass die beiden zuerst.« Er lehnt sich mit einer theatralischen Bewegung in seine Kissen zurück. »Ich brauche Zeit, um mein Leid kundzutun.«

»Okay«, erwidere ich besorgt. Er hat die Rolle der Kim offenbar nicht bekommen.

»Also …?«, frage ich nun Ashleigh.

»Ich bin Stage-Managerin!«, quietscht sie und strahlt dabei übers ganze Gesicht.

Dieser Ausdruck ist ziemlich untypisch für Ashleigh, sodass sie beinahe unsicher wirkt. Ich umarme sie fest und hebe sie vom Bett in die Luft.

»Das hätte ich nie gedacht. Aber Mark hat gesagt, dass er mir vertraut, und wir haben uns über seine Pläne für den Ablauf unterhalten, und ich kann vielleicht sogar was dran verändern, wenn ich will, und ich bin so aufgeregt!«

»Das ist großartig«, sage ich. »Herzlichen Glückwunsch.«

»Ich werde die Leute aus Hütte acht so was von herumkommandieren.«

Ich lache. »Das glaube ich sofort.« Dann wende ich mich an Paz. »Hast du Rose bekommen?«

»Natürlich«, antwortet Paz und wischt sich imaginären Staub von der Schulter. »Mark sagt, dass wir sogar ein bisschen Portugiesisch in die Texte mischen können, damit ich was von meinem afrobrasilianisch-amerikanischen Charme in die Rolle einbringen kann.«

»Aber …« Jetzt ist George dran. »Keine Kim?«

»Nein.« George fächelt sich immer noch Luft zu und schmollt dabei. »Die hat er Montgomery gegeben. Ich finde es ja ein bisschen zu offensichtlich, den großen Rothaarigen für diese Rolle zu casten.« Das Wort »offensichtlich« brüllt er in Richtung von Marks geschlossener Tür. »Ich bin Harry. Der Vater.«

Ich setze mich neben George, auch wenn nicht mehr viel Platz auf dem Bett ist, und lege ihm eine Hand auf die Schulter. »Vielleicht nehmen die Leute das ja als Ausrede, um dich künftig *Daddy* zu nennen?«

Er runzelt die Stirn. »Du bist schon der Dritte, der diesen Witz reißt.« Sein Blick huscht kurz zu Ashleigh und Paz. »Und die ersten beiden Male hat es mich auch schon nicht getröstet.«

»Das ist keine schlechte Rolle«, meine ich. »Viel Comedy. Zwei Songs.«

»Ich weiß, ich weiß.« George seufzt. »Ich sollte mich nicht beschweren. Es ist ein netter Part. Nur … nicht der, den ich haben wollte.«

»Bei uns kannst du dich immer beschweren. Wir sind deine Freunde«, versichere ich ihm. »Dafür sind wir da.«

»Ich wollte einfach … mal naiv sein, weißt du? Nur hier habe ich überhaupt die Chance, so was zu spielen, und ich weiß, dass ich … jetzt dieser große, haarige Kerl bin. Mir war klar, dass es unwahrscheinlich war, die Rolle zu bekommen. Trotzdem wollte ich es dieses Jahr einfach ausprobieren, weil ich das Gefühl habe, dass das meine letzte Chance ist. Ich wollte es versuchen. Damit spielen – mit den Wimpern klimpern und unschuldig schauen, um das Publikum zum Lachen zu bringen. Ich glaube, ich könnte das echt gut.«

»Du wärst sogar fantastisch. Und es wird sich eine Gelegenheit ergeben.« Ich drücke seine Schulter. »Wenn wir auf dem College sind, stellen wir für die Sommerpause eine Theatertruppe zusammen, gehen auf Tour, und du kannst jede naive Rolle spielen, die du willst. Sandy aus ›Grease‹? Cinderella?«

»Versprochen?«, fragt er. »Du machst mit der Schauspielerei weiter, auch wenn es deinem supermännlichen Freund nicht passt?«

»Es wird ihm passen. Und ja, versprochen.«

George hört mit dem Fächeln auf, und erst jetzt wird mir klar, dass er sich so die Augen getrocknet hat, damit man seine Tränen nicht sieht.

»Umarmung?«, frage ich.

Er nickt, setzt sich auf und umarmt mich. Einen Moment später schlingt Ashleigh auch die Arme um uns. Und dann Paz, was neu ist, aber okay. Dann kommt Jen vom Bett gegenüber dazu und dann Caroline und dann alle anderen – eine Gruppenumarmung um George. Ich lache.

»Okay, ihr Süßen, hört auf damit.« George schiebt uns von sich runter und klappt seinen Fächer wieder auf. »Es geht mir gut. Und wir werden alle großartig sein. Vor allem du, Montgomery.« George deutet mit dem Fächer auf ihn.

Alle kehren lächelnd zu ihren Betten zurück.

Ich setze mich George gegenüber, und Ashleighs Füße baumeln von oben vor meiner Nase herum. »Und der Rest der Besetzung? Wer hat Birdie bekommen?«

»Jordan«, meint George und deutet mit dem Kopf zur anderen Seite der Hütte, wo Jordan sich mit Jen unterhält. »Non-binary Birdie. Mark sagt, dass wir xier als Pronomen für Birdie benutzen werden und dass Birdie ein ›pansexuelles, genderfluides Lustobjekt à la Ziggy Stardust‹ wird.«

»Das klingt echt cool.«

»Jen hat Albert bekommen. Dieser Neue, Lyle, wird Hugo. Mattie hat Mae, auch wenn ich ehrlich gesagt gehofft hatte, dass Mark diese Rolle als Diana übernehmen wird. Aber Mattie wird das gut machen.«

»Oh ja«, stimme ich zu. »Das ist eine tolle Besetzung.«

»Sie wäre noch besser, wenn du dabei wärst«, sagt George. »Ich wette, du hättest Mae bekommen, wenn du es versucht hättest. Dann könnten wir ›Kids‹ zusammen singen.«

Lächelnd stelle ich mir das einen Moment lang vor. George und ich auf der Bühne, vielleicht George in Hosenträgern und mit einer Strickjacke, ich in einem Mantel mit Pelzkragen, und Rücken an Rücken beschweren wir uns über die Jugend von heute. Bei den »Römern«, unserem Stück aus dem letzten Jahr, hat Domina nicht viel mit Hysteria interagiert, und davor waren wir beide nur bei den Gruppennummern dabei. Bei Übungen spielen wir natürlich miteinander, aber auf der Bühne sind wir noch nie gemeinsam aufgetreten. Und wir würden das so gut machen.

Ich spüre ein flaues Gefühl im Magen, als würde mir schlecht werden oder als hätte mir jemand eine reingehauen. Ich wünschte, ich wäre bei dem Musical dabei. Ich wünschte, ich würde auf der Bühne stehen und aus vollem Herzen mit George singen. Das wünsche ich mir so sehr, dass ich beinahe versucht bin, zu Hudson zu gehen, und ihm sofort alles zu erzählen, damit ich ihn und meine Rolle in dem Stück bekomme. Aber das ist nicht der Plan, und der Plan muss eingehalten werden, weil er funktioniert. Hudson noch vor dem Ende der ersten Woche zu erzählen, dass ich ein irrer Stalker bin, hätte wahrscheinlich keine großen Erfolgsaussichten.

Marks Tür öffnet sich und er kommt in den Schlafraum. »Sind jetzt alle zufrieden mit dem Casting?« Dabei schaut er vor allem George an, doch alle nicken. »Es war traurig, dass ich deinen Namen nicht auf die Liste schreiben durfte, Del«, meint er zu mir. »Aber ich habe gestern Abend eine Stunde lang mit meinem Therapeuten telefoniert, und er hat gesagt, dass ich Menschen ihre eigenen Fehler machen lassen muss. Ich meine, ich muss sie ihre eigenen Entscheidungen treffen lassen.«

»Klar.« Ich versuche zu lächeln, schaffe es aber nicht. Vielleicht war es ja wirklich ein Fehler. »Alles gut.«

Mark schaut mich noch einen Moment lang mit geschürzten Lippen an, bevor er in die Runde sieht. »Wir haben nur ein paar Wochen, um das Stück auf die Beine zu stellen, Leute, und jetzt wisst ihr alle, wen ihr spielt. Also fangt an, eure Texte, Songs und Tanzschritte zu lernen. Ich erwarte, dass ihr auch nach dem Abendessen zum Proben kommt und eure ganze Freizeit dazu nutzt, ›Birdie‹ zu einer großartigen Aufführung zu machen. Freut ihr euch?«

Alle rufen Ja.

»Ich werde mal besser das Chlor los«, sage ich und gehe duschen, während die anderen über das Stück reden. Als ich mir das Gesicht wasche, höre ich sie lachen und ein bisschen singen. Wenn ich doch nur das Bedauern auch wegwaschen könnte. Ich wusste, dass es kommen würde, und hätte mich besser darauf vorbereiten müssen. Erst jetzt wird mir alles so richtig bewusst – ich werde dieses Jahr nicht beim Musical mitspielen. Und ich werde es vermissen. Aber das war Teil des Plans. Das opfere ich, um Hudson zu bekommen. Das ist es wert.

Ich trockne mich ab und ziehe mich an. Inzwischen hat Mark das Album von »Bye Bye Birdie« aufgelegt. Die Einleitung schallt laut durch die Hütte, die anderen singen Textteile mit, die zu den Melodien passen, die dafür zusammengemischt wurden. Als ich aus dem Waschraum komme, tanzen ein paar von ihnen. Sie sind alle so glücklich. Und ich freue mich für sie, tue mir aber auch ein bisschen leid.

»Äh, hi?« Ich schaue zur Eingangstür, durch die Hudson gerade die Hütte betritt. Er starrt die singenden und tanzenden Leute an, und sein Gesichtsausdruck ist so verwirrt und süß. Doch dann entdeckt er mich und grinst breit. Alles egal, denke ich. Es ist es wert. Und ich weiß, wie dumm das klingt, aber dann hält er mir eine Hand hin, ich verabschiede mich von den anderen, als würden die nicht in die gleiche Richtung gehen wie wir. Hudson und ich gehen die Treppe hinunter, Hand in Hand, als hätten wir uns ewig nicht gesehen. Dabei ist es gerade mal eine halbe Stunde her, dass wir uns voneinander verabschiedet haben, und er hat mich schon vermisst. *Er hat mich vermisst.* Vielleicht entwickelt er ja langsam die Gefühle für mich, die ich seit vier Jahren für ihn habe. Wen juckt es da, dass ich ein Jahr mal nicht am Musical teilnehmen kann?

»Die aus deiner Hütte sind ja ganz schön durchgeknallt«, meint Hudson.

Eine Wolke winziger Mücken fliegt vorbei, und ich weiche ihr lachend aus. »Ich weiß, sie sind großartig.«

»Kannst du denn da schlafen? Lassen sie dich?«

»Natürlich, sie müssen ihre Stimmen schonen. Und Mark achtet sehr streng drauf, dass wir genug schlafen.«

Jetzt muss Hudson auch lachen. »Okay, dann willst du dich wahrscheinlich nicht zu mir in die Hütte schleichen, um dich eine Runde aufs Ohr zu hauen?«

Ein Blitz durchfährt mich bei diesem Vorschlag. »Da würden wir wahrscheinlich nicht viel zum Schlafen kommen.«

Hudson lacht erneut, und wir betreten den Speisesaal. »Sollen wir uns heute Abend zu meinen Freunden setzen? Die meisten kennst du schon vom Parcours.«

»Gerne«, antworte ich. »Oder wir setzen uns einfach alle zusammen? Brad hätte sicher nichts dagegen, wieder neben George zu landen.«

Hudson verdreht die Augen. »Das verstehe ich immer noch nicht, aber klar, warum nicht.«

Wir suchen uns einen Platz bei seinen Freunden, und als George und Ashleigh hereinkommen, setzen sie sich neben mich, was unsere Freundeskreise zusammenführt – zumindest räumlich gesehen. Brad und ich sind die Einzigen, die sowohl mit den Theater-Nerds als auch mit den Sportlern reden. Nein, das stimmt nicht. Ich bin ein Theater-Nerd und Hudson unterhält sich mit mir, also sind es nur Hudson und Brad. Oder ich vielleicht doch auch? Kommt wohl drauf an, wen man fragt.

Aber ich gebe mir Mühe, auch mit Hudsons Freunden zu sprechen. Da ist Drew, den ich für einen Ex halte, der mir aber auf dem Drahtseil Hilfestellung gegeben hat, dann Sam, das Mädchen, das mit mir zusammen Hudson beim Fahnenraub gejagt hat. Sie sind ganz cool, denke ich. Allerdings unterhalten sie sich über Sportarten, für die ich mich nicht interessiere, und Trainingspläne, zu denen ich zwar was beisteuern kann, aber das Thema finde ich langweilig. Sie sind nett. Ich kann ein Gespräch mit ihnen führen. Hudson scheint sie zu mögen, und er will, dass ich sie mag, also versuche ich es. Und es ist okay. Aber nicht, wie mit George und Ashleigh zu reden. Wie sollte es das auch sein? Die beiden sind seit Jahren meine Freunde. Mit ihnen ist es einfach. Ist doch ganz normal, dass man sich bei neuen Leuten schwerer tut.

Außerdem müssen wir ja nicht beste Freunde werden, sage ich mir. Nur nett zueinander sein. Und das sind wir. Also ist es in Ordnung, und am Ende des Abendessens wirkt Hudson sehr zufrieden. Wir haben unsere Freundeskreise so miteinander vermischt, dass Hudson und ich Schenkel an Schenkel nebeneinandersitzen und uns trotzdem noch mit unseren Leuten unterhalten können. Ich denke, mehr wollte er nicht.

Nach dem Essen verschwinden meine Freunde in der Theaterhütte, um noch zu proben. Hudson nimmt mich an der Hand und führt mich zur Veranda des Bootshauses. Wir sind die Ersten dort, und keiner folgt uns, auch wenn wir andere in der Nähe reden hören. Auf der Veranda gibt es eine Zweisitzercouch mit Blick aufs Wasser, die so weit hinten steht, dass man sie vom Weg aus nicht einsehen kann. Wir setzen uns, immer noch Hand in Hand.

Ich lausche dem Wasser eine Weile, bevor ich zum Sprechen ansetze. »Wegen diesem ›Paar‹-Ding vorhin im Pool …«

»Mach dir keinen Stress, Babe«, sagt er und legt den Kopf auf meine Schulter. »Ich meine … gestern Abend, der Hindernisparcours, Fahnenraub, zwei Abendessen und die Zeit im Pool … Das hier ist bestimmt schon Date Nummer fünf oder so. Total normal, wenn du uns ein Paar nennst.«

»Ach ja?«, frage ich. »Heißt das, du willst mein Freund sein?«

»Vielleicht.« Hudson hebt den Kopf und grinst mich an, bevor er mich zärtlich auf den Mund küsst. »Was springt denn für mich als dein Freund raus?«

Er küsst mich erneut, dieses Mal intensiver, und unsere Zungen treffen sich. Ich spüre seine Hände an meiner Taille, mit denen er mich auf seinen Schoß zieht.

Das macht er garantiert jeden Sommer, so gut wie er darin ist. Fünf Dates in vierundzwanzig Stunden, knutschen, und jetzt sitze ich schon auf ihm.

»Dann können wir ja ein Paar werden«, sagt er. »Wir sind bereit dazu, oder? Ich meine, wir haben natürlich noch nicht genug rumgemacht für das fünfte Date. Das ist ein gutes Date, um sich das erste Mal auszuziehen, oder?«

Er schiebt eine Hand in meine Shorts – weiter als zuvor –, und ich schnappe nach Luft, als er den Saum meiner Unterhose erreicht. Sein Daumen fährt darunter und streichelt über meinen Hüftknochen. Mir war bisher nicht klar, dass der Hüftknochen eine erogene Zone ist, aber ich habe das Gefühl, als hätte Hudson einen Knopf gedrückt, der mich mit Glück und Lust und Farben – hauptsächlich pink – flutet. Ich merke, wie ich genüsslich die Augen verdrehe.

Hudson zieht mich näher an sich, um meinen Hals zu küssen, und streicht mit der anderen Hand über die Vorderseite meines Shirts. Ich will so gerne nackt mit ihm sein. Schon seit Jahren. Ich will alles mit ihm machen, aber es ihm jetzt zu geben, ist zu einfach, zu unproblematisch. Gerade habe ich Hal vor mir, aber ich will Hudson. Also atme ich tief durch und steige mit einer Drehbewegung von ihm runter, um mich wieder neben ihn zu setzen.

»Das stimmt alles«, erwidere ich und sehe ihm dabei fest in die Augen. Sie sind grau mit blauen Flecken und leuchten im Licht der einsamen Lampe auf der Veranda. »Kommt mir auch vor wie fünf Dates, und ich mag dich wirklich.«

»Ich dich auch«, erwidert Hudson grinsend und legt eine Hand auf mein Bein, um sie sofort wieder meinen Oberschenkel nach oben wandern zu lassen. »Ich habe noch nie so schnell eine Verbindung mit jemandem gehabt.«

Jede Faser von mir wünscht sich, dass das stimmt. Und vielleicht tut es das ja auch. Ich bin mir sogar sicher. Deswegen wird mein Plan ja auch funktionieren. Weil wir eine Verbindung haben – die durch Del geht und direkt bei Randy landet –, das weiß ich. Aber ich weiß nicht, ob auch er das wirklich glaubt, oder ob das nur ein Spruch von Hal ist. Also lege ich meine Hand auf seine, verschränke unsere Finger miteinander und stoppe so seinen Eroberungszug.

»Aber bei normalen Dates hätten wir uns mehr unterhalten. Würden uns schon besser kennen«, sage ich.

»Okay.« Er drückt meine Hand. »Was möchtest du denn wissen?«

»Keine Ahnung … Wie deine Eltern so sind, wie dein Coming-out war, welche Filme und Musik du magst?«

Er nickt und denkt einen Moment lang darüber nach. »Fangen wir doch mit den letzten beiden an. Ich mag die John-Wick-Filme total gern, und vor dem Camp habe ich das neue Album von Walk the Moon hoch und runter gehört. Und du?«

»Oh.« Ich bin irgendwie überrascht, dass er sich so bereitwillig unterhalten will. Und ein wenig enttäuscht. Ich hatte gehofft, dass er mich noch ein bisschen zum Rummachen animieren will. Außerdem kenne ich Walk the Moon nicht und habe Angst, dass das hier ein Test ist. »Na ja, ich …« Verdammt. Meine Lieblingsfilme sind alles Musicals und meine Lieblingsmusik sind Soundtracks … Aber ich will auch nicht lügen. »Kennst du Audra McDonald?«

Er schüttelt den Kopf. »Ist sie eine Popsängerin?«

»Sie macht ziemlich viele verschiedene Sachen.« Das ist nicht gelogen.

»Das mit den Handys ist echt das Einzige, was hier im Camp scheiße ist. Jetzt kann ich sie nicht googeln, um mir was von ihr anzuhören. Zeigst du mir was von ihr, wenn wir am letzten Tag unsere Smartphones wiederbekommen?«

Ich grinse. Am letzten Tag. Als wären wir dann noch sicher zusammen. Alles klappt perfekt.

»Ja. Jetzt bist du dran mit einer Frage.«

Er lächelt und drückt sanft meine Hand. »Okay … Was willst du werden, wenn du erwachsen bist?«

Das Wort Schauspieler liegt mir auf der Zunge und kommt mir auch beinahe über die Lippen, weil das meine Antwort auf die Frage ist, seit ich sechs war. Stattdessen lache ich, um mir etwas Zeit zu verschaffen. Was will Del werden? Sportler sollte ich nicht sagen. Ich sollte nicht so viel lügen.

»Weiß ich noch nicht«, meine ich deshalb. »Ich glaube …« *Nicht so viel lügen.* »Ich will Geschichten erzählen.«

»Als Autor?«

»Nein, ich denke, dafür schreibe ich nicht gut genug. Ich lese gerne, aber … keine Ahnung. Ich hoffe, dass ich noch was finde.«

Er nickt. »Verstehe ich. Und ich lese auch gerne. Mein Lieblingsbuch ist ›Shoeless Joe‹. Das ist … älter als ich. Viel älter. Aber mein Dad hat es mir geschenkt, als ich klein war, und ich liebe es einfach.«

»Worum geht's denn?«

»Baseball … Amerika. Wie viel Sport überdauern kann, denke ich? Oder zumindest Spieler und Spiele?«

»Das ist cool.« Ich muss grinsen. Sport überdauert vieles, genauso wie gutes Theater, aber das sage ich nicht laut. »Mein Lieblingsbuch ist wahrscheinlich ›Finishing the Hat‹. Das ist über das Leben und die Arbeiten von Stephen Sondheim.«

»Wer ist das?«

Ich beherrsche mich sehr, um nicht aus der Rolle zu fallen und ihn zu boxen. Er wird es noch lernen, erinnere ich mich selbst. Ich werde es ihm beibringen.

»Er ist ein Geschichtenerzähler«, antworte ich, auch wenn das nur an der Oberfläche kratzt. »Aber deine eigene Frage hast du nicht beantwortet – was willst du nach der Schule machen?«

»Weiß ich auch noch nicht genau«, antwortet er mit einem Schulterzucken. »Ich würde es vielleicht gerne zu den Olympischen Spielen schaffen, wie Connie. Leichtathletik. Aber ich weiß, wie unwahrscheinlich das ist, und mir ist auch klar, dass man das nicht ewig machen kann. Aber vielleicht könnte ich danach Coach werden oder Trainer in einem Fitnessstudio? Klingt nach nicht viel, aber ich mag es, Leute zu unterstützen und voranzubringen.«

Ich nicke. Das passt perfekt zu ihm. »Wie du mich auf dem Parcours unterstützt hast.«

»Ja.« Er grinst. »So was mag ich. Ich helfe anderen gern … sich zu verbessern. Ihnen das Gefühl zu geben, dass sie was erreichen können. Und ich will was Körperliches machen. Also Trainer, Coach … so was würde mir gefallen.«

»Wo du so brav ein paar Fragen beantwortet hast, könnten wir ja vielleicht jetzt auch noch ein bisschen körperlich werden.« Ich lehne mich dichter zu ihm.

»Ach ja?« Er lächelt wieder mit der Zungenspitze zwischen seinen Zähnen.

»Du hast doch gemeint, dass wir noch mehr von beidem brauchen, oder?«

»Okay«, sagt er, schlingt einen Arm um mich und schlüpft mit den Fingern unter mein Shirt. »Ein Kuss pro Frage.«

»Am Wechselkurs müssen wir vielleicht noch arbeiten«, gebe ich zurück und beuge mich vor.

VIERZEHN

Wir kommen zu spät in den Versammlungsraum, wo Joans Lehrstunde über queere Geschichte stattfindet. Nicht nur ein paar Minuten zu spät, sondern ganze zehn, und sie wirft bereits eine PowerPoint-Präsentation an die Wand. Aber wenigstens habe ich das Gefühl, dass wir uns emotional ein bisschen nähergekommen sind. Ja, wir haben uns noch mehr geküsst und Fragen gestellt, haben dabei aber unsere Hosen anbehalten (wenn auch nicht unsere Shirts) und uns noch länger unterhalten. Seine Mom heißt Lois und arbeitet als Immobilienmaklerin, sein Dad heißt Sam und ist Vorarbeiter. Die Eltern von Hudsons Mutter sind aus Korea eingewandert, als sie selbst noch Kinder waren, haben sich hier kennengelernt und geheiratet. Die Urgroßeltern seines Vaters sind vor den Pogromen in der Ukraine geflohen. Er hat einen Hund namens Rufus. Seine Lieblingsserie – wenn er nicht gerade »ein Spiel« schaut (wobei ich nicht gefragt habe, welche Sportart gemeint ist, aber vielleicht umfasst der Begriff ja alle?) – ist »Die Simpsons«. Ich musste auch gar nicht lügen – ich habe ihm erzählt, dass ich mir gerne alte Folgen von »Parks and Recreation« auf Netflix reinziehe. Das kam mir butch genug vor, und über meine Eltern musste ich mir auch nichts ausdenken. Also sind wir immer noch im Plan, plus einen Knutschbonus. Und ich glaube, wir sind jetzt zusammen. Diesen Punkt haben wir nicht endgültig klargestellt, aber ich habe das Gefühl, als wären wir uns da einig. Ich hätte ihn weniger küssen und stattdessen danach fragen sollen.

Und außerdem hätte ich auf die Zeit achten sollen. Joan seufzt, als wir uns reinschleichen und in eine der hinteren Stuhlreihen setzen. Nur das Licht der Projektion erhellt die ansonsten dunkle Theaterkulisse des Raums.

»Wie ich gerade sagte …« Sie klickt auf etwas, und auf der Wand hinter ihr erscheint ein Schwarz-Weiß-Foto, dem Schnitt der Anzüge und Kleider nach aus den Fünfzigern oder Sechzigern. Alle Leute darauf sind gut angezogen, tragen Sonnenbrillen und halten Schilder hoch, auf denen Dinge stehen wie *Homosexuelle sind auch Amerikaner* und *Die Regierungspolitik erzeugt Sicherheitsrisiken.*

»Dieses Bild wurde bei der ersten Demonstration homosexueller Menschen vor dem Weißen Haus im Jahr 1965 aufgenommen. Die Zeitungen haben nicht darüber berichtet. Niemanden hat es interessiert. Aber es gab auch schon vor Stonewall Organisationen, die sich für die Rechte queerer Menschen eingesetzt haben. Diese Demonstration wurde von der *Mattachine Society* organisiert. Sie wurde Anfang der Fünfziger gegründet, also lasst euch von niemandem erzählen, dass wir nicht schon ewig für Gleichberechtigung kämpfen oder dass das was Neumodisches ist.« Sie klickt erneut und zeigt uns weitere Fotos, während sie über die Geschichte der unterschiedlichen Gruppierungen spricht.

In meinem ersten Jahr hier dachte ich noch, dass die Geschichtsstunden nicht richtig zu einem Sommercamp passen, aber inzwischen mag ich sie. Mir wäre es lieber, wenn Mark die abhalten und ihnen ein bisschen mehr Flair einhauchen würde, aber Joan ist dieser Kram wichtig, und sie gräbt interessante Details aus – wie heute. Die *Mattachine Society*, in der am Anfang nur Männer waren, und die *Daughters of Bilitis*, ihre Schwesterorganisation für die Frauen, waren zwei »homophile« Gruppierungen, wie sie sich selbst nannten. Sie versuchten, die Rechte queerer Menschen mithilfe von sogenannten »Sip-ins« zu stärken. Dabei gingen sie in Bars und bestellten sich beim Barkeeper etwas zu trinken, nachdem sie ihm gesagt hatten, dass sie queer waren – was bedeutete, dass ihnen oft die Bedienung verweigert wurde. Wenn ihnen ein Drink serviert wurde, verhielten sie sich beim Trinken höflich und gingen ruhig.

»Der Gedanke dahinter war, allen zu zeigen, dass queere Menschen normal und respektabel sind und nicht sexuell pervertiert, wie die Zeitungen sie oft darstellten. Letzten Endes haben sie sich aber nur selbst darauf trainiert, *normal* zu sein. Es gibt eine Anekdote, die von einem Treffen der *Daughters of Bilitis* erzählt, bei dem eine Frau, die zuvor kurze Haare, Jeans und eine Lederjacke getragen hatte, in einem Kleid und hochhackigen Schuhen aufgetaucht ist. Alle haben ihr applaudiert und waren sehr zufrieden mit ihrer Veränderung.«

Ich muss schlucken und schaue zu Hudson, dessen Blick fest auf die Projektion gerichtet ist. Das Licht lässt seine Haut blass wirken. Er nickt leicht.

Joan fährt mit ihrem Vortrag fort und erzählt uns von den homosexuellen Freiheitsbewegungen der Fünfziger und Sechziger, die Stonewall vorausgingen. Als sie fertig ist, beantwortet sie unsere Fragen, und Ashleigh hebt die Hand.

»Aber war sie denn glücklich?«, will sie wissen. »Die Frau, die ein Kleid anstatt Jeans getragen hat.«

»Das weiß ich nicht«, antwortet Joan. »Sie wurde nach dieser Verwandlung vermutlich weniger oft von der Polizei belästigt und passte besser in die heteronormative Gesellschaft, was ihr das Leben deutlich einfacher gemacht hat. Wahrscheinlich auch viel sicherer, weil sie weniger Belästigung und Gewalt ausgesetzt war. Aber sicherer und glücklicher gehen nicht immer Hand in Hand. Das ist eine Entscheidung, die viele von uns treffen müssen: Wann oute ich mich und wem gegenüber? Ich bin mir sicher, dass ihr alle darüber nachgedacht habt. Und was die Sache mit dem Kleid angeht … Ich kann mir vorstellen, dass es sich für sie wie ein Kostüm angefühlt hat. Ihr seid alle in dem Alter, wo ihr euch sowieso ausprobiert, also weiß ich nicht, ob ihr das nachvollziehen könnt. Wie es ist, wenn einem gesagt wird, dass es eine richtige und eine falsche Art gibt, queer zu sein, und dass man bei der richtigen möglichst hetero aussieht. Aber vielleicht verstehen das ja doch einige von euch.«

»Aber da gibt es doch keinen Unterschied«, sagt jemand aus den vorderen Reihen. »Das ist doch genau das, wofür wir kämpfen: Gleichberechtigung, weil wir alle gleich sind.«

Joan nickt. »Ja, wir sind alle Menschen, die Respekt und Gleichbehandlung verdienen. Aber auch Heteros sind nicht identisch. Einige Hetero-Frauen tragen Jeans.«

Das bringt uns zum Lachen. So nah war Joan noch nie an einem Witz dran.

»Aber es ist was anderes, wenn eine Lesbe eine Jeans trägt als eine Hetero-Frau. Bei Gleichbehandlung geht es nicht nur um das Recht, zu heiraten oder den Schutz davor, aufgrund seiner sexuellen Orientierung gefeuert zu werden – was übrigens bis vor Kurzem in über fünfundzwanzig Bundesstaaten noch absolut legal war –, sondern auch darum, sein zu dürfen, wer man sein will. Jeans, Röcke, Make-up, Absatzschuhe, Bärte oder was auch immer tragen zu können, und trotzdem wie alle anderen behandelt zu werden.«

»Könnte es sein, dass die Frau in Jeans trans war?«, fragt jemand anderes.

»Sicher.« Joan nickt. »Auch das weiß ich nicht. Aber ich kann mir vorstellen, dass dieser Gedanke, man müsse sich an heterosexuelle Geschlechterbilder anpassen, trans Menschen geschadet hat, die sich damals als schwul oder lesbisch identifiziert haben, weil noch keine anderen Begriffe existierten. Natürlich gab es vor Stonewall schon trans

Menschen, aber die Terminologie war anders … Aber das ist ein Thema für die nächste Stunde, denke ich, weil unsere Zeit für heute um ist.«

Joan schaltet das Licht wieder ein, und wir alle sind für einen Moment lang geblendet. Wir blinzeln und warten, dass unsere Augen sich an die Helligkeit gewöhnen.

»Habt noch einen schönen Abend«, wünscht sie uns, während wir uns zur Tür bewegen. »Süße Träume.«

Hudson und ich verlassen die Hütte Hand in Hand. Ich würde ihn gern fragen, was er von der Geschichtsstunde gehalten hat, aber ich habe auch Angst vor seiner Antwort. Ich will nicht, dass er sagt, dass er es gut findet, dass die Frau sich Absatzschuhe angezogen hat. Eigentlich glaube ich auch nicht, dass er das denkt. Er ist kein schlechter Kerl. Aber ich weiß es eben nicht sicher.

Bisher habe ich ihn nicht gefragt, warum er nur auf maskuline Typen steht. George meint, dass das eben eine Vorliebe ist wie eine für Blonde oder für Männer mit viel Körperbehaarung wie bei Brad. So was wie ein Fetisch. Und das ist auch okay. Es ist normal, dass man auf bestimmte Sachen steht. Aber als ich eben gehört habe, wie sie diese Frau behandelt haben, ist mir die Frage durch den Kopf geschossen, ob Hudson ihr wohl auch applaudiert hätte. Es ist nämlich ein Unterschied, ob man auf ein bestimmtes Aussehen steht oder ob man glaubt, dass ein bestimmter Typ Mensch besser ist als die anderen.

»Na dann …«, meint Hudson, als wir vor meiner Hütte stehen bleiben. »Sehen wir uns morgen?«

»Ja«, antworte ich.

»Ich hatte heute Abend echt viel Spaß. War ein gutes fünftes Date.«

Ich lache. »Ja, es war wirklich schön. Ich freue mich schon auf die Dates Nummer sechs, sieben, acht und … neun? Morgen.«

»Neun. Wow, du bist dir deiner Sache ja ganz schön sicher.« Er lächelt mich an und lehnt sich gegen die Wand meiner Hütte.

»Stimmt, tut mir leid. Wollen wir morgen nach dem Abendessen wieder was machen?«, frage ich.

»Ja.« Sein Grinsen wird so breit, dass ich schwöre, seine Zähne leuchten zu sehen.

Ich beuge mich vor und küsse ihn, und Hudson schlingt die Arme um mich, zieht mich zu sich ran und fährt mit den Händen über meinen Rücken.

»Oh mein Gott, seid ihr etwa schon zusammen?«, will Ashleigh wissen, die plötzlich neben uns steht.

Hudson löst sich ein bisschen verlegen von mir.

»Ja«, erwidere ich. »Ich habe meinem Freund einen Gutenachtkuss gegeben.« Ich schiebe das Kinn ein wenig vor, und Ashleigh verdreht die Augen.

»Das war mehr als ein Kuss«, sagt George. Er steht neben ihr und fächelt sich mit einem Regenbogenfächer Luft zu. »Aber wenn ihr weitermachen wollt, hat das Publikum sicher nichts dagegen.« Er deutet mit dem Fächer auf die Leute, die an uns vorbeikommen und uns zum Teil offen anstarren.

Meine Wangen werden heiß, und ich kann nur hoffen, dass es dunkel genug ist, damit niemand die Röte bemerkt.

»Okay«, wende ich mich an Hudson. »Dann gute Nacht.«

»Gute Nacht, Babe.« Er gibt mir noch einen Kuss auf die Wange, bevor er geht.

»Ihr zwei müsst euch ein bisschen mehr beherrschen«, meint Ashleigh, während wir in die Hütte gehen. »Ansonsten vögelt ihr noch am Fahnenmast, und das ganze Camp schaut euch dabei zu. Es sei denn, das ist euer Ding? Kein Shaming, wenn ihr Exhibitionisten seid, aber dann solltet ihr euch besser ein paar Voyeure suchen, die sich das freiwillig ansehen.«

»Ich bin kein Exhibitionist«, erwidere ich vermutlich lauter, als ich sollte, da einige der Leute aus unserer Hütte neugierig zu mir rüberschauen. Ich lasse mich auf mein Bett fallen. »Und er auch nicht, denke ich.«

»In seinem Dating-Profil stand zumindest nichts davon«, wirft George ein, der sich gerade die Schuhe auszieht und sein Nachthemd rauskramt. Das zieht er sich über die Kleidung, und mit ein paar schnellen Bewegungen wird er T-Shirt und Shorts darunter los.

»Eben«, stimme ich ihm zu. »Erinnerst du dich, was da noch so drinstand? Nur masc4masc oder … war es … schlimmer?«

»Zweifelst du etwa an deinem Traummann?«, fragt Ashleigh.

»Nein, es ist nur … die Geschichtsstunde vorhin. Ich dachte immer, masc4masc wäre nur eine Vorliebe, aber …«

»Da stand nichts von ›keine Fetten, keine Femmes, keine Schwarzen‹, wenn du dir darüber Sorgen machst«, beruhigt mich George. »Eher so was wie ›maskuliner Kerl sucht das Gleiche‹.«

»Okay. Dann ist es wirklich nur eine Vorliebe.«

»Wenn da irgendwas mit *keine* stehen würde, wäre das schlecht«, meint Ashleigh, die gerade ihre Zahnbürste aus ihrem Waschzeug holt. »Das schließt Leute von vornherein aus. Also ›keine Moppelchen‹ ist scheiße, aber ›mag fitte Frauen‹ wäre okay, oder?«

»Den Grat finde ich aber sehr schmal«, wirft Paz ein und hüpft auf ihr Bett. »Was, wenn da steht, dass jemand ›weiße Kerle‹ mag. Das ist nicht so weit weg von ›nur Weiße‹.«

»Ja, stimmt«, gibt Ashleigh zu. »Tut mir leid.«

»Aber was ist, wenn ein Kerl auf Körperbehaarung steht?«, will ich wissen. »Das ist doch nicht schlimm, oder?«

»Historisch betrachtet gab es keine Zeit, in der Leute mit Körperbehaarung andere Toiletten als alle anderen benutzen mussten«, erwidert Paz trocken.

»Stimmt, sorry.«

»Wenn ich auf ein Profil klicke und da steht, dass derjenige auf dünne Twinks steht, weiß ich, dass ich nie eine Chance bei dem Kerl haben werde«, sagt George. »Aber wenn da steht ›keine Typen aus dem Nahen Osten‹, fühlt es sich an, als würde ich abgelehnt werden, weil ich der Mensch bin, der ich bin. Wegen meiner Identität. Haarig zu sein ist nicht so wichtig für mein Selbstwertgefühl. Aber meine Herkunft aus dem Nahen Osten und dass ich Jude bin? Da geht es um mich. Und komplette Ablehnung, weil man davon keinen Steifen bekommt? Das ist rassistisch. Dein Schwanz ist ein Rassist und du bist es auch, und so was sollte man nicht online verkünden. Das ist geschmacklos.«

Paz lacht. »Sehe ich ganz genauso.«

»Okay«, erwidere ich. »Aber das hat ja nichts mit maskulin oder feminin zu tun. Das ist Verhalten, das man ändern kann. Ich meine, ich habe mich verändert, oder? Wie die Frau, die sich Absatzschuhe angezogen hat. Das … ist nicht so schlimm, oder? Hätte … Hudson der Frau applaudiert, als sie in Absatzschuhen hereinkam? Oder hätte er ihr gesagt, dass sie lieber sie selbst sein soll, auch wenn er – also die lesbische Version von Hudson – nicht auf sie steht, wenn sie Jeans und Lederjacke trägt?«

»Du meinst, wenn sie hier wäre, wo es sicher ist, Jeans zu tragen und niemand dafür angegangen wird?«, fragt Paz.

»Was er damit meint: Ist es wohl für Hudson okay, dass er für ihn maskuliner geworden ist, weil das auch bedeuten würde, dass es genauso okay ist, wenn er es später wieder sein lässt!«, ruft Ashleigh, die währenddessen in den Waschraum gegangen ist, um sich die Zähne zu putzen. »Aber wir kennen Hudson nicht so gut wie du. Dasch muscht du ihn selbst frag'n.«

»Was sagt denn dein Gefühl?«, erkundigt sich George.

»Ich glaube … ich glaube, dass es nur eine Vorliebe ist. Er würde dieser Frau sagen, dass sie sich nicht verstellen soll, weil es egal ist, ob man anziehend auf Frauen wirkt, die nur auf feminine Frauen stehen, wenn es darum geht, man selbst zu sein.«

»Dann glaubst du auch, dass er dir sagen würde, dass du dich nicht verstellen sollst?«, fragt George.

»Nur, wenn ich bereit wäre, ihn dafür aufzugeben«, erwidere ich schnell. Vielleicht auch ein bisschen defensiv. »Und das bin ich nicht. Aber er denkt sicher nicht, dass irgendeine Frau ein besserer Mensch ist, nur weil sie sich ein Kleid anzieht. Sie ist dann halt attraktiver für Leute, die Frauen in Kleidern mögen. Und daran ist doch nichts falsch, oder?«

»Ich meine, man könnte schon argumentieren, dass man den Charakter eines Menschen anziehend finden sollte und nicht seine Kleidung«, meint Paz.

»Ach, bitte«, protestiert George. »Ich beurteile Männer absolut nach dem Inhalt ihres Kleiderschranks. Und ihrer Schubladen«, fügt er hinzu und wackelt vielsagend mit den Augenbrauen.

Ich lache schnaubend, stehe auf und nehme mein Waschzeug mit nach nebenan, wo ich mir die Zähne putze, mir das Gesicht wasche und dann einen Moment lang mein nasses Gesicht im Spiegel betrachte. Ich sehe anders aus als letztes Jahr. Ich sehe aus wie jemand, den Hudson attraktiv findet. Und das war ja auch der Sinn der Sache. Für ihn habe ich mir Absatzschuhe angezogen. Und das ist es wert.

Der heutige Abend war der Beweis dafür – Hudson ist verständnisvoll und witzig, und ich will ihn ständig küssen. Es ist nur eine Vorliebe, dass er mich gut findet, wie ich jetzt bin, und nicht den pummeligen Randy von früher, der sich gerne Blumen in die langen Haare steckt und Spitze an seinen Shorts mag. Hudson mag mich. Nicht nur mein Gesicht oder meine Kleidung. Wir haben uns unterhalten. Er findet, dass ich was Besonderes bin, und uns verbindet etwas. Wenn es nur einen Haarschnitt gebraucht hat, damit er das erkennt, war es das wert. Und sobald er das versteht, wird es ihm nichts ausmachen, wenn ich mir die Haare wieder lang wachsen lassen, Musicals liebe oder mir die Nägel lackiere. Absatzschuhe oder Jeans … Vielleicht hat Paz ja recht. Es geht darum, sich in einen Menschen zu verlieben – Vorlieben sind nur Dinge, die es mehr oder weniger wahrscheinlich machen, dass sich Gefühle für denjenigen entwickeln, auf den unser Penis reagiert. Hudsons Penis hat reagiert. Jetzt können wir uns verlieben. Liebe ist das Wichtigste. Und ich verliebe mich gerade Hals über Kopf in Hudson.

Der nächste Tag läuft fast wie der gestrige ab, doch wir gehen wandern, anstatt uns mit dem Hindernisparcours zu beschäftigen. Hudson und ich halten Händchen, wann immer es möglich ist, sitzen beim Mittagessen zusammen, und während der Kunststunde erfahre ich von Ashleigh und George alles über die Musicalproben. George hat seine Songs schon drauf, Ashleigh hat Mark Vorschläge zur Lichtgestaltung gemacht, die ihm gefallen haben, und Crystals Choreografie löst dieses Jahr wohl die eine oder andere Panikattacke aus.

In der Sportstunde spielen wir Kickball, und beim gemeinsamen Schwimmen mit den anderen schlingt Hudson im Becken die Arme von hinten um mich und legt mir den Kopf auf die Schulter, während er sich mit Brad unterhält. Dann verbringen er und ich ein bisschen Zeit am Bootshaus mit Knutschen. Unsere Haare sind noch nass und riechen nach Chlor. Anschließend müssen wir uns beim Umziehen fürs Abendessen beeilen, das wir dicht nebeneinandersitzend verbringen.

Heute Abend steht ein großes Lagerfeuer am Fahnenmast auf dem Programm, und wir machen S'Mores und wechseln uns beim Erzählen von Geistergeschichten ab. Ich sitze auf einem Baumstamm, während Hudson sich vor mir niedergelassen hat. Ich schlinge die Arme um ihn, wie er es vorhin bei mir im Pool gemacht hat. Mir ist warm und ich bin glücklich.

Ja, ich würde gerne einen Schritt weiter gehen. Und ich weiß, dass er auch so weit ist. Aber das ist nicht Teil des Plans. Also belassen wir es beim Küssen und Kuscheln – auch wenn wir uns inzwischen unauffälliger verhalten, damit die Leute nicht immer die Augen wegen uns verdrehen.

Am nächsten Tag schiebt Hudson am Bootshaus seine Hände hinten in meine Badeshorts. Ich sitze auf seinem Schoß, und er umfasst zum ersten Mal meinen nackten Hintern. Einen Tag später liegen wir auf der Couch und ich spüre, wie sich nicht nur unsere Beine gegeneinander drücken. Jede neue Empfindung macht mich schwindelig, ich fühle mich fast, als würde ich über meinem eigenen Körper schweben, weil das so wahnsinnig ist, was da passiert – wirklich passiert. Hudson Aaronson-Lim verliebt sich in mich. Das ist besser als ein Musical. Bei einem Musical spielt man nur eine Rolle. Das hier ist echt.

Aber ich bin es nicht. Woran ich prompt am nächsten Abend nach dem Essen erinnert werde, als Hudson mich auf dem Weg aus dem Speisesaal fragt: »Also, was willst du machen?«

»Ich? Keine Ahnung. Was willst du denn?«

»Ach, komm schon, du bist jetzt eine Woche hier, also nicht mehr neu. Dieses Mal suchst du unser Date aus.«

Nach außen lächle ich, doch in meinem Inneren überrollt mich die Panik, ein Gefühl, als wenn man auf der Bühne steht, die Scheinwerfer angehen und man die ersten Textzeilen vergessen hat. Darauf war ich nicht vorbereitet – er soll mich doch anleiten bei diesem ganzen männlichen Zeugs. Worauf ich eigentlich Lust hätte, weiß ich ganz genau: Ich würde gerne in die Theaterhütte gehen, und dort würden wir uns vielleicht gegenseitig die Nägel lackieren, aber das ist definitiv nichts, was Hudson tun will und nichts, was Del tun würde. Was machen maskuline Kerle denn so auf Dates? Bis jetzt sind wir immer im Camp spazieren gegangen, damit er mir alle Ecken zeigen konnte, und dann zum Bootshaus, um dort rumzumachen. Bisher hat mir das immer gefallen, vor allem der letzte Teil. Wahrscheinlich kann ich aber nicht einfach sagen: »Lass uns direkt zum Bootshaus gehen«. »Lass uns Sport gucken«, fällt auch weg, weil es keinen Fernseher gibt, und auf dem Kickball-Feld wird gerade auch nicht gespielt.

»Und?«, hakt Hudson nach.

»Ich hab gerade geschaut, ob vielleicht ein Spiel läuft«, antworte ich und deute mit dem Kopf in Richtung des Felds.

»Nee, lass uns alleine was machen.«

Stimmt. Sexy Männerdate. Intimes Männerdate. Ich gehe im Kopf die Sportarten durch, die im Camp angeboten werden und die man zu zweit machen kann – Bogenschießen, Wandern, Tennis. *Tennis.*

»Wie wäre es, wenn ich dir Tennisspielen beibringe?«, schlage ich vor.

Das könnte natürlich auch schiefgehen. Hudson hat behauptet, dass er nicht gut Tennis spielt, und ich bin im letzten Jahr ganz okay geworden, aber ich vermute, dass seine Definition von schlecht und meine von okay vielleicht auf komplett unterschiedlichen Skalen liegen.

»Wir könnten an deinem Aufschlag arbeiten.«

Er grinst. »Okay.«

Während wir zum Tennisplatz gehen, rattere ich im Kopf alles Wichtige runter, was mir zu Aufschlagstechniken einfällt. Hudson besorgt uns, was wir brauchen.

Der Platz ist leer, also stellen wir uns nebeneinander auf eine Seite des Netzes, und Hudson sieht mich erwartungsvoll im Licht der Scheinwerfer an, die rund um die Fläche angebracht sind.

»Okay«, sage ich. »Also … das ist, hm, ein …« Und natürlich fällt mir das Wort für den langen Stock mit dem runden Teil am Ende nicht ein, in dem ein Draht- oder Garnnetz oder so eingearbeitet ist. Ich schwenke ihn, als würde ich eine Tanzbewegung machen und als hätte ich großen Spaß dabei.

»Schläger?«, vervollständigt Hudson meinen Satz mit hochgezogener Augenbraue.

»Ja. Genau. Und das ist ein Ball.« Ich lasse den Tennisball auf dem Boden aufhüpfen, doch er fliegt in einem schrägen Winkel weg, bevor ich ihn wieder fangen kann und rollt auf die andere Seite des Spielfelds.

Hudson mustert mich skeptisch. »Hast du nicht gesagt, dass du gut spielst?«, fragt er.

»Also von gut war nicht die Rede«, erwidere ich. »Ich treffe den Ball mit dem …« Ich schlucke. »Schläger.« Puh. »Manchmal.«

Hudson lacht. »Verarschst du mich gerade?« Er tritt näher zu mir und legt mir die Hände auf die Hüften. Seine Daumen wandern in den Zwischenraum zwischen meiner Haut und meiner Kleidung, direkt unter dem Bund meiner Shorts, wo sie sich hin und her bewegen.

Ich schaue auf seine Hände, und mein Kopf ist wie leer gefegt. Na ja, nicht komplett leer. Nur übernommen von einem Gedanken. Und dabei geht es nicht um Tennis.

»Vielleicht sollten wir einfach zum Bootshaus gehen«, sage ich ein bisschen atemlos.

Er lacht und macht einen Schritt von mir weg. »Nichts da. Du zeigst mir jetzt, wie ich meinen Aufschlag verbessern kann. Komm schon.« Er nimmt sich einen Ball, wirft ihn in die Luft und schlägt ihn – zielgenau ins Netz. »Siehst du? Das passiert mir immer.«

»Okay.« Ich stelle mich hinter ihn und streiche über seine Schultern.

Hudson lehnt sich gegen mich, und sein Körper ist so warm, mein Körper ist warm. Plötzlich habe ich das Bedürfnis, an seinem Ohr zu knabbern, ihm über den Nacken zu lecken und mich weiter nach unten zu arbeiten, ihm das Shirt und die Hose auszuziehen, damit ich direkt hier auf dem Tennisplatz mit ihm schlafen kann.

Aber nein. Ich muss mich zurückhalten! Ich werde keine Zwei-Wochen-Affäre! Bei mir wird er nicht Hal sein.

»Magst du Tennis?«, frage ich, während ich die Haltung seiner Schultern und seinen Griff am Schläger korrigiere. »Spielst du oft?«

Schnell das Gespräch auf etwas weniger Erregendes lenken. Dann komme ich nicht so sehr in Versuchung. Ihn kennenlernen, ihn dazu bringen, sich in mich zu verlieben. Das ist der Plan.

»Geht so. Ich mag lieber Sportarten, bei denen ich mich selbst herausfordern kann«, meint Hudson. »Deswegen finde ich den Parcours so gut. Und Leichtathletik. Zu Hause bin ich in der Schulmannschaft.«

»Oh, echt?«, erkundige ich mich beeindruckt, als wüsste ich das nicht schon längst. Ich versuche, seinen erhobenen Arm für einen Schlag anzuwinkeln. Seine Haut ist so verführerisch warm. Hastig nehme ich meine Hand weg.

»Ja. Tennis war irgendwie nie so mein Ding. Was ist mit dir? Warum hast du damit angefangen?«

»Es gibt Hunde, die die Bälle zurückholen«, entgegne ich, ohne darüber nachzudenken.

Hudson lacht und schaut über die Schulter zu mir. »Was?«

»Es gibt so Videos online. Manche Leute trainieren Hunde darauf, die Bälle zurückzubringen, wenn sie ins Aus geschlagen werden«, erkläre ich. Das stimmt sogar. Und es war meine zweitliebste Entdeckung, als ich Sportarten gegoogelt habe, direkt nach einigen wirklich coolen Trikots. Na ja, die drittliebste, wenn man die Männer in den Trikots mitzählt. Viertliebste, nach den Männern ohne ihre Trikots. Aber in den Top fünf ist sie auf jeden Fall gelandet.

»Dann magst du Tennis wegen der Hunde?«

Ich zucke die Schultern. »Ich meine … ja, irgendwie?«

Ich mag Tennis, weil ich eine Sportart gebraucht habe, weil ich auf dich stehe! Beinahe hätte ich das laut gesagt und mich damit verraten.

»Mir gefällt, wie sehr man dabei aufpassen muss, glaube ich. Man muss seinen Gegner genau beobachten und einschätzen, was er als Nächstes vorhat, bevor man ihm präsentiert, was er sehen soll – damit er denkt, dass er weiß, was man plant, aber dann macht man was ganz anderes.«

Tada – das ist ein bisschen wie Theater, wie Schauspielern. Das ist Randy … durch einen Del-Filter.

»Dann trittst du also gerne gegen andere Leute an.«

»Schon.« Ich zucke erneut die Schultern.

»Das ist cool. Sind beides gute Arten, sich weiterzuentwickeln, oder? Sich selbst zu verbessern.«

Ich nicke. »Bist du so zum Sport gekommen?«

»Na ja … mehr oder weniger.« Er streckt sich und schaut zum Himmel hoch. »Ich bin schon immer gerne gerannt und so. War ein superaktives Kind. Und mein Dad liebt Sport – er hat immer irgendwelchen Sport im Fernsehen geschaut. Nicht nur Baseball und Football, sondern auch Leichtathletikwettbewerbe, die Olympischen Spiele, Snowboarden. Und er wollte immer, dass ich mich dafür interessiere. Klar, die Little League war ganz okay, aber damit hatte ich auch was zu tun, und mein Dad hat mich immer vom Spielfeldrand aus angefeuert. ›Das ist mein Junge‹ und der ganze Mist, du weißt schon.«

»Ja.« Ich nicke.

»Also habe ich es einfach gemacht. Richtig geliebt habe ich die Little League aber nicht, ganz anders als Leichtathletik. Beim Baseball hat man ein Team, andere Jungs, bei denen man sich drauf verlassen muss, dass sie einem den Ball zuwerfen ...« Eine lange Pause folgt und ich spüre, wie er schluckt.

»Denen gefällt nicht, wenn ein queerer Junge im Team ist?«, frage ich.

Er zuckt die Schultern. »Tja. Ich meine, sie haben mich nie *Schwuchtel* genannt oder so, aber ... sie haben das Wort schon oft benutzt.«

Ich schüttle den Kopf. »Ich mag es nicht.«

»Ja«, sagt er und schaut wieder nach oben, sodass ich seinen Gesichtsausdruck nicht deuten kann. »Ich auch nicht.« Seine Stimme klingt komisch, ein bisschen kalt. Doch als er mich wieder anschaut, ist das einnehmende Lächeln zurück. »Hattest du Probleme bei deinem Coming-out?«

Ich zucke die Schultern. »Ein paar. Die meisten Leute ignorieren mich einfach.«

»Das hast du schon mal gesagt. Kann ich mir immer noch nicht vorstellen.« Er mustert mich von oben bis unten.

Hitze steigt mir in die Wangen. »Na ja, in der Schule bin ich ziemlich still. Ein paar Leute wissen es, und ich leugne es nicht, wenn ich gefragt werde, aber ... die meisten hatten es sich eh schon gedacht. Hat sich aber nicht viel verändert. Niemand ist auf die Idee gekommen, das Wort *schwul* nicht mehr als Schimpfwort zu benutzen oder so. Einmal hat mir einer *Schwuchtel* auf den Spind geschmiert. Meine Eltern standen am nächsten Tag stocksauer beim Direktor. Die Schule hat rausgefunden, wer es war, und ihn suspendiert. Seitdem lassen mich die meisten in Ruhe. Höchstens dumme Blicke und Lachen ... mehr nicht, solange ich keinen Kerl anstarre und mich unauffällig verhalte ...«

»Wow, es ist echt cool, dass seine Eltern so … toll waren.«

»Deine sind das nicht?«

»Da war mal diese Sache im Schwimmunterricht. Keiner der anderen Jungs, von denen viele auch im Baseballteam waren, wollte mit mir ins Becken. Sie meinten, womöglich wäre Schwulsein ansteckend, oder ich würde sie unter Wasser begrapschen, so was halt. Da hatte ich mich noch gar nicht richtig geoutet. Also, ich wusste es schon und jemand hat mich dabei erwischt, wie ich während der Lernzeit auf Instagram ziemlich sexy Bilder angeschaut habe, also haben es alle vermutet, aber keiner hat sich getraut, mich drauf anzusprechen. Bis zu der Schwimmstunde. Danach wussten es alle. Ich hätte es wahrscheinlich leugnen können, habe ich aber nicht. Ich habe ihnen gesagt, dass ich einfach alleine schwimmen werde und das ganze Wasser mit Schwulsein verseuche, während ich für den Wettkampf am Ende des Halbjahres trainiere. Das war mein Coming-out in der Schule. Ein bisschen wie deins. Oh, und den Wettkampf habe ich gewonnen.«

»Und deine Eltern haben nichts unternommen? Wussten sie es da schon?«

»Ja, aber sie haben mich nur gefragt, was ich gemacht habe, dass die Jungs es gemerkt haben. Und mir gesagt, dass ich meine Sexualität nicht rumposaunen soll.«

»Sie haben dir die Schuld gegeben.« Ich starre auf die Schatten hinter ihm, die seine Eltern sein könnten.

»Nicht unbedingt«, protestiert Hudson hastig. »Sie sind keine schlechten Menschen, nur …« Er seufzt. »Eltern eben. Sie wollen mich beschützen.«

»Ja.«

»Aber tja, das ist mit ein Grund, warum ich lieber alleine Sport mache. Mich selbst herausfordere. Mich verbessere. Dann kann einen keiner enttäuschen, weil er homophob ist. Und sie gewinnen lange nicht so viele Spiele, als wenn sie mich in der Mannschaft hätten.«

»Geschieht ihnen recht«, meine ich.

»Ja. Apropos geschehen … Geschieht hier heute noch was mit meinem Aufschlag?« Er dreht sich wieder nach vorne und streckt mir den Hintern entgegen. »Ist das die richtige Haltung?«

Ich stelle mich dicht hinter ihn, greife nach seinem Arm und ziehe ihn ein bisschen nach hinten, sodass sich unsere Körper aneinanderschmiegen. Er fühlt sich so gut an. Er riecht so gut.

Hudson drängt mir seinen Hintern entgegen. Ich packe ihn an den Hüften und halte dagegen. Er atmet scharf ein und stöhnt leise auf.

»Ist das wirklich richtig, den Schläger so zu halten?«, will er wissen und bringt mich damit zum Lachen.

Ich löse mich von ihm. Worum ging es gerade noch? Richtig, der Aufschlag. Tennisaufschlag, nicht Augenaufschlag. Weil wir männlich sind.

Dann erinnere ich mich daran, dass ich eigentlich ziemliche gute Aufschläge mache. Aufschläge sind wie Tanzbewegungen, die Hände über den Kopf, dann einen Bogen nach unten und das Handgelenk im richtigen Winkel halten, wie wenn man dem Publikum Jazz Hands zeigen will.

»Es kommt alles aus dem Handgelenk«, erkläre ich Hudson und fasse ihn am besagten Körperteil. Dann lege ich meinen Kopf auf seine Schulter und korrigiere erneut die Haltung seiner Arme, während ich ihm zuraune: »Halt das Handgelenk höher, damit der Winkel nicht so steil ist. So.« Unsere Körper pressen sich aneinander, und er drängt sich immer weiter nach hinten gegen mich.

»Okay«, sagt er.

Wir bleiben einen Moment lang so stehen, bevor ich einen Schritt zurück mache. »Versuch's mal.«

Er macht einen Aufschlag, und dieses Mal fliegt der Ball übers Netz.

»Ich hab's geschafft!« Hudson schnappt sich direkt noch einen Ball vom Boden und probiert es wieder. Erneut geht er übers Netz. »Wow, Babe. Das … hat wirklich geholfen.« Er dreht sich zu mir um und lächelt mich an. »Ich habe echt gedacht, dass du nur die Arme um mich legen wolltest.«

»Darf ich das nicht ohne Tennisstunde?«, frage ich.

Er überwindet lächelnd den Abstand zwischen uns. »Du kannst tun, was immer du willst«, gibt er ein bisschen heiser zurück, bevor er mich küsst. Seine Arme umschlingen mich, und unsere Zungen treffen sich. Sacht beißt er mich in meine Lippe – das ist neu, aber erstaunlich gut. Als ich nach Luft schnappe, löst er sich von meinem Mund und wandert mit seinem von dort aus zu meinem Ohr.

»Wollen wir zum Bootshaus gehen?«, flüstert er.

»Unbedingt.«

Am Freitag gehen wir noch mal den Hindernisparcours an, und dieses Mal schaffe ich es, durch den Reifen zu springen. Ich bekomme sogar das Seil über der Peanut Butter Pit zu fassen, auch wenn ich mich nicht rüberschwingen kann.

Hudson lobt mich aber und gibt mir einen Kuss auf die Wange. Ich habe versucht, mich auf heute vorzubereiten. Auf das Ende der ersten Woche und den Zeitpunkt, an dem Hudson normalerweise seinen Freund im Dunkeln in die Peanut Butter Pit einlädt, um sich dort nackt in die Horizontale zu begeben. Wie gerne würde ich das machen, aber ich weiß, dass ich Nein sagen muss. Ich muss ihm zeigen, dass ich mehr als nur ein Campflirt bin. Und ich habe mir einen Plan zurechtgelegt. Wenn er mich fragt, ob ich bereit bin, sage ich einfach, dass ich mich erst noch ein bisschen mehr unterhalten will – und dann frage ich nach dem Unerotischsten überhaupt: dem Coming-out vor seinen Eltern.

»Hey, Del?« Brad tippt mir auf die Schulter. Wir beobachten gerade andere aus der Gruppe auf dem Parcours. »Kann ich mal mit dir reden?«

»Klar«, erwidere ich. Ist das der Moment, in dem er mich davor warnt, was es bedeutet, wenn Hudson mich heute Abend hierher einladen will? Sagt er mir, dass ich Kondome mitbringen soll? Das wäre echt schräg, würde mich aber nicht überraschen.

Brad zieht mich ein Stück von Hudson weg, den das nicht groß zu kümmern scheint.

»Was ist los?«, will ich wissen, als wir außer Hörweite sind. Hat er endlich gerafft, dass ich keine Kopfverletzung habe?

»Es geht um George«, meint er.

»Was?« Einen Moment lang überrollt mich eiskalte Panik. Habe ich was nicht mitbekommen? Ist George sauer auf mich? Hat er seine Stimme verloren? »Stimmt was nicht mit George?«

»Alles bestens.« Brad grinst. »Also … glaube ich. Aber wir flirten schon seit einer Woche, und er ist witzig, aber nicht … Ich weiß nicht, ob er wirklich auf mich steht. Ich meine, wenn ich dich und Hudson sehe – ihr seid schon die ganze Zeit zusammen, in der George und ich nur flirten. Mag er mich denn? Oder sollte ich es einfach sein lassen?«

»Ich weiß, dass er dich süß findet«, antworte ich vorsichtig.

Noch nie hat mich jemand um Rat bei so was gebeten. Aber offensichtlich wird man zum Experten in Liebesdingen, sobald man einen Freund hat. Insbesondere, wenn man sich einen Plan hat einfallen lassen, um ihn zu bekommen.

»George will was Einfaches«, erkläre ich. Das hat er immerhin gesagt.

»Einfach kann ich«, erwidert Brad grinsend.

»Nicht so«, stelle ich direkt klar. »Er will nur … Er will jemanden, bei dem er sein kann, wie er ist, und er macht sich wohl Sorgen, dass du von ihm willst …«

»Dass er jemand ganz anderes wird?« Brad zieht eine Augenbraue nach oben und stemmt die Hände in die Hüften. »Wie er wohl auf diese Idee kommt?«

»Dann weißt du also, dass ich mir nicht den Kopf angeschlagen habe.« Ich atme tief durch. Er hat es Hudson noch nicht erzählt, das ist gut.

»Ich bin nicht dumm. Und hey, tu, was du willst. Ich fand dich vorher schon cool. Dieses Lied letztes Jahr war der Hammer. Wie hieß das noch? ›Dirty Old Man‹?«

»Oh, echt?« Ich muss bei der Erinnerung daran lächeln.

»Aber wenn das dein neues Ich ist, ist das auch cool. Solange du das nicht machst, um meinen Freund zu verarschen.«

»Nein«, versichere ich ihm schnell. »Nein. Ich wollte nur, dass er mich bemerkt.«

»Na ja, das hast du geschafft. Und wie kriege ich jetzt George dazu, dass er mich bemerkt?«

»Du wirst es Hudson nicht erzählen?«

Das würde alles über den Haufen werfen. Er mag mich jetzt, er steht auf mich, und wahrscheinlich würde er mich auch mit ein bisschen Glitzer noch wiedererkennen, aber es wäre zu schnell zu viel auf einmal. Ich muss ihn erst dazu bringen, dass er mich liebt.

»Ich will dich nicht erpressen«, erwidert Brad verärgert. »Ich frage nur. Wenn du es mir nicht sagen willst, ist das auch okay. Kann ich verstehen.«

»Nein.« Ich schüttle den Kopf. »Sorry. George findet dich toll und süß, und ich glaube, du musst ihm einfach nur zeigen, dass du ihn so magst, wie er ist. Dass es dir egal ist, wenn er Make-up trägt oder dass er eine riesige Fächersammlung besitzt. Oder sag es ihm einfach. Bitte ihn um ein Date. Hör mit dem Flirten auf und tu was. Mach es ihm leicht.«

Brad nickt. »Okay. Danke, Mann.« Er umarmt mich, und ich drücke ihn kurz. »Und falls es dir hilft: Hudson mag dich wirklich. Aber vielleicht ist er die Person im Camp, die am meisten verdient hat, zu wissen, wer du mal warst?«

»Er wird es erfahren. Sobald ich weiß, dass ich keine seiner Zwei-Wochen-Romanzen bin. Sobald wir …«

»Oh.« Brad nickt erneut. »Du willst was Langfristigeres. Okay. Viel Glück.«

»Danke. Und es gibt eigentlich keinen richtigen Unterschied. Zwischen Randy und Del. Ich bin immer noch ich.«

Brad mustert mich eingehend. »Ich verstehe, was du meinst, aber wenn du Hudson wirklich willst … Wenn du willst, dass er sich in dich – in Randy – verliebt, musst du es ihm sagen, oder? Wenn es wirklich keinen Unterschied gibt, wird es ihm nichts ausmachen.«

»Stimmt.« Er hat recht. Nur … noch nicht jetzt. Ich will was Langfristiges, wie Brad gesagt hat. Und das bedeutet, Hudson muss sich verlieben. Dann spielt es keine Rolle mehr. Dann kennt er mich – das Wichtigste von mir –, und der ganze andere Kram wie Theater, Glitzer, Sport wird unwichtig und er liebt mich, egal, ob ich Nagellack trage oder nicht. Wenn ich es ihm erzähle, wird er lachen und sagen: »Ist mir egal. Ich kenne dich. Und du bist was Besonderes.«

Aber wenn ich zu schnell mit der Enthüllung bin, wird er mich einen Lügner nennen und nie wieder mit mir sprechen. Also muss ich es langsam angehen.

»Danke«, sage ich zu Brad.

Er läuft zurück zur Gruppe, und ich folge ihm langsamer. Hudson dreht sich grinsend zu mir um und streckt eine Hand nach mir aus, als ich nahe genug herangekommen bin.

»Was war denn los?«, fragt er mich leise.

»Er wollte nur einen Rat.«

»Einen Rat? Wofür?«

»Liiiiebe natürlich. Von mir, dem Liiiiiebesexperten.«

»Du bist so ein Nerd, Babe.« Er lacht und legt den Kopf auf meine Schulter.

»Ein Liebesnerd.«

»Dann steht er immer noch auf George?«

»Ja.«

»Was hast du ihm geraten?«

»Dass er George sagen soll, dass er nicht nur flirtet, sondern ihn wirklich mag.«

Hudson hebt den Kopf, um mich anzusehen. »Glaubst du, das funktioniert?«

»Klar doch.«

»Sie sind so verschieden.«

»Na und? Wir sind doch auch nicht gleich.«

»Aber wir sind uns ähnlicher als die beiden.«

Ich zucke die Schultern. »Keine Ahnung.«

»Bitte fang nicht an, Nagellack zu tragen«, sagt er und seine Worte treffen mich wie ein Schlag in die Magengrube.

»Warum nicht?« Meine Stimme klingt auf einmal heiser.

»Weiß nicht, ich … ich mag dich, wie du bist. Ein normaler Kerl.«

»Würde Nagellack denn daran wirklich was ändern?« Ich will nicht bettelnd klingen. Ich weiß, dass ich mit dem Plan noch ganz am Anfang stehe, aber es muss klappen. Alles, inklusive meiner Rückverwandlung zu Randy. Und das wird es auch, rede ich mir gut zu und schließe die Augen für einen Moment. Es wird, es wird, es wird …

»Nein.« Hudson legt seinen Kopf wieder auf meine Schulter.

Ich seufze erleichtert auf.

»Keine Ahnung. Ist ja auch nicht so, als würdest du damit anfangen, oder?«

»Nein.«

Ich beobachte, wie eins der jüngeren Kinder versucht, das Seil über der Peanut Butter Pit zu erwischen, es aber verfehlt.

Zumindest noch nicht.

FÜNFZEHN

»Ich bin echt ein bisschen beleidigt«, erzähle ich George und Ashleigh am selben Abend nach der Schnitzeljagd. Dafür wurde das ganze Camp den Hütten nach in Teams eingeteilt, weswegen ich leider nicht mit Hudson zusammen in einem war. »Fragt er nicht normalerweise am ersten Freitag seinen aktuellen Kerl, ob er mit ihm in die Peanut Butter Pit geht?«

»Aber du hast doch gesagt, dass du es langsam angehen willst«, erwidert Ashleigh.

»Na ja, schon.«

»Darling, dein Plan geht auf. Er behandelt dich wie einen festen Freund, nicht wie einen Flirt. Du wolltest doch zwei Wochen warten, oder?« George lackiert sich auf dem Bauch liegend die Nägel in einer neuen Farbe. Sie nennt sich Einhorn-Apokalypse und besteht aus Prismaglitter in pink, lila und dunkelblau. Noch nie habe ich mir etwas so sehr auf meinen Nägeln gewünscht. George hat mir schon versprochen, sie mir damit zu lackieren, sobald ich wieder Nagellack trage.

»Vielleicht auch nur zehn Tage.«

»Ist das nicht näher an seinem Zeitplan als an deinem?«, fragt Ashleigh. »Also an seinem normalen?«

George schnaubt. »Werden wir wohl ein bisschen ungeduldig?«

»Ja«, gebe ich zu und lehne mich zurück. »Wirklich ungeduldig.«

»Der nächste Schritt in deinem Plan ist aber Liebe und nicht Sex, also nimm lieber den längeren Weg in seine Hose. Machst du mir die rechte Hand?«

»Klar.« Ich setze mich auf sein Bett und nehme ihm das Fläschchen ab. George spreizt die Finger, und ich lackiere sorgfältig jeden Nagel. Die Farbe glitzert im Deckenlicht.

Ich schaue auf meine eigenen Hände – unlackierte Nägel, wundgescheuerte Haut von Felsen und dem Kletterseil. Ich bin ein bisschen stolz darauf, wie gut ich mich in diese Rolle eingefügt habe, und wie perfekt ich sie spiele. Aber ich wünsche mir auch, dass ich wieder glitzern darf wie Einhorn-Apokalypse.

»Außerdem wissen wir doch gar nicht sicher, ob er das wirklich immer am Freitag macht«, gibt George zu bedenken. »Vielleicht passiert es ja morgen. Oder er schleicht sich heute Nacht in unsere Hütte, um dich zu entführen.«

Ich widme mich immer noch den Nägeln. »Du hast recht. Ich bin dumm.«

»Du bist notgeil«, sagt Ashleigh.

»Wer ist notgeil?«, will Paz wissen, die sich gerade im Waschraum die Zähne geputzt hat und sich nun mit Schwung auf ihr Bett wirft, was sie prompt schmerzerfüllt das Gesicht verziehen lässt.

»Niemand«, erwidere ich im selben Moment, in dem Ashleigh und George »Randy« sagen.

»Ich komme nicht ganz mit«, meint Paz und reibt sich die Schulter.

»Musst du auch nicht«, gebe ich ein bisschen zu hoch zurück, während ich den letzten von Georges Nägeln fertigstelle.

»Was ist denn mit deiner Schulter?«, fragt Ashleigh Paz.

»Ich bin bei der Choreografie zu ›Shriners' Ballet‹ hingefallen. Crystal hat mich über die ausgebreiteten Arme von zwei der Shriners springen lassen, und ein dritter sollte mich auffangen. Hat er heute nicht besonders gut gemacht Diese Ordensmitglieder sind offenbar keine Muskelprotze.«

»Autsch.«

»Ich meine, ich habe nichts dagegen, dass es in dem Song nicht mehr nur um dumme Sexwitze geht, sondern ich die Shriners jetzt verprügle. Und wenigstens muss ich keine Wand hochrennen wie Jordan in ›Honestly Sincere‹. Ich glaube, Crystal war high, als sie sich die Choreografie überlegt hat.«

»Inzwischen bin ich ganz froh, dass ich Kim nicht bekommen habe«, meint George leise. »Montgomery muss auf dem Rand eines Bettgestells balancieren. Der ist nur ein paar Zentimeter breit. Und dabei soll er auch noch singen.«

»Kommt mir eher vor wie ›Cirque du Soleil‹ als wie ein Musical«, sagt Paz.

»Klingt wie der Hindernisparcours«, erwidere ich lachend. »Sweetie, ich muss das mindestens zweimal auftragen.« Ich deute mit dem Lackpinsel auf Georges Nägel.

»Ich weiß. Aber der trocknet schnell. Wir haben noch zehn Minuten, bevor das Licht ausgeht.«

Wir pusten beide auf seine Nägel, damit sie schneller trocknen.

»Was machst du morgen? Du bist ja nicht bei den Proben dabei«, will George wissen.

An den Wochenenden haben wir fast nur Freizeit. Die Betreuer bleiben da, also können wir die Kunsthütte nutzen oder uns zum Wasserski eintragen, aber es gibt keinen Stundenplan und keine feste Zeiteinteilung.

»Hudson will wandern gehen, nur wir beide.«

»Na siehst du, da wird er dich wahrscheinlich fragen. Eine nette Wanderung, er küsst dich, dann sagt er dir, dass er dich heute Abend wiedersehen will, allein, und so weiter. Das hat er garantiert perfektioniert.«

»Wahrscheinlich«, meine ich.

George nimmt mir das Nagellackfläschchen ab und kümmert sich um seine linke Hand.

»Ja, du hast sicher recht. Und dann sage ich Nein und frage ihn was sehr Persönliches, damit unsere Verbindung noch enger wird.«

»Toll«, sagt George. »Klingt nach einem Plan.« Er lackiert vorsichtig den letzten Nagel zu Ende, reicht mir dann das Fläschchen wieder und spreizt die Finger der rechten Hand. Ich mache mich an die Arbeit. »Ich habe übrigens auch ein Date. Brad kommt mit zu uns in die Theaterhütte, und wenn die Proben um sind, hängen wir ein bisschen am Bootshaus ab oder so.«

»Oh? Gibst du ihm endlich eine Chance?«

»Komisch, er wusste irgendwie genau, was er sagen muss.«

Ich lackiere weiter, spüre jedoch Georges Blick deutlich auf mir.

»Ich habe ihm keine Anleitung gegeben. Er hat nur gefragt, warum du den nächsten Schritt nicht machen willst, also habe ich es ihm gesagt. Hätte ich das nicht tun sollen?« Ich schaue auf. »Tut mir leid.«

»Darling, nein, ist schon in Ordnung. Ich musste sowieso früher oder später eine Entscheidung treffen, und als er mir gesagt hat, dass er mich mag – als Gesamtpaket, nicht nur die Haare auf meiner Brust –, hat das echt geholfen. Er sah aus, als würde er es ernst meinen.«

»Das tut er auch.« Ich widme mich wieder seinen Nägeln. »Er sagt, dass du ihn zum Lachen bringst.«

»Darling, ich bringe jeden zum Lachen.«

»Ach, na ja«, macht Ashleigh sich vom Bett über mir aus bemerkbar. »Du bist okay.«

»Danke«, gibt George zurück. »Das finde ich auch.«

»Dann bist du jetzt also der Liebes-Guru«, meint Paz über uns. »Randy mit dem Plan für die Liebe.«

»Na ja … vielleicht ein bisschen. Mein Plan funktioniert doch, oder? Also mache ich wohl was richtig.«

»Darling, du machst genau eine Sache richtig. Mal nicht übermütig werden.«

»Ja, Paz, sag so was nicht, sonst bildet er sich noch was drauf ein.«

»Randy, der König der Liebe«, sinniere ich vor mich hin, während ich George das Nagellackfläschchen zurückgebe. »Klingt nicht schlecht.«

»Wenn meine Nägel schon trocken wären, würde ich dir eine mit dem Kissen verpassen.«

»Das Problem habe ich nicht«, erwidert Ashleigh, springt von ihrem Bett, schnappt sich mein Kissen und knallt es mir mit einer ausladenden Geste gegen den Kopf.

»War nur ein Scherz, nur ein Scherz.« Ich wehre sie mit einem Arm ab. »Ich bin kein König der Liebe.«

»Gut«, sagt sie, wirft das Kissen auf mein Bett und betrachtet Georges Nägel. »Das ist eine coole Farbe.«

»Willst du auch?«, erkundigt sich George.

»Lass mal. Der blättert nur sofort wieder ab, wenn ich mit der Lichtanlage spiele. Das wäre Verschwendung. Oder schickt dir deine Familie noch welchen?«

»Vielleicht nicht diese Farbe, aber ich hoffe doch sehr, dass sie mir Nagellack schicken«, meint George. »Ich habe nur zwei Fläschchen dabei.«

Paz hängt sich über die Bettkante, um sich den Nagellack ebenfalls anzuschauen.

»Oh, der ist echt hübsch.«

»Willst du?«, bietet George an.

»Wenn du schon fragst …« Paz hüpft aus dem Bett und stellt sich neben Ashleigh – deutlich dichter, als es nötig wäre. Ashleigh wirft ihr einen nervösen Seitenblick zu und klettert dann wieder in ihr eigenes Stockbett.

»Setz dich.« George klopft auf den Platz neben sich. Paz lässt sich darauf nieder, schaut aber in Richtung Ashleigh, als könnte sie durch das Bettgestell hindurchsehen. »Mach die Finger ein bisschen auseinander«, sagt George. »Wir haben aber vielleicht nur noch Zeit für eine Schicht, bevor das Licht ausgeht.«

»Schon okay.«

George beginnt, ihr die Nägel zu lackieren, und ich stehe auf. Ich strecke mich ausgiebig als Vorwand, um nach Ashleigh zu sehen, die stirnrunzelnd in einem Comic blättert, ohne ihn wirklich zu lesen. Da Paz direkt daruntersitzt, will ich nicht ansprechen, was da zwischen ihr und Ashleigh läuft, also ziehe ich nur die Augenbrauen fragend nach oben. Ashleigh schaut mich an und zuckt die Schultern. Toll, das sagt mir gar nichts.

»In fünf Minuten ist Nachtruhe!«, ruft Mark, der im Schlafanzug aus seinem Zimmer kommt. »Hoffentlich habe ihr euch schon die Zähne geputzt. Denkt dran: Plaque kann Infektionen im Hals verursachen, und ihr habt keine Zeit, eure Stimmen nur wegen mangelhafter Mundhygiene zu schonen. Außerdem wollen wir doch, dass eure Zähne im Scheinwerferlicht glänzen.«

»Ist das jetzt echt ein Vortrag darüber, dass wir unsere Zähne putzen sollen?«, fragt Montgomery. »Wir sind noch nicht mehr sieben.«

»Ihr seht aber aus wie sieben«, erwidert Mark. »Alle unter dreißig sehen für mich aus wie sieben. Mein Therapeut sagt, das liegt an meiner Angst vorm Altern, aber ich glaube, dass mein Gehirn mich nur davor bewahren will, mich emotional zu sehr an Kinder zu binden.«

»Oh, Sweetie, heißt das etwa, du bist es nicht, was uns angeht?«, will ich wissen.

»Wenn ich mich emotional an dich binden würde, Randy Kapplehoff, würde ich mich jeden Abend in den Schlaf weinen, bis deine Haare nachgewachsen sind und du dich wieder ordentlich anziehst.«

»Du heulst aber wirklich viel in letzter Zeit!«, ruft Crystal aus dem Betreuerzimmer.

»Sei still, Crystal.«

Die ganze Hütte kichert.

»Lacht ihr nur«, fährt Mark fort. »In fünf Minuten geht das Licht aus.«

Ich lege mich ins Bett, während George noch die erste Schicht auf Paz' Nägeln aufträgt.

»Willst du auch noch eine Schicht?«, frage ich ihn.

»Nein, das kann bis morgen warten.« Er schraubt das Fläschchen zu und verstaut es in seinem Regalfach. »Außerdem muss ich ja was davon aufheben, für die Zeit, wenn du ihn wieder tragen kannst. Das wird dein ent-masc-ierender Nagellack.«

»Oh mein Gott, können wir das ab jetzt bitte immer so nennen?«, fragt Ashleigh. »Die Große Ent-masc-ierung. Und im Moment bist du masc-iert.«

»Haltet die Klappe«, protestiere ich, aber die anderen lachen und ich falle mit ein.

Einen Moment später macht Mark das Licht aus, doch wir kichern noch leise im Dunkeln.

SECHZEHN

»Ich zeige dir, von wo aus man den besten Ausblick hat«, sagt Hudson, nimmt mich an der Hand und führt mich in den Wald.

»Okay. Wie anstrengend wird es?«

»Nicht schlimm, versprochen. Hast du Mückenspray drauf?«

»Ja.«

»Gut.«

Er übernimmt die Führung, und ehrlich gesagt, habe ich keine Ahnung, wohin es geht. In den letzten Jahren habe ich nie wirklich einen Fuß in den Wald gesetzt, außer während des Camp-Wettkampfs beim nächtlichen Krieg der Spione. Dabei wird das Camp in zwei Teams eingeteilt, und unsere Aufgabe ist es, so viele Leute wie möglich auf dem gegnerischen Gebiet »in Sicherheit« zu bringen (normalerweise im Bootshaus und im Versammlungsraum) ohne vom anderen Team dabei erwischt zu werden. W[illegible] haben Taschenlampen dabei, und weil man sich ja ni[illegible] einfach so durch die offenen Flächen des Camps schle[illegible]en kann, nehmen die meisten den Weg durch den Wald[illegible]eorge und ich machen uns immer darüber lustig, wie [illegible]ährlich das ist, aber noch ist nie jemand dabei verschw[illegible]en.

Aber einfach mal bei Tageslicht wa[illegible] zu gehen, habe ich vor ein paar Tagen zum ersten [illegible]emacht, und da hat Connie uns über einen zieml[illegible]nfachen Weg geführt. Hudson bringt uns schon [illegible]uf einen deut-

steileren Pfad. Einen mit viel dichterem Wald. Und terholz.

»Ist das wirklich ein richtiger Weg?«, will ich wissen.

»Mehr oder weniger.«

»Weißt du denn, wo wir hingehen?« Ich drücke seine Hand.

»Ja.«

»Und wie wir da hinkommen?«

»Ziemlich sicher.«

Ich muss lachen. »Und woher?«

»Connie hat uns die Strecke letztes Jahr kurz vor Ende des Camps als Belohnung gezeigt, und es war wirklich was Besonderes.« Er drückt meine Hand ebenfalls. »Und du bist auch was Besonderes. Deswegen wollte ich es dir zeigen.«

Ich schmelze ein bisschen dahin, und meine Angst davor, dass ich ohne richtigen Wanderweg tiefer in den Wald gehen muss und nicht weiß, wo wir sind, schwindet.

»Dann sollten wir das natürlich unbedingt machen«, sage ich.

Wir müssen uns loslassen, als der Pfad noch steiler wird und wir über Felsen klettern müssen. In unseren Rucksäcken haben wir Wasser und etwas zu essen mitgenommen - Hudson hat mich gebeten, das einzupacken –, und wir n chen zwischendurch Pausen, um etwas zu trinken. Schwe läuft uns über die Gesichter, und das Summen der Insekte ist wie ein ständiges Hintergrundgeräusch. Ich bin mir mlich sicher, dass mir irgendwas das Bein hochkriecht, r ich schlage es nur weg und laufe weiter.

Wir u halten uns ein bisschen über unsere Lieblingsfilmklassi - seiner ist »Auf der Flucht«, weil seine Mom den so lie neiner »Leoparden küsst man nicht«, weil Katherine urn mitspielt, aber ich behaupte, weil er lustig ist –, en Großteil der Zeit keuchen wir nur, weil es so anstren ist.

Nach einer knappen Stunde sagt Hudson: »Okay, wir sind fast da.«

Die Sonne steht hoch am Himmel und trotz des Schattens, den die Bäume werfen, klebt mir mein Shirt verschwitzt am Rücken.

Doch dann wird der Wald etwas lichter, und wir betreten eine freie Fläche auf einer Klippe. Der Boden ist mit Gras und Gänseblümchen bedeckt. Ein kleiner Bach fließt zur Felskante, von wo aus er sich als schmaler Wasserfall in die Tiefe stürzt. Und es riecht wunderbar, grün und blumig, nach Freiheit und Liebe.

»Wow«, sage ich halblaut.

Hudson greift nach meiner Hand und führt mich zum Rand der Klippe. Von hier aus erkennt man das Camp unter uns, weil wir gar nicht so weit oben sind, wie ich dachte. Ich höre sogar noch die Leute, wie sie sich irgendwas zurufen, und wir können bis zur Theaterhütte sehen, und trotzdem sind wir auf unserer kleinen, magischen Lichtung weit genug weg von allem.

Hudson stellt seinen Rucksack im Gras ab und setzt sich, um die Füße über die Kante baumeln zu lassen. Ich mache es ihm nach und lasse mich dann nach hinten ins Gras sinken. Der kleine Wasserfall plätschert leise, die Bäume spenden uns Schatten, und als ich die Augen ein bisschen zusammenkneife, verwandeln sich die Äste in Galaxien.

Hier sind nur Hudson und ich, allein am zauberhaftesten Ort, den man sich vorstellen kann. Er legt sich neben mich, den Kopf auf meine Brust, und ich schlinge einen Arm um seine Schultern.

»Gefällt's dir?«, fragt er.

»Es ist perfekt. Danke.«

Ich schaue ihm in die Augen und richte mich etwas auf, um ihn zu küssen. Hudson nimmt mich an der Hand, und wir gehen etwas von der Klippe weg. Wir lassen uns wieder fallen, und einen Moment später sitzt Hudson rittlings auf mir und beißt mir sacht in die Unterlippe. Ich schiebe die Hände von unten in seine Shorts und umfasse seinen Hintern. Hudson löst sich von mir, kaut einen Augenblick auf seiner Unterlippe und zieht sich erst sein eigenes Shirt aus, bevor er sich meinem zuwendet, das ebenfalls im Gras landet.

Schon liegt er wieder auf mir, aber dieses Mal küsst er mich nicht nur auf den Mund, sondern arbeitet sich mit den Lippen über meinen Hals nach unten zu meinen Nippeln vor. Ich habe noch nie einen Mund auf meiner Brust gespürt, und das Gefühl seiner Zunge, die Kreise auf meiner Haut zieht, lässt mich nach Luft schnappen. Immer tiefer rutscht er nach unten, bis zu meinem Bauchnabel. Ich streiche mit den Händen durch seine Haare, und dann öffnet er meine Hose.

Oh. Die Peanut Butter Pit ist also nicht mehr aktuell. Oder ich bin für ihn besonders genug, dass er einen neuen Ort ausprobieren wollte.

Hudson zieht meine Shorts nach unten, und meine Erektion beult den Stoff meiner schwarzen Unterhose deutlich sichtbar aus. Als er die Lippen darauf drückt, werfe ich den Kopf in den Nacken und brabble unverständliches Zeug vor mich hin, während die neuen Empfindungen mich überrollen wie ein guter Refrain.

Nein. Noch nicht. Stopp. So werde ich zur Zwei-Wochen-Affäre.

»Warte«, sage ich so leise, dass er mich nicht hört. Sein Mund ist jetzt auf meinem Oberschenkel. »Warte«, wiederhole ich lauter, und diesmal schaut er auf.

»Ich habe Kondome im Rucksack.« Hudson küsst meinen Bauch.

»Nein«, erwidere ich außer Atem. »Es ist …«

»Zu viel?«

»Tut mir leid.« Ich versuche, von ihm wegzukommen, auch wenn ich eigentlich unbedingt weitermachen will. Rasch ziehe ich meine Shorts wieder hoch. Hudson beugt sich nach vorne und gibt mir einen Kuss auf den Mund.

»Ist okay«, meint er und legt sich wieder neben mich, den Kopf auf einen Ellenbogen gestützt. »Du hast ja gesagt, dass du es langsam angehen willst … Ich habe nur … Ich hätte fragen sollen, bevor ich dich ausziehe.«

»Na ja … ich wollte das ja. Aber … Ich brauche noch Zeit.«

»Ist schon okay, Babe. Ich verstehe das.« Er küsst mich noch einmal, und seine Zunge schiebt sich in meinen Mund. Dann zieht er sich plötzlich zurück. »Aber vielleicht sollten wir ein bisschen runterkommen.«

Er lacht und geht zu seinem Rucksack, um eine Flasche Wasser herauszuholen, aus der er gierig trinkt. Dabei läuft ihm ein Rinnsal aus dem Mundwinkel den Hals und die Brust hinunter. Ich muss den Blick abwenden, sonst bin ich schneller nackt als beim hektischsten Kostümwechsel backstage – und benutze meinen Mund, wo immer er ihn haben will.

Ich hatte einen Plan für diese Situation, fällt mir da wieder ein. Etwas, das die aufgeheizte Stimmung killt, die emotionale aber verbessert. Uns einander näherbringt. Richtig. Coming-out.

»Wollen wir ein bisschen reden?«, frage ich.

»Klar.« Er wischt sich den Mund ab. »Ist eine gute Idee.« Er kommt zurück und setzt sich wieder neben mich. »Worüber möchtest du sprechen?«

»Vor wem hast du dich als Erstes geoutet?« *Klang das jetzt zu vorbereitet?*

»Oh. Das Thema. Na ja … ist nicht gerade sexy.«

Ich lache. »Nur, wenn dein Coming-out sofort zu sexy Action geführt hat.«

Er schüttelt den Kopf und muss ebenfalls lachen. »Nein. Also, ich kenne tatsächlich einen Typen, der sich vor seinem besten Freund geoutet hat, und dann hatten sie sofort Sex. Ist also nicht unmöglich.«

»Oh. Okay, ja … das ist sexy. Ist mir aber nicht passiert.«

»Mir auch nicht. Offenbar haben sie danach auch nie wieder miteinander geredet. Das hat den Typen echt fertig gemacht.«

»Oh.« Ich schaue zum Camp runter und rutsche wieder ein Stück an die Kante der Klippe heran, um die Beine darüber baumeln zu lassen.

Hudson macht es mir nach und reicht mir seine Wasserflasche, aus der ich ein paar tiefe Schlucke trinke. »Kannst du anfangen?«, bittet er und lehnt sich gegen mich. »Du hast das ja angesprochen.«

»Ja.« Ich stelle die Flasche lächelnd zwischen uns ab und lege Hudson einen Arm um die Schultern. Über das Thema nachzudenken, verscheucht das verbliebene Kribbeln beinahe sofort aus meinem Körper. »Klar doch. Als Erstes hab ich es meinen Eltern gesagt. Schlimm war es nicht. Ich meine, ich habe es ja immer irgendwie gewusst. Es gab nie eine Zeit, in der ich mich für hetero gehalten habe, nur eine, in der ich noch nicht an Sex gedacht habe. Verstehst du, was ich meine? Und dann war ich zwölf, und die Leute haben über Sex und Verknalltsein geredet, und wir hatten Sexualkunde. Da ist mir bewusst geworden, dass meine Eltern das wissen sollten. Also habe ich es ihnen beim Abendessen gesagt. So: ›Ach übrigens, ich bin schwul.‹ Sie haben aufgehört zu essen, haben mich eine ganze Weile angeschaut, dann sich gegenseitig, und dann hat meine Mom genickt und gesagt: ›Okay.‹ Ich weiß nicht, was sie untereinander besprochen haben, aber eine Woche später kam mein Dad auf einmal und hat gefragt, ob es denn ein Mädchen in meiner Klasse gibt, mit dem ich zum Schulball gehen will.

Und ich war so verwirrt! Ich hatte es ihnen doch erzählt. Also habe ich ihm direkt in die Augen geschaut und gesagt: ›Du meinst, ob es einen Jungen gibt. Ich bin schwul, weißt du noch?‹ An dem Abend haben Mom und Dad mir einen Haufen Fragen gestellt. Woher ich das wissen will, ob ich nicht zu jung bin, ob mir jemand anderes eingeredet hat, dass ich schwul bin. Die hab ich wohl gut genug beantwortet, weil es danach okay für sie war.«

»Wow.« Hudson greift nach meiner Hand und drückt sie. »Das klingt ziemlich einfach. Aber es ist cool, dass du so direkt warst und so … bestimmt?«

»Meine Eltern haben es echt gut aufgenommen. Sie haben viel darüber gelesen, Mom ist bei PFLAG, dieser Organisation für Freunde und Angehörige von LGBTs, eingetreten und hat dort wohl ziemlich viele Fragen gestellt. Aber sie haben mich unterstützt. Sie haben mich lieb und zwar alles an mir. Das hat Mom ein paar Wochen später gesagt, als ich gefragt habe, ob sie und Dad sauer auf mich sind. Sie haben mich so lieb, wie ich eben bin.«

»Das ist echt toll.«

Ich lächle, weil er gerade über Randy spricht. Randy, der direkt und bestimmt war. Es funktioniert genau so, wie es sollte – er lernt mein wahres Ich kennen.

»Haben deine Eltern doof reagiert?«, erkundige ich mich.

Hudson holt tief Luft. »Nein«, sagt er leise. »Also … so cool waren sie nicht. Aber es war okay. Zuerst habe ich es aber meiner Grandma erzählt. Wir haben immer viel zusammen gemacht. Und sie war einer der tollsten Menschen, die ich kenne. Sie ist aus Korea gekommen, als sie fünf oder so war. Sie war in den Sechzigern und Siebzigern ein Teenager und hat den damaligen Stil immer geliebt. Hat so lange so eine riesige, runde Frisur getragen, bis es wieder modern wurde. Ich hab ihr mal ein Bild von Amy Winehouse gezeigt, und sie war begeistert. Und sie hat immer so Sachen in Neon und mit Glitzer getragen. Sie hatte nie Angst, aufzufallen und sie selbst zu sein. Sie war immer fröhlich und hat mich zum Lachen gebracht. Ein bisschen wie du.«

»Ich bin wie deine Grandma?« Das ist ein bisschen mehr »nicht sexy«, als ich geplant hatte.

»Du bringst mich auch zum Lachen.« Er stößt mich leicht mit der Schulter an. »Du weißt, was ich meine.« Er holt noch einmal Luft. »Sie ist vor ein paar Jahren gestorben.« Er schaut aufs Camp hinunter und lässt die Beine ein wenig schwingen.

»Tut mir sehr leid«, erwidere ich. »Wenn du lieber nicht drüber reden willst …« Auch wenn wir längst darüber geredet haben, er erinnert sich nur nicht daran.

»Nein, ich war nur gerade in Gedanken. Ich habe eine ganze Weile lang versucht, nicht an sie zu denken, aber jetzt … Es fühlt sich irgendwie gut an. Sie war so ein toller Mensch. Hat nach der Schule auf mich aufgepasst, als ich noch klein war. Ich bin zu ihr gegangen und wir … haben einfach zusammen abgehangen. Oder sind ins Kino gegangen. Ich erinnere mich noch, dass wir einmal … Daran habe ich seit Jahren nicht mehr gedacht. Aber einmal, als ich noch ein kleines Kind war, sind wir ins Kino und der Film war ziemlich gruselig, also habe ich an einer Stelle geschrien – ich weiß nicht mehr, warum. Zähne, glaube ich. Von einem Tier oder so. Egal, ich habe geschrien und mich in ihrem Arm versteckt, und so ein Kerl hinter uns hat sich vorgebeugt – und das war ein Erwachsener – und gesagt: ›Hey, sei nicht so ein Mädchen.‹ Und meine Grandma hat sich nur zu ihm umgedreht und gemeint: ›Hey, seien Sie nicht so ein Arschloch.‹ Er hat geschnaubt und sich wieder zurückgelehnt, und sie hat zu mir gesagt: ›Du schreist, wann immer du willst, Schatz.‹ Sie war so großartig.«

Ich schaue ihn an und bemerke, dass seine Augen feucht sind, als müsste er sich zusammenreißen, um nicht zu weinen. Also drücke ich fest seine Schulter, und er lehnt sich an mich, während er sich über die Augen wischt.

»Sorry. Ich habe seit Jahren nicht über sie gesprochen.«

»Schon okay.«

»Als ich zehn war, haben meine Eltern mir erlaubt, direkt von der Schule nach Hause zu gehen, anstatt den Bus zu ihr zu nehmen, ab da habe ich sie weniger gesehen. Aber als ich zwölf war, wusste ich, dass ich schwul bin, weil ich diesen Jungen in meiner Stufe echt gerne küssen wollte. Von den Mädchen wollte ich keins küssen. Und ich wusste, dass es … nicht toll ist, schwul zu sein. Mir war klar, dass viele Leute nicht begeistert davon wären. Und dazu kam, dass ich eins von vielleicht fünf asiatischen Kindern an der Schule war. Keine gute Kombination, um sich beliebt zu machen. Aber egal, ich habe mich aus dem Haus geschlichen und bin die paar Meilen – in der Sommerhitze – zum Haus meiner Grandma gelaufen. Nur, damit ich es ihr sagen konnte.«

»Wie hat sie reagiert?«

»Gut. Deswegen wollte ich es ihr wahrscheinlich auch sagen. Ich wusste, dass sie mich immer lieb hat, egal, was passiert.«

Ich will es ihm plötzlich so dringend erzählen. Von unserem ersten Sommer, wie wir uns im Dunkeln über sie unterhalten haben. Aber das mache ich natürlich nicht, weil ich mich damit verraten würde.

»Sie hat mich fest umarmt und gesagt, dass ihr das egal ist und ja, dass es anderen Leuten nicht egal sein wird, aber wen interessieren die schon? Ich musste so weinen, und sie hat mich gefühlt eine Stunde lang im Arm gehalten, aber als sie mich dann wieder losgelassen hat, habe ich mich so viel besser gefühlt. Sie hat mir gesagt, dass ich stolz auf mich sein soll, weil ich weiß, wer ich bin und was ich will, und dass ich mir von niemandem einreden lassen soll, mich für etwas zu schämen, das mich glücklich macht. Daran versuche ich immer zu denken.«

»Das klingt wirklich großartig. Also war es für sie in Ordnung.«

»Ja. Meine Eltern waren weniger cool ... Sie fährt mich also nach Hause, und meine Eltern wussten nicht, wo ich war, und flippen deswegen voll aus. Meine Grandma sorgt dafür, dass wir uns hinsetzen, und erklärt ihnen, dass ich ihnen was Wichtiges zu sagen habe. Also sage ich: ›Mom, Dad, ich bin schwul.‹ Und Mom antwortet, dass meine Grandma mir irgendwelche Flöhe ins Ohr setzt, und Dad sagt, dass ich nicht schwul bin und wir uns darüber Gedanken machen können, wenn ich älter bin. Damit hatte sich die Sache für eine Weile.«

»Aber sie haben dich hierhergeschickt. Inzwischen glauben sie dir, oder?«

Hudson rutscht unruhig hin und her, löst sich aus meinem Arm und legt sich ins Gras zurück, um zu den Bäumen hochzuschauen. Ich lege mich auch wieder hin, aber jetzt berühren wir uns nicht mehr.

»Meine Grandma ist kurz danach gestorben.« Er atmet tief durch. »Da ist viel passiert. Wir waren alle traurig. Aber ich habe es ihnen noch mal gesagt, und auch, dass ich dieses Camp mit meiner Grandma zusammen gefunden habe – sie wollte, dass ich herkomme, damit ich queere Freunde finde und Spaß habe. Das habe ich meinen Eltern erzählt und dass es so was wie ihr letzter Wunsch für mich war. Deswegen ... haben sie mich gelassen.«

»Aber das ist doch toll.« Ich verschränke unsere Finger miteinander. »Dass sie das immer noch für dich tun konnte.«

»Ja.« Hudson schnieft und wischt sich mit dem Arm über die Augen. Er dreht das Gesicht von mir weg. »Sorry, ich sollte das nicht machen.«

»Was denn?«

»Heulen. Ich … ich mag es nicht, wenn Leute mich heulen sehen.«

»Macht mir nichts aus.« Ich rolle mich in seine Richtung auf die Seite, fasse ihn an der Hüfte und drehe ihn zu mir. Sein Gesicht ist ein bisschen feucht von den Tränen. »Es ist völlig in Ordnung, Gefühle zu haben.«

»Nein, ist es nicht«, erwidert er mit einem halbherzigen Lachen. »Heulst du denn vor anderen Leuten? Die machen sich nur lustig über dich. In der Mittelschule habe ich mal einen Fußball ins Gesicht gekriegt und losgeheult, und die anderen aus meinem Team haben mich angeschrien, dass ich aufhören soll, und haben mich für den Rest des Jahres eine Heulsuse genannt. Es war schon schwer genug, ihnen klarzumachen, dass ich nicht das typische asiatische Mathegenie bin, und dann habe ich's versaut, weil sie jetzt gedacht haben, ich bin ein Mädchen. Ich weiß, dass das sexistisch ist, aber so reden Kerle über andere Kerle, die heulen. Deswegen mache ich es nicht.«

»Darüber brauchst du dir bei mir keine Gedanken machen.« Ich wische ihm eine Träne weg. »Bei mir kannst du Gefühle haben. Dafür ist ein Freund doch da, oder?« Ich drücke seine Hand.

»Keine Ahnung. Ich habe noch nie vor einem meiner Freunde geheult.«

»Vor mir kannst du es jedenfalls. Für mich ist das okay. Mir ist es lieber, wenn du deine Gefühle vor mir zeigen kannst, als wenn du sie versteckst oder so.«

»Das ist echt nett, aber …« Er reibt sich übers Gesicht und lässt die Hände noch ein bisschen länger da.

»Im Ernst«, meine ich und ziehe seine Hände weg. Von den Tränen ist fast nichts mehr zu sehen.

Er lächelt. »Okay.«

»Klingt, als wäre deine Grandma eine echt tolle Frau gewesen.«

»Das war sie.«

Wir bleiben ein paar Minuten liegen, in denen wir uns nur anschauen. Jetzt laufen ihm keine Tränen mehr über die Wangen.

»Weißt du, dass Bäume zu Sternen werden können?«, frage ich ihn.

»Was?«

»Pass auf, dreh dich mal auf den Rücken und schau zu den Ästen hoch, da, wo die Sonne durchscheint.« Wir legen uns beide passend hin. »Jetzt stell dir vor, dass die Blätter der Hintergrund sind. Sie sind die Dunkelheit, und das Licht sind die Sterne. Da sind ganze Galaxien, nicht nur ein paar einzelne. Als würde man unter der Milchstraße liegen.«

»Ich … oh!« Er schnappt leise nach Luft. »Ich sehe es.«

Wir liegen da, schauen uns Galaxien an, die nicht existieren, bis Hudson sich plötzlich aufsetzt. »Wir müssen los, sonst kommen wir zu spät zum Mittagessen.«

»Oh, stimmt.«

Bei den Mahlzeiten herrscht Anwesenheitspflicht. Letztes Jahr hat jemand an einem Samstag das Mittagessen verschlafen, weswegen das ganze Camp sich auf die Suche nach ihm gemacht hat. Er musste sich danach ziemlich viel anhören, und Joan war stinksauer.

Schnell ziehen wir unsere Shirts wieder an und marschieren zurück. Bergab geht es deutlich schneller als bergauf, aber obwohl wir uns beeilen und nicht reden, kommen wir doch fünf Minuten zu spät im Speisesaal an. Das ganze Camp starrt uns an. Joan guckt ziemlich finster. George, Ashleigh, Brad und Paz kichern.

Schnell setzen wir uns auf die Plätze, die George zum Glück für uns freigehalten hat, und nehmen uns was von den gegrillten Käsesandwiches, die herumgehen, bevor wir noch mal aufstehen und uns die Hände waschen.

»Wart ihr … beschäftigt?«, fragt George.

»Wir waren wandern und haben nicht auf die Zeit geachtet.«

»Da bin ich mir sicher«, gibt George todernst zurück und nickt.

»Wie waren die Proben?«

»Gut!«

»George hat seine Schritte für ›Kids‹ schon voll drauf«, ergänzt Paz. »Ich schaffe es immer noch nicht, über die Arme der Shriners zu springen.«

»Crystal hat noch eine Nummer hinzugefügt, in der Jen sich während ›Put on a Happy Face‹ über eine Querleiter hangeln muss«, sagt Ashleigh. »Ich glaube, sie ist jetzt völlig irre geworden.«

»Wird aber echt cool aussehen«, meint Paz. »Die Szene spielt auf einem Spielplatz, wo es auch Rutschen und so gibt, und Jen will mich überreden, die mit ihr auszuprobieren, aber ich drehe mich immer weg. Und Ashleigh macht mit dem Licht fröhliche Stimmung, das wird so cool. Mark hat gesagt, dass er schon mal darüber nachgedacht hatte, aber davon ausgegangen ist, dass das nicht möglich ist.«

»Ich bin mir da auch noch nicht so sicher«, erwidert Ashleigh schnell. »Ich probiere immer noch rum, ob ich es richtig hinbekomme.«

»Du schaffst das«, sagt Paz.

»Ich habe mir einen Teil davon angeschaut«, erzählt Brad. »Von der Probe. Alter, ist das hart. War mir echt nicht klar. Ich habe sonst immer nur das Stück zum Abschluss des Camps gesehen, und da sah immer alles perfekt aus. Ich wusste nicht, wie viel Arbeit dahintersteckt.«

»Alles hast du aber nicht mitgekriegt«, meint Paz grinsend.

»Ach, komm schon«, erwidert Brad.

»Ich habe George und ihn beim Knutschen in der Requisitenkammer erwischt«, erklärt Paz Hudson und mir.

»Ich hatte ein bisschen Zeit zwischen meinen Szenen«, sagt George schulterzuckend. »Warum musstest du auch unbedingt in die Kammer schauen?«

»Ich wusste ja nicht, dass ihr da drin seid. Schließt nächstes Mal ab oder hängt wenigstens eine Socke über den Türknauf.«

»In der Theaterhütte?«, hake ich ein bisschen schockiert nach.

»Wir haben uns nur geküsst«, beruhigt George mich. »Auch nicht schlimmer als das, was du jeden Abend vor unserer Schlafhütte machst.«

»Okay.« Brad scheint die Sache sehr peinlich zu sein. »Ich habe meine Lektion gelernt. Wir können über was anderes reden.«

George kichert und legt eine Hand auf Brads Oberschenkel. »Wie war eure Wanderung?«, will er dann wissen.

»Gut«, antworte ich. »Hudson hat mir eine tolle Aussicht gezeigt.«

»Das glaube ich sofort«, wirft Ashleigh ein, wofür sie einen bösen Blick von mir kassiert.

»Ihr seid echt furchtbar«, erkläre ich.

»Nein, es war wirklich toll«, sagt Hudson. »Wir haben viel geredet. Ich …« Er verstummt, schaut mich an, wendet dann aber plötzlich stirnrunzelnd den Blick ab. »Es war großartig«, fügt er leiser hinzu.

Dann konzentriert er sich auf sein Essen, und sein Oberschenkel bewegt sich von meinem weg. Mein Herz fängt an zu rasen. Habe ich was falsch gemacht? Erinnert er sich auf einmal vom letzten Jahr an mich – also an mein richtiges Ich, nicht an Del? Liegt es am Licht oder an meiner Stimme? Oder an dem Gespräch über seine Grandma?

Ich lege ihm eine Hand aufs Bein, und er zieht es nicht weg, kommt mir aber auch nicht entgegen. Wir reden mit den anderen in der Gruppe, und keiner außer mir scheint zu bemerken, dass auf einmal eine unsichtbare Wand zwischen Hudson und mir steht. Vor einer Stunde waren wir uns noch so nah.

Nach dem Mittagessen verabschiedet sich Hudson, weil er duschen gehen und einen Brief an seine Eltern schreiben will. Also begleite ich George, Ashleigh und Paz zur Theaterhütte.

»Hat er sich irgendwie komisch verhalten?«, frage ich.

»Hudson?« Paz schüttelt den Kopf. »Nicht mehr als sonst.«

»Ich hatte das Gefühl, dass er gerade ziemlich kühl geworden ist.«

»Habt ihr endlich gevögelt?«, will Ashleigh wissen.

»Nein. Wirklich. Wir haben nur geredet. Ein bisschen rumgemacht, mehr aber nicht.«

»Vielleicht war ihm vom Mittagessen schlecht«, sagt George. »Aber ich habe nichts gemerkt. Mach dir nicht so viele Sorgen. Dein Plan klappt immer noch super. Kommst du mit zur Probe? Wir üben die große Nummer für ›A Lot of Livin' to Do‹. Crystal wird wahrscheinlich menschliche Pyramiden aus uns basteln, von denen dann wer runterspringt.«

»Sie hat mich tatsächlich gebeten, ein paar Trampoline zu besorgen«, meint Ashleigh.

»Sag mir bitte, dass das ein Witz ist«, jammert Paz.

Ashleigh schweigt lange genug, dass Paz' Augen immer größer werden, bevor sie grinst.

»Du bist so gemein«, beschwert Paz sich und schubst Ashleigh gegen die Schulter. Ashleighs Grinsen wird noch breiter.

»Kommst du zum Zuschauen mit?«, fragt George mich.

»Klar, ich habe ein bisschen Zeit.«

Ich beobachte die Proben eine Weile, aber das Gefühl ist bittersüß. Ich sehe ihnen so gerne zu, weil ich es liebe, wie sich das Stück zwischen Stürzen und Fehltritten entwickelt. Ich liebe es, wie sie beim Tanzen immer mal wieder singen und schaue Crystal dabei zu, wie sie ihre Arme in vollkommen sinnlosen Gesten schwenkt, mit denen sie ihre Choreografie dirigiert. Oder wenn sie den Bewegungen seltsame Namen gibt …

»Und jetzt, Häschendrehen, umarmt euch selbst, Wurmwackeln, und weiter Wurmwackeln, während ihr zur nächsten Position springt, gut … jetzt der explodierende Stern! Super. Montgomery, jetzt dein Solo. Du machst einen Kick vor dem Rudel, dann einen Kreuzkick, Hände an die Hüften, Zwinkern … Nein, zwinker ein bisschen wütender. Dank dran, es geht hier darum, dass du rebellierst.«

Nach einer Stunde sitzen die Grundlagen. Das wird eine fantastische Tanznummer. Jordans Birdie ist wahnsinnig cool, und Montgomery perfektioniert die sexy Unschuld gerade. George und Paz tauchen hier auch im Hintergrund auf – als andere Figuren –, damit genug Tänzer auf der Bühne unterwegs sind. Es macht echt was her. Eine richtige Theatertruppe, die zusammen arbeitet, tanzt und singt. Ich vermisse es so sehr. Ob sie mich vielleicht mittanzen lassen würden? Nur bei den Proben. Damit ich es wieder spüren kann. Ich muss auch gar nicht auftreten – auch wenn das noch besser wäre.

Verdammt, und wie ich es vermisse. Und jetzt tut Hudson so komisch, und vielleicht läuft der Plan doch nicht so, wie ich mir das vorstelle, und ich will Hudson auf gar keinen Fall aufgeben, aber … Vielleicht könnte ich bei den Gruppensongs mitmachen, wenn ich jetzt zurückkäme. Ich lerne schnell. Könnte noch ein paar Schritte einstudieren. Oder einfach hinter der Bühne arbeiten, am Requisitentisch oder so. Immer abwechselnd meine Tage bei Hudson und hier in der Theaterhütte verbringen. Ich könnte ihm gegenüber behaupten, dass ich krank bin. Als würde man sein Herz zwischen zwei Körpern aufteilen. So würde sich das wohl anfühlen. Mit meinem Herz jonglieren, bis ihm schwindelig wird.

Nein. Ich muss einen Weg finden, beides für mein Herz zu vereinen. Das ist ja Sinn und Zweck des Plans.

Die Gruppe schließt »A Lot of Livin' to Do« ab und macht mit dem »Shriner's Ballet« weiter. Die Besetzung wechselt, und das Licht flackert. Wieder in der Theaterhütte zu sein, ist wie nach Hause kommen. Es riecht nach Gummi und Holz und den Zigaretten, die Mark seit zwei Jahren nicht mehr raucht, bis auf eine am Eröffnungsabend. Ich möchte auf die Bühne stürmen und bin schon fast so weit. Alle würden um mich herumtanzen.

Vielleicht hat Hudson ja ein Problem damit, dass dieser Moment heute wirklich tiefer gegangen ist. Ich bin ihm nahegekommen, und auch mit aller Vorbereitung, obwohl ich mich neu erfunden habe und mich zurückhalte, kann er vielleicht mit einem Menschen nicht so in Verbindung treten. Oder vielleicht braucht er einfach nur Zeit, und ich zerbreche mir zu sehr den Kopf, weil ich will, dass alles klappt. Gleichzeitig vermisse ich das Theater so sehr, dass ich das Gefühl habe, erst jetzt wieder richtig atmen zu können.

»Sieh an, sieh an«, sagt Montgomery und setzt sich hinter mich. Ich beobachte gerade Paz und die Shriners auf der Bühne. »Wer gibt sich denn da mal die Ehre?«

»Du warst so gut vorhin«, meine ich und drehe mich zu ihm um. »Du hast es echt gerockt.«

»Natürlich habe ich das«, erwidert Montgomery und versucht, cool zu tun, aber ich sehe, dass ihm das Kompliment gefällt. »Aber was machst du hier? Solltest du nicht irgendwo für deinen maskulinen Freund so tun, als wärst du fürchterlich männlich?«

»Er schreibt gerade seinen Eltern«, erkläre ich. »Und ich habe euch vermisst.«

»Ach, echt?«, fragt Jordan, dier sich neben Montgomery setzt.

»Du warst fantastisch, Jordan. Du hast genau die David-Bowie-Ausstrahlung, die Mark sich gewünscht hat.«

»Oh, danke!«, meint Jordan und gibt mir einen Klaps auf die Schulter.

»Ich verstehe trotzdem nicht, warum du hier bist.« Montgomery lässt nicht locker. »Lässt das nicht deine Tarnung auffliegen? Bist du jetzt nicht was Besseres, wo du in den Tempel der maskulinen Selbstbefriedigungsfantasie aufgestiegen bist?«

Jordan kichert.

»Ach, bitte. Hudson weiß, dass ich mit euch befreundet bin. Sei nicht so eine …«

»Dramaqueen?«, unterbricht Montgomery mich. »Wie du früher?«

»Das wollte ich gar nicht sagen.« Ich verdrehe die Augen. »Und ich bin immer noch eine Dramaqueen. Das ganze Camp ist meine Bühne.«

»Da hat er recht.« Jordan nickt. »Und er hat eine ziemlich beeindruckende Vorstellung auf die Beine gestellt.«

»Ich war noch nie ein Fan von One-Man-Shows«, erwidert Montgomery seufzend. »Die sind immer so ich-bezogen.«

Ich muss lachen. »Bist du echt sauer auf mich? Weil ich beim Musical nicht mitmache?«

»Weiß ich noch nicht«, antwortet Montgomery und verschränkt die Arme vor der Brust. »Und es geht um mehr als um das Musical.«

»Montgomery!«, ruft Mark aus dem vorderen Teil der Hütte. »Wo bist du? Wir brauchen dich für ›What Did I Ever See in Him?‹«

»Ich komme!« Montgomery steht auf und geht zu den anderen.

»Er hat halt das Gefühl, du hättest uns für einen heißen Kerl verlassen«, erklärt Jordan.

Ich nicke. Kann ich nachvollziehen. »Aber nicht für irgendeinen heißen Kerl.« Das müssen sie verstehen. Sie wissen schon seit Jahren, was ich für Hudson empfinde.

»Hör mal, ich mag Liebeskomödien und: Du lebst gerade eine.« Jordan schnippt zwischen den Worten mit den Fingern. »Was superbeeindruckend ist. Aber niemandem gefällt es, Statist in der Show von jemand anderem zu sein. Bist du heute das erste Mal dieses Jahr in der Theaterhütte?«

»Nein, ich war auch zur Talentshow da.«

»Okay, bist du das erste Mal einfach so hier?«

»Na ja … ich hatte viel zu tun.« Ich senke den Blick. Inzwischen habe ich das Gefühl, auf einem Polizeirevier verhört zu werden.

»Ich versteh das.« Jordan steht auf. »Aber du kannst auch nicht so tun, als wäre alles wie immer.«

»Ich bin doch abends immer bei euch. Und ich tanze morgens mit.«

»Als ich noch ein Kind war, hatte mein Dad diesen furchtbar wichtigen Job«, erzählt Jordan. »Ist zur Arbeit gefahren, bevor ich wach war, kam erst nach dem Abendessen wieder. Da habe ich gerade angefangen zu reden. Das Wort Dada kannte ich aber. Und dann habe ich es vergessen. Meine Mom hat ihn dazu gebracht zu kündigen und oft genug daheim zu sein, damit ich weiß, wer er ist.« Xier zuckt die Schultern. »Aber na ja, das ist nur eine Anekdote, die meine Mutter mir gerne erzählt. Ich muss zur Kostümprobe. War schön, dich zu sehen.« Jordan lächelt mich an und geht.

Ich weiß, was xier gemeint hat und worüber Montgomery sauer ist, aber es wird bald alles wieder gut. Entweder serviert Hudson mich sowieso ab und benimmt sich deswegen komisch, oder ich kann ihm in ein, zwei Wochen die Wahrheit sagen. Und dann wird alles wieder wie früher.

Ich schaue den anderen zu, bis ich das Gefühl habe, zumindest im Geiste mit ihnen auf der Bühne zu stehen. George kommt zu mir, um Hallo zu sagen, aber Mark scheucht ihn schnell wieder in den Backstagebereich zur Kostümanprobe. Ashleigh setzt sich ein paarmal neben mich, um sich Notizen zu machen, und bittet mich um meine Meinung zu den Spotlights in bestimmten Szenen. Dann verschwindet sie wieder, das Licht wird etwas blauer, und sie kommt zurück, um zu fragen, ob ich jetzt mehr das »Gefühl eines Vororts« habe. Ich stimme allem zu, weil ich glaube, dass sie das will.

Nachdem Mark die anderen entlassen hat, gehen wir zusammen zu unserer Schlafhütte, ziehen uns Badesachen an und machen uns dann auf den Weg zum Pool, wo Hudson nirgends in Sicht ist. Das macht mich traurig. Seit Beginn des Camps und Hudsons erster Begrüßung habe ich mich nicht mehr so gefühlt, aber jetzt vermisse ich etwas, das ich sehr mochte. Ohne Hudson an meiner Seite, der mich küsst und seine Hand auf meiner Hüfte ruhen lässt, vergesse ich, warum ich das alles überhaupt gemacht habe.

Uns bleiben nur zehn Minuten im Becken, bevor sie uns zum Abendessen rausschmeißen, aber wir machen das Beste draus und kühlen uns im Wasser ab.

»Geht's dir nicht gut?«, fragt George, der sich auf dem Weg zurück zur Hütte abtrocknet. »Ich sag dir, er hat wahrscheinlich nur Magenprobleme. Sitzt die ganze Zeit über auf dem Klo.«

»Oder er holt sich einen runter. Wenn ihr zwei wirklich nur geredet habt, ist er sicher ziemlich spitz«, steuert Ashleigh bei.

Ich grinse. Daran hatte ich noch gar nicht gedacht. »Vielleicht. Aber eigentlich liegt es eher daran, dass ich euch auf der Bühne gesehen habe. Ich bin traurig, weil ich nicht dabei bin.«

»Oh, Darling«, meint George mitfühlend. Er schlingt im Gehen einen Arm um mich und drückt mich sanft. »Du hast die Entscheidung aber getroffen. Und du bist glücklich, oder?«

»Ich hätte nur gerne beides, glaube ich.«

»Nächstes Jahr, okay?«, sagt Ashleigh.

»Ja.«

In der Hütte angekommen, gehen wir duschen und dann zum Abendessen, wo sich Hudson neben mich setzt. Trotzdem ist da immer noch diese seltsame Distanz zwischen uns.

»Alles in Ordnung?«, erkundige ich mich leise. »Du warst nicht am Pool.«

»Sorry.« Er drückt mein Bein. »Bin über dem Brief an meine Eltern eingeschlafen.«

»Okay.«

»Bin immer noch groggy.« Er grinst mich schief an und widmet sich dann wieder der wässrigen Lasagne auf seinem Teller.

Wir unterhalten uns noch ein bisschen über das Musical und üben die Gruselgeschichten, die wir heute Abend am Lagerfeuer erzählen wollen, und mit Hudson scheint alles in Ordnung zu sein. Er wirkt nur ein bisschen abgelenkt, und ich wüsste gerne, was ihn beschäftigt, aber ich will ihn nicht nerven. Trotzdem wünschte ich, er würde es mir einfach erzählen, damit ich weiß, was los ist. Ich will um ihn kämpfen, habe aber keine Ahnung wie, weil ich keinen Schimmer habe, was passiert ist.

Beim Geschichtenerzählen am Lagerfeuer höre ich nur mit halbem Ohr zu, selbst, als Ashleigh dran ist, die immer den schlimmsten Schocker bringt. Mein Leben macht mir gerade mehr Angst als jeder Geist. Hudson röstet neben mir ein Marshmallow, lächelt und lacht, aber er nennt mich nicht Babe oder legt einen Arm um mich wie sonst.

Es stimmt also tatsächlich etwas nicht, und das liegt mir wie Blei im Magen.

Ich wünsche mir so sehr, dass er mich an sich zieht und ich das Kribbeln zwischen uns wieder spüre, dieses Verlangen, uns zu verkrümeln und im Dunkeln zu küssen. Aber er ist zu ernst. Irgendwie bin ich von einer Liebeskomödie in ein Drama gestolpert und das gefällt mir nicht.

Als wir uns verabschieden, gebe ich Hudson einen Kuss auf den Mund, den er erwidert – aber nicht so wie gestern Abend oder an einem der Tage davor. Sein Kuss ist sanft. Zurückhaltend.

Auch nachdem das Licht aus ist, liege ich noch lange wach. Ich frage mich, was ich falsch gemacht habe, wie ich das wieder einrenken kann und ob überhaupt, oder ob ich es einfach lassen sollte, wenn ich dafür die Chance bekomme, doch noch beim Musical mitzumachen. Hat er alles rausgefunden? Wenn das so ist und er nicht direkt Schluss macht, ist das gut, aber es fühlt sich trotzdem an, als würde mein Plan den Bach runtergehen. Und wenn er den Bach runtergeht, warum sollte ich es dann weiter versuchen, wenn ich doch einfach zurück zur Theatertruppe gehen könnte? War Hudson das alles wert, wenn das mit uns morgen womöglich einfach so vorbei ist?

Ja. Natürlich war Hudson das wert. Ist es noch wert. Ich habe nur gerade das Gefühl, gar nichts mehr zu haben, weil Hudson auf Distanz geht und ich nicht beim Musical mitspiele. Als würde mir alles durch die Finger rinnen wie Glitter.

Im Dunkeln starre ich meine Hände an. Ich vermisse Nagellack. Ich vermisse Hudson. Und zum ersten Mal in diesem Sommer habe ich keinen Plan, wie ich zumindest eins von beidem wiederbekomme.

SIEBZEHN

»Astrud Gilberto, ›Fly Me to the Moon‹«, informiert uns Mark beim Wecken. »Streng genommen wurde der Song in den Fünfzigern geschrieben, aber Gilberto hat ihn 1964 aufgenommen, im selben Jahr wie Sinatra. Damit aufgetreten sind die beiden schon eine Weile vorher. Natürlich ist die Version von Sinatra berühmt geworden. Die Leute haben das Lied mit dem Wettlauf ins All assoziiert, und das passte wohl nicht zu einer Brasilianerin. Ich finde Gilbertos Version ja viel romantischer und ehrlich gesagt auch deutlich besser.«

Er drückt auf *Play* und scheucht uns damit aus den Betten. Seinem Vortrag hat keiner so richtig zugehört. Aber die Musik … Die Musik ist … wundervoll. Den Song habe ich schon gehört – von Sinatra, vermute ich –, aber diese Version ist leicht und hat einen guten Rhythmus.

Dazu könnte man super in weiten Seidenroben posieren, deren Stoff zur Seite weht. Und offensichtlich bin ich nicht der Einzige, dem dieser Gedanke kommt. George ist schon auf und imitiert gerade Flügel mit seinem Nachthemd. Alle anderen steigen drauf ein, werfen sich ihre Bettlaken über die Schultern und benutzen sie als Capes.

Ich zögere einen Moment lang, weil ich zwar gerne mitmachen würde, das aber nicht zur Del-Rolle passt. Aber hier spiele ich nicht Del. Hier kann ich Randy sein. Und außerdem war Del vielleicht ein Fehler. Vielleicht wird Del ja sitzengelassen. Ich schnappe mir mein Laken und tanze mit dem Rest. Die sinnliche Musik bestimmt meine Bewegungen und gibt mir das Gefühl, ein Filmsternchen aus den Sechzigern zu sein.

Die Fliegengittertür hinter mir öffnet sich mit einem Quietschen, und ich wirble dramatisch herum, um zu sehen, wer es ist. Und da steht Hudson und starrt mich verwirrt an.

»Hey.«

»Hey«, antworte ich. Ich trage einen Schlafanzug und darüber ein Bettlaken wie einen Morgenmantel. Das ist wahrscheinlich schlecht, aber ich lächle weiter.

»Was machst du da?«, fragt er. Alle anderen um mich herum tanzen noch immer, aber ich merke, dass Mark uns mit hochgezogener Augenbraue ansieht. Also lasse ich das Laken fallen und gehe nach draußen. Hudson folgt mir.

»Ich habe nur getanzt. Wir fangen morgens immer mit Musik an«, erkläre ich, als wäre das nichts Besonderes.

»Macht ihr das immer so?«

»Tatsächlich sind das super Dehnübungen«, behaupte ich. »Mein Fußballtrainer hat mir ein paar davon beigebracht.« Ich weiß nicht, ob Hudson mir das abnimmt, denn er starrt mich einen Augenblick lang nur an. *Themenwechsel, Randy!* »Was machst du denn so früh schon hier?«, will ich lächelnd wissen. Seine Haare sind feucht, also muss er früh aufgestanden sein, um zu duschen.

»Ich wollte dich sehen«, erwidert er schulterzuckend. Dann grinst er flüchtig. »Dir ist schon klar, dass du nicht wie die sein musst, nur weil du in der Hütte schläfst?«

»Wie die?«

»Ich meine …« Er runzelt die Stirn, und wir gehen ein paar Schritte. Noch immer höre ich die Musik von drinnen. »Sorry, das klang blöd. Ich will nur sagen, dass du … na ja … kein Klischee sein musst.«

»Kein Klischee?« Auf einmal wird mir kalt. Drinnen verstummt die Musik. Ein neuer Song beginnt.

»Wie Mädchen und so. Ich weiß, dass viele queere Leute das machen, aber … Das ist doch das, was alle von uns erwarten, oder?«

»Keine Ahnung. Im Gegensatz zu was?«

»Den Leuten zu zeigen, dass man mehr ist als nur schwul, verstehst du?«

»Nein«, antworte ich ehrlich verwirrt. »Du bist heute komisch drauf.«

»Tut mir leid.« Er greift nach meinen Händen. »Ich bin nervös.«

»Warum?« Will er mit mir Schluss machen? War er deswegen gestern Abend so seltsam? Was habe ich falsch gemacht?

»Ich will dir was sagen. Und … ich habe Angst, wie du darauf reagierst.«

»Okaaaay …« Inzwischen klammere ich mich an seine Hände, und es ist mir auch egal, dass meine schwitzig werden. »Jetzt bin ich nervös.«

»Na ja …« Er holt tief Luft, schaut nach oben und dann wieder mich an. »Okay. Weißt du noch, an dem ersten Abend? Als wir zu dem Baum gegangen sind?«

Oh.

»Ja«, erwidere ich vorsichtig.

»Ich habe gelogen.« Das lässt er erst mal so stehen, und ich hole schauspielerisch alles aus mir raus, um ernst/besorgt/verwirrt auszusehen, während ich innerlich begeistert auf und ab hüpfe. Er sagt mir die Wahrheit? Jetzt schon? Das läuft so gut!

»Inwiefern?«, frage ich und in meiner Stimme schwingt ein oscarwürdiges Zittern mit.

»Ich … ich bin HAL. Hudson Aaronson-Lim. Die ganzen Herzen auf dem Baum, das bin ich mit meinen Ex-Freunden.«

»Oh.« Ich mache eine kleine Pause. »Warum hast du gelogen?«

»Weil …« Er lässt meine Hände los und dreht sich von mir weg. »Ich fand dich sofort gut, also echt gut. Du bist so heiß, und da war was zwischen uns, schon vom ersten Moment an.« Er wendet sich mir wieder zu, und ich nicke knapp, damit er weiterspricht. »Und du hast gesagt, dass du es langsam angehen willst. Also wollte ich nicht, dass du mich für … eine Schlampe hältst. Also für eine romantische Schlampe. Ich hatte schon viele Freunde, aber das hat nie lange gehalten. Ich fand den … Spaß immer toll, aber mehr war da nicht. Mir ist immer schnell langweilig geworden, und ich mochte sie ja, also sind wir Freunde geblieben, aber so richtig gefunkt hat es nie. Ich hatte schon echt Angst, dass ich einfach so bin. Weil ich so sehr wollte, dass es mal mit jemandem funkt. Und dann warst du da, und ich dachte, dass es mit dir vielleicht klappen wird, und ich wollte das nicht versauen, bevor es überhaupt richtig losgeht, deswegen …«

»Hast du gelogen.«

Er nickt. »Es tut mir wirklich leid.« Er greift erneut nach meiner Hand und ich lasse ihn. »Ich weiß, dass das nicht okay war, aber ich erzähl dir das, weil … Beim Wandern gestern, da hätte ich jedem anderen einfach ein paar Sprüche erzählt und dann versucht, noch ein bisschen mehr rumzumachen – und hoffentlich Sex zu haben. Aber mit dir war es anders. Ich habe dir von meiner Grandma erzählt. Ich hab vor dir geheult! Das ist total irre. So was habe ich noch nie gemacht … und ich dachte, dass ich mich danach dumm fühlen würde. Als hätte ich dir was gezeigt, was ich niemandem zeigen darf, und dass du deswegen Schluss machst. War aber nicht so. Ich war … echt glücklich. Und beim Mittagessen hab ich neben dir gesessen und hab dich angeschaut und hatte dabei das Gefühl, dass ich bei dir ein besserer Mensch bin. Als … hätte ich Sterne in mir drin, Galaxien wie die, die wir in den Blättern gesehen haben.

Und mir ist aufgegangen, dass ich das nur wegen dir habe, und danach … konnte ich nicht mehr lügen. Es hat sich eklig angefühlt.« Er atmet tief durch. »Deswegen … deswegen sage ich es dir. Es tut mir leid. Aber ich glaube … ich … verliebe mich echt so richtig in dich.«

Ich schweige einen Moment und senke den Blick auf meine Füße.

»Was denkst du grade?«, fragt er. »Bist du sauer?«

Ich schaue wieder hoch und versuche gar nicht, mein Grinsen oder das Lachen zu unterdrücken, das in mir aufsteigt.

»Du hast es gewusst!« Hudson bleibt der Mund offen stehen.

»Na ja …« Ich zucke die Schultern. »Ashleigh hat an dem Abend ständig gelacht, da wusste ich, dass irgendwas nicht stimmt.«

»Dann hat sie es dir gesagt?«

»Ich habe gefragt. Sie haben es mir nicht unter die Nase gerieben oder so.« Ich will nicht, dass er sauer auf meine Freunde wird.

»Warum hast du … dich dann weiter mit mir getroffen?«

»Wie du gesagt hast …« Ich mache einen Schritt auf ihn zu und lege ihm die Arme um die Taille. »Ich hatte das Gefühl, dass da was zwischen uns ist … Und du bist echt heiß.« Ich gebe ihm einen Kuss.

»Dann ist alles in Ordnung?«

Das wäre der richtige Moment, um es ihm zu sagen. Er hat mir gerade von seiner Geheimidentität erzählt, also bin ich jetzt vielleicht dran, ihm meine zu enthüllen. Ich hole tief Luft.

»Alles bestens.« Noch nicht. Der Plan sieht das noch nicht vor. Es ist zu früh, ich habe ihm noch nicht genug von Randy gezeigt. Es würde alles ruinieren, wenn ich es ihm jetzt schon sage. *Halt dich an den Plan.*

»Denn ich habe gerade eine Menge Dinge gesagt, die ich noch nie jemandem erzählt habe.«

»Und genau deshalb ist zwischen uns alles in Ordnung.« Ich küsse ihn noch mal.

Er legt mir die Hände auf den unteren Rücken und zieht mich in eine Umarmung.

»Dein Schlafanzug ist wirklich süß«, meint er leise.

»Danke.«

Alles ist wieder gut. Mehr als gut.

»Willst du mittanzen?« Vielleicht kann ich jetzt damit anfangen, ihm mehr von Randy zu zeigen und nicht nur Del.

Er schneidet eine Grimasse und schüttelt den Kopf. »Nicht mein Ding. Aber wir sehen uns beim Frühstück.« Ein letzter Kuss, und dann geht er zurück zu seiner Hütte.

Ich gehe zurück in meine, wo inzwischen andere Musik läuft.

Mark sieht mich mit hochgezogener Augenbraue an. »Alles in Ordnung?«

»Alles ist perfekt.« Ich tanze wieder mit den anderen und fühlte mich federleicht, während ich mir die Zähne putze und mich anziehe. Alles ist besser als perfekt. Ich weiß gar nicht mehr, warum ich gestern Abend so down war.

Beim Frühstück ist es mit Hudson und mir so wie immer, wir sitzen dicht nebeneinander, und zwischen uns passiert etwas, das ich nicht richtig benennen kann – als hätten wir plötzlich ein gemeinsames Herz, das mit Lichtgeschwindigkeit zwischen uns hin und her saust, damit wir es beide benutzen können. Vielleicht ist es sogar besser als vorher. Ich merke jedes Mal, wenn er in meine Richtung schielt, wie er mich sogar anschaut, wenn er über einen Witz lächelt, den jemand anderes gemacht hat, damit wir das Lächeln miteinander teilen können. Wir sind in unserem eigenen kleinen Universum.

Am Vormittag findet ein großes Fußballspiel statt, bei dem wir mitmachen, und den Nachmittag verbringen wir im Pool damit, uns gegenseitig nass zu spritzen und uns unter Wasser zu küssen. Wir unterhalten uns auch, wann immer wir können. Über normales Zeug – Comic-Verfilmungen und heiße Schauspieler und Bücher, die wir noch für die Schule lesen müssen.

Wir verlassen den Pool ein wenig früher und gehen in meine Hütte, wo wir uns auf mein Bett legen und ein bisschen rummachen, bis wir die Stimmen der anderen draußen hören. Als Montgomery und Jordan reinkommen, lösen wir uns schnell voneinander. Ich ziehe mir hastig mein Shirt wieder an.

Montgomery bleibt im Türrahmen stehen, stemmt eine Hand in die Hüfte und starrt uns an. »Meinetwegen braucht ihr nicht aufzuhören«, meint er. »Ich schau gerne zu.«

Jordan schnaubt amüsiert, geht dann zu xiesem Bett und ignoriert mich dabei komplett.

»Ich geh dann mal«, sagt Hudson und wirft Montgomery einen nervösen Blick zu, bevor er mir einen Kuss auf die Wange drückt und zur Tür geht.

Montgomery rührt sich nicht vom Fleck, sodass Hudson sich an ihm vorbeischieben muss. Er dreht sich sogar um, um Hudsons Abgang zu verfolgen.

»Könntest du ihn bitte nicht verschrecken?«, frage ich.

»Aber ich sehe es so gerne, wenn er wegrennt«, erwidert Montgomery grinsend.

»Im Ernst?«

»Ach, komm schon.« Er verdreht die Augen und geht zu seinem Regalbrett. »Früher hattest du mal Humor.«

»Früher?«

»Kann sein, dass du den immer noch hast, aber im Moment bist du mehr damit beschäftigt, Hudson die Zunge in den Hals zu stecken, als was Lustiges zu sagen.«

»Das ist nicht fair.«

»Ich weiß, dass ich schon wieder die Bitch raushängen lasse«, meint Montgomery, während er sich die Haare trocken rubbelt. »Aber fair ist es sehr wohl.«

»Wie meinst du das? Ich dachte, du bist nicht sauer auf mich?«

»Ich habe gesagt, dass ich es noch nicht weiß. Und dann warst du wieder den ganzen Tag nur bei ihm. Es fühlt sich schon so an, als wenn es ein Uns gibt, die Theater-Schwulen« – er nimmt sich Shampoo und Conditioner –, »und auf der anderen Seite gibt es die, die …« Er wedelt mit der Hand. »… Sportler oder was auch immer. Und jetzt bist du einer von denen.«

»Ach, komm schon, wir sind doch alle queer. Und nicht bei ›West Side Story‹.« Ich wende mich an Jordan. »Es ist eine Liebeskomödie, oder? Ich spiele in einer Liebeskomödie mit.«

Jordan zuckt die Schultern. »Klar. Aber wie ich dir gesagt habe: Niemand ist gerne Statist … und Montgomery hat es dir auch schon gesagt. Und direkt danach rennst du wieder zu ihm. Und wir sind nur noch Statisten in deinem Leben.«

Ich seufze. Mit den beiden war ich nie so eng befreundet wie mit George und Ashleigh, aber als Freunde habe ich sie trotzdem immer betrachtet. »Es tut mir leid. Ich bin nur gerade echt glücklich. Könntet ihr euch nicht für mich freuen?«

»Klar doch, wie du meinst«, antwortet Montgomery und geht in den Waschraum. »Sorry, dass ich was gesagt habe. Entspann dich.« Er schaut mich nicht einmal an, bevor er geht. Einen Augenblick später höre ich, wie eine Dusche angestellt wird.

»Ich bin immer noch dein Freund«, versichere ich Jordan.

»Ich weiß. Mach dir keinen Kopf, er ist wahrscheinlich nur eifersüchtig, weil er nicht flachgelegt wird.«

»Ja. Und du?«

»Ich freue mich für dich«, gibt Jordan mit einem Schulterzucken zurück. »Aber ich bin auch ein bisschen traurig.«

»Dann bleib ich heute Abend bei euch.«

»Cool.« Jordan lächelt und geht dann ebenfalls mit einem Stapel Klamotten unter dem Arm in den Waschraum.

Vielleicht habe ich mich wirklich zu sehr auf Hudson konzentriert. Aber das ist eben alles Teil des Plans. Und der bedeutet viel Arbeit. Bestimmt verstehen sie das. Sie vermissen mich halt nur.

Ich achte darauf, dass ich beim Abendessen bei ihnen sitze (mit Hudson auf meiner anderen Seite) und frage nach den Proben. Jordan ist total fertig davon, die Wände hochrennen zu müssen, liebt aber xieses Kostüm, und Montgomery wurde »für diese Rolle geboren«. Danach habe ich das Gefühl, dass die Stimmung viel besser ist.

Nach dem Essen findet die jährliche Wasserpistolenschlacht statt. Wir müssen alle weiße Shirts tragen und bekommen Wasserpistolen, Wasserbomben und einen Vorrat an blau gefärbtem Wasser. Sobald man blaue Flecken auf dem Shirt hat, wird man zum Geist, was heißt, dass man noch rumlaufen und Leute erschrecken darf, aber nicht mehr selbst schießen. Hudson und ich kommen ziemlich weit, bevor Geist Ashleigh uns wie aus dem Nichts anspringt und Paz uns beide erschießt. Wir rächen uns dann an ihr, indem wir ihre potenziellen Ziele als Geister vorwarnen.

Dieses Mal gibt Hudson mir meinen Gutenachtkuss weiter hinten neben der Hütte, wo uns nur entdeckt, wer bewusst hinschaut. Ich lehne mich gegen die Wand, schiebe meine Hände unter sein Shirt und ziehe ihn näher zu mir. Am liebsten würde ich ihn nie wieder loslassen. Ich will eins mit ihm werden und für immer die Wärme seines Körpers um mich und seine Lippen auf meinen spüren.

Wir hören erst auf, als ich Mark in der Hütte rufen höre: »In zehn Minuten geht das Licht aus!«

»Das ist mein Stichwort«, raune ich Hudson zu.

»Stichwort?«

»Für meinen Abgang.« Weiß er wirklich nicht, was ein Stichwort ist? Ist das ein Wort, das nur Theatermenschen verwenden? Das kann doch gar nicht sein.

»Ah ja.« Er runzelt die Stirn. »Das wollte ich nicht verstehen.«

»Sorry.« Ich küsse ihn noch mal, bevor ich zur Tür meiner Hütte gehe. »Gute Nacht.«

»Gute Nacht«, wünscht er mir.

Ich beobachte von drinnen durchs Fenster, wie er zu seiner Hütte geht. Vielleicht seufze ich sogar ein bisschen. Zum Glück bemerkt es niemand.

»Del, Darling, könntest du mal für einen Moment Randy sein und Paz zeigen, wie man einen Fächer ordentlich öffnet?«, fragt George von seinem Bett aus.

»Crystal hat mir das ständig in die Choreo von ›Spanish Rose‹ reingeschrieben«, erklärt Paz. »Aber sie hat gesagt, dass mir der Wumms fehlt.«

Sie führt uns eine ausladende Geste vor, bei der sie den Fächer aufklappt, der sich aber nur zur Hälfte öffnet. Er zeigt die US-Flagge auf der einen und eine Regenbogenflagge auf der anderen Seite.

Ich setze mich neben sie und greife nach Georges Fächer. Er gibt ihn mir und zieht sofort einen weiteren unter seinem Kopfkissen hervor.

»Erst mal solltest du die Hände tiefer halten, Sweetie. So ungefähr.« Ich zeige es ihr. »Und versuch nicht, den Fächer mit dem Arm zu bewegen. Stell dir vor, du würdest diese Seite des Fächers von dir wegwerfen.« Ich klappe den Fächer mit einer schnellen Bewegung auf, halte ihn mir vor Mund und Nase und fächle flirtend damit, während ich ihr einen Augenaufschlag schenke. Das fühlt sich so gut an. Ich habe es vermisst. »Jetzt du.«

Sie probiert es noch mal, und der Fächer öffnet sich komplett, aber noch ohne das befriedigende, schnappsende Geräusch, das man bei einem perfekten, dramatischen Fächeröffnen hört.

»Besser!«, lobt George. »Keine Sorge, Darling. Ich konnte das am Anfang auch nicht, aber ich wusste, dass ich das für alle meine dramatischen Momente brauchen würde.« Er lässt den Fächer aufschnappen, seine Augen werden groß und er fächelt sich Luft zu. »Randy hat es mir beigebracht.«

»Du bewegst den Arm immer noch zu viel«, sage ich zu Paz. »Das kommt alles aus dem Handgelenk. Darf ich mal deinen Arm festhalten?«

»Klar.«

Ich fasse sie am Unterarm, sodass sie ihn nicht mehr bewegen kann. »Versuch es noch mal – nur aus dem Handgelenk.«

Sie will ihren Arm bewegen, kann es aber nicht, und der Fächer öffnet sich nur ein winziges Stück. Ich klappe ihn für sie wieder zu. Paz versucht es noch mal, jetzt aus dem Handgelenk, und der Fächer schnappt mit einem Klatschen auf.

»Ja!«, ruft George. »Fächel ein bisschen und sag was Dramatisches.«

Ich lasse Paz' Arm los, und sie reißt die Augen auf und fächelt. »Ich hoffe, dass es morgen Pizza gibt«, verkündet sie so laut, dass Jordan mit hochgezogenen Augenbrauen zu uns rüberschaut und nervös zurückgibt: »Ja, dein Wort im Gehörgang des Universums.«

»Exzellent rübergebracht!«, meint George. »Aber am Inhalt müssen wir noch arbeiten.«

»Ich bin nicht gut im Improvisieren«, verteidigt sich Paz. »Aber ja, ich weiß, wie schlecht das war.«

»Das mit dem Fächer war dafür super«, ermutige ich sie. »Noch mal?«

Sie schlägt den Fächer sogar mit einem noch zackigeren Klacken auf und sagt laut: »Ich bin deine Mutter!«

»Besser«, kommentiert George.

»Oh … ihr probt«, meint Jordan. »Das hättet ihr ja mal vorher sagen können.«

»Den Fächer hast du jetzt echt drauf«, sage ich zu Paz.

»Glaub ich auch. Danke, Randy. Sorry, Del.«

»Ich höre auf alles«, erwidere ich mit einem Zwinkern. »Aber ich muss mir noch eben die Zähne putzen.«

Mark starrt mich schon auffordernd an und tippt auf seine Uhr. Lachend hole ich meine Zahnbürste, mache mich bettfertig und schaffe es gerade noch so auf meine Matratze, bevor Mark das Licht ausmacht.

Der Tag war perfekt. Und während ich langsam wegdöse, habe ich auch nur ein kleines schlechtes Gewissen, weil Hudson mir die Wahrheit gesagt hat und ich ihm nicht.

Am nächsten Tag steht wieder unser übliches Programm an, und beim Outdoor-Abenteuer lässt uns Connie an der Peanut Butter Pit üben. Ich schaffe es sogar einmal auf die andere Seite, wenn auch erst nach mehreren Versuchen. Aber ich werde besser. Ich bekomme zumindest schon fast jedes Mal das Seil zu fassen.

Manchmal packe ich ein bisschen zu tief zu, und ich brauche mehr Schwung, aber ich kann mir wunderbar einreden, dass mir diese Übung eines Tages noch nützlich sein wird – es gibt einen Haufen Musicals und Shows, bei denen man an einem Seil schwingen muss. »Peter Pan« zum Beispiel oder ein paar Versionen von »Candide«. Klar, da kommt man wesentlich bequemer ran, aber eigentlich ist der Sprung gar nicht so schlimm.

Als wir fertig sind, kommt Hudson zu mir rüber, schlingt einen Arm um mich und küsst mich auf die Wange, obwohl ich völlig verschwitzt bin.

»Du, Babe, ich hab mir gedacht …«, sagt er leise. »Vielleicht … können du und ich heute Abend ja wieder herkommen, wenn das Licht aus ist …«

»Oh?«, mache ich.

»Del.« Connie ist auf dem Weg zu uns, und Hudson verstummt sofort. »Ich würde gerne kurz mit dir reden.« Sie wirft Hudson einen Blick zu. »Allein. Ihr seht euch sicher später wieder.«

»Klar.« Hudson gibt mir noch einen Kuss auf die Wange, bevor er sich in Richtung Pool aufmacht.

Ich schaue Connie nervös an. Warum will sie mit mir reden? »Habe ich was angestellt?«

Sie grinst. »Nein. Komm, wir gehen irgendwohin, wo es ruhiger ist.«

Ich folge ihr weg vom Hindernisparcours und ein Stück in den Wald. Die Geräusche des Camps werden leiser, und schließlich bleibt sie stehen und dreht sich zu mir um.

»Ich bin dieses Jahr wirklich beeindruckt von dir, Del.«

»Oh. Danke sehr.« Was geht hier gerade ab?

»Ich will nicht behaupten, dass ich deine Veränderung oder deine Gründe dafür verstehe. Es kursieren ein paar Gerüchte, aber ganz ehrlich? Dein Leben ist dein Leben, und deine Entscheidungen sind deine Entscheidungen. Aber wegen dieser Entscheidungen habe ich dich dieses Jahr richtig kennengelernt, und ich glaube, du bist ein Anführer.«

»Oh. Danke sehr«, wiederhole ich, weil ich immer noch keinen Schimmer habe, worauf sie hinauswill.

»Du strengst dich auf dem Parcours richtig an. Du hilfst den anderen dabei, die Übungen zu lernen, die sie nicht verstehen.

Du ermutigst sie, bist positiv und hilfsbereit.« Sie zögert kurz, und ich warte schon darauf, dass sie sagt: »Aber du machst hier niemandem was vor, geh zurück zum Theater« oder so was in der Art. Stattdessen meint sie: »Ich glaube, du würdest einen echt guten Captain beim Camp-Wettkampf abgeben.«

»Was?«

Kann sich der ganze Körper taub und gefühllos anfühlen? Gibt es so was? Dass alle Nervenenden abschalten, während man mit der Verarbeitung einer neuen Information beschäftigt ist? Das passiert mir nämlich gerade.

»Dieses Jahr sind die Teams Blau und Rot. Ich denke, dass du ein guter Captain für Team Blau wärst. Wir fangen am Freitag an. Du musst ein bisschen Zeit in die Planung investieren – normalerweise vor dem Abendessen. Und dann wäre es dein Job, dein Team zu strukturieren, zu entscheiden, welche Hütten an welchen Spielen teilnehmen und den Cheerleader für alle zu spielen. Sie zu ermutigen. Ihnen zu zeigen, was eine queere Person, die zu sich steht, alles schaffen kann. Meinst du, du kannst das?«

»Ich …«

Ich. Ein Captain. Mein Körper ist inzwischen wieder hochgefahren, und die Gefühle rauschen in ihn zurück. Stolz und Schock und die Erkenntnis, dass ich vielleicht tatsächlich irgendwie zu Hudson geworden bin. Ich kann für andere Leute sein, was er für mich war – abgesehen von dem, was mit Sex zu tun hat, natürlich.

Ich könnte anderen queeren Menschen das Gefühl geben, dass sie alles schaffen können. Dass sie das Beste aus sich rausholen können, oder zumindest hier im Camp die besten Seiten an sich entdecken und danach in die Welt zurückkehren und sie dort ausleben können. Das ist es doch, was Hudson sich von uns wünscht.

Es fühlt sich an, als würden Sterne in mir explodieren und neue Sterne erzeugen. »Ist das dein Ernst?«, frage ich.

Connie nickt.

»Ich fühle mich geehrt. Vielen, vielen Dank. Nicht nur dafür.« Ich fasse mir an die Brust. »Sondern auch für alles, was du mir beigebracht hast, und dass du mir geholfen hast, so weit zu kommen. Und natürlich muss ich mich bei Hudson bedanken und bei meinen Eltern und bei meinen Freunden George und Ashleigh und sogar bei Mark, der nicht begeistert war, aber immer eine Inspiration für mich war. Ich habe das Gefühl …«

»Okay«, unterbricht Connie mich unbeeindruckt. »Wir sind hier nicht bei den Tony-Awards. Willst du Captain werden?«

»Ja!«

»Prima. Du triffst dich mit den anderen Captains unseres Teams und mir nach der Poolzeit in Hütte vier oben auf dem Hügel.«

»Okay.« Hütte vier ist nicht in Benutzung, und jedes Team beim Wettkampf hat vier Captains.

»Sieh zu, dass dich möglichst niemand hochgehen sieht. Und erzähl es keinem. Es muss eine Überraschung sein, wenn die Captains verkündet werden.«

»Klar.« Ich nicke und warte, ob ich sonst noch was wissen muss.

»Das ist alles. Dann bis nachher. Ab mit dir zum nächsten Kurs.«

»Noch mal danke. Es bedeutet mir echt viel, dass du …«

»Del. Geh.«

Ich nicke wieder und verschwinde dann. Mir ist so leicht ums Herz, dass es mir sicher gleich aus der Brust fliegt wie ein Schmetterling. Und ich gleich hinterher. Vielleicht geht es dieses Jahr gar nicht nur um Hudson. Sondern auch um Del. Um die Leute, die Del inspirieren kann.

Del ist ein Anführer. Del ist jemand, zu dem andere aufsehen. Eine Stella Adler, aber für Sport oder so. Randy war nichts davon. Und es fühlt sich so gut an, dass ich … na ja, wie Hudson sein könnte. Ich könnte da auf der Bühne stehen, die Leute schauen mich an, und irgendwie inspiriere ich sie. Ich könnte ihnen das Gefühl geben, dass sie alles schaffen, nur weil ich es gesagt habe.

Das könnte ich ganz bestimmt auch fürs Theater benutzen. Es würde mir mehr Würde verleihen. Ich könnte ernsthaftere Rollen spielen – »Tod eines Handlungsreisenden«, in der Hauptrolle Randy Kapplehoff! »Hanglage Meerblick!« Das wäre mal was ganz Neues für mich. Ich bin immer davon ausgegangen, dass ich mal in »Wer hat Angst vor Virginia Woolf?« lande.

Der Schwimmkurs rauscht an mir vorbei, und als Hudson mich beim Mittagessen fragt, was Connie von mir wollte, erzähle ich ihm, dass sie mich dafür gelobt hat, dass ich auf dem Parcours besser werde. Das muss Erklärung genug für meinen leicht entrückten Blick sein, weil Hudson nicht weiter nachhakt. Ich lache mehr, als ich sollte, über Sachen, die nicht lustig sind.

Das federleichte Gefühl hält den ganzen Tag an. In K und W basteln wir »Freunde aus Steinen«, dann gibt es eine Runde Touch-Football, und während der Poolzeit würde ich am liebsten die ganze Welt umarmen, weil ich so glücklich bin.

Nach dem Schwimmen erkläre ich Hudson, dass ich meinen Eltern einen Brief schreiben muss, und er sagt, dass er das versteht und auch noch was zu tun hat. Wir steigen die Treppe hoch und trennen uns vor meiner Hütte. Als niemand hinschaut, gehe ich zu Hütte vier, öffne die Tür, als wäre das vollkommen normal, und gehe rein.

Auf dem Hügel gibt es einige leer stehende Hütten – im Camp sind gerade nur etwa hundert Teilnehmer, und in den Hütten können jeweils ein Dutzend von uns schlafen, also brauchen wir nicht alle zwanzig –, aber ich war noch nie in einer von ihnen. Hier gibt es keine Betten. Connie hat einen Klapptisch und fünf Campingstühle in der Mitte des Raums aufgestellt, aber ich kann noch die Schleifspuren im Staub auf dem Boden erkennen.

»Damit seid ihr schon zu zweit«, meint Connie. Sie sitzt am Kopfende des Tischs. Neben ihr hat ein Junge Platz genommen, der ein Jahr älter ist als ich, an dessen Namen ich mich aber nicht erinnere. Er hat fettige, schwarze Haare, einen Goatee und trägt Cargo-Shorts und ein löchriges T-Shirt, das ihm viel zu groß ist. »Del, kennst du Jimmy?«

»Klar«, antworte ich. »Ich hab dich schon im Camp gesehen.«

»Ja, Mann.« Jimmy reicht mir die Hand. »Jimmy Mendoza. Del, richtig?«

»Genau.« Ich setze mich ihm gegenüber.

Plötzlich geht mir auf, dass Hudson auch einer der Captains sein muss. Ja, er war das letztes Jahr schon, aber man darf auch zweimal hintereinander Captain werden. Deswegen hat es ihm wohl auch nichts ausgemacht, dass wir keine Zeit miteinander verbringen konnten. Er wird sicher überrascht sein, wenn er mich hier sieht.

Die Tür geht auf, doch nicht Hudson kommt rein, sondern Charity Levine aus Hütte acht. Normalerweise kümmert sie sich um die Theaterkostüme. Die meiste Zeit des Tages verbringt sie in der K-und-W-Hütte. Alles, was sie trägt, ist selbst gemacht. Wahrscheinlich auch ihr aktuelles Outfit, ein rosa-weiß-kariertes Sommerkleid mit A-Linie und Spitzenbesatz am rechteckigen Ausschnitt und dazu passendem Choker. Ihre schulterlangen Haare sind perfekt glatt und glänzend mit einem Mittelscheitel frisiert. Als sie mich sieht, lächelt sie strahlend.

»Randy«, begrüßt sie mich. »Ich habe mich schon gefragt, wo sie dich dieses Jahr verstecken. Hütte vier offensichtlich.«

Bei Charity weiß ich nie so genau, ob sie gemein zu mir ist oder ihre Stimme einfach nur so klingt, also kann ich auch nicht einschätzen, ob das ein Witz war oder sie mich beleidigt hat.

»Moment«, sagt Jimmy. »Heißt du Randy oder Del?«

»Del«, erwidere ich und wende mich dann an Charity. »Inzwischen ist es Del.«

»Ach, stimmt ja.« Charity nickt und nimmt neben Jimmy Platz. Dabei lächelt sie mich schon wieder so an – ist sie nett oder eine Bitch? Ich würde ihr ja gerne Freundlichkeit unterstellen, aber etwas in ihrem Blick lässt mich daran zweifeln. »Sorry, der Plan, der Plan. Del, nicht Randy. Das ist echt aufregend. Klappt denn alles?«

»Ja«, antworte ich. »Hast du mich bei K und W nicht mit George und Ashleigh reden hören?«

»Ach, ich versuche, möglichst nicht zu lauschen. Schon gar nicht, wenn es um Sex und Beziehungen geht. So was interessiert mich nicht. Ich konzentriere mich einfach aufs Handarbeiten.« Sie dreht sich zu Jimmy um. »Und du. Jimmy, oder? Toms Freund. Aber der kann dieses Jahr nicht mehr kommen, weil er zu alt ist?«

»Ja, das ist echt scheiße«, erwidert Jimmy. »Ich vermisse ihn. Und deswegen muss ich mir jetzt meine Testosteron-Spritzen von Cosmo geben lassen. Könnte ich natürlich auch selbst machen, aber ich hasse Nadeln.«

»Ich könnte das machen«, bietet Charity an. »Ich kann gut mit Nadeln umgehen.«

»Aber du meinst doch Nähnadeln, oder?«

»Es geht darum, das spitze Ende in die richtige Stelle zu stecken, oder?«

»Ja, schon …«

»Das Angebot ist wirklich nett, Charity«, mischt Connie sich ein, »aber ich glaube, dass sich lieber Cosmo um Injektionen kümmern sollte.«

»Ja«, stimmt Jimmy ihr sichtlich erleichtert zu. Charity zuckt daraufhin die Schultern.

Die Tür geht auf, und Paz kommt herein. Sie schaut in die Runde und zieht die Augenbrauen hoch, als sie mich entdeckt. Sie ist nicht Hudson, aber ich freue mich trotzdem, ein bekanntes Gesicht zu sehen. Sie setzt sich neben mich.

»Hi«, sagt sie. »Das ist also die Topmannschaft?«

»Ja«, bestätigt Connie und steht auf. »Wir sind Team Blau. Morgen trefft ihr euch mit den Captains von Team Rot, damit ihr gemeinsam euren großen Auftritt planen könnt. Jetzt zeige ich euch, welche Hütten zu unserem Team gehören und wie der Fahrplan fürs Wochenende aussieht, damit ihr festlegen könnt, welche Hütte an welchem Spiel teilnehmen soll.«

Also kein Hudson. Ich wette, er ist im anderen Team. Dass er nicht Captain wird, kann ich mir nicht vorstellen. Ich hoffe allerdings, dass er nicht neidisch wird, falls das doch der Fall ist. Vielleicht ist er ja trotzdem in meinem Team, dann könnte ich sein Captain sein, der ihn Liegestütze machen lässt und ihn dazu bringt, für sich zu tanzen …

»So sehen die Teams aus«, fährt Connie fort und reißt mich damit aus meinem Tagtraum. Sie reicht jedem von uns ein Klemmbrett mit einer Liste der Hütten und Campteilnehmer, und dann bekommen wir den Ablaufplan.

Am Freitag ist die große Eröffnung mit einer Runde Fahnenraub nach dem Abendessen. Am Samstag finden dann der Eierlauf, das Wettschwimmen, ein Kuchenwettessen, ein Staffellauf durch den Hindernisparcours und ein Kickball-Spiel statt. Am Sonntag folgen noch ein queeres Quiz und eine Talentshow vor der Abschlusszeremonie, wo die Richter alle Punkte zusammenzählen, die die Teams bei den einzelnen Aktivitäten gesammelt haben. Das Gewinnerteam bekommt einen Preis – eigentlich nur eine Plakette, die für die restliche Camp-Zeit im Speisesaal hängt, und das Recht, ordentlich mit dem Sieg anzugeben.

Ich überfliege die Liste. Hudsons Hütte ist im anderen Team. Schade.

»Oh, meine Hütte sollte den Kuchenwettbewerb übernehmen«, schlägt Jimmy vor. »Wir sind immer hungrig.«

Connie zieht die Augenbrauen hoch. »Denkt dran, ihr bekommt auch Punkte für euren Teamgeist. Deswegen ist es eure Aufgabe, euer Team bei Laune zu halten, insbesondere die, die gerade nicht am jeweiligen Spiel teilnehmen. Also lasst euch schon mal ein paar gute Schlachtrufe einfallen.«

»Blau macht Radau«, sagt Charity. »Blau ist gut wie Sau. Rot ist bald tot.«

»Vielleicht lassen wir das mit dem Sterben lieber weg«, entgegnet Connie.

»Bringt Rot in Not?«

»Gut.« Connie nickt. »Aber lasst uns erst mal die anderen Spiele anschauen, damit ihr euch damit beschäftigen könnt, welche Hütte am besten für welches geeignet ist …«

Wir gehen jeden einzelnen Punkt durch und versuchen noch ein paar Schlachtrufe. »Wir sind Blau, wir sind Blau, wir machen viel Radau! Ihr seid Rot, ihr seid Rot, wir bringen euch in Not!«, ist mein Favorit, wahrscheinlich, weil ich ihn aus Charitys Slogans zusammengebastelt habe. Als Connie uns schließlich bittet, morgen wieder zur gleichen Zeit hier zu sein und uns dann zum Abendessen schickt, bin ich noch aufgeregter als vorher, aber auch ein bisschen nervös.

»Das ist echt krass«, meine ich zu Paz, als wir zusammen zum Speisesaal gehen. »Oder?«

»Ja. Es wird richtig cool, glaube ich.«

»Kann ich dich mal was fragen?«

»Klar.«

»Kann Charity mich nicht leiden?«

Paz lacht. »Nein. Sie ist zu jedem so. Supernett, aber gleichzeitig starrt sie einen so an. Und ich glaube, sie ist ein bisschen vorsichtig, weil es immer jemanden gibt, der ihr erklärt, dass das hier ein queeres Camp ist und asexuell und aromantisch nicht zu queer zählen.«

»Hä? Das steckt doch sogar im Akronym auf der Website.«

»Ganz meine Meinung, aber manche Leute sind halt einfach blöd. Charity meldet so was noch nicht mal. Ich schon. Dann nimmt Joan diese Idioten beiseite und verpasst ihnen zur Strafe eine Sonderstunde in Inklusion.«

»Bist du mit Charity befreundet?«, frage ich. Wir haben den Speisesaal fast erreicht, aber es sieht sicher normal genug aus, wenn ich mit Paz da eintrudele. Niemand wird vermuten, dass wir Team-Captains sind.

»Wir waren im ersten Jahr in derselben Hütte. Sie ist echt in Ordnung, glaub mir. Wenn sie dir zu nahe tritt oder du das Gefühl hast, dass sie gemein zu dir ist, sag ihr das einfach – dann entschuldigt sie sich sofort und versucht, es wiedergutzumachen, indem sie dir was bastelt oder näht.«

Lachend öffne ich die Tür zum Speisesaal. »Okay. Und Jimmy? Er ist in Hütte neunzehn?« Das ist die Kiffer-Hütte.

»Oja.«

Wir setzen uns zu unseren Freunden, und ein paar Minuten später trifft auch Hudson ein und setzt sich grinsend neben mich.

»Moment mal«, sagt George. »Warum bist du nicht mit Hudson reingekommen? Wart ihr nicht zusammen? Hat Andrew Lloyd Webber endlich mal ein gutes Musical geschrieben?« Er reißt die Augen auf.

Ich muss mir den Hinweis verkneifen, dass »Dreamcoat« nicht schlecht ist.

»Ich habe einen Brief an meine Eltern geschrieben«, erklärt Hudson.

»Ja … Und ich habe mir noch was auf dem Parcours angesehen«, meine ich.

»Ich dachte, du wolltest auch deinen Eltern schreiben?«, fragt Hudson.

»Hab ich am Hindernisparcours gemacht. Ich hab versucht, den Sprung über die Peanut Butter Pit für sie aufzumalen.«

Hudson lacht, aber George mustert mich neugierig, weil er natürlich sofort merkt, dass ich lüge. Zum Glück sagt er während des Essens nichts dazu, doch danach nimmt er mich auf dem Weg zur Stunde in queerer Geschichte beiseite.

»Ich darf es dir nicht sagen«, erkläre ich ihm. »Aber es ist was Gutes. Und Hudson weiß es auch nicht.«

»Darling, was um Himmels willen machst du?«

»Sagen wir einfach, ich helfe mit … mehr Farbe ins Camp zu bringen.«

George zieht die Augenbrauen hoch. »Oh, spannend. Ich freue mich schon auf deine neuen Outfits. Garantiert würdest du gerne dein Traum-Drag-Kostüm daraus basteln. Lass mich raten … gelb?«

»Blau.«

»Ah, welch verschwendete Gelegenheit. Du hättest dich mit blauem Glitzerlidschatten austoben und dazu vielleicht blauen Lippenstift kombinieren können. Jetzt kannst du dir gerade mal noch Football-Streifen auf die Wangen malen.«

»Ja.« Ich schüttle den Kopf. »Meinst du, das ginge? Teamgeist hat doch was mit männlich sein zu tun, oder? Wie bei den Kerlen, die bei Footballspielen in Ganzkörperbemalung auftauchen. Lippenstift und Lidschatten sind doch gar nicht so viel anders. Ich könnte behaupten, dass das alles für den Teamgeist ist.«

George wirft mir einen mitleidigen Blick zu und tätschelt mir den Arm. »Ich putz mich genug für uns beide raus.«

Das bringt mich zum Lachen. »Das will ich doch schwer hoffen. Ich verpasse die Gelegenheit, einen blauen, paillettenbesetzten Hosenanzug mit pinken Sternen zu tragen.«

»Hast du so einen?«, will George wissen und ist auf einmal sehr ernst. »Wenn du so einen hast, sollen ihn dir deine Eltern mit Express schicken.«

»Habe ich nicht, wirklich nicht. Das habe ich mir nur eben ausgedacht.«

George seufzt. »Zu schade.«

Die Geschichtsstunde knüpft da an, wo die letzte aufgehört hat – heute geht es um trans Menschen und Organisationen vor Stonewall. Joan zeigt uns Aufnahmen eines Schauspielers names Julian Eltinge, der in den Zwanzigern Frauenrollen in Theaterstücken und Hollywoodproduktionen übernahm, und von Christine Jorgensen, die sich in den Fünfzigern einer geschlechtsanpassenden Operation unterzog und dann als Sängerin in Nachtclubs auftrat.

»Es wäre eine Übertreibung, wenn man behauptet, dass trans Menschen akzeptiert wurden«, erklärt Joan. »Aber sie waren nicht unsichtbar, und sie wurden auch nicht alle strafrechtlich verfolgt, weil sie waren, wer sie waren. Andere, wie Lucy Hicks Anderson dagegen schon.«

Joan erzählt uns von Lucy Hicks Anderson, die angeklagt wurde, weil sie einen Mann geheiratet hatte. Sie war von Kindesbeinen an als Mädchen aufgewachsen – hatte ihre Eltern und Ärzte Ende des neunzehnten Jahrhunderts tatsächlich davon überzeugt, dass das der richtige Weg war –, wurde dann aber dafür eingesperrt, dass sie auf ihrer Heiratsurkunde das falsche Geschlecht angegeben hatte. Dass sie schwarz war, machte sie zu einem noch leichteren Ziel.

Dann geht Joan zu verschiedenen Leuten über, deren Geschlechtsidentität ein bisschen fließender erscheint. In den 1930ern und 40ern waren das viele Drag-Cabaret-Sängerinnen und später Imitatorinnen, die sich eher weiblich identifizierten, und daneben Männer, die Kleider trugen, wenn ihnen danach war, oder Frauen, die Hosen bevorzugten.

»Wir Menschen spielen schon seit Ewigkeiten mit den sozialen und biologischen Geschlechtern. Die Vorstellung, aus der von der Gesellschaft definierten Geschlechterrolle auszubrechen, wurde als pervers betrachtet. Natürlich machten das schon einige Leute bis zu einem gewissen Grad, aber zementiert wurde das erst, als Frauen damit begannen, gleiche Rechte für sich zu beanspruchen.«

Nach Ende des Vortrags gehe ich Hand in Hand mit Hudson zu meiner Hütte.

»Wenn du am letzten Tag meine Eltern kennenlernst ...« Seine Worte lassen Aufregung in mir aufsteigen – ich werde bis zum letzten Camp-Tag mit ihm zusammen sein und er will, dass ich seine Eltern kennenlerne! – »... erzähl ihnen nichts von diesem Vortrag, okay?«

»Kein Problem.« Ich versuche, einen neutralen Tonfall anzuschlagen. »Warum?«

»Sie ... Das meiste ist okay für sie. Ich glaube eigentlich nicht, dass sie ein Problem mit trans Leuten haben. Aber wahrscheinlich mit allem, was so ... genderfluid ist. Wenn mein Dad so richtig sauer auf mich ist, sagt er, dass ich mich ›als Mann‹ schämen sollte. Ich glaube nicht, dass sie wissen, was non-binary bedeutet.«

»Na ja, die Hauptfigur im Musical ist dieses Jahr non-binary, also ... werden sie wohl damit Bekanntschaft machen.«

»Oh, echt?«, fragt Hudson und sieht erst besorgt und dann sehr nachdenklich aus. »Okay, dann erkläre ich ihnen das in einem Brief. Oder vielleicht lassen wir das Musical einfach aus.«

Ich bleibe stehen, was er allerdings erst bemerkt, als er nicht mehr weiterkommt, ohne mich loszulassen.

Er dreht sich verwundert zu mir um. »Was ist?«

»Du kannst das Musical nicht ausfallen lassen«, sage ich. »Unsere Freunde spielen da mit. Es bedeutet ihnen echt viel.«

»Ja, aber meine Eltern …«

»Werden damit klarkommen. Es ist wichtig.« Ich ziehe leicht an seiner Hand.

»Eigentlich sind sie ja mehr deine Freunde.«

Verwirrt lege ich den Kopf schief. »Nein, sie sind unsere Freunde. Brad … dated George, glaube ich? Zumindest küssen sie sich. Wir essen jeden Mittag zusammen mit ihnen.«

»Na ja, ja, aber … du bist enger mit ihnen befreundet.«

»Und?«

»Und es geht wirklich nur um meine Eltern, Babe. Ich will nicht, dass sie Angst bekommen, dass das Camp mich … anders macht.« Eine Stechmücke landet auf seinem Hals, und er schlägt sie weg. Die Art, wie seine Halsmuskeln sich anspannen, ist seltsam sexy.

»Du verbringst schon seit Jahren den Sommer hier. Das werden sie nicht glauben. Du musst zum Musical kommen.«

Er grinst mich an. »Okay. Ich kann dir einfach nichts abschlagen.«

Da wird mir sofort ganz warm, und ich setze mich wieder in Bewegung.

»Ich werde versuchen, es ihnen in einem Brief zu erklären, damit sie sich darauf vorbereiten können.«

»Vorbereiten?«

»Du weißt schon. Alte Leute.«

»Okay.« Wir erreichen meine Hütte und stellen uns wieder an die Seitenwand, um uns vor dem Schlafengehen noch ein wenig zu küssen.

»Was hältst du davon, wenn wir diese Woche ein bisschen Zeit in der Theaterhütte verbringen? Damit du siehst, was unsere Freunde da den ganzen Tag machen. Damit du auch das Gefühl hast, dass es unsere Freunde sind. Okay?«

Er zuckt die Schultern. »Wenn du willst.«

»Will ich.«

»Okay, klar.« Er gibt mir einen kleinen Kuss auf die Lippen. »Dann sehen wir uns morgen?«

Ich nicke und küsse ihn erneut. Er legt mir die Hände auf den Hintern und zieht mich an sich. Ein wohliger Schauer durchläuft mich, als unsere Körper sich berühren.

»Hey, Moment mal.« Plötzlich erinnere ich mich an heute Morgen, bevor ich Team-Captain geworden bin. »Wolltest du nicht über was reden? Du hast was davon gesagt, dass wir zum Hindernisparcours gehen könnten?«

»Oh.« Er klingt, als würde er sich gerade erst wieder daran erinnern.

Ehrlich gesagt bin ich ein bisschen beleidigt, dass er offensichtlich nicht den ganzen Tag lang daran gedacht hat.

»Also ja … Ich hatte die Idee, dass wir uns rausschleichen könnten, wenn das Licht aus ist, um ein bisschen allein zu sein … Aber jetzt weiß ich nicht mehr so recht. Ich will keine Schwierigkeiten bekommen.«

Das hat ihn doch vorher auch nie aufgehalten. »Oh.«

»Ich meine … ich wäre echt gerne mit dir allein, Babe«, versichert er mir und schiebt eine Hand unter mein Shirt. »Aber vielleicht besser am Wochenende?«

»Ja.« Ich küsse ihn wieder, während seine Finger kleine Halbkreise unter meinen Nippeln ziehen. »Dieses Wochenende wäre gut.«

»Bist du schon so weit?«, fragt er. »Also … Was ich meine …«

»Ja. Ich weiß, was du meinst.«

Eigentlich bin ich jetzt schon bereit. Er öffnet sich mir, er hat gesagt, dass er sich in mich verliebt, und er spricht von der Zeit, wenn das Camp zu Ende geht. Der Plan funktioniert. Und außerdem will ich es auch. Wenn er mich bitten würde, mich jetzt und hier auszuziehen, würde ich es wahrscheinlich tun. Aber zwei Wochen war ja der ursprüngliche Plan, und jetzt ist da auch noch die Wettkampfsache, die meine Zeit frisst, also passt das Timing perfekt. Sonntag, nachdem Team Blau gewonnen hat.

Er lächelt, und seine Zunge zeigt sich zwischen seinen Zähnen. Diese Angewohnheit habe ich erst dieses Jahr bei ihm entdeckt, und ich kann schon jetzt nicht genug davon bekommen. Vielleicht macht er das immer, wenn er richtig glücklich, aber auch ziemlich angeturnt ist. Mich turnt es auf jeden Fall an.

»Cool«, sagt er, als hätte ich ihm nicht gerade erklärt, dass ich seinen Körper nackt an meinem spüren will – wenn auch nicht mit so vielen Worten.

»Cool«, wiederhole ich.

»Dann gute Nacht.«

»Schlaf gut.«

Ich schwebe praktisch in meine Hütte und mache mich bettfertig. Die anderen um mich herum bekomme ich kaum mit, und als ich einschlafe, träume ich von Hudson in einem blauen, paillettenbesetzten Hosenanzug mit pinken Sternen.

ACHTZEHN

Der nächste Tag vergeht wie im Flug – eine Wanderung, Händchen haltend mit Hudson, Schwimmen, Mittagessen, Softball, noch mehr Schwimmen. Ich genieße jeden Moment mit Hudson, aber als ich zum Treffen mit den anderen Captains losziehe, freue ich mich auch darauf wahnsinnig.

Nach der Poolzeit bin als Erster in Hütte vier. Connie kommt kurz darauf, dann Jimmy, Paz und Charity, die perfekt gefaltete, mit Bändern zusammengebundene Stoffpakete dabei hat.

»Ich habe uns Romper genäht!«, verkündet sie und reicht uns jeweils ein Paket.

Ich schaue zu Paz, die jedoch nur die Schultern zuckt.

»Ich weiß, dass du dieses Jahr einen auf männlich machst, Del, also sind sie schwarz-blau-kariert. Ziemlich männlich, oder?« Sie grinst, und ich nicke. »Ich habe ein gutes Auge für die Maße anderer Leute, aber sagt Bescheid, wenn es irgendwo nicht richtig passt. Oh, und ich habe schwarze Spitze an meinen gemacht, das kann ich bei euren auch machen.«

»Cool.« Jimmy zieht sich bereits das Shirt über den Kopf.

»Jimmy, ich glaube nicht, dass hier …«, will Connie einschreiten, aber Jimmy hat sich die Shorts abgestreift, bevor sie den Satz beenden kann, und zieht sich den kurzen Romper über die mit Zuckerstangen bedruckten Boxershorts. Er ist bis zur Hüfte offen, doch Jimmy macht keine Anstalten, die Knöpfe zu schließen. Trotzdem sitzt das Kleidungsstück wie angegossen. Charity hat wirklich ein gutes Auge. Und sie hat recht, es ist zwar mehr oder weniger ein Strampler, aber ich glaube nicht, dass ich darin besonders feminin aussehen werde. Einfach Shorts und ein Hemd – nur eben als Einteiler.

»Die sind wirklich toll, Charity«, meine ich. »Danke.«

»Probier ihn an, um zu sehen, ob er auch wirklich passt, wenn du einen Moment Zeit dafür hast«, sagt sie.

»Vielen Dank«, fügt Paz hinzu und betrachtet ihren eigenen. »Wir werden richtig toll aussehen, wenn wir die alle tragen.«

»So was von toll«, stimmt Charity ihr zu.

Hinter ihr öffnet sich die Tür und die Captains von Team Rot treten ein. Als Erster kommt Ryan, der Sportlehrer, rein, gefolgt von Sam, die beim Fahnenraub in meinem Team war, dann Brad und Jasmine Khatri, die ein Jahr älter ist als ich und die meiste Zeit mit Wasserski und Kanufahren verbringt. Sie ist aber auch immer die Erste, die bei der Musicalaufführung im Publikum aufspringt und uns Standing Ovations gibt. Direkt hinter ihr folgt Hudson. Ich grinse ihn an, als er hereinkommt, und er lächelt zurück.

»Ich wusste es«, sagt er. »Du würdest nie den Parcours für deine Eltern zeichnen.«

»Das war eine fantastische Ausrede.«

»Na gut«, unterbricht uns Connie. »Setzen wir uns.«

Heute sind mehr Stühle da, und wir setzen uns um den Tisch. Hudson rutscht mit seinem Stuhl neben mich.

»Als Allererstes …«, beginnt Connie, »… denkt bitte dran, dass es ein *freundschaftlicher* Wettkampf ist. Keine Streiche, keine Hüttenüberfälle, keine Schlachtrufe, dass das andere Team sterben oder sich verletzen soll, oder dass sie Heulsusen sind oder so. Es geht um den Spaß, und ein Teil davon ist Sportsgeist. Als Captains müsst ihr mit gutem

Beispiel vorangehen, und wenn ihr mitbekommt, dass sich jemand danebenbenimmt – auch wenn es jemand aus eurem eigenen Team ist –, dann geht dagegen vor.«

»Ja, Leute«, fügt Ryan hinzu. »Seid nett zueinander.«

»Dann lasst uns mal den Plan für euren großen Auftritt am Freitagabend machen. Normalerweise verraten wir immer am Ende des Abendessens, wer die Captains sind. Irgendeine Aktion, die dazu führt, dass eure Rollen aufgedeckt werden und ihr dann durch den Raum rennt und die Leute aufstachelt. Irgendwelche Ideen?«

»Wir sollten Del und Hudson benutzen«, schlägt Paz vor.

»Was?«, frage ich.

»Ihr seid das bekannteste Paar dieses Jahr. Ihr solltet euch richtig ordentlich fetzen oder so, und dann kommt: ›Das können wir nur auf eine Art klären: beim Camp-Wettkampf!‹ Und dann kommt der Rest von uns angerannt und wir machen unser Ding.«

»Wir sind nicht das bekannteste Paar«, protestiert Hudson. »Was ist mit Lillian und Daphne? Oder Dave und Dimitri? Die sind schon seit Jahren zusammen.«

»Nein, ihr seid das«, sagt Jasmine. »Ihr beide seid viiiiel auffälliger.«

Alle um uns herum nicken, und ich senke den Blick auf meine Füße, um meine heißen Wangen zu verbergen.

»Ich weiß nicht«, meint Hudson.

»Für mich wäre das okay«, erwidere ich und drehe mich zu ihm um. »Könnte lustig werden.« Und es ist meine einzige Chance, dieses Jahr zu schauspielern.

»Ja?«

Ich wende mich wieder an die anderen. »Aber wir müssen uns über was echt Dummes streiten.«

»Wie wäre es mit Essen?«, schlägt Sam vor.

»Oh ja!«, steigt Paz darauf ein. »Pizza oder Würstchen oder so was.«

»Keine Würstchen«, geht Connie rasch dazwischen. »Vielleicht finden wir ja was, das zu den Farben passt. Aber ich weiß nicht, was am Freitag auf dem Speiseplan steht.«

»Die Brause«, sagt Jimmy. »Könnt ihr dafür sorgen, dass sie an dem Abend blau und rot ist?«

»Ja, das könnte klappen.« Connie nickt.

»Dann könnte ich vielleicht behaupten, die blaue ist besser? Und Hudson sagt, dass rot besser ist?«, frage ich.

»Ja«, erwidert Paz. »Das ist super, weil sie eh alle gleich schmecken. Nach Zucker.«

»Ist das okay für dich? Ich will nicht, dass du dich zu was gezwungen fühlst«, sage ich zu Hudson.

Der zuckt die Schultern. »Ich weiß nur nicht, ob ich das hinbekomme. Ich bin kein Schauspieler.«

»Ist ja keine lange Szene. Und wir können vorher üben.« Ich lege ihm eine Hand auf den Oberschenkel. »Das wird lustig.«

»Okay.« Er zuckt noch einmal die Schultern. »Wenn meine Schauspielerei schlecht ist, wird das halt Teil des Witzes, oder?«

»Ja.«

»Dann fangt ihr an zu rufen: ›Rot!‹, ›Blau!‹, ›Rot!‹, ›Blau!‹, und das ist unser Stichwort, um reinzukommen«, sagt Paz.

»Toll«, meint Connie. »Dann verkünden Ryan und ich den Beginn der Spiele und wie die Teams aufgeteilt sind. Reden wir jetzt noch über den Zeitplan und gehen die einzelnen Abschnitte durch, damit jeder den Ablauf kennt und ihr wisst, wann ihr diejenigen, die gerade nicht teilnehmen, zum Anfeuern animieren müsst.«

Wir sprechen alles durch, legen fest, wann wir unsere Reden schwingen und wann wir unsere Teams von einem Spielpunkt zum nächsten führen. Team Rot geht nach einer Weile wieder, und dann reden wir darüber, welche Hütte wir welcher Aktivität zuteilen. Insgesamt haben wir fünf Hütten und fünf Spiele. Jimmys Hütte bekommt das Kuchenwettessen und Charitys den Eierlauf. Hütte fünf ordnen wir dem Kickball-Match zu, weil in der fast nur jüngere Kids schlafen. Damit bleiben noch das Wettschwimmen und der Staffellauf über den Parcours sowie die Hütten achtzehn und sieben. Meine Hütte.

»Hudsons Hütte wird definitiv unser Gegner auf dem Parcours«, sagt Paz. »Die üben da jede Woche drauf. Keine Ahnung, wie wir die je schlagen sollen.«

»Ich schon«, erwidere ich grinsend. »Wir nehmen es mit ihnen auf. Hütte sieben.« Ich deute auf unsere Hütte auf der Liste.

»Bist du dir sicher?«, will Connie wissen.

»Absolut.«

»Na gut«, stimmt Connie zu. »Dann sind wir damit durch. Jetzt brauchen wir nur noch ein paar gute Schlachtrufe … und ich wollte noch über blaue Outfits sprechen, aber das ist ja schon erledigt.« Sie schaut auf unsere Romper. Meiner ist immer noch sauber gefaltet und verschnürt.

»Möchtest du auch einen?«, fragt Charity. »Ich kann dir einen nähen. Wie groß bist du? Eins neunzig?«

»Ich … ja«, bestätigt Connie. »Aber das brauchst du nicht. Konzentrier dich lieber auf die Outfits deiner Mit-Captains. Ich bin nur eure Betreuerin. Jetzt geht ihr erst mal zum Essen. Wir treffen uns morgen wieder, um an den Schlachtrufen zu arbeiten.«

Wir verlassen die Hütte, und auf dem Weg zum Speisesaal geht Paz wieder neben mir.

»Hey«, meint sie. »Kann ich dich was fragen?«

»Klar.«

»Es geht um Ashleigh.«

»Okay.«

»Na ja, ich weiß ja, dass sie demi ist, aber … Ich meine, wir hängen viel zusammen ab. Ich finde sie echt witzig und verdammt heiß, und wenn ihr das anders geht, ist das auch okay. Aber wie finde ich raus, ob sie nie so für mich fühlen wird oder ob wir einfach noch mehr Zeit brauchen?«

»Oh.« Das ist wesentlich schwieriger als bei Brad und George. »Ehrlich gesagt weiß ich das nicht. Ich bin nicht demi. Ich habe keine Ahnung, wie das ist, abgesehen von dem, was Ashleigh mir erklärt hat.«

»Wie hat sie es dir denn erklärt?«

»Das ist schon ein paar Jahre her, aber sie meinte, dass Leute, die nicht demi sind, ins Kino gehen, dort einen Filmstar sehen und sie das anmacht und sie mit der Person schlafen wollen. Das ist für Ashleigh nicht so. Sie findet Leute, die sie nicht kennt, nicht heiß. Eine Figur in einem Film vielleicht, aber normalerweise auch das nicht, weil sie weiß, dass es nur eine Figur ist. Um jemanden heiß zu finden, muss sie die Person besser kennen.«

Paz seufzt. »Mehr weißt du echt nicht?«

»Frag sie doch einfach«, rate ich ihr. »Sag ihr, dass du auf sie stehst und dass du hoffst, dass sie auch auf dich steht oder irgendwann auf dich stehen wird. Wenn das nicht der Fall ist, willst du doch nicht die restliche Zeit damit verbringen, jemanden anzuschmachten, der kein Interesse an dir hat. Das wird sie verstehen, glaub mir.«

»Das klingt nach einem unangenehmen Gespräch.«

»Ja.«

»Kannst du sie für mich fragen?«

»Nein«, antworte ich schnell. »Ich meine, kann ich schon, aber ich würde dir nur sagen, was sie gesagt hat, wenn sie das will, und das ist ein bisschen, als würde man im Unterricht Zettelchen weitergeben, oder? Frag sie einfach.«

»Ja.« Sie seufzt wieder. »Okay.«

Als wir den Speisesaal erreichen, ist Hudson schon da, und ich setze mich neben ihn, bevor ich mir was von den Chicken Nuggets nehme, die gerade rumgegeben werden.

»Hey«, begrüßt er mich. »Ich bin echt ein bisschen nervös wegen dem … was wir ausgemacht haben.« Er senkt die Stimme und schaut sich kurz um.

»Mach dir keine Sorgen. Es wird albern und lustig. Wir können nachher üben, wenn du willst.«

»Ja, wenn das für dich okay ist? Ich will auch nicht, dass das jemand für echt hält. Ich will nicht, dass jemand denkt, ich wäre sauer auf dich, Babe.«

Mein Herz schmilzt ein bisschen dahin, und ich streichle ihm über den Arm. Er will nicht, dass jemand denkt, der Streit wäre echt. Das ist so wahnsinnig niedlich. Ich habe es echt gut getroffen.

»Selbst wenn das jemand glaubt«, beruhige ich ihn, »kommen sie spätestens dann darauf, wenn die anderen im Kostüm in den Raum rennen.«

»Ja.« Er drückt meinen Oberschenkel. »Und das ist wirklich okay für dich? Dass wir auf unterschiedlichen Seiten stehen?«

»Klar.« Ich tunke ein Nugget in Ketchup. »Es ist nur ein Spiel.«

»Bleibt das auch so, wenn wir euch besiegen?« Er grinst und wackelt mit den Augenbrauen.

»Ihr könnt es ja mal versuchen.« Ich bleibe gelassen. »Aber wenn wir verlieren, ist das nicht schlimm. Siehst du das auch so?«

»Das wird zwar nicht passieren, aber ja, für mich wäre es auch okay.«

»So viel Selbstbewusstsein.« Ich lecke mir über die Lippen.

»Ich habe schon Erfahrung.«

»Vielleicht kann ich dir ja noch was Neues beibringen.«

»Reden wir gerade noch über dasselbe Thema oder über … was anderes? Wir hatten uns auf nächstes Wochenende geeinigt, richtig? Wenn das andere vorbei ist, oder?«

»Genau davon spreche ich. Und ja, das ist für mich perfektes Timing.«

Seine Hand wandert ein Stück meinen Oberschenkel hoch, und seine Finger schieben sich unter mein Hosenbein.

»Ich weiß gerade nicht, worauf ich mich mehr freue«, sagt er.

»Nein? Ich bin fast ein bisschen beleidigt.«

»Okay.« Er beugt sich zu mir, sodass ich seinen Atem auf meinem Hals spüre. »Ich weiß es doch.« Ich schlucke und Hudson zieht sich wieder zurück. »Wollen wir nach dem Essen ein bisschen proben? Vor dem Abendschwimmen?«

»Klar.« Gott sei Dank lässt er von mir ab. Ich will nicht nach dem Essen mit einer Latte aufstehen müssen. Also bitte ich absichtlich um die blaue Brause, um unsere Szene schon mal ein bisschen vorzubereiten, und wir verbringen den Rest des Essens damit, uns Geschichten über die Musicalproben anzuhören, während ich in Gedanken Hudsons und meine Darbietung plane.

Nach dem Essen gehen alle in die Hütten, um ihre Badesachen anzuziehen, doch ich ziehe Hudson hinter meine Hütte, um dort mit ihm unseren Auftritt zu üben. Er lernt schnell – nicht, dass es da viel zu lernen gäbe. Meine Eröffnung ist ein amüsanter Monolog darüber, warum blaue Brause so viel besser ist als rote, er protestiert, ich protestiere, er brüllt: »Rot«, ich schreie: »Blau«, und das wiederholen wir, bis unsere Leute reinkommen. Ganz einfach. Aber seine schauspielerischen Fähigkeiten sind noch ausbaufähig.

»Mach es mit mehr Nachdruck«, rate ich ihm. »Mach mir weis, dass du die rote Brause wirklich für besser hältst.«

»Hm … okay. Die rote *Brause* ist besser.«

»Du brauchst das Wort *Brause* nicht zu betonen.«

»Stimmt. Hast du das alles von den Leuten aus deiner Hütte gelernt?«, will er wissen und lehnt sich neben mir gegen die Wand.

»Von unseren Freunden, ja. Versuch es noch mal.«

»Die *rote* Brause ist am besten!«

»Gut. Nein, das ist Quatsch, die blaue ist ganz objektiv besser«, erwidere ich und werfe ihm meinen besten zornigen Blick zu.

»Das ist … ziemlich heiß, wenn du das machst.«

»Wenn ich was mache?«, frage ich lächelnd.

»Wenn du so fordernd bist.«

»Oh. Na ja … die blaue Brause ist tatsächlich besser«, sage ich, packe Hudson am Kragen und ziehe ihn zu einem Kuss zu mir.

»Ist das auch Teil der Szene?«, flüstert Hudson.

»Del!«, ruft Mark in diesem Moment. »Komm schon! Wir wollen los, und ich habe eine von diesen billigen, wasserdichten Einwegkameras für dich, die Joan demnächst zum Entwickeln geben will, weil die niemand mehr nutzt außer für Unterwasserfotos.«

»Ich gehe dann mal besser. Aber ich finde, du schlägst dich echt gut.«

»Mir war gar nicht klar, dass es sexy sein kann, auf verschiedenen Seiten zu stehen«, meint Hudson.

»Sag das nicht, wenn ich gerade gehe. Das ist gemein.« Ich schnappe ihn mir noch einmal zu einem letzten Kuss, bevor ich in die Hütte eile, wo Mark mir die Kamera gibt und ich schnell meine Badeshorts anziehe.

Die Dinger geben sie uns jedes Jahr für das Nachtschwimmen, auch wenn die Fotos nie was werden. Mark sagt, dass Joan eine coole Unterwasser-Nachtaufnahme für die Website haben will, aber zu geizig ist, um einen echten Fotografen zu engagieren.

Am Pool erinnert Joan – die keine Schwimmkleidung trägt und nicht mit ins Becken kommt – alle mit lauter Stimme daran, die Kameras nach jedem Knipsen zurückzuspulen. Die Sonne steht schon so tief, dass das Licht hauptsächlich von den paar Laternen um das Becken und den Lampen darin kommt.

Wir springen in den Pool, machen Selfies unter Wasser oder lichten unsere Freunde ab, wie sie Luftblasen machen, in der Hoffnung, dass irgendein Foto nicht verschwommen sein wird. Ich knipse ein paar von Hudson, wie er mich auf die Wange küsst, sowohl über als auch unter Wasser. Keins davon wird was werden, aber es macht Spaß, das als Paar zu machen – das Selfie, das Posen und unsere Beziehung nach außen zu zeigen … Wenn schon nicht auf unseren Handys, dann vielleicht in unseren Schlafhütten, sobald die Ausdrucke da sind, und wenn das Camp vorbei ist, können wir die Fotos mit einem Code downloaden. Das ist echt cool.

Ich beobachte George und Brad dabei, wie auch sie einige süße Paar-Shots machen, und Paz und Ashleigh nehmen auch welche zusammen auf, nur küssen sie sich dabei nicht. Aber Paz legt einen Arm um Ashleighs Taille, also haben sie vielleicht schon miteinander geredet. Das muss ich nachher gleich mal abchecken.

Nach dem Schwimmen geben Hudson und ich uns noch einen Gutenachtkuss, und in der Hütte probiere ich endlich den Romper an, den Charity für mich genäht hat. Er sitzt perfekt, und wenn ich nicht alle Knöpfe zumache, kann man die Haare auf meiner Brust sehen und die Spur, die von meinem Bauchnabel abwärts führt. Vielleicht ist das ein bisschen zu sexy. Ich muss dran denken, die Knöpfe für Hudson offen zu lassen.

»Darling, du siehst fantastisch aus. Wo hast du den her? Wenn wir richtige Kameras hätten, würde ich ein Foto für dein Dating-Profil machen.«

»Ich brauche kein Dating-Profil mehr«, erwidere ich grinsend und drehe mich zu George um. Bis eben habe ich mich noch im Waschraumspiegel bewundert. »Und so, wie das vorhin aussah, gilt das auch für dich und Brad.«

»Ach.« George macht eine wegwerfende Handbewegung und fängt an, sich die Zähne zu putzen. »Ist nur ein Fwirt.«

Ich zucke die Schultern. »Egal. Ihr seid süß zusammen, und ich freue mich, dass du Spaß hast.«

»Wir hätten mehr Fpaff, wenn wir mal allein wären«, nuschelt er, und ich muss lachen.

»Was ist so lustig?«, will Ashleigh wissen, als sie hereinkommt. Ich werfe einen Blick an ihr vorbei – keine Paz.

»George. Aber mal was ganz anderes …« Ich senke die Stimme. »Was geht da mit dir und Paz?«

»Oh.« Ashleigh wirft einen Blick über die Schulter in Richtung Waschraumtür. »Keine Ahnung. Sie ist nett.«

»Und?«, hakt George nach, dem der Schaum aus dem Mund tropft.

Ashleigh zuckt die Schultern. »Vielleicht … ganz vielleicht finde ich sie auch ein bisschen heiß.«

»Ja!«, ruft George und spuckt dabei Schaum durch die Gegend, wenn auch zum Glück nicht auf meinen Romper. Er spült sich den Mund aus. »Gut.«

»Aber das heißt ja noch nicht, dass sie mich auch mag.« Ashleigh schmiert sich Zahnpasta auf die Zahnbürste.

George und ich verdrehen nur die Augen, und ich gehe in eine der Duschkabinen, um mir meinen Schlafanzug anzuziehen.

»Natürlich mag sie dich«, sagt George.

»Vielleicht will sie nur nett sein«, erwidert Ashleigh.

»Red einfach mit ihr.« Ich will Paz' Vertrauen nicht missbrauchen, aber wenn keine von beiden den ersten Schritt macht, tanzen sie noch ewig umeinander rum.

»Mal sehen«, sagt Ashleigh.

Als ich wieder aus der Kabine komme, putzt sie sich die Zähne, und George zuckt nur die Schultern. Ich verstaue meinen Romper bei meinen Sachen und George kommt mit.

»Du hast noch gar nicht gesagt, wo der herkommt.« Er deutet mit dem Kopf auf das neue Kleidungsstück.

»Äh … den hat mir jemand gemacht. Für so eine Sache«, entgegne ich.

»Oh.« George nickt. »Blau. Okay. Gut. Ich habe gerade ein Paket mit blauem Nagellack und Lidschatten bekommen. Ich bin also vorbereitet.«

Ich grinse und schlüpfe in mein Bett, weil ich das Make-up nicht sehen will, das ich eh nicht tragen kann.

»Oh, und bei der Theaterschminke gibt es diesen blauen Glitzerlippenstift. Mark lässt uns den bestimmt benutzen.«

»Wahrscheinlich.«

»Oh, sorry. Ich weiß, dass ich nicht darüber reden darf. Aber ich bin bereit. Einen blauen Fächer habe ich auch. Ich freu mich schon auf das Outfit, das ich zusammenstellen kann.«

Ich sage nichts dazu, weil mich der Gedanke traurig macht, dass die zwei blauen Streifen auf meinen Wangen das einzige Make-up sein werden, das ich dieses Jahr im Camp tragen werde. Näher komme ich an meinen normalen Stil nicht ran.

Aber vielleicht kann ich ja ein bisschen Glitzer auftragen. Das geht doch bestimmt noch durch, oder? Und außerdem, worüber mache ich mir eigentlich Sorgen? Hudson verliebt sich in mich. Vermutlich könnte ich mich komplett schminken, und es wäre trotzdem okay für ihn.

Am nächsten Tag überarbeiten wir beim Captain-Treffen noch mal unsere Schlachtrufe und sprechen erneut durch, welche Hütten an welchen Wettkämpfen teilnehmen. Alle sind skeptisch, ob meine Hütte überhaupt eine Chance auf dem Hindernisparcours hat, bis ich ihnen erkläre, warum ich sie ausgewählt habe. Danach sind sie voll dabei, als wäre unser Sieg eine reale – wenn auch kleine – Möglichkeit.

»Du musst die anderen aber noch überzeugen«, gibt Paz zu bedenken. »Ich helfe dir natürlich, aber das ist deine Idee, und die Theaterleute haben ein super Selbstbewusstsein, wenn sie sich sicher sind, dass sie gut in was sind. Aber wenn sie das Gefühl haben, sowieso nur Zweiter zu werden … na ja, du weißt ja, wie wir sind.«

»Es wird klappen«, sage ich.

Heute Abend steht Sternegucken auf dem Programm. Alle Lichter im Camp werden ausgemacht, und wir liegen auf dem Fußballfeld, wo uns Karl – der Betreuer für alles rund um die Natur – Sternkonstellationen und Planeten zeigt. Mit seinem Akzent klingt er sehr wissenschaftlich. Hudson und ich liegen im Gras und halten Händchen.

»Morgen treffe ich mich vorm Essen nicht mit den anderen Captains«, erkläre ich ihm. »Du?«

»Nein. Bei uns steht alles so weit, also brauchen wir bis Freitag nichts mehr vorbereiten.«

»Vielleicht könnten wir ja dann unsere Freunde in der Theaterhütte besuchen? Mark lässt sie jetzt auch vor dem Abendessen proben.«

»Oh«, sagt er, als hätte er schon wieder vergessen, dass wir das vorhatten. »Ja, okay. Wir schauen einfach zu, während sie proben?«

»Und gehen vielleicht in den Backstagebereich. Es ist ziemlich chaotisch, aber auf eine lustige, entspannte Art.«

»Warst du schon da?«

»Ja, sie haben mich eingeladen.« Und ich will ihm erzählen, dass es sich angefühlt hat, wie nach Hause zu kommen, und dass ich traurig war, weil ich da, aber nicht *dabei* war. Doch das geht nicht. Und weil ich das alles nicht laut sagen kann, muss ich plötzlich husten, denn ich habe das Gefühl, einen Schlag gegen die Kehle zu bekommen.

»Alles klar?«, fragt Hudson und dreht sich halb zu mir.

Ich setze mich auf und huste noch mal, woraufhin er mir auf den Rücken klopft.

»Ja.« Ich wische mir die Tränen aus den Augen. »Hab mich nur verschluckt.«

Wir legen uns wieder hin und schauen zu den Sternen hoch. Sie sind nicht so schön wie die Fantasiesterne, die man in den Bäumen sieht. Die Sterne, die man sich selbst macht. Die sehen aus wie eine Flut von Diamanten, die in einem Ganovenfilm über schwarzen Samt gekippt werden.

Die echten sehen aus wie winzig kleine Löcher auf einem schwarzen Hintergrund, hinter den man dann einen Scheinwerfer stellt. Man kann jeden einzelnen Stern sehen, aber auch, wie sie zusammenhängen.

»Jeder von denen ist wirklich Millionen von Kilometern vom nächsten entfernt«, sagt Karl.

»Hier sind es Meilen«, wirft Joan rasch ein.

»Ja. Millionen von Meilen«, korrigiert sich Karl. »Und jeder von denen ist auch Millionen Kilo… Meilen von uns entfernt.«

»Ich mag die Sterne, die du mir gezeigt hast, lieber«, sagt Hudson und greift wieder nach meiner Hand.

»Ich auch«, gebe ich zurück, während unsere Finger sich miteinander verschränken.

NEUNZEHN

Es ist immer noch alles großartig, als wir am nächsten Nachmittag nach der Poolzeit die Theaterhütte betreten. Der Geruch, die Scheinwerfer, die Geräusche – Leute, die auf der Bühne tanzen oder sich leise im Zuschauerraum unterhalten, Leute, die backstage versuchen, Stichwörter, Make-up und Kostümwechsel festzulegen. Wir gehen durch die Hintertür rein, und ein Blick auf den Probenplan sagt mir, dass George wahrscheinlich gerade auf der Bühne steht und einen seiner Songs übt: »Hymn for a Sunday Evening«. Die Ed-Sullivan-Nummer, die als eine Art Kirchenchor-Hymne performt wird – daher auch der Titel des Lieds.

»Komm mit.« Ich nehme Hudson an der Hand.

Er schaut sich das Chaos im Backstagebereich ziemlich nervös an, aber ich freue mich trotzdem, dass er mit mir hier ist. Das ist Teil des Plans, ihn langsam an alles zu gewöhnen – auch wenn es backstage nie langsam zugeht. Aber ich zeige ihm, was Randy Spaß macht. Und ich zeige ihm, dass das Del auch Spaß macht. Dass Del Randy ist … zumindest ein bisschen.

»Was geht hier denn ab?«

»Das ist der Bereich hinter der Bühne«, erkläre ich. »Hast du gedacht, dass die Leute still darauf warten, dass sie dran sind?«

»Ja, schon.«

Ich lache leise und ziehe ihn durch die Tür, die in den Zuschauerraum führt. »Hier musst du ruhig sein, sie proben gerade.«

Auf der Bühne unterhält sich George mit Mark. George trägt eine weit fallende, regenbogenfarbene Chorrobe, ebenso wie die anderen Schauspieler, die den Rest der Familie verkörpern. Im Publikum entdecke ich Brad, der uns zuwinkt. Wir gehen zu ihm rüber und setzen uns in die Reihe vor ihn.

»Bist du öfter hier?«, fragt Hudson seinen Freund.

»Ja, um George zuzuschauen. Es ist ziemlich cool.«

»Du bist echt verknallt«, meint Hudson.

»Gleichfalls«, gibt Brad zurück.

Hudson schnaubt.

Mark flitzt in den Zuschauerraum zurück, während Montgomery und David, der Mrs MacAfee spielt, George die Regenbogenrobe ausziehen. Darunter kommen Shorts und T-Shirts zum Vorschein.

»Sein Anzug ist noch nicht fertig«, flüstert Brad uns zu.

»Okay!«, ruft Mark aus dem Publikum. »Crystal?« Die sitzt am Klavier und zeigt mit dem Daumen nach oben. »Okay, los geht's. ›Zerstört diesen Traum nicht‹«, zitiert er die letzte Textzeile vor Georges Einsatz.

»Ich, in der *Ed Sullivan Show?*«, fragt George und dreht sich zum Publikum. Sein Gesichtsausdruck verändert sich von perplex zu einem leicht überdrehten Grinsen. Crystal setzt am Klavier ein, und George beginnt zu singen.

Seine Performance ist unfassbar lustig. So wie George die Rolle spielt, ist er nicht nur besessen von Ed Sullivan, er will ihm auch noch an die Wäsche gehen. Als würde er endlich die Gelegenheit bekommen, die sich Kim eröffnet hat: seinen Promi-Schwarm zu küssen. Das ist eine kluge, queere Interpretation und erinnert mich wieder einmal daran, wie sehr ich mir wünsche, auch dabei zu sein – vor allem in Marks Vision von diesem Musical.

George singt weiter, während der Rest der Familie nach vorne kommt und ihm die Regenbogenrobe über die Schultern legt. Daraufhin streicht George mit beiden Händen über deren Vorderseite – er macht den Reißverschluss zu, aber sehr sexy. Der Schluss des Songs mit *»Ed, I love you!«* ist enorm romantisch und sinnlich.

David spielt die Ehefrau von Georges Figur und schaut ihn ein bisschen verletzt an, zuckt dann aber die Schultern, als würde er Georges Schwärmerei nachvollziehen können und vielleicht sogar teilen. Und George spielt es wirklich perfekt. Die Töne, das Gesicht, wie er den Song ins Lustige zieht, aber gleichzeitig auch in das ultimative Liebeslied verwandelt. Er ist einfach nur fantastisch. Als er fertig ist, springe ich auf und applaudiere. Er entdeckt mich im Publikum und winkt mir zu.

»Wir arbeiten hier«, schnauzt Mark mich an – oder besser gesagt uns, weil Brad ebenfalls aufgestanden ist und klatscht.

Brad setzt sich, rückt aber eine Reihe weiter nach vorne, neben Hudson. Hudson stutzt. Selbst im schummrigen Licht erkenne ich, warum: Brad trägt Nagellack. Einhorn-Apokalypse.

»Was ist das denn?«, will Hudson wissen und schnappt sich eine von Brads Händen.

Der zieht sie jedoch wieder weg. »George hat sie mir lackiert. Sieht cool aus, oder?«

»Was? Ich verstehe ja, dass du echt verknallt bist, aber du lässt dich von ihm so verändern?«

»Hudson«, erwidert Brad. »Es ist nur Nagellack. Was ist dein Problem?«

»Es ist nicht … das ist nicht …«

Als Brad hilfesuchend zu mir sieht, greife ich nach Hudsons Hand. »Es ist nur Nagellack«, stimme ich Brad zu.

»Du auch?« Hudson schaut mich an, als hätte ich ihm einen Dolch in den Rücken gerammt. Ich befürchte, so wird er auch aussehen, wenn er die Wahrheit herausfindet.

»Alter, was ist denn los?«, fragt Brad. »Du bist grad echt ein Arschloch.«

»Wir versuchen hier zu proben!«, brüllt Mark uns von der Bühne aus an.

Hudson runzelt die Stirn, steht auf und geht die Sitzreihe entlang und dann Richtung Ausgang. Brad verschränkt die Arme vor der Brust und lehnt sich in seinem Sitz zurück. Von der Bühne aus schaut George verwirrt zu uns rüber. Ich seufze und folge Hudson dann eilig.

Er ist bereits an der Tür und verschwindet nach draußen in den hellen Sonnenschein.

»Hudson.« Ich hole ihn ein. »Was ist denn los?«

Er setzt sich seufzend ins Gras und rupft ein paar Halme ab. »Ich war wirklich ein Arschloch, oder?«

»Na ja, es war schon eine heftige Reaktion auf ein bisschen Nagellack.«

»Aber was kommt als Nächstes? Lidschatten? Nimmt er dann auch einen Fächer überall mit hin?«

»Und wenn schon?« *George macht das alles,* denke ich, sage es aber nicht laut. Hat Hudson ein Problem mit George?

Er lässt sich nach hinten ins Gras sinken, und ich setze mich neben ihn. Wir schweigen eine ganze Weile lang. Etwas beschäftigt ihn, und ich weiß nicht, was. Hasst er wirklich alles, was auch nur ein bisschen feminin ist? Jedes Jahr erzählt er uns, dass unsere Queerness uns beflügelt und dass wir alles schaffen können, was wir wollen. Jedes Jahr hat er mir das Gefühl gegeben, dass ich das wirklich kann. Ich würde ja verstehen, wenn es ihn einfach nicht anmacht, aber ich kann nicht glauben, dass er ein echtes Problem mit Männern hat, die Make-up tragen oder Fächer benutzen. Das ist nicht der Hudson, den ich kenne.

»Es ist nur …« Sein Blick wandert zu den Bäumen über uns, und ich sehe, wie er die Augen leicht zusammenkneift.

Als ich nach seiner Hand greife, drückt er sie leicht. Und so sitzen wir eine ganze Zeit da und halten uns an den Händen.

»Weißt du noch, wie ich gesagt habe, dass ich eine Weile nicht mehr nach der Schule zu meiner Grandma gegangen bin? Das war nicht, weil meine Eltern mich für alt genug gehalten haben, dass ich allein zu Hause bleiben kann. Mein Dad hat mich dabei erwischt, wie ich meine Grandma geschminkt habe.«

»Oh.« Ich weiß, dass ich gerade nicht lächeln sollte, aber ich würde es so gerne. Ein kleiner Hudson, der seiner Grandma vorsichtig Lippenstift aufträgt! Das ist so unfassbar niedlich! Aber auch ein bisschen schockierend. Und gar nicht so übermännlich, wie er sich sonst gibt. Aber das gefällt mir. Vielleicht ist er mir – meinem wahren Ich – ja ähnlicher, als mir bewusst war.

»Ich weiß, wie komisch das klingt.«

»Nein«, erwidere ich schnell. »Ich finde es echt süß.«

Hudson schaut mich wieder an und lächelt. »Ja?«

»Ja. Aber ich verstehe nicht, warum du deswegen sauer auf Brad bist, weil er sich die Nägel lackiert hat.«

Er zieht die Augenbrauen zusammen und richtet den Blick wieder gen Himmel. »Ich habe früher jeden Tag zugeschaut, wie sie sich geschminkt hat. Und ich fand das so hübsch und cool, dass ich sie eines Tages gefragt hab, ob sie mir zeigt, wie das geht. Und sie hat es mir beigebracht. Ohne jeden Kommentar. Also habe ich angefangen, sie zu schminken, wenn ich da war, und sie hat mich rumprobieren lassen – mit wilden Farben, die nicht zusammenpassen, und ich durfte Schmetterlinge und Mannschaftslogos auf ihr Gesicht malen. Das meiste war echt schlecht und sah nicht gut aus, aber ein paar Sachen … Na ja, ich habe es auch manchmal bei mir selbst ausprobiert, aber Grandma hat mir die Schminke immer schnell wieder abgewischt.

Dann kam mein Dad mal früher von der Arbeit und wollte mich abholen. Er hatte einen Schlüssel und kam herein, als ich Grandma gerade lila Lidschatten draufgemacht habe. Und er hat mich total entsetzt angeschaut, was ich aber nicht verstanden habe. So gar nicht. Sogar Grandma ist irgendwie komisch geworden, hat schnell die Schminksachen weggeräumt, meinen Rucksack geholt und mich mit Dad weggeschickt. Ich habe immer noch nicht gecheckt, was los war. Etwas hat … einfach nicht gestimmt. Und dann kam meine Mom an dem Abend zu mir ins Zimmer und hat mir erklärt, dass Make-up was für Mädchen ist. Ich hab ihr gesagt, dass ich das schon wusste. Ich wollte keinen Lippenstift tragen. Es hat nur Spaß gemacht, meine Grandma zu schminken. Dann hat meine Mom gesagt, dass ich das nicht mehr machen soll. Und da habe ich es irgendwie verstanden, aber trotzdem gefragt, warum. Das war, noch bevor ich selbst wusste, dass ich queer bin, aber Mom meinte, dass die Jungs, die was mit Make-up machen, anders sind. ›Und du bist nicht so wie diese Jungs.‹« Er ahmt nicht seine Mutter nach, sondern spricht die Worte sehr ernst aus, als wären sie eins der zehn Gebote. »Eigentlich habe ich nicht verstanden, was sie damit sagen wollte, aber irgendwie doch. Es hat sich angefühlt, als würde sie mich anschreien, obwohl sie das gar nicht hat. Sie hat ganz leise gesprochen, mir über die Haare gestreichelt und mir gesagt, dass sie mich lieb hat. Dann hat sie mich zugedeckt und ich bin eingeschlafen. Am nächsten Tag hat Dad erklärt, dass ich mit dem Bus nach Hause fahren und alleine bleiben kann, und er hat mir die Hausschlüssel gegeben. Das hat sich so cool angefühlt. Ich hab die beiden Sachen gar nicht miteinander in Verbindung gebracht und damals noch nicht gerafft, was das bedeutet: Wenn ich allein zu Hause bin, bin ich nicht bei Grandma.«

»Okay.«

Er hat die ganze Zeit über in den Himmel gestarrt, und ich muss mich echt zusammenreißen, um nicht zu heulen. Um den kleinen Hudson, dem diese besonderen Momente mit seiner Grandma weggenommen wurden. »Aber jetzt weißt du es besser, oder?«

»Ich … Ja, ich verstehe es. Ich weiß, dass es nur Make-up ist und hier, im Camp, ist es völlig okay. Aber da draußen in der Welt? Meine Eltern kennen Brad. Sie wissen, dass er einer meiner besten Freunde ist. Sie denken wahrscheinlich, dass wir irgendwann heiraten.«

»Oh.« Ich schlucke, weil ich plötzlich verdammt nervös und eifersüchtig bin und am ganzen Körper zittere.

Hudson lacht. »Keine Angst, Babe. Ich bin nicht sein Typ. Aber Brad ist einer der Gründe, warum meine Eltern mich weiter herkommen lassen, glaube ich. Weil er ein schwuler Kerl wie ich ist. Der kein Make-up trägt oder Fächer benutzt. Und wenn er damit anfängt und sich schminkt oder so, wenn meine Eltern mich abholen kommen …«

»Du hast Angst, dass deine Eltern denken, dass das Camp dich verändert, wenn Brad sich verändert«, beende ich den Gedanken für ihn. »Und dass sie dich dann nicht mehr herkommen lassen.«

Eine lange Pause.

»Ja.«

Ich lege mich neben ihn ins Gras. Der Himmel verfärbt sich langsam, je später es wird. Noch ist es nicht dunkel, es dämmert erst, und wenn ich die Augen ein bisschen zusammenkneife, sind die Fake-Sterne nicht so blendend wie sonst. Ich versuche, mir meine Erleichterung nicht anmerken zu lassen. Er hat nichts gegen Make-up und Fächer und feminine Männer – er hat nur Angst vor seinen Eltern. Er glaubt immer noch, dass wir alles sein können, was wir wollen … nur nicht da draußen. Was irgendwie lustig ist, weil er ja immer darüber redet, dass wir genau das tun sollen. Er hat mich mutiger gemacht. Aber wenn es um die eigenen Eltern geht, ist es wahrscheinlich was anderes.

»Ich verstehe, warum du ausgetickt bist«, sage ich. »Aber das ist Brads Entscheidung. Und ich glaube nicht, dass ihn Nagellack gleich so sehr verändert. Er ist immer noch Brad. Wenn man George abschminken würde, wäre er immer noch George.«

Allerdings ein trauriger George, denke ich. Aber ist das nicht irgendwie genau das, was ich gemacht habe? Bin ich traurig? Das wäre ich, wenn ich Hudson nicht hätte.

»Verstehe ich ja. Ich … Ich habe es nur gesehen und musste an meine Grandma denken, und dass ich sie danach nicht mehr so oft besucht habe. Und dann habe ich an meine Eltern gedacht, wie sie Brad sehen und mir dann nächstes Jahr sagen, dass ich einfach zu Hause bleiben soll, und ich dann Brad nicht wiedersehe oder dich und … Plötzlich ist mir das alles auf einmal durch den Kopf gegangen, und ich bin ausgetickt. Aber ich war ein Arschloch.«

»Ja«, stimme ich ihm zu. »Schon ein bisschen. Du solltest dich bei Brad entschuldigen.«

»Mache ich.« Er lacht und dreht sich auf die Seite.

Ich tue es ihm nach und schaue ihm in die Augen.

Er küsst mich auf den Mund. »Danke.«

»Wofür?«

»Fürs Zuhören. Das habe ich noch nie jemandem erzählt, aber ich kann irgendwie besser damit umgehen, wenn wir drüber reden.«

»Dafür hat man doch eine Beziehung, oder?«

»Nein.« Hudson schüttelt den Kopf. »Oder wenn doch, dann hatte ich noch nie eine.«

»Stimmt ja auch. Das war Hal.«

Er lächelt und küsst mich erneut, dieses Mal ein bisschen leidenschaftlicher. Er zieht mich an sich und legt dann den Kopf an meine Schulter, ohne mich loszulassen.

»Ich liebe dich«, flüstert er.

Mein Herz setzt einen Schlag lang aus. Das ist der Beweis. Ich bin ein medizinisches Wunder, weil jede meiner Zellen für einen Moment den Geist aufgibt, das Blut nicht mehr fließt, meine Lunge den Dienst versagt, mein Hirn abschaltet … Und dann läuft alles wieder.

»Sorry, wenn es noch zu früh dafür ist.«

»Ich liebe dich auch«, erwidere ich hastig. *Ich liebe dich schon seit Jahren,* füge ich nicht hinzu. Später, das werde ich ihm später sagen, wenn ich ihm alles erklärt habe. Er liebt mich. Das hat er gesagt. Das ist der Teil des Plans, von dem ich nie gedacht hätte, dass er wirklich funktioniert.

Der nächste Schritt. Der, nach dem ich ihm erzählen kann, wer ich wirklich bin und es ihm nichts ausmacht, weil er mich liebt. Vielleicht sollte ich das gleich jetzt tun … Aber warum den Moment zerstören? Oder? Denn das würde es definitiv.

Ich sage es ihm später. Nicht jetzt. Stattdessen küsse ich ihn.

ZWANZIG

Bis der Camp-Wettkampf am Freitag startet, habe ich noch niemandem von unserer gegenseitigen Liebeserklärung erzählt. Ich wollte das für mich behalten, für mich allein, damit George und Ashleigh sich nicht darüber lustig machen können. Ja, sie würden mich nur freundschaftlich damit aufziehen, was ich wohl auch verdiene, weil ich bekomme, was ich mir gewünscht habe. Zumindest ein wenig. Aber die Momente, die ich mit Hudson allein verbringe – Händchenhalten beim Abendessen, Gutenachtküsse –, fühlen sich jetzt nach so viel mehr an. So viel intensiver. Das ist nicht einfach nur ein Sommerflirt. Das sind nicht nur die Hormone. Das ist Schicksal. Das mit uns war vorbestimmt. Und alles, was ich getan habe, mein verrückter Plan, all das musste sein, damit Hudson mich endlich auch so liebt wie ich ihn.

Ehrlich gesagt bin ich ziemlich stolz auf mich. Ich habe einen Plan entwickelt, was wirklich viel harte Arbeit war, und ich habe ihn durchgezogen. Ja, wir sind noch nicht am Ende angekommen – es gab noch keine nackte Action mit Hudson (mal von meinen gelegentlichen Fantasien unter der Dusche abgesehen), ich habe ihm noch nicht die Wahrheit gesagt oder Nagellack getragen oder einen Fächer vor ihm aufgeklappt, aber das kommt alles bald.

Am Sonntag nach dem Wettkampf haben wir ja schon geplant, ein bisschen Zeit alleine in der Peanut Butter Pit zu verbringen. Und falls das nicht klappt, verlegen wir es einfach auf die Kanutour am Wochenende darauf, wo wir uns für ein gemeinsames Zelt eingetragen haben. Obwohl der Gedanke, so lange warten zu müssen, mich irre macht. Ich bin bereit, mich nach Beginn der Nachtruhe rauszuschleichen, um Sex mit dem Kerl zu haben, den ich liebe – und der mich liebt. Selbst wenn man uns dabei erwischen würde, wäre es das wert.

So macht der Fake-Streit sogar noch mehr Spaß. Ich weiß, dass er mich liebt, und er weiß, dass ich ihn liebe. Deutlich lauter als normal behaupte ich, dass die rote Brause »widerlich ist und schmeckt, als wären Süßigkeiten in alten Schuhen geschmolzen.« Es ist fast schon ein bisschen heiß, wie Hudson sich an mir orientiert, weil er unsicher ist, ob er gut genug spielt, und es gleichzeitig mag, was mit mir zusammen zu machen – seinem Freund, den er liebt.

»Ach, bitte«, entgegnet er. »Blau schmeckt doch eklig. Und es färbt einem die Zunge, da sieht man aus wie eine Leiche!«

»Gut improvisiert«, flüstere ich ihm zu, was ihn zum Grinsen bringt.

»Ist das euer Ernst? So macht ihr das also?«, fragt George, der uns gegenüber am Tisch sitzt.

»Besser eine blaue Zunge als rote Lippen!«, schreie ich, jetzt im vollen Drama-Modus. »Das sieht aus, als hättest du eine Geschlechtskrankheit. Rot ist die Farbe von Blut, Blau ist die Farbe des Friedens! Rot ist wie brodelnder Zorn – Blau ist der unendlich weite Himmel! Rot war schon immer die Farbe der Bösewichte, und Blau steht für Helden! Blau ist ganz klar die bessere Brause.«

»Ha!« Hudson springt auf und wirft meinen Becher zu Boden.

Ich bin beeindruckt – er steigert sich jetzt richtig rein.

»Blau? Blau ist die Farbe der Traurigkeit. Blau ist für Leute, die Rot nicht zu schätzen wissen.«

»Du rotes Monster!« Ich stehe ebenfalls auf und klettere auf die Bank, um von oben mit dem Finger auf ihn zu zeigen. »Die blaue Brause ist besser!«

»Nein, rot!«, brüllt er zurück, stellt sich neben mich auf die Bank und bringt sein Gesicht ganz dicht an meins.

»Blau!«

»Rot!«

»Blau!«

Auf dieses Stichwort marschiert Paz mit Charity und Jimmy im Schlepptau herein. Sie tragen ihre Romper und blaues Make-up – Jimmy und Paz als Kriegsbemalung, Charity ist eher geschminkt, als würde sie gleich ein Meerjungfrauen-Shooting für ihr Instagram machen. Paz schwenkt eine blaue Fahne über ihrem Kopf. Mit mir zusammen rufen sie: »Blau!«

Die Leute um uns herum verdrehen die Augen, abgesehen von ein paar Jüngeren, die entweder verwirrt oder aufgeregt aussehen. Dann kommen die anderen Captains von Team Rot mit ihrer Flagge – und deutlich weniger gut angezogen – herein. Hudson und ich steigen von der Bank und gesellen uns zu unseren Teams. Ich reiße mir dabei das T-Shirt vom Leib, das ich über meinem Romper getragen habe, um ihn zu verbergen. Charity hat es nur zu diesem Zweck genäht – sie ist wirklich unglaublich schnell, hat das in ein paar Stunden hinbekommen. Ich liebe solche dramatischen Enthüllungen.

Wir beziehen unseren Posten im vorderen Teil des Speisesaals, schreien uns eine halbe Ewigkeit lang unsere Farben entgegen, bis Joan endlich aufspringt und deutlich weniger leidenschaftlich »Wettkampf!« ruft, als es die Situation erfordert. Zum Glück ist Mark da, der durch den Raum läuft und ebenfalls »Wettkampf!« brüllt, bis alle anderen zumindest halbherzig darauf einsteigen. Eine wirklich gute Darbietung von ihm, wenn man bedenkt, wie sehr er den Camp-Wettkampf hasst.

Joan hebt eine Hand, und im Raum wird es still. Dann verkündet sie die Einteilung der Hütten in die beiden Teams, und für den Nachtisch – Schokoladenpudding mit entweder Erdbeeren oder Heidelbeeren – verteilen wir uns in den Teams auf die linke und die rechte Seite des Speisesaals.

Connie kommt auf unsere Seite rüber und erklärt den Leuten, welche Hütte von Team Blau welches Spiel übernimmt.

»Wir machen *was*?«, fragt Ashleigh, als sie hört, dass wir auf dem Hindernisparcours antreten.

»Vertrau mir, wir werden sie schlagen«, versichere ich ihr.

»Darling, hast du dir den Kopf verletzt? Dieses Mal wirklich?«, will George wissen.

Ich grinse. »Keine Sorge, ich habe einen Plan.«

Wir rücken näher zusammen und ich erkläre ihnen, wie ich mir das gedacht habe. Sie sehen weiterhin skeptisch aus, nicken aber.

»Vielleicht klappt das echt«, sagt Ashleigh schließlich. »Ich meine … Immerhin wird es sie überraschen.«

»Ich glaube wirklich, dass wir gewinnen können«, bekräftige ich.

»Wird das Hudson nichts ausmachen?«, erkundigt sich George.

»Ach was.« Ich winke ab. »Es ist nur ein Spiel. Außerdem … liebt er mich.« Ich kann es nicht länger für mich behalten.

George zieht die Augenbrauen hoch. »Oh, tut er das?«

»Ja. Er hat es sogar gesagt.«

»Wow.« Ashleighs Augen werden groß. »Ich bin echt beeindruckt. Du hast ihn wirklich so ausgetrickst, dass er sich in dich verliebt hat.«

Ich starre sie an und versuche gar nicht erst zu verstecken, wie sehr ihre Worte wehtun. Das war kein Trick. Es war ein *Plan*. Und er hat funktioniert. Hudson *liebt* mich. Nicht nur Del, sondern *mich*, der hinter der Fassade steckt.

»Ashleigh.« George gibt ihr einen Klaps auf die Hand. »Sei nicht so gemein.«

»Sorry, das kam falsch rüber.«

»Ich habe ihn nicht ausgetrickst, ich hatte einen Plan. Er kennt mich«, erkläre ich. Die Worte fühlen sich trotzdem falsch an. »Ich werde ihm alles sagen. Nach dem Wettkampf. Und er wird mich immer noch lieben.«

»Natürlich wird er das, Darling.« George nickt. »Nicht wahr, Ashleigh?«

»Das hoffe ich«, erwidert sie.

Ich verziehe das Gesicht. Es gibt keinen Grund, es nur zu hoffen. Es wird funktionieren. Liebe geht doch nicht einfach weg, oder? Rasch verdränge ich das ungute Gefühl, das mich ganz kribbelig macht, und erkläre den Leuten aus meiner Hütte weiter, wie wir den Hindernisparcours bezwingen können.

An diesem Abend findet das erste Spiel des Wettkampfs statt: Krieg der Spione. Wir bekommen Taschenlampen und rote beziehungsweise blaue Westen. Das Camp wird in der Mitte geteilt, von den Hütten bis zum Fluss. Team Blau startet am Versammlungsraum und muss sich zum Bootshaus vorarbeiten, Team Rot ist in umgekehrter Richtung unterwegs. Die Grenze verläuft bei den Tennisplätzen. Wird man auf dem gegnerischen Territorium erwischt, muss man ins Gefängnis.

Paz übernimmt die Leitung und platziert sich vor dem Versammlungsraum, teilt einige Leute für Kontrollgänge ein und andere, um hinter die feindlichen Linien zu gehen. Dann fangen wir an. Ich weiß ehrlich nicht, warum dieses Spiel erlaubt ist, weil es echt gefährlich ist. Wir schleichen uns durch den Wald, keiner passt auf uns auf. Das schreit doch geradezu nach Unfällen.

Aber vielleicht macht genau das den Reiz aus? Schon während der letzten Jahre fand ich es toll, mich im Dunkeln im Camp herumzutreiben. Und dieses Jahr habe ich das Gefühl, wirklich gut darauf vorbereitet zu sein. Ich schmiere mir

Matsch ins Gesicht, auf die Arme und Beine, ziehe meine schwarzen Socken so weit hoch, wie es nur geht, und verschwinde dann im Wald hinter den Hütten.

Das Unterholz um das Camp ist nicht besonders dicht, sodass man den Weg zurück ziemlich leicht findet, indem man sich am Licht orientiert. Der Wald ist zwar groß, aber die meisten von uns haben wohl zu viel Angst, um weit reinzugehen.

Ich bin mit Montgomery unterwegs, den ich dazu gezwungen habe, eine schwarze Mütze aufzusetzen, um seine roten Haare zu verbergen, und mit Jordan, dier sich mit einer schwarzen Ski-Maske, einer schwarzen, langen Hose und einem langärmeligen Shirt unter der blauen Weste exzellent vorbereitet hat. Als Captain sollte ja eigentlich ich die beiden durchs Camp führen, aber ehrlich gesagt sollte lieber Jordan die Führung übernehmen.

Ich weise die beiden an, geduckt zu bleiben und sich leise zu bewegen. Den Hügel runterzukommen ist einfach – der Wald fällt sanft ab, und außerdem sind wir damit immer noch auf unserer Seite des Camps. Aber ich will nicht, dass jemand uns in den Wald gehen sieht.

»Letztes Jahr haben sie Leute auf Grenzpatrouille in den Wald geschickt«, flüstert Jordan. »Aber es gibt einen Bach, der aussieht wie der aus ›Ein süßer Fratz‹. Das Rauschen des Wassers überdeckt das Rascheln der Büsche.«

»Dann führ uns da hin«, fordere ich xier auf.

»Okay. Aber beeilt euch«, sagt Jordan. »Ich will dieses Jahr vor Ashleigh da sein.«

Montgomery und ich folgen xier tiefer in den Wald, und da ist tatsächlich ein kleiner Bach. Er gluckert laut genug, um ein Hintergrundgeräusch zu produzieren. Ein paarmal entdecken wir den Schein von Taschenlampen, doch sie erfassen uns nicht. Keine Ahnung, wie weit wir schon sind, aber kurz darauf entdecken wir zwei Gestalten, die in unsere Richtung kommen. Jordan hebt die Hand, und Montgomery und ich verstecken uns hinter den Büschen.

»Die Teams sind dieses Jahr echt unfair eingeteilt«, sagt einer der Schatten. Ich glaube, das ist Drew, der auch bei Outdoor-Abenteuer ist. »Ich meine, wir treten auf dem Hindernisparcours gegen Hütte sieben an. Hast du das gesehen? Hudson hat gelacht, als er das gelesen hat.«

»Sei nicht so gemein«, weist ihn die andere Stimme zurecht. Sam aus dem Sportkurs.

»Ich bin nicht gemein. Ich sag's ja nur. Die sind nicht gerade sportlich. Die machen Theater. Beim Anfeuern gewinnen die hundertpro, aber das bringt nicht mal annähernd genug Punkte.«

»Deswegen musst du noch lange nicht so schadenfroh sein. Sie sollen ihr Bestes geben und Spaß haben. Darum geht es hier doch. Spaß.«

Sie schweigen. Ich versuche, nicht zu laut zu atmen.

»Denkst du, dass der Wettkampf Hudson und Del auseinanderbringt?«

»Eifersüchtig?«

»Es sind jetzt zwei Wochen, da trennt er sich normalerweise. Und Hudson braucht dann für die letzten beiden Wochen jemand Neues.«

Jordan fasst mich am Handgelenk, und erst jetzt merke ich, dass ich die Hände zu Fäusten geballt habe.

»Er kommt nicht zu dir zurück, Drew«, sagt Sam, während sie sich langsam entfernt. »Wenn du's nötig hast, frag Derek. Der will eigentlich immer.«

»Aber er ist nicht so heiß.« Drew klingt resigniert, aber er folgt Sam.

»Ärger im Paradies?«, erkundigt sich Montgomery flüsternd. »Wenn du einsam bist …«

»Pscht!«, macht Jordan.

Ich verdrehe die Augen. Bei Hudson und mir ist alles in Ordnung. Aber mir gefällt nicht, dass er beim Gedanken an meine Hütte auf dem Hindernisparcours gelacht hat. Falls es denn stimmt. Vielleicht hat Drew ja gelogen.

Wir folgen dem Bachlauf durch den Wald bis zum Fluss. Hier ist niemand unterwegs, aber in einiger Entfernung entdecken wir ein paar Taschenlampen. Nachdem wir den Schutz der Büsche verlassen haben, halten wir uns dicht am Boden – Jordan robbt sogar.

Vor dem Bootshaus stehen zwei Wachleute von Team Rot. Zum Glück gibt es noch die Veranda. Ich mache Jordan eine Räuberleiter hinauf, dann Montgomery, und als er oben ist, strecken sie beide die Arme nach mir aus. Ich springe, greife nach ihren Händen und lasse mich hochziehen. Auf der Veranda bleiben wir erst mal vor Anstrengung keuchend liegen.

Ich lasse den Blick umherschweifen. Da sitzt doch tatsächlich Ashleigh entspannt in einem der Sessel. Sie dreht sich zu uns und nickt uns zu.

»Was geht?«

»*Wie?*«, fragt Jordan und steht auf. »Warum bist du vor uns hier? Wir waren echt schnell und auf der sichersten Route unterwegs.«

»Genau das war euer Fehler«, sagt Ashleigh und macht es sich mit überschlagenen Beinen in ihrem Sessel bequem. »Auf der sichersten.«

Jordan knurrt leise und geht ins Bootshaus. Dort liegen Sticker aus, die wir uns auf die Westen kleben als Beweis, dass wir es geschafft haben. Damit ausgestattet können wir zum Gefängnis gehen und unsere Leute dort befreien, solange wir danach wieder mit ihnen zurück auf unsere Seite gehen. Die Sticker verlieren wir dadurch – wir opfern unseren Sieg für die Befreiung unserer Teamkameraden, damit wir es alle noch mal versuchen können. Es ist allerdings auch ein Risiko – das Team mit den meisten Mitgliedern im Ziel gewinnt. Eine Person aufzugeben, um möglicherweise noch mehr Leute rüberzuholen, ist Glücksspiel.

»Du solltest noch eine halbe Stunde warten, bis das Gefängnis voller ist!«, ruft Ashleigh.

»Wegen dir bekommt Jordan noch einen Anfall«, meine ich zu ihr und setze mich neben sie.

»Jordan ist zu vorsichtig. Nächstes Jahr ist xier garantiert schneller als ich. Oder wir beide gehen zusammen und ich zeige, wie's gemacht wird.«

»Jetzt«, verlangt Jordan von der Tür aus.

»Was?«

»Zeig es mir jetzt.«

»Ich warte noch eine halbe Stunde«, gibt Ashleigh zurück. »Aber dann zeige ich es dir gerne. Wenn du es denn schaffst.«

Jordan kneift die Augen ein bisschen zusammen und setzte sich im Schneidersitz auf die Veranda.

»Ich bleibe für den Rest des Abends hier«, verkündet Montgomery und macht es sich in einem der Stühle bequem.

»Hudson ist eine der Wachen«, informiert Ashleigh mich. »Also, falls du für eine halbe Stunde mit ihm verschwinden willst.«

»Oder du könntest ihn fragen, warum er darüber gelacht hat, dass wir gegen sie auf dem Parcours antreten«, fügt Montgomery hinzu.

Ich verdrehe erneut die Augen. Das hat Hudson nie im Leben wirklich getan.

»Was hat er?«, fragt Ashleigh.

»Das glaube ich nicht, und wenn es so war, fehlt uns der Kontext. Es war sicher kein: ›Total lächerlich, dass sie es überhaupt versuchen.‹ Eher ein: ›Ha! Ich weiß genau, wie wir sie schlagen!‹ Aber sie unterschätzen uns«, sage ich.

»Weil wir noch nicht auf dem Parcours waren. Das wird uns einen Vorteil verschaffen.«

»Ich glaube trotzdem nicht, dass wir eine Chance haben«, erwidert Montgomery. »Die sind wie Soldaten und machen das jeden Tag. Oder hast du uns das Spiel gegeben, damit Hudson gewinnt und sich groß und stark fühlt?« Er sieht mich mit hochgezogenen Augenbrauen und gespitzten Lippen spöttisch an.

»Nein.« Ich verschränke die Arme vor der Brust. »Ich habe das für uns ausgesucht, weil wir gewinnen werden. Ihr müsst mir nur vertrauen.«

»Dir vertrauen? Du spielst dieses Jahr ja nicht mal beim Musical mit«, sagt Montgomery. »Man sieht dich kaum noch in der Hütte. Immer machst du nur mit Hudson rum. Ja, super, du hast es geschafft, toll gemacht.« Er wedelt ironisch mit den Händen. »Aber sieh dich doch an – voll männlich und nur beim Sport. Interessiert dich das Musical dieses Jahr eigentlich? Oder überhaupt irgendwas außer Hudson? Wir sollen dir vertrauen, aber ich kenne dich gar nicht mehr.«

Es fühlt sich an, als hätte er mir eine Ohrfeige verpasst. Mir bleibt der Mund offen stehen, und Tränen steigen mir in die Augen. Eigentlich hatte ich gedacht, dass ich mich wieder besser mit ihm und Jordan verstehe, nachdem sie mir gesagt haben, dass ich nicht genug Zeit mit ihnen verbringe … und wir geredet haben bei diesem einen Abendessen … und dann haben sie mir gesagt, dass das nicht wirklich viel war, und ich … habe sie einfach vergessen. Mir geht auf, dass ich wirklich kein guter Freund war.

»Natürlich kennen wir Del«, mischt Ashleigh sich ein.

»Ja«, stimmt ihr Jordan zu. »Aber wir haben dieses Jahr noch nicht viel von ihm gesehen. Es fühlt sich einfach an, als wärst du gar nicht mehr richtig in unserer Hütte, Del.«

»Es tut mir leid«, gebe ich leise zurück. »Ich weiß, dass ich mich sehr viel mit meiner Beziehung beschäftigt habe, aber …«

»Du kannst nicht einfach behaupten, dass du einer von uns bist und es dann nicht sein«, meint Montgomery. »Wir haben immer zusammen bei den Proben auf unseren Einsatz gewartet, haben Tanzschritte geübt, an den Gruppenparts gearbeitet, hatten Insider-Witze und waren Teil von … etwas. Und plötzlich bist du nicht mehr da. Und dann kommst du an und verlangst von uns, dass wir was machen, von dem du überzeugt bist, dass wir es können. Aber niemand hat Lust darauf, weil wir alle wissen, dass wir es verkacken werden, und der Typ, der vor mir steht … den kenne ich nicht. Ich vertraue ihm nicht. Und ich will mich nicht vor dem ganzen Camp blamieren, nur damit er vor seinem Freund gut dasteht.«

Jordan nickt. »Es fühlt sich einfach nicht an, als wärst du noch einer von uns.«

»Bin ich aber noch«, verspreche ich ihnen. »Ich arbeite nur auch gleichzeitig an was anderem.«

»Nennt man das heutzutage so?« Montgomery zieht eine Augenbraue hoch.

»Hör mal.« Ashleigh setzt sich auf und legt mir eine Hand auf die Schulter. »Ich verstehe dich. Du bist immer noch du. Del ist eine Rolle. Und du bist immer noch unser Freund. Aber es fällt uns schwer, dir zu vertrauen – und uns dabei vielleicht echt krass zu blamieren –, wenn du nur einen Bruchteil der Zeit von früher mit uns verbringst. Wir haben mehr von Del gesehen als von Randy. Das wollen sie damit sagen, glaube ich.«

Jordan und Montgomery nicken.

Ich starre Ashleigh an. Sie auch? Ich dachte eigentlich, dass sie am ehesten versteht, warum ich das mache und wie viel mir das bedeutet. Vielleicht war sie nicht ganz mit meinem Plan einverstanden, aber sie hat mit mir gehofft. Und mich unterstützt. Aber wenn ich sogar sie enttäuscht habe …

»Du siehst nicht wie Randy aus«, sagt Montgomery und macht eine Handbewegung in meine Richtung. »Ich sehe da nur Del.«

Ich nicke langsam. Okay. Ja. Ich habe sie enttäuscht. Ich habe zu viel Zeit damit verbracht, Del zu sein, und zu wenig Zeit als Randy. Also vertrauen sie mir nicht mehr. Aber das kann ich wieder einrenken. Ich brauche nur einen weiteren Plan. Und der fällt mir auch direkt ein.

»Okay«, erwidere ich. »Das verstehe ich. Aber wir werden morgen gewinnen. Ich habe einen Plan, und ich werde euch zeigen, dass ich immer noch einer von euch bin.«

»An einem einzigen Tag?« Montgomery klingt skeptisch.

Ich stehe auf.

»Gehst du jetzt zu deinem supermännlichen Freund?«

»Nein«, entgegne ich und schenke ihm mein frechstes Grinsen. »Ich befreie die Leute aus dem Gefängnis, und dann bereite ich mich auf morgen vor.«

Schnell verlasse ich die Veranda und eile an Hudson vorbei, der mir zuwinkt. Ich nehme mir die Zeit, noch mal umzudrehen und ihm einen Kuss auf die Wange zu geben, bevor ich mich auf den Weg zum Gefängnis mache. Da sind nur ein paar Leute, aber ich befreie sie und renne dann auf unsere Seite zurück, wo ich mich auf die Suche nach Charity mache. Normalerweise ist sie eine der Wachen.

Ich finde sie vor der Kunsthütte, wo sie mit ihrer Taschenlampe herumleuchtet. Außer Atem vom Joggen bleibe ich vor ihr stehen und muss mich einen Moment auf den Oberschenkeln abstützen, bevor ich was rausbekomme.

»Alles okay, Del?«

»Ist die Kunsthütte offen?«, frage ich.

»Ja, die wird nie abgeschlossen, falls wir mal Glitter brauchen oder so.«

»Perfekt. Wie schnell kannst du nähen?«

EINUNDZWANZIG

Als wir am nächsten Tag zum Hindernisparcours gehen, sind wir alle voll bei der Sache. Charity hat genäht wie eine Irre, und ich hatte ein langes Gespräch mit den Leuten aus meiner Hütte. Meine Entscheidung ist gefallen: Ich werde ihnen nicht nur zeigen, dass Randy noch in mir steckt, sondern Randy – und nicht Del – wird sie zum Sieg führen. Also plündern wir am Morgen nach einem ultraschnellen Frühstück den Kostümfundus der Theaterhütte, schminken uns gegenseitig und wachsen auch optisch zu einem Team zusammen.

Paz und Montgomery gehen als Zwillinge durch, in durchsichtigen, blauen Strümpfen, blauen Höschen, blauen BHs und sonst nichts. George hat sich eine blaue Federboa um den Hals geworfen und einen blauen Fächer dabei. Jordan trägt ein blaues, mit Pailletten besetztes Kleid im Stil der 1920er Jahre. Sogar Ashleigh hat sich in ein blaues Tutu geworfen und ihre Haare mit einer blauen Schleife zu einem hohen Pferdeschwanz zusammengebunden.

Unser Make-up ist ordentlich over the top. Lippenstift, Glitzerlidschatten und Ohrringe, alles in Blau, aber jeder hat seinen eigenen Touch. Und ich trage das Herzstück: einen mit blauen Pailletten besetzten Romper mit pinken Satin-Sternen, und auf dem Rücken die Nummer sieben mit einem fetten Lippenstiftkuss darüber wie ein Mannschaftslogo. Außerdem habe ich mir extrem lange, falsche Wimpern angeklebt, blauen Glitzerlippenstift und

Lidschatten aufgetragen und lasse den Romper bis zum Bauchnabel offen.

Ich weiß, dass ich damit ein Risiko eingehe, aber ich glaube nicht, dass es zu groß ist. Ja, Hudson war nicht begeistert von Brads Nagellack, und das hier wird ihm vielleicht auch nicht gefallen. Er wird mich in diesem Outfit nicht so heiß finden, wie ich mich fühle. Aber wir haben darüber geredet, und er hat gesagt, dass er mich liebt. Er liebt mich! Was spielen da Make-up und ein paar Pailletten für eine Rolle?

Vielleicht gefällt es ihm ja doch – ich sehe verdammt gut aus –, und ich kann ihm so zeigen, wer ich wirklich bin. Doch selbst wenn nicht, wenn er nicht drauf steht, kann ich mich immer noch rausreden, dass es für den Teamgeist ist. Um uns zusammenzubringen und den Wettkampf zu gewinnen. Ist doch auch nicht anders als diese Typen bei Footballspielen, die sich Bodypaint in den Mannschaftsfarben ins Gesicht schmieren. Das wird er verstehen. Er muss es einfach, oder?

Wir marschieren zur Startlinie mit Mark im Schlepptau, der eine Boombox dabei hat. So wie die Leute aus Hudsons Hütte uns anstarren, könnten wir genauso gut in Zeitlupe gehen. Ihnen bleiben die Münder offen stehen, und sie reißen die Augen auf. Die Anfeuerungsrufe von Team Rot verstummen für einen Moment komplett, weil unser grandioser Auftritt ihnen die Sprache verschlägt.

Connie sieht mich mit hochgezogener Augenbraue an, doch ihr werfe ihr nur einen Luftkuss zu. Joan wirkt völlig unbeeindruckt.

»Geht auf eure Positionen«, fordert sie uns auf und geht dann zur Peanut Butter Pit, hinter der die Ziellinie liegt. Mein Team und ich nehmen unsere Plätze entlang des Parcours ein. Ich bin ganz hinten – an der Peanut Butter Pit. Direkt neben Hudson.

»Was hast du da an?«, fragt er.

»Mein Team brauchte einen Motivationsschub«, antworte ich. »Das hier ist er.«

Ich grinse, doch er erwidert mein Grinsen nicht.

»Ich weiß, dass das ganz schön viel auf einmal ist, aber das hat ihre Stimmung verbessert.« Meine auch, aber das sage ich nicht laut.

»Du siehst lächerlich aus.«

Ich zwinge mich zum Lachen, auch wenn ich gerade eher das Gefühl habe, vom Drahtseil zu fallen. »Ach komm, ich sehe ziemlich heiß aus.«

Hudson dreht sich weg, aber bevor ich noch etwas sagen kann, bläst Joan in ihre Trillerpfeife. Im gleichen Moment stellt Mark die Musik an. Ein Song aus »Bye Bye Birdie« schallt über den Parcours. Es ist die Einleitung des Films, stammt also streng genommen nicht aus dem Musical, aber auf diese Situation passt es super.

Ich kann von hier aus den Parcours überblicken. George ist an den Reifen. Er ist kein übermäßig eleganter Tänzer, aber durchaus trittsicher, und das hier sind so ungefähr die einfachsten Schritte, die er je gemacht hat. Das Tempo von Team Rot hält er problemlos mit.

Er übergibt an Jordan, dier sich sofort auf den Boden wirft und blitzschnell unter dem Netz durchrobbt, nur um danach praktisch mühelos die Wand hinaufzurennen. Mir war klar, dass das für Jordan kein Problem sein wird, weil xier das bei den Proben mehrfach am Tag macht. Genauso, wie ich weiß, dass Ashleigh auf der Strickleiter und der Rutsche keine Schwierigkeiten bekommt. Als sie landet, sind wir bereits in Führung, und sie übergibt an Daniel, der leichtfüßig wie jeder Gruppentänzer über die Steine hüpft.

Jen übernimmt die Hangelleiter. Das hat sie für »Put on a Happy Face« schon geübt, und sie macht es wirklich gut, wenn auch nicht so gut wie Brad, der damit aufholen kann. Kopf an Kopf springen sie ab.

Zum Glück kommt als Nächstes das Drahtseil, und Montgomery ist unsere Geheimwaffe. Jen tippt ihn an, er steigt auf das Seil und überquert es zügig, ohne auch nur ein einziges Mal runterzufallen. Ein paar Sekunden verschwendet er auf einen dramatischen Abgang und ein Zwinkern in Richtung seines Gegners, sodass Paz nur noch ein bisschen Vorsprung hat, als er mit ihr abklatscht.

Die Aussicht auf den Sprung durch den Reifen hat sie nervös gemacht, aber ich habe ihr versichert, dass das auch nicht anders ist, als bei »Shriner's Ballet« durch die Arme der Shriners zu springen. Also nimmt sie Anlauf, rennt los und fliegt durch den Reifen, landet mit einem Salto und rollt mit einer deutlich eleganteren Bewegung auf mich zu, als ich in den letzten Wochen zustande gebracht habe.

Als sie mich antippt, sind wir immer noch in Führung, aber wenn ich das hier versaue, war's das, Game over, keine Wiederholung. Ich habe es schon ein paarmal auf die andere Seite geschafft. Aber jetzt hängt alles von mir ab. Nicht nur unser möglicher Sieg, ich muss auch … etwas beweisen. Den Leuten aus meiner Hütte, Hudson und seinen Freunden und mir selbst vielleicht auch? Ich muss beweisen, dass Randy alles kann, was Del kann. Dass sie irgendwie derselbe Mensch sind.

Also nehme ich Anlauf, sprinte los und mache einen Satz ans Seil. Ich packe es mit festem Griff, und obwohl ich merke, dass Hudson sich neben mir befindet, springe ich ab und komme auf dem Boden auf, als wäre er nicht da.

»Blau gewinnt«, verkündet Joan mit wenig Enthusiasmus.

Ich mache einen Luftsprung, und als mein Team meine Reaktion sieht, bricht es in Jubel aus.

Hudson verschränkt die Arme vor der Brust. »Was war das denn?«, fragt er und starrt mich dabei an.

»Wir haben gewonnen«, gebe ich grinsend zurück. »Und was kriege ich fürs Gewinnen?«

»Punkte«, wirft Joan trocken ein.

»Ich meine …«, fahre ich unbeirrt fort und gehe zu Hudson, um ihm über die Brust zu streicheln. Meine Nägel sind in Einhorn-Apokalypse lackiert. »Bekomme ich einen Kuss?«

»Nicht so«, erwidert er. »Ich kann nicht fassen, dass du gewonnen hast. Mit denen. So, wie du aussiehst. Das ist als … als würdest du mir ins Gesicht spucken.«

»Was?« Ich nehme die Hände weg. »Es ist nur ein Spiel. Wir haben uns so angezogen, um unser Selbstbewusstsein zu pushen. Es sind nur Make-up und Klamotten. Deine Eltern sind nicht hier. Was ist das Problem?«

»Ich …« Er mustert mich von oben bis unten, und so habe ich ihn noch nie gesehen. Er ist wütend. Richtig wütend.

Ich werde von tausend Gefühlen gleichzeitig überrollt. Ich bin verletzt, weil er wegen so was wütend wird. Habe Angst, dass mein Plan gescheitert ist und er mich jetzt nicht mehr liebt. Fühle mich dumm, weil ich mich geschminkt habe. Noch mal dumm, weil ich gedacht habe, dass er mich so sehr liebt, dass es ihm egal ist, was ich anziehe. Und extra dumm, weil ich überhaupt geglaubt habe, mein Plan würde aufgehen. Dass Hudson *mich* je lieben könnte.

All das zusammen führt in meiner Brust einen Stepptanz auf, schön synchronisiert wie bei einer dieser großen Fernsehnummern, wo alle in einer Reihe stehen und Formationen tanzen, bei denen einem ganz schwindelig wird und die Tanzenden es trotzdem irgendwie schaffen, ihre Füße gleichzeitig aufzusetzen. Und mich damit in Grund und Boden zu stampfen.

Hudson geht in den Wald, und ich folge ihm. Das ist doch genau wie die Situation mit Brad, als der sich die Nägel lackiert hat, oder? Hudson muss einfach nur darüber reden. Er *liebt* mich. Das wird sich ja wohl kaum ändern, weil ich ihn im paillettenbesetzten Outfit auf dem Hindernisparcours geschlagen habe. Erträgt er es wirklich nicht, dass ich gewonnen habe und dabei auch noch fantastisch aussehe?

Vielleicht liegt es aber auch nur an meinem Aussehen. Ich weiß es nicht.

Er setzt sich hinter ein paar Büschen, wo ihn sonst niemand sehen kann, auf einen Fels, und ich setze mich neben ihn.

»Was ist los?«, frage ich ihn, diesmal ernster, und lege ihm eine Hand aufs Bein.

»Ich … Es wäre auch so schon peinlich gewesen, wenn ihr den Parcours gewinnt, weil das absolut mein Ding ist. Aber dann trägst du auch noch Make-up und dieses Ding da.«

»Einen Romper mit Pailletten«, ergänze ich.

Er seufzt. »Ich denke einfach, dass du besser als das sein kannst.«

»Besser als was?«, frage ich.

Hudson schweigt, aber mir dämmert langsam etwas, und jetzt gesellt sich ein neues Gefühl zu der schrägen Gruppennummer in meiner Brust: Zorn.

»Jedes Jahr erzählst du uns, dass wir besser sein können. Du stellst dich da hin und erklärst uns, dass wir genauso gut wie die Heteros sind, egal, was die uns einreden wollen. Wir haben dir das gerade bewiesen.« Ich ziehe meine Hand von seinem Bein zurück. »Ich weiß echt nicht, was dich daran so stört.«

Als ich aufstehen will, berührt er mich am Bein, also bleibe ich.

»Ich habe über mein Coming-out gelogen«, erwidert er leise. »Meine Eltern. Sie haben es nicht gut aufgenommen. Erst sah es zwar so aus, aber dann … Kurz nach Grandmas Tod war ich mit meiner Mom in der Mall. Und sie stand mit mir bei den Schminksachen. Ich habe diesen Lidschatten gesehen. Blau …« Er schaut zu mir auf, lächelt aber nicht. »Ein bisschen wie der, den du gerade trägst. Ich habe ihn in die Hand genommen und meiner Mutter gezeigt und gesagt: ›Das war Grandmas Lieblingsfarbe. Kann ich den haben?‹ Ich weiß gar nicht, warum ich um Erlaubnis gefragt habe. Oder doch, eigentlich schon. Weil ich wusste, dass ich ihn mir nicht wünschen darf. Oder ich wollte einfach, dass sie sagt, dass das okay ist. Oder so. Doch sie hat ihn mir abgenommen, ihn wieder ins Gestell gesteckt, mich dann am Handgelenk gepackt und um die nächste Ecke gezogen. Da hat sie mich gegen die Wand geschubst – nicht fest, aber ich erinnere mich, dass ich mir den Kopf gestoßen habe. Und dann hat sie mir eine Hand auf die Brust gelegt, als würde sie mich dort an der Wand festhalten wollen, und ganz leise geflüstert: ›Mir ist deine Sexualität egal, aber mein Sohn wird kein Make-up tragen wie eine Schwuchtel.‹ Und dann hat sie mich wieder losgelassen.«

»Das ist schrecklich.« Mir war klar, dass seine Eltern nicht so gut damit klarkommen, dass er queer ist, aber sein Kind mit diesem Wort zu beschimpfen … Das ist echt schlimm.

»Ihre Mutter war gerade gestorben. Sie war traurig. Und sie hat sich auch direkt dafür entschuldigt. Ich weiß noch, dass ich das Gefühl hatte, als hätte sie mir gerade was aus der Brust gerissen, ganz leer und hohl fühlte sich das an, und hätte ich was gesagt, hätte es ein Echo gegeben, weil da nichts mehr in mir drin war. Sie wollte schon gehen, hat sich nach fünf Schritten oder so noch mal umgedreht und gesagt: ›Tut mir leid, ich hätte das Wort nicht benutzen sollen. Komm, wir sind schon spät dran.‹«

»Das war alles, wofür sie sich entschuldigt hat?«

»Und an diesem Abend«, fährt Hudson fort, als hätte er mich gar nicht gehört, »ist mein Dad zu mir ins Zimmer gekommen, hat sich auf mein Bett gesetzt und gesagt, dass er gehört hat, dass meine Mom ein schlimmes Wort benutzt hat, aber dass sie sich auch dafür entschuldigt hat, und er hat gefragt, ob mit mir alles in Ordnung ist. Und ich habe Ja gesagt, aber auch, dass ich erschrocken bin. Und er meinte: ›Hudson, du musst das verstehen. Du bist was Besonderes. Deine Mom und ich … wir verstehen homosexuelle Leute nicht. Als du uns gesagt hast, dass du schwul bist, dachten wir, dass es das war – dass du nicht mehr wirklich unser Sohn bist. Wir hatten Angst. Aber wir haben uns damit abgefunden. Das haben wir uns für dich nicht gewünscht … aber es ist in Ordnung. Aber so Sachen wie Make-up, Dragqueens, in Unterwäsche auf Paraden tanzen und mit Federboas winken … das bist nicht du. Das … sind Freaks. Und ich glaube, dass diese Leute einen schwachen Willen haben. Ich meine, das ist es doch, was die Gesellschaft von ihnen sehen will – diese Tunten, die in knappen Höschen durch die Gegend springen. Aber du bist nicht wie die. Du bist stärker. Du wirst der Gesellschaft ins Gesicht schauen und sagen: *Ja, ich bin ein Homosexueller, aber ich bin kein Schwächling.* Darauf bin ich stolz. Und ich glaube, das wollte deine Mom damit sagen. Dass wir stolz auf dich sind. Okay?‹ Und als ich *Okay* gesagt habe, ist er gegangen.«

»Aber das ist nicht okay«, erwidere ich. »Das ist furchtbar.«

»Die Sache ist aber …« Hudson nimmt seine Hand von meinem Bein. »Mir hat es gefallen, dass ich was Besonderes für ihn bin. Und … ich glaube, er hat recht.«

Das Ensemble in meiner Brust hält für einen Moment inne, nur um dann weiterzutanzen, aber die Instrumente sind jetzt verstimmt. Und liegen ein paar Takte daneben.

»Inwiefern?«, will ich wissen.

»Ich glaube, dass es schwach ist, ein Klischee zu sein. Zu sein, was alle von einem erwarten. Ich glaube, dass es stark ist … maskuliner zu sein. Ich finde das besser.«

»Das ist doch absurd«, entgegne ich. »Mein Team hat deins gerade geschlagen und sah dabei megafeminin aus.«

»Deswegen bin ich ja so wütend geworden. Aber … Ich weiß, was du gleich sagst. Dass die Kleidung keine Rolle spielt. Make-up keine Rolle spielt. Und vielleicht stimmt das hier sogar. Aber zu Hause? Weißt du, was passieren würde, wenn ich deinen Anzug in meiner Stadt tragen würde? Oder mit jemandem Händchen halte, der so rumläuft?«

»Ich glaube, dass es die homophoben Arschlöcher schon stört, dass du mit einem Kerl Händchen hältst, ganz egal, was der anhat.«

»Vielleicht. Aber vielleicht wollen sie ja auch nur, dass wir so sind wie sie.«

»Die können uns mal. Du hast gesagt, dass wir besser sein können. Aber wie die zu sein, ist nicht besser. Wir können alles, was Heteros können, da hast du recht. Aber queer sein bedeutet auch, dass wir das nicht müssen, wenn wir es nicht wollen, und das macht es so besonders.«

»Ich … weiß nicht, ob ich so mutig bin«, gibt Hudson zu.

Und damit verhallen die Tanzschritte in meiner Brust. Die Tänzer brechen zusammen. Mir bricht das Herz für ihn.

Ich greife nach seiner Hand und drücke sie. »Sweetie, du bist es.«

»Mit dir …« Er schaut auf unsere verbundenen Hände und den Nagellack, der zwischen seinen Fingern hindurchschimmert. »Woher wusstest du das?«, fragt er plötzlich.

Im Wald wird es totenstill. Kein Vogel ist mehr zu hören.

»Was denn?«

»Was ich jedes Jahr gesagt habe? Dass ich immer sage, dass wir besser sein können?«

Da wären wir also. Jetzt oder nie. Zeit für meinen großen Auftritt. *Tief durchatmen, Randy.* Wie vor jedem Solo.

»Weil du es zu mir gesagt hast. Jedes Jahr«, antworte ich.

»Was?«

Ich stehe auf. Enthüllungsmonologe kann man nicht im Sitzen rüberbringen. Also stelle ich mich vor ihn, greife nach seinen Händen und versuche, liebevoll und ehrlich auszusehen. Das war nicht Teil des Plans. Ich wollte ihn langsam heranführen. Ihm all meine Facetten zeigen und ihm dann alles erzählen, wenn wir glücklich verliebt sind. Der Romper sollte eine sichere Nummer werden, weil es ein Kostüm ist, eine Vorschau, nichts, was er dermaßen ernst nimmt. Ich weiß nicht, ob er immer noch in mich verliebt ist – ich glaube schon –, aber im Moment sind wir nicht glücklich. Nicht wie vorher. Und für langsames Heranführen war auch keine Zeit.

»Mein Name ist Randall Kapplehoff.«

»Ich weiß«, erwidert er sichtlich verwirrt.

»Und das hier ist mein fünftes Jahr in Camp Outland.«

Er entzieht mir seine Hände. »Was?«

»Vorher war ich immer Randy«, sage ich, mache ein paar Schritt weg von ihm, komme dann aber zurück. »Ich habe auch anders ausgesehen. Ich hatte längere Haare und war pummeliger. Und ich habe jedes Jahr beim Musical mitgespielt, ich war schon immer in Hütte sieben. Letztes Jahr war ich Domina in ›Toll trieben es die alten Römer‹.«

Hudson schaut mit zusammengezogenen Brauen zu mir hoch, doch dann setzt die Erkenntnis ein. Dicht gefolgt von Schmerz. »Warum?«, will er wissen.

»Für dich.« Ich knie mich vor ihn. »Jedes Jahr war ich in deiner Nähe, und was du zu uns gesagt hast – auch wenn ich nur einer von vielen beim Camp-Wettkampf war –, hat mir das Gefühl gegeben … was Besonderes zu sein. Als hätte ich Sterne in mir, ganze Galaxien. Du hast gesagt, dass wir alles sein können, und ich habe dir geglaubt, auch wenn du es nicht so gemeint hast, wie ich dachte …«

Ich halte einen Moment inne und frage mich, ob das wohl bedeutet, dass alles, was ich an ihm geliebt habe, nur eine Lüge war. Ob ich ihn erst dieses Jahr richtig kennengelernt und mich in ihn verliebt habe.

»Ich hatte das Gefühl, als könnte ich alles schaffen. Das hast du mir gegeben. Und … ich wollte das Gleiche für dich tun. Ich wollte mit dir zusammen sein. Also habe ich …«

Er steht auf und geht angespannt ein Stück von mir weg, bevor er sich zu mir umdreht. »Also hast du gelogen?«

»Nein«, erwidere ich hastig, stehe auf und gehe zu ihm. »Nein. Ich habe meine Frisur und meine Kleidung verändert, habe ein bisschen abgenommen und mich dieses Jahr für andere Kurse eingetragen. Aber ich habe nie gelogen. Ich … habe dir nur nicht alles von mir gezeigt.«

»Du hast gelogen«, wiederholt er, doch dieses Mal ist es keine Frage. Er hat die Augen aufgerissen und schaut überall hin, nur nicht zu mir.

»Nein«, sage ich nachdrücklich. »Hudson. Ich bin immer noch derselbe. Ich finde den Hindernisparcours toll. Ich bin gerne ein Captain beim Wettkampf, ich mag Sport und Wandern … was mich selbst überrascht hat, aber es stimmt. Und ich mag auch Musicals und Tanzen und Singen, und ich trage gerne Make-up und Nagellack. Und ich liebe dich.« Wieder will ich nach seinen Händen greifen, doch er lässt es nicht zu.

»Dann ist das …« Er deutet mit einer angewiderten Geste auf mein Outfit. »Das ist also, wie du wirklich bist.«

»Ja. Aber ich bin immer noch derselbe Mensch, den du kennst und liebst.«

»Nein.« Er schüttelt den Kopf und weicht vor mir zurück. »Ich weiß nicht, wer du bist. Und du hast mich belogen. Vom ersten Moment an, in dem ich dich gefragt habe, ob du neu bist. Alles Lügen. Weiß es noch jemand?«

Ich kann die Tränen nicht zurückhalten. Sie laufen mir über die Wangen, doch ich nicke. Das hier funktioniert nicht. Es hätte mir klar sein müssen, dass es nicht funktionieren würde.

»Wer noch? Brad? Die Leute aus meiner Hütte? Ich meine … wer weiß es denn nicht?«

»Ist doch egal.«

»Haben alle hinter meinem Rücken über mich gelacht? Dass mich so ein … Theater-Nerd verarscht hat? War wohl die Rolle deines Lebens.« Er weint inzwischen ebenfalls, wischt sich die Tränen aber mit geballten Fäusten weg.

»Ich bin immer noch derselbe«, versuche ich ihn zu überzeugen, auch wenn ich genau weiß, dass das sinnlos ist. »Ich bin der Kerl, in den du dich verliebt hast.«

»Nein.« Er schüttelt wieder den Kopf. »Du bist, was meine Mom eine Schwuchtel nennen würde.«

Das Wort verlässt seinen Mund wie eine Kugel, die das trifft, was von meinem Herz noch übrig war, und mit einem Schlag ist es weg. Ich bin nicht mal mehr traurig. Der Schmerz über unsere zerbrechende Beziehung, der eben noch wie ein Wasserfall durch mich hindurchgetobt ist, gefriert zu Eis. Alles wird zu Eis. Ich sehe es auch auf Hudsons Gesicht, wie sich dieser Moment in unsere Erinnerung gräbt und keiner von uns mehr atmen kann.

Und dann ist es vorbei.

Und ich gehe.

»Del, warte.« Er eilt mir nach. »Ich wollte das Wort nicht benutzen.«

Ich drehe mich zu ihm um. »Es geht nicht um das Wort. Denkst du, dass mich noch nie jemand so genannt hat? Dass es noch nie Mädchen auf dem Gang in der Schule hinter meinem Rücken geflüstert oder mich irgendwelche Typen auf der Straße damit beleidigt haben? Hey, Montgomery benutzt *Schwuchtel* manchmal sogar liebevoll. Ich kenne dieses Wort, Hudson. Ich weiß, was es bedeutet, und ich weiß, was du damit gemeint hast. Selbst wenn du es nicht benutzt hättest, hättest du dasselbe ausgedrückt. Weil es das ist, was du denkst, oder? Wir können besser sein. Und damit meinst du *weniger klischeehaft*. Sich mehr zu verhalten wie Heteros. Du hast gedacht, dass ich besser bin. So wie du – was Besonderes. Ich *bin* was Besonderes, Hudson. Ich bin besser. Und ich bin eine Schwuchtel.«

»Del, es tut mir leid. Ich war wütend, und ich weiß nicht, wer du bist und …«

»Doch, tust du.« Damit wende ich mich ab. »Und mein Name ist Randy.«

Ich finde Mark beim Eierlauf, wo er immer noch den Soundtrack von »Bye Bye Birdie« spielt.

»Wo warst du denn?«, will er wissen. »Blau braucht dringend ein bisschen mehr Feuer. Oh, dein Make-up ist verschmiert. Ist alles okay?«

»Darf ich zurück zum Theater kommen?«, frage ich. Meine Stimme klingt hohl, und ich versuche zu lächeln, um es zu überspielen. »Ich weiß, dass ich keine Rolle mehr übernehmen kann. Ich arbeite hinter der Bühne, baue Kulissen, kümmere mich um die Requisiten, egal was. Ich will nur wieder zurück.«

»Ist alles okay?«, wiederholt er. Er sieht traurig aus.

»Ich … bitte, darf ich zurückkommen?«

Plötzlich umarmt er mich unglaublich fest, und ich weine blaues Make-up in sein Shirt. »Natürlich darfst du das. Du kannst immer zurückkommen.«

ZWEIUNDZWANZIG

EIN JAHR ZUVOR

Die Scheinwerfer sind so hell und heiß, dass ich unter dem Make-up und der Toga zu schwitzen anfange, sobald ich einen Fuß auf die Bühne setze. Das Publikum ist aufgeregt, aber nicht angespannt. Gerade steuern wir auf den Höhepunkt von Akt zwei zu, und bisher wurde es gut unterhalten, also geht es gerne bei allem mit, was noch kommt.

Und als Nächstes kommt meine große Nummer.

Mark und Crystal haben sich eine komplexe Choreo für mich einfallen lassen, als wäre es nicht schon schwer genug, laut zu singen, alle hohen Töne zu treffen und mich nicht bei den zungenbrecherischen Textzeilen zu verhaspeln. Das Bühnenbild zeigt ein Amphitheater, ein Kolosseum, und um mich herum befinden sich Stufen. Ich betrete die Bühne, schaue ins Publikum und singe.

Das Tolle an »Dirty Old Man« ist, dass ich das Drama richtig hochschrauben kann. Mark hat mich darin bestärkt. »Gealterte Hollywood-Diva aus einem goldenen Zeitalter«, hat er es genannt. »Denk an Norma in ›Boulevard der Dämmerung‹, denk an Davis in ›Alles über Eva‹.«

Und so habe ich meinen Ausdruck perfektioniert, die geweiteten Augen und das leichte Zurücklegen des Kopfs. Ich bin keine Dragqueen, aber die falschen Wimpern durften für die richtige Ausstrahlung trotzdem nicht fehlen. Und nun muss ich das alles vereinen, während ich über den

Mann singe, den ich liebe – der ein Mistkerl ist, was ich auch weiß –, wie er mich betrügt, mich schikaniert und dass ich nicht weiß, ob ich ihn küssen oder umbringen soll.

Und während ich singe, laufe ich die Stufen des Amphitheaters hoch und runter. Nein, ich laufe nicht. Ich tanze. Und pose. Ist ganz schön schwierig. Das Singen ist am wichtigsten, dann das Schauspielern, dann das Tanzen, zumindest laut Mark. Wenn ich also mal stolpere, soll ich mir keine Gedanken darüber machen. Aber ich will nicht stolpern.

Und das tue ich auch nicht. Während sich die Melodie weiter hochschraubt, spüre ich, wie das Publikum mir folgt. Ich merke, wie es versucht, nicht zu lachen, weil es die Performance nicht stören will, fühle, wie es mir an den Lippen hängt, meine Mimik und Schritte genau beobachtet. Hoch und runter die Stufen geht es, wie in der Beziehung meiner Figur mit ihrem Ehemann. Jede neue Affäre ist eine Herausforderung, jeder Moment der Liebe zu ihm ein Absturz, und der einzige Kompromiss ist die Wut. Lustige Wut natürlich. Die Posen, die Grimassen, die ausladenden, hohen Schritte, das Schwanken zwischen Zorn und Lust.

Ich höre beim Singen das Publikum leise lachen, spüre aber auch sein Mitleid mit mir. Es fühlt sich an, als würden wir ein Gespräch miteinander führen, mit dieser Figur spielen, wer sie ist und was sie will. Wie einsam sie ist. Und das können wir alle nachvollziehen.

Ich beende den Song mit einer lang gezogenen, hohen Note und einer dramatischen Verbeugung. Dann kommt der Applaus. Er überrollt mich wie eine hohe Welle im Meer und reißt mich beinahe von den Füßen. Das Licht geht aus, und ich sehe Jasmine, die im Publikum steht und begeistert klatscht. Ich lächle, aber Jasmine springt nach jeder Nummer auf. Doch dann erheben sich plötzlich auch andere. Leute aus dem Camp. Meine Eltern. Die Eltern von anderen. Das ganze Publikum steht, und ich spüre, wie mir

Tränen in die Augen steigen. Ich falte die Hände, verbeuge mich erneut und werfe ihnen ein paar Küsschen zu – man muss ja in der Rolle bleiben –, bevor ich von der Bühne schreite.

»Was für ein Applaus!« George fällt mir um den Hals, sobald das Publikum mich nicht mehr sehen kann.

»Sie sind aufgestanden!«, erwidere ich ganz leise, als er mich wieder loslässt.

»*Was?* Standing Ovations?« George umarmt mich noch mal. »Darling, das ist fantastisch und du hast es so verdient!«

»Pscht!«, zischt Mark uns an. »Aber es war grandios, Randy. Du kannst stolz auf dich sein. Und jetzt mach dich für die nächste Szene bereit.«

Nachdem wir uns ein letztes Mal verbeugt haben, versammelt sich die ganze Truppe hinter der Bühne, wo wir uns umarmen, miteinander lachen und weinen. Das Bittersüße am Musical ist, dass die Aufführung am letzten Tag stattfindet. Im Anschluss schminken wir uns ab, packen unsere restlichen Sachen, es gibt Mittagessen mit unseren Eltern und dann fahren wir. Unser stolzester Moment ist auch unser Abschied.

Aber in den Minuten direkt nach der Aufführung überwiegt die Freude. Ich nehme George und Ashleigh und Paz und Montgomery und alle anderen in den Arm. Als wir damit fertig sind, uns gegenseitig zu gratulieren, bilden wir mit Mark und Crystal auf der Bühne einen Kreis, in dem wir uns an den Händen halten. Das Publikum hat den Raum inzwischen verlassen.

Mark hält eine kleine Rede. »Vielen Dank an euch alle, dass ihr dieses Jahr beim Musical mitgemacht habt. Wir haben zusammen etwas wirklich Besonderes und Großartiges geschaffen, und ich hoffe, dass euch das allen bewusst ist. Mein Therapeut sagt, dass das Theater uns die Möglichkeit bietet, mit verschiedenen Identitäten zu spielen, ohne dabei uns selbst zu verlieren. Dinge auszuprobieren und Grenzen zu überwinden, egal, was andere Leute darüber denken. Ein bisschen recht hat er damit vielleicht schon, aber eigentlich stimmt es doch nicht. Weil *wir* das Theater sind. Diese Identitäten sind keine Kostüme, die wir anprobieren – sie sind unterschiedliche Facetten von uns, die alle echt sind. Und es braucht Mut, das der Welt zu zeigen. Deswegen bin ich *so* stolz auf euch. Auf euch alle.«

Er schnieft und Tränen laufen ihm übers Gesicht. Crystal legt den Kopf an seine Schulter.

»Weil ihr nicht nur meine Vision auf die Bühne gebracht habt, sondern euch selbst. Wir sind eine Familie. Eine verrückte, theatralische, queere Familie. Und ich bin so froh, dass wir diesen Sommer miteinander verbringen und dieses Stück zusammen auf die Beine stellen durften.« Er schüttelt den Kopf und versucht, weitere Tränen zu unterdrücken, was mich wiederum zum Heulen bringt. »Ich schicke euch allen das Video der Aufführung per E-Mail. Wir werden uns erst nächstes Jahr wiedersehen, aber ich denke an jeden Einzelnen von euch und freue mich schon auf das Musical nächstes Jahr. Und jetzt … treten die, für die das der letzte Sommer im Camp war, bitte in die Mitte?«

Fünf Leute stellen sich in die Mitte des Kreises, und Mark nennt sie alle beim Namen, muss aber mittendrin aufhören, weil er zu sehr weint. Crystal übernimmt den Rest.

»Ihr werdet immer Teil dieser Familie sein«, sagt sie. »Für euch ist in diesem Theater immer ein Platz frei. Und wenn ihr uns braucht, können wir mailen, telefonieren, videochatten oder sonstwie in Kontakt bleiben. Ich weiß, dass es wehtut, nächstes Jahr nicht mehr herkommen zu dürfen, aber ihr werdet in die Welt hinausgehen und dort euer eigenes, fantastisches, queeres Theaterleben führen. Und nächstes Jahr kommt ihr zur Aufführung, setzt euch ins Publikum und erzählt uns danach eure Collegegeschichten. Wir werden immer stolz auf euch sein. Und wir werden euch vermissen.«

»Aber nicht so sehr, weil ihr uns wirklich immer eine E-Mail schicken könnt«, fügt Mark noch schnell hinzu.

Der Kreis schließt sich als große Gruppenumarmung um die fünf in der Mitte, und mehr als nur ein paar von uns weinen. Dann lösen wir uns voneinander, wischen die Tränen weg und ziehen uns um, um wieder in die normale Welt hinauszugehen.

Draußen warten meine Eltern auf mich.

»Schatz! Du warst so toll!« Meine Mom eilt auf mich zu und umarmt mich fest.

Dad klopft mir auf den Rücken. »Wirklich gut, Kumpel.«

»Danke.«

»Hast du künstliche Wimpern getragen?«, fragt er, und ich nicke. »Unglaublich. Im Theater geht's verrückt zu.«

Ich lache, und meine Mom entdeckt George und Ashleigh, die mit ihren Eltern zu uns rüberkommen.

»Hi, George. Du warst großartig«, sagt meine Mom. »Und Ashleigh, das Licht war wirklich schön.«

»Danke, Mrs Kapplehoff«, erwidern sie beinahe gleichzeitig.

Ihre Eltern loben mich ebenfalls, und dann machen wir alle zusammen einen kleinen Rundgang durchs Camp, bevor wir in den Speisesaal gehen.

»Darling, ich weiß ich nicht, wie ich jetzt wieder zurück in die Schule gehen soll«, meint George beim Essen zu mir. »Was für ein Sommer! Wenn ich wieder in New York bin, führen wir an meiner Highschool sicher die tolle

Heteroversion eines tollen Heteromusicals auf, und ich und die anderen werden gut darin sein, aber es ist nicht … überragend. Das war die Aufführung heute. Überragend.«

»Uns bleibt immer noch nächstes Jahr hier«, erwidere ich.

»Das stimmt.« George greift nach meiner Hand und ich nehme sie. Ashleigh schaut zu uns rüber, und wir warten, bis sie seufzt und ihre Hand auf unsere legt.

»Ist ja nicht so, als würden wir nicht ständig chatten«, sagt sie. »Aber klar, nächstes Jahr. Das wird super.«

DREIUNDZWANZIG

Es fällt mir leicht, mich wieder in die Musical-Truppe einzufügen. Beinahe ist es, als wäre ich nie weg gewesen. Insidergags hinter der Bühne, die Stichwörter erkennen, den Proben vom Zuschauerbereich aus zusehen. Meine Nägel sind in Einhorn-Apokalypse lackiert, meine Garderobe ist wieder stylisher, und ich habe immer einen Fächer in der Tasche, falls mir mal zu warm wird oder ich meinen Worten *Nachdruck* verleihen muss. Wenn ich nicht nur hinter der Bühne arbeiten würde, könnte ich fast glauben, dass die ersten zwei Wochen im Camp nie stattgefunden haben.

Na ja, das und die mitleidigen Blicke. Und das seltsam schwere Gefühl in meinem Bauch, das ich die ganze Zeit über zu verstecken versuche.

Niemand weiß so richtig, was passiert ist. Ich habe ihnen erzählt, dass es zwischen mir und Hudson aus ist und ich zurückkomme, das war's. Am Sonntag haben wir den letzten Tag des Wettkampfs hinter uns gebracht – Team Blau hat gewonnen, und darauf war ich auch stolz. Es hat sich trotzdem angefühlt, als wenn einen jemand durch einen dicken Pullover hindurch berührt. Aber ich habe scheinbar stolz und glücklich mit den anderen Captains zusammen in unseren Rompers auf der Bühne getanzt. Und dann war es vorbei, ich bin in die Theaterhütte zurückgekehrt und alles wurde wieder so, wie es früher war. Wie es immer hätte sein können, wenn ich nicht so dumm gewesen wäre.

Hudson ignoriert mich genauso wie ich ihn. Ich schaue nicht mehr in seine Richtung, wie man nicht in die Sonne schaut, aber ich weiß immer, wo er ist, damit ich meinen Blick rechtzeitig abwenden kann.

»Willst du drüber reden?«, fragt George mich am Montagabend, als wir uns bettfertig machen.

»Da gibt es nichts zu reden«, antworte ich. »Der Plan ist nicht aufgegangen. Ich habe ihm die Wahrheit gesagt, und wie sich herausgestellt hat, ist er auch nicht der, für den ich ihn gehalten habe.«

»Okay, Darling, aber wir sind für dich da, okay?«

»Ja«, stimmt Ashleigh ihm zu. »Ich freue mich, dass du wieder bei uns mitmachst … aber ich finde es scheiße, dass es dir nicht gut geht.«

»Mir geht's nicht schlecht«, meine ich. Das stimmt auch. Alles ist irgendwie taub. »Ich fühle mich nur ziemlich dumm.«

»Du bist nicht dumm«, protestiert George. »Ein Romantiker vielleicht. Ein Träumer.«

»Ein Theater-Nerd«, fügt Ashleigh hinzu.

»Aber nicht dumm«, beendet George den Satz.

Lächelnd steige ich in mein Bett. »Danke.«

»Wenn du was brauchst, sind wir da«, sagt George.

Ich kann mich wirklich glücklich schätzen. Und ich sollte nicht jammern. Dann hat sich mein Traummann eben als genau das herausgestellt: ein Traum. War sowieso ein bisschen weit hergeholt, die ganze Sache, oder?

Mark macht das Licht aus. Tränen steigen mir brennend in die Augen, und ich weiß gar nicht, warum. Worüber sollte ich traurig sein? Alles ist wieder so, wie es mal war.

Dann fühle ich mich eben nicht mehr, als hätte ich Sterne in der Brust. Na und? Das Weltall besteht sowieso zum größten Teil aus nichts. So viele Meilen und Kilometer liegen zwischen den einzelnen Sternen.

Brad tut mir richtig leid. Dass Hudson und ich uns getrennt haben, führt dazu, dass die Gruppen beim Mittagessen wieder getrennt sitzen, aber Brad will auch bei George sein. Also teilt er seine Zeit auf – Frühstück und Mittagessen mit Hudson, Abendessen mit George.

»Abendessen ist romantischer«, erklärt er.

George verdreht die Augen, lächelt aber, als Brad ihn auf die Wange küsst.

Ich schaue weg. Auf gar keinen Fall werde ich so ein Freund, der es nicht erträgt, dass die Leute um ihn herum glücklich in ihren Beziehungen sind, nur weil die eigene gerade zu Ende gegangen ist. Außerdem wäre ich dann ganz allein, weil Ashleigh jetzt ständig mit Paz Händchen hält. Sie hat noch nichts erzählt, aber am Dienstag erwischt George die beiden dabei, wie sie vor der Probe hinter der Theaterhütte rummachen.

»Ashleigh hat Paz gegen die Wand gedrückt und ihr praktisch den Vampir gemacht«, flüstert er mir backstage zu. »Wenn Paz jetzt auf mysteriöse Weise verschwindet und dann ein blasser Nachtmensch wird, wissen wir, warum.«

Ein paar Minuten später kommen die beiden herein, und auf Paz' Hals bildet sich bereits ein Knutschfleck.

»Sieht so aus, als hätten sie miteinander geredet«, meine ich kichernd, kann aber nicht hinschauen.

Ich freue mich wirklich für Ashleigh und für George auch. Das meine ich ernst, aber irgendwie ist es auch schwer, zuzusehen, wie glücklich sie sind.

Ich setze mich ins Publikum, während die anderen sich hinter der Bühne ihre Kostüme anziehen. Mark hat noch nichts für mich zu tun gefunden. Also beobachte ich Paz und Montgomery bei der Probe von »One Boy«, doch da ruft Mark aus der ersten Reihe zu mir nach hinten: »Randy ... Was denkst du?«

»Was?«, frage ich zurück.

Er winkt mich zu sich, und ich gehe nach vorn, um mich neben ihn zu setzen. »Herzlichen Glückwunsch. Du bist ab sofort die Regieassistenz. Crystal und ich haben entschieden, dass wir deinen Input gebrauchen können. Also, was meinst du dazu?«

Was? Ich bin jetzt was?

»Zu dem Song?«

»Ja, zu dem Song, Randy«, gibt er genervt zurück. »Komm schon, denk mit.«

»Oh ...« Tief durchatmen. »Okay, der Text geht sowieso hin und her, deswegen finde ich, dass ihr die Geschlechter in den einzelnen Strophen einfach abwechseln könntet – mal vom Jungen, mal vom Mädchen singen. Junge, Mädchen, Mann, Frau.«

Mark nickt. »Gut. Und die Darbietung?«

Ich schaue zu Paz und Montgomery hoch. Will ich ihnen wirklich kritisches Feedback geben?

»Ich weiß, dass ihr Freunde seid, aber ich bin mir sicher, dass sie die bestmögliche Performance abliefern wollen«, sagt Mark. »Oder?«

Paz und Montgomery nicken.

»Und wir wissen alle, dass an dir ein Regisseur verloren gegangen ist. In den letzten beiden Wochen hast du in deinem eigenen Stück die Hauptrolle gespielt und gleichzeitig Regie geführt. Also ... Das ist das Lied, in dem sie darüber sprechen, dass sie einen Menschen lieben, dass sie fest mit ihm zusammen sein wollen. Was stimmt damit nicht?«

»Es ist zu inszeniert«, antworte ich, ohne darüber nachzudenken. »Sorry.«

»Nein«, erwidert Mark. »Red weiter.«

»Sie schauen ins Publikum, als müssten sie dem ihre Liebe beweisen, aber wenn man Liebe empfindet, ist es doch mehr in einem drin … Man muss sie nicht zeigen oder irgendwas beweisen. Sie sollten eher nach oben schauen.«

Mark kratzt sich am Kinn. »Gefällt mir. Versuchen wir das. Schaut dieses Mal nicht ins Publikum, sondern zu den Sternen hoch.«

Crystal setzt am Klavier wieder ein, und dieses Mal sieht es viel romantischer aus, wenn ich das mal so sagen darf.

Als sie fertig sind, nickt Mark zufrieden. »Gut, das gefällt mir! Crystal, ich will ein bisschen mehr Bewegung. Was meinst du?«

Sie steht auf, zeigt Paz und Montgomery ein paar neue Schritte, und ich wende mich währenddessen an Mark.

»Machst du das, weil du Mitleid mit mir hast?«, frage ich ihn.

Mark zieht eine Augenbraue hoch und sieht einen Moment sehr traurig aus, als würde ich ihm leidtun – aber nicht, wie alle anderen mich anschauen. Ich tue ihm nicht leid, weil ich Hudson verloren habe. Er fühlt wegen etwas anderem mit mir.

»Randy, ich mache das, weil du Talent hast und es jetzt zu spät ist, dich auf die Bühne zu stellen, ich dieses Talent aber so gut nutzen werde, wie ich kann. Und das bedeutet, mir deine Einschätzung anzuhören. Das ist kein Trostpflaster. Ich will, dass du mit den Leuten auf der Bühne arbeitest, dafür sorgst, dass sie die Gefühle richtig rüberbringen, so wie du es gerade gemacht hast. Verstanden?« Er legt mir lächelnd eine Hand auf die Schulter, als ich nicke. »Ich treffe natürlich trotzdem die endgültigen Entscheidungen.«

Ich muss lachen. »Hätte auch nie was anderes gedacht.«

Den Rest der Probe verbringe ich neben Mark und gebe ein paar Hinweise. Ich stehe zwar nicht auf der Bühne, aber dieser Job ist auch toll. Vielleicht liegt hier ja meine Zukunft. Randy Kapplehoff: Regisseur am Broadway. Na ja … Regisseur/Schauspieler/Tänzer – aller guten Dinge sind drei.

In diesem Moment geht mir auf, wie sehr mir die Vorstellung des Schrägstrichs gefällt. Als würde man seiner Identität etwas hinzufügen, anstatt sie komplett durch etwas anderes zu ersetzen. Allein der Gedanke daran lässt mich meinen Fächer aufklappen, um mir für den Rest der Probe etwas Abkühlung zu verschaffen.

Nachdem wir fertig sind, gehe ich hinter die Bühne und winke Ashleigh zu, die oben hinter dem Publikum in der Stage-Manager-Kabine sitzt. George kommt auf mich zu und umarmt mich.

»Darling, du bist so gut! Diesen Hinweis, den du mir gegeben hast, dass ich bei ›Kids‹ das Gesicht angewidert verziehen soll? Es hat sich hinterher viel besser angefühlt.«

»Ja? Ihr seid nicht böse, wenn ich euch so was sage?«

»Gar nicht«, mischt Paz sich ein. »Nicht, wenn du es so gut machst.«

Ashleigh schleicht sich von hinten an sie ran und schlingt die Arme um sie. »Randy ist jetzt also Regisseur«, meint sie. »Das passt.«

»Danke«, erwidere ich grinsend.

»Ich finde es auch gut!«, ruft Montgomery zu uns rüber und kommt dann auf mich zu. »Sehr autoritär und männlich. Heiß. Sag mal, jetzt, wo das mit dir und Hudson vorbei ist, könnten doch vielleicht du und ich …«

Ich drehe mich weg. Die Erwähnung von Hudson fühlt sich an, als hätte mich jemand von der Bühne geschubst.

»Echt jetzt, Montgomery?«, fragt George. »Ich kenn ja viele Leute ohne Schamgefühl, aber du toppst echt alles.«

»Ach, komm. Er ist heiß. Jeder Kerl im Camp, der nicht versucht, sich an Hudson ranzuschmeißen, wird es jetzt bei Randy probieren. Ich will nur meinen Namen mit ins Spiel bringen.«

Ich schlucke bei dem Gedanken, dass Hudson mit anderen Leuten schläft. Oder versuche es. Meine Kehle ist aber zu trocken.

Montgomery streicht mir im Vorbeigehen über den Arm. »Denk drüber nach. Du weißt ja, wie beweglich ich bin.« Mit leichtem Hüftschwung verschwindet er nach draußen.

»Alles okay?«, erkundigt sich Ashleigh, die immer noch die Arme um Paz gelegt hat.

»Mir geht's gut.« Ich gehe ebenfalls zur Tür und trete in die heiße Sommerluft hinaus, wo ich erst mal gegen das helle Sonnenlicht anblinzeln muss.

George und Ashleigh beeilen sich, mir zu folgen. Ich laufe von der Hütte weg, aber sie lassen nicht locker, und dafür habe ich sie sehr lieb.

»Wenn es dich tröstet … Ich glaube nicht, dass Hudson dieses Jahr noch mit jemand anderem was anfängt«, meint George. »Brad sagt, dass er … echt verwirrt ist. Und wohl Liebeskummer hat, auch wenn er es nicht zugeben will.«

Etwas in mir horcht auf, als würde mein Herz wieder anfangen zu schlagen, nachdem es eine Ewigkeit tot war. »Liebeskummer?«

»Ich glaube aber nicht, dass er deswegen wieder mit dir zusammenkommen will«, fügt er hastig hinzu.

Ich nicke. Natürlich nicht. Warum sollte er? Warum sollte ich, nach dem, was er gesagt hat? Und warum hatte ich trotzdem dieses Gefühl in der Brust?

»Aber vielleicht solltest du mal mit ihm reden? Er guckt beim Mittagessen immer wieder zu dir rüber, aber du willst ihn nicht mal ansehen … Was hat er denn so Schlimmes gemacht?«

»Spielt keine Rolle«, erwidere ich. Er hat dasselbe gesagt wie in den letzten vier Jahren, ich habe es nur vorher nicht richtig verstanden. Dass er was Besseres ist als ich. Besser als meine Freunde. Weil unser Make-up uns zu Tunten macht. Weil wir klischeehafte Schwächlinge sind.

»Darling, ich will doch nur, dass du glücklich bist. Und du siehst nicht glücklich aus.«

»Was meinst du damit?« Ich setze einen perfekt fröhlichen Gesichtsausdruck auf. »Ich bin glücklich.«

»Randy, du bist ein begnadeter Schauspieler, aber mich überzeugst du trotzdem nicht. Du bist traurig. Ich hab dich gestern Nacht weinen hören.«

»Ich auch«, sagt Ashleigh und setzt sich neben mir auf den Boden.

»Das geht vorbei.« Ich lasse die fröhliche Maske fallen. »Gibt auch eigentlich keinen Grund, traurig zu sein. Er … ist nicht der, für den ich ihn gehalten habe.«

»Okay«, meint George. »Und wer ist er dann?«

»Ich will nicht …« Ich lasse mich neben Ashleigh im Gras nieder und lege mich auf den Rücken.

George folgt mir, und Ashleigh lässt sich auch nach hinten fallen, sodass wir nun alle zu den Bäumen hochschauen.

»Wenn ich euch erzähle, was er gesagt hat, müsst ihr das für euch behalten, okay? Ich will nicht, dass die anderen im Camp ihn nicht mehr ausstehen können.«

»Okay«, stimmt George vorsichtig zu.

»Schön«, meint Ashleigh, klingt aber jetzt schon angepisst.

»Er sagt doch jedes Jahr, dass wir besser sein können, besser als das, wofür Heteros uns halten. Was er mit diesem ›besser‹ aber eigentlich meint, ist ›weniger klischeehaft‹. Er denkt, dass wir schwach sind, wenn wir Make-up tragen oder Musicals mögen. Er denkt, dass wir …« Ich will das Wort nicht aussprechen. »… Tunten sind.«

»Das hat er so gesagt?«, hakt Ashleigh nach.

»Ja.«

»Und was hast du geantwortet?«

Ich starre in die Baumkrone hinauf und versuche, sie in Sterne zu verwandeln, aber da sind nur Äste und Blätter. »Ich habe gesagt, dass das eine furchtbare Einstellung ist. Und er hat mir erklärt, warum er so denkt … aber auch zugegeben, dass es vielleicht falsch ist.« Ich spüre, wie mir etwas über die Haut krabbelt und schaue auf meinen Unterarm, über den gerade vorsichtig eine Ameise marschiert. Ich lasse sie.

George stemmt sich auf einen Arm hoch. »Moment mal … Dann hast du seine Meinung geändert? Du hast den supermännlichen Hudson, der nur auf echte Kerle steht, davon überzeugt, dass Männlichkeit nicht die Krone der Queerness ist? Und was ist dann schiefgegangen?«

»Moment mal …« Ich schließe die Augen. »Ihr wusstet, dass Hudson so denkt?«

»Ich habe es immer vermutet«, sagt Ashleigh. »Ich meine … darum geht's doch bei masc4masc normalerweise, oder? Maskulin sein ist besser. Ich will keine Frau daten, deswegen bin ich schwul. Männer sind besser und Frauen sind eklig. Ich bin männlich und lutsche nur die allermännlichsten Schwänze. Grrr.«

George nickt lachend. »Genau das.«

Ich muss ebenfalls lachen, und es fühlt sich gut an, als würde mein Herz singen. »Hättet ihr mir das nicht vorher sagen können, dass er das damit meint?«

»Hättest du uns denn geglaubt?«

Ich schweige so lange, dass uns allen klar wird, dass die Antwort Nein lautet.

»Aber ich bin immer noch verwirrt, Darling. Ich dachte, du hast ihn überzeugt. Das war doch Teil des Plans. Du bringst ihn dazu, sich in dich zu verlieben, und danach nähert er sich mit deiner Hilfe den schönen Dingen des Lebens an, wie Nagellack und Musicals. Du wirst Stück für Stück wieder zum normalen Randy, bevor du ihm die Wahrheit sagst.«

»Mir … ist versehentlich was rausgeruscht, er hat nachgefragt, also habe ich ihm alles gebeichtet. Den Plan.«

»Oh«, macht George.

Ashleigh schnalzt mit der Zunge.

»Und damit ging alles, worüber wir vorher gesprochen hatten, den Bach runter.« Ich senke die Stimme und würde es am liebsten gar nicht laut aussprechen. »Er hat mich Schwuchtel genannt. Und zwar nicht liebevoll.«

»Was?« George setzt sich ruckartig auf. »Dem werde ich so was von in den Hintern treten. Und ihm zeigen, was perfekt manikürte Nägel mit seiner Visage anstellen können.«

»Wenn ich ihn zuerst in die Finger bekomme, wird nicht mehr viel von ihm übrig sein«, entgegnet Ashleigh, die schon auf den Beinen ist.

»Nein!«, protestiere ich und ziehe sie beide wieder zu mir runter. »Macht das nicht. Genau deswegen wollte ich es niemandem erzählen.«

»Na schön«, gibt Ashleigh seufzend nach.

»Eigentlich hat er auch nur gesagt, dass seine Mom mich eine Schwuchtel nennen würde. Aber … er hat es gesagt, von daher …?«

»Dann hat also seine ganze Familie einen Schaden«, stellt Ashleigh fest.

»Ja, offensichtlich. Er tut mir echt leid. Ich glaube, sie haben ihn dazu gebracht, sich selbst zu hassen.«

»Das haben Heteros schon immer mit queeren Leuten gemacht«, ertönt auf einmal Marks Stimme. Er tritt ins Sonnenlicht. »Ihr kommt zu spät zum Mittagessen.«

»Oh, tut uns leid«, sage ich.

Wir stehen auf.

»Du hast aber nicht alles gehört, oder?«, frage ich vorsichtshalber nach.

»Mehr, als dir lieb ist«, sagt Mark. »George, Ashleigh, geht doch schon mal vor. Randy und ich müssen noch was wegen des Stücks besprechen.«

Die beiden nicken und gehen.

»Du hast heute wirklich einen guten Job gemacht«, lobt Mark mich, als die anderen außer Hörweite sind. Wir machen uns ebenfalls langsam in Richtung Speisesaal auf. »Ich bin sehr stolz auf dich.«

»Danke.« Ich schaue auf meine Füße. »Du sagst doch niemandem, was du gehört hast, oder? Ich hätte es nicht mal George und Ashleigh erzählen sollen.«

»Du hast es jemandem erzählen müssen. So was kannst du nicht in dich reinfressen. Mein Therapeut würde sagen, dass man so ein Trauma anderen mitteilen muss.«

»Das war kein Trauma«, erwidere ich und verdrehe die Augen. »Es war nur ein Streit. Er hat was Gemeines gesagt. Ich war der Durchgeknallte. Hab mir die Haare schneiden lassen und das Ganze wie eine Rolle betrachtet.«

»Hör auf damit«, weist Mark mich zurecht. »Tu es nicht ab, als wäre das alles keine große Sache oder als hättest du es verdient, dass jemand so mit dir umgeht. Ein geliebter Mensch hat etwas Schreckliches zu dir gesagt. Das ist ein Trauma.«

»Er hat es aber nur gesagt, weil seine Eltern ihm das seit Jahren einreden.«

»Das ist keine Entschuldigung. Wenn dir selbst was Furchtbares passiert, ist das nie eine Ausrede dafür, es anderen ebenfalls anzutun. Aber vielleicht ist es Grund, ihm zu vergeben … Wenn er bereit ist, sich zu entschuldigen. Und sich zu ändern.«

»Ich weiß nicht, ob ich das will.«

»Weil du dann immer noch in ihn verliebt bist und er immer noch auf dich sauer ist, weil du ihn vor den Augen des gesamten Camps zum Hauptdarsteller in deiner Liebeskomödie gemacht hast, ohne es ihm zu sagen?«

Ich seufze. »Ja.«

»Klingt, als müsstest du dich auch entschuldigen.«

Wir sind inzwischen am Speisesaal angekommen, und Mark öffnet die Tür, damit wir hineingehen können. Die meisten anderen sind schon da, und ich schaue automatisch zu Hudson rüber. Er sieht mich direkt an, und als unsere Blicke sich treffen, spüre ich die Gefühle wieder in mir hochsteigen wie eine Horde Zombies, die versuchen, sich aus ihren Gräbern zu befreien. Ich bin verletzt und wütend, habe ein schlechtes Gewissen und bin traurig, und ich liebe ihn noch immer so sehr. Ich will zu ihm gehen und ihn in den Arm nehmen, weil ich sehen kann, dass ihn seine eigene Gefühls-Zombiehorde überfällt.

Aber ich kann nicht. Also drehe ich mich weg, und die Gefühle werden leiser. Weg gehen sie nicht. Sie sind nur leichter zu ignorieren.

»Was hältst du von Paz' Kostüm für ›Spanish Rose‹?«, fragt Mark, der nichts von dem Krieg mitbekommen hat, den ich gerade in mir ausgetragen habe. »Ich finde, es müsste eher afro-brasilianisch wirken, aber ich weiß ehrlich gesagt nicht, wie das aussehen könnte.«

»Frag Paz«, rate ich ihm. »Sie weiß das mit Sicherheit.«

»Das übernimmst du«, erwidert er. »Und dann lass Charity die Sachen umnähen, wenn es nötig ist. Ich vertraue dir.«

»Danke.« Ich lächle, spüre aber immer noch Hudsons Blick in meinem Rücken und habe das Gefühl, dass sich alles in mir darauf konzentriert. Ich bringe das Essen lächelnd und lachend hinter mich, aber das ist wieder alles nur gespielt.

Nach dem Mittagessen spreche ich mit Paz über ihr Kostüm, und während K und W gehe ich ihre Ideen mit Charity durch. Die wirft mir zum Glück nicht so mitleidige Blicke zu wie der Rest des Camps. Stattdessen will sie sich auf die Arbeit konzentrieren und fügt Paz' Kleid Streifen aus rot-gold-gemustertem Stoff und rote Federn hinzu.

Nach K und W gehe ich mit den anderen in die Theaterhütte anstatt zum Sport. Eigentlich ist jetzt keine Kurszeit, aber die Truppe kommt und geht, macht zusätzliche Tanztrainings mit Crystal oder geht noch mal Szenen mit Mark durch. In den letzten beiden Wochen laufen die Musicalvorbereitungen immer auf Hochtouren, und alle stopfen so viele Proben in den Tag wie nur möglich, damit sie am Schluss eine gute Show abliefern.

Es ist ein schönes Gefühl, wieder eine Aufgabe zu haben. Wenn ich mit Charity an den Kostümen arbeite oder mit Mark Szenen anschaue, vergesse ich Hudson. Da ist immer noch die Leere in mir, dieser Ort, der sonst mit Sternen gefüllt war. Und das tut weh, aber ich merke es nicht so sehr, wenn ich genug anderes zu tun habe. So viele neue Sterne für mich, wenn Mark zustimmend nickt, als ich ihm von den Änderungen an Paz' Kostüm erzähle. Oder als ich Jordan vorschlage, dass xier sich bei »A Lot of Livin' to Do« nicht nur vorstellen soll, auszugehen und Party zu machen, sondern in den einzigen queeren Club in dieser Kleinstadt zu gehen. Jordan meint daraufhin: »Ja, verstehe, das gefällt mir echt gut.« Das verändert die ganze Performance von einer Tanznummer zu einer echten Szene. Mark drückt meine Schulter und sagt: »Es war so schlau von mir, dich zu meinem Assistenten zu machen.«

Jeder dieser Momente ist wie ein Stern, und langsam füllen sie mich wieder aus.

Zur Poolzeit schickt Mark uns raus ins Wasser. »Ihr müsst euch nach dem langen Tag entspannen«, sagt er zu mir und den anderen, die noch hinter der Bühne sind. »Geht schwimmen.«

Als ich wenig später ins Becken springe, merke ich, wie recht er hatte. Das Wasser und die Sonne fühlen sich großartig an, und es macht mir nicht mal was aus, dass Brad und George sich beim Flirten nass spritzen oder dass Ashleigh und Paz dicht nebeneinander am Beckenrand lehnen. Ich habe nicht mal mehr im Blick, wo Hudson ist.

Okay, das ist eine Lüge. Er ist hinten am Sprungbrett. Aber ich schaue nicht hin.

Stattdessen versuche ich, mich zu entspannen. Ich lasse mich nach unten sinken und vom Wasser umfangen, schwebe in einem kleinen Kokon, und die Welt außerhalb ist ganz weit weg. Als ich wieder nach oben komme, spritzt George mich nass, und wir liefern uns eine Wasserschlacht, bei der wir uns alle durchs ganze Becken jagen.

Wir hören erst auf, als Janice in ihre Trillerpfeife bläst und den Kopf in unsere Richtung schüttelt. Lachend schwimme ich zusammen mit George zum Beckenrand zurück. Paz und Brad jagen sich noch immer hinterher, spritzen dabei aber weniger, und Ashleigh geht zu Janice rüber.

»Sollten wir uns Sorgen darüber machen?«, fragt George und beobachtet sie, wie sie sich wie eine Meerjungfrau aus dem Pool windet, um mit Janice zu reden.

»Ach was«, meine ich. »Sie hat doch jetzt Paz, oder?«

»Das heißt nicht, dass die alte Schwärmerei weg ist.«

»Sie hat eine Ewigkeit nicht mehr über Janice geredet.« Jetzt schaue ich auch zu den beiden rüber. Ashleigh lacht gerade über etwas.

»Ich weiß nicht, Darling. Das gefällt mir nicht.«

»Sie können ja vielleicht Freunde bleiben.«

»Wie du und Hudson?«

»Das ist was anderes«, antworte ich ein bisschen zu schnell und zu tonlos. »Die beiden waren nie zusammen. Ashleigh war nur verknallt.«

»*War* ist vielleicht nicht die richtige Zeitform«, sagt George.

Ashleigh kommt wieder zu uns rüber. »Sie hat was mit einem Mädchen gehabt«, informiert sie uns aufgeregt im Flüsterton.

»Wer?«, fragt George betont gelassen. Er wirft mir einen Blick zu, der klar besagt, dass ich es besser hätte wissen sollen.

»Janice. Sie war letztes Wochenende auf einer Party und hat da mit einem Mädchen rumgemacht, und sie fand es gut! Sie könnte bi sein!«

»Könnte?«, mische ich mich ein.

»Heteroflexibel, teilzeit-queer, was auch immer«, sagt George. »Aber das heißt noch lange nicht, dass sie auch an einer Beziehung mit dir interessiert wäre, Darling.«

»Warum nicht?«, will Ashleigh wissen. »Die Chemie zwischen uns stimmt so sehr, und vielleicht will sie ja ein bisschen was ausprobieren. Davon träume ich schon ewig. Ich sollte es ihr sagen, oder? Ich sollte sie fragen, ob sie ein bisschen abhängen will, wenn sie frei hat, und dann können wir irgendwo hingehen, wo wir allein sind.«

George und ich tauschen einen besorgten Blick aus.

»Wenn das rauskäme, würde sie ihren Job verlieren«, gebe ich zu bedenken.

»Woher willst du das wissen?«, fragt Ashleigh. »Sie ist Rettungsschwimmerin, keine Betreuerin.«

»Darling, was ist mit Paz?«

Ashleigh seufzt und starrt ihr Spiegelbild auf der Wasseroberfläche an. »Ich mag Paz. Wirklich. Genug, dass ich ihr ein … bisschen nähergekommen bin.«

»Wissen wir«, gibt George grinsend zurück.

Ashleigh wirft ihm einen missmutigen Blick zu. »Und sie ist hübsch. Und witzig und verdammt intelligent. Aber Janice ist …« Sie schaut über die Schulter zu ihr. »Sie ist der Traum.«

»Aber sie ist auch ein echter Mensch«, sage ich. »Und wenn man den echten Menschen kennenlernt, verschwindet das Traumwesen.«

»Nur weil das mit Hudson und dir nicht geklappt hat …«

Ich schüttle den Kopf so heftig, dass sie nicht weiterspricht. »Ja«, gebe ich einen Moment später zu. »Das hat sicher auch damit zu tun. Aber Sweetie, ich mein ja nur. Du weißt nicht, was kommt. Du könntest Paz für sie aufgeben und beide verlieren. Das ist mir mit dem Musical passiert. Willst du das riskieren?«

»Hast du doch auch gemacht«, sagt Ashleigh. »Würdest du es nicht wieder tun?«

Ich seufze.

»Das ist nicht das Gleiche«, erwidert George. »Sie wird dir einen Korb geben, Ashleigh. Sie will ihren Job nicht verlieren. Und dann wird es komisch zwischen euch. Bleibt … bleibt einfach Freunde. Und wenn sie irgendwann keine Rettungsschwimmerin mehr ist, kannst du immer noch rausfinden, wo es hinführt. Falls du dann nicht mit Paz zusammen bist, meine ich.«

Ashleigh seufzt. »Ich will doch nur …«

»Ich versteh das«, versichere ich ihr. »Sie ist in greifbare Nähe gerückt. Aber nur scheinbar, und George hat recht. Du kannst es nicht erzwingen. Aber du kannst doch wohl noch anderthalb Wochen warten, bis du mit ihr darüber redest, oder?«

»Aber dann ist sie immer noch hier, und ich bin wieder in Boston.«

»So weit ist das ja nun nicht«, sagt George.

»Ja, okay.« Sie nickt traurig. »Und sowieso sollte ich das Paz nicht antun. Erst mal schauen, wohin das mit ihr führt. Sie küsst echt gut. Ich wette, dass sie auch an anderen Stellen gut mit dem Mund ist …« Sie grinst, als George und ich die Augen verdrehen. »Aber ich werde Janice zum Musical einladen.«

»Oh, ja«, stimme ich zu. »Das ist eine gute Idee.«

Ashleigh schwimmt wieder zu Janice. Von der anderen Seite des Pools aus beobachtet Paz das Ganze ebenfalls. Ich fühle mit ihr.

»Aber du weißt schon, dass du einen Traummann haben darfst, auch wenn Hudson anders ist als gedacht?«, fragt George mich.

»Ich weiß. Ich habe nur keine Ahnung, wer das sein könnte.«

»Hudson mit Nagellack?«, schlägt George vor.

Ich muss lachen. »So was in der Art.«

Während des Abendessens beginnt es zu regnen, also pilgern wir anschließend in den Versammlungsraum, wo Joan »The Miseducation of Cameron Post« an die Wand wirft, damit wir uns alle für eine Weile die Augen ausheulen können. George und Brad sitzen auf meiner einen Seite, Ashleigh und Paz auf der anderen. Ab und zu fange ich ihre besorgten »Kuscheln wir zu viel in seiner Nähe?«-Blicke auf.

Ich schaue mir aber einfach nur den Film an und denke darüber nach, was heute bei »Honestly Sincere« noch gefehlt hat. Ehrlich gesagt bin ich ziemlich beeindruckt, wie gut ich das alles wegstecke. Ja, ich bin nicht glücklich, aber ich mache das Beste draus – ich verbringe meine Tage nicht über mein gebrochenes Herz heulend auf der Krankenstation, weil ich mich in Hudson getäuscht habe.

Ich bin traurig. Aber ich bin auch irgendwie zufrieden.

Nach dem Film gießt es immer noch wie aus Eimern, also rennen wir zurück zu den Hütten. Dass wir uns dabei die T-Shirts über die Köpfe ziehen, hält unsere Haare natürlich auch nicht trocken – und weshalb sollte das auch wichtig sein? Wir gehen morgen ja ohnehin wieder in den Pool. Aber wir kreischen und lachen, während wir komplett durchnässt werden.

Außer Hudson, der vor der Tür meiner Hütte steht. Er ist schon klatschnass, das weiße Shirt klebt ihm am Oberkörper, und seine Haare hängen ihm in die Stirn. Zum

Schutz gegen die prasselnden Regentropfen kneift er die Augen zusammen.

Er winkt mir verlegen zu, als er mich entdeckt, und ich bringe es nicht übers Herz, einfach zu verschwinden. Nicht, wenn er bis auf die Haut nass vor mir steht. Wird das eine romantische Szene oder der Vorspann zu einer Rede im Regen darüber, was ich »ihm angetan habe«? Sicherlich ein Monolog im Regen. Und ich dachte, ich wäre hier die Dramaqueen.

»Was?«, frage ich ihn.

»Können wir reden?«

»Nicht jetzt. Es schüttet.«

»Dann vielleicht morgen?«

»Ich werde nass«, antworte ich, verziehe aber sofort das Gesicht, weil das nach Flirten klingt. *Du bist echt ein Meister der Coolness und Gelassenheit, Randy.* »Ich gehe rein.«

»Aber …«

Ich lasse ihn den Satz nicht zu Ende bringen, sondern öffne die Tür und lasse ihn draußen stehen. Am liebsten würde ich durchs Fenster spähen, ob er wartet oder zu mir hochschaut, während er immer nasser wird – in der Hoffnung, dass ich wieder rauskomme. Aber das sollte ich nicht tun, und außerdem übernimmt das schon George.

»Er geht wieder«, berichtet er einen Moment später. »Du hast nicht mit ihm geredet?«

»Bei diesem Wetter?«

»Das hätte so eine schöne Szene abgegeben«, meint er.

»Szenen hatte ich heute schon genug«, erwidere ich. »Ich gehe jetzt ins Bett.«

George zuckt mit den Schultern, und ich werfe nur einen kurzen Blick aus dem Fenster, bevor ich mich bettfertig mache. Hudson ist nicht mehr da. Warum sollte er auch?

Ich schlafe zum Geräusch des Regens auf dem Dach ein. Der Klang liegt irgendwo zwischen einem Herzschlag und dem Intro eines Musicals.

VIERUNDZWANZIG

Den ganzen nächsten Tag regnet es durch, was mir nur recht ist, weil es uns eine Ausrede liefert, keinen Fuß vor die Theaterhütte zu setzen, wo wir an verschiedenen Szenen, Kostümen und Choreografien arbeiten. Morgen ist unser erster Komplettdurchlauf des Musicals: eine vollständige Probeaufführung des Stücks inklusive aller Kostümwechsel, Lichteinstellungen und einer Million anderer Dinge, die auf ganzer Linie schiefgehen können. Vor zwei Jahren hat sich beim ersten Durchlauf ein Sandsack gelöst und wortwörtlich beinahe einen der Ensemblesänger erschlagen. Nicht mich. Aber der Junge kam danach nicht mehr ins Camp. War wahrscheinlich auch besser so. Er hat Unglück gebracht.

Dieses Jahr will ich aber keine abstürzenden Sandsäcke und auch sonst so wenig Fehler wie möglich, also klappere ich die einzelnen Leute ab, frage sie, was sie noch brauchen und mache eine Liste, die ich an Mark weitergebe. Damit können wir uns genau das rauspicken, was noch nicht hundertpro sitzt. So verbringen wir den ganzen Tag und machen nur zum Mittagessen eine Pause. Es ist hektisch und aufregend und frustrierend. Und ich denke nicht ein Mal an Hudson.

Am Donnerstagmorgen wird mir jedoch klar, dass ich mich nicht ewig drücken kann.

»Heute sehen wir es nicht so eng«, verkündet Mark beim Wecken. »Der Song selbst – ›It's in His Kiss‹ oder manchmal auch der ›Shoop Shoop Song‹ genannt – kam 1963 raus, gesungen von Merry Clayton … aber das hier ist die

Coverversion von 1990. Von Cher! Cher muss man einfach spielen. Dafür werde ich mich nicht entschuldigen! Es ist ja schon schlimm genug, dass Joan mich nicht ›Meerjungfrauen küssen besser‹ beim Filmabend hat zeigen lassen.« Er nickt, als hätte er seinen Standpunkt damit klargemacht, und drückt auf *Play.*

Die Musik holt uns aus den Betten, weil es absolut unmöglich ist, dazu nicht zu tanzen. Oder in einen Kamm oder eine Haarbürste zu singen. Oder sich spontane Choreografien dazu einfallen zu lassen, wie George und ich, dramatisches Kopf-in-den-Nacken-Werfen und Mitsingen mit den Backgroundsängern inklusive. Montgomery übernimmt die Cher-Teile des Songs, zumindest, bis Mark wieder aus seinem Zimmer kommt und ihn ablöst.

Es dauert nicht lange, bis die ganze Hütte eine Choreo drauf hat und wir quasi ein Musikvideo nachstellen. Es fühlt sich so verdammt gut an, zu tanzen, ich selbst zu sein und mir keine Gedanken darüber zu machen, ob Hudson jeden Moment reinkommen und mich so sehen könnte.

George schnappt sich unsere Fächer, und als der Song in einen anderen übergeht (natürlich auch von Cher und nicht aus den Sechzigern, aber das werden wir Mark sicher nicht vorhalten), verwandeln wir die Hütte in einen Laufsteg.

Mark geht schnell unter die Dusche, und als er zurückkommt, tanzen wir immer noch.

»Macht euch fertig, auf geht's! Zwingt mich nicht dazu, Cher auszumachen.« Lachend sieht er uns dabei zu, wie wir uns eilig anziehen und die Zähne putzen. »Und vergesst nicht, eure Sachen für den Kanutrip zu packen. Morgen geht es los.«

Der Kanutrip. Richtig.

Oh. Oh nein.

Ich fahre mit aufgerissenen Augen zu George herum. Der ist jedoch ganz in den Song vertieft, wedelt mit dem

Fächer in einer Hand und putzt sich mit der anderen die Zähne, während er immer noch tanzt.

»Tauschst du das Zelt mit mir?«, frage ich ihn.

Er dreht sich zu mir und seine Augen werden groß. »Oh …« Zahnpasta tropft ihm aus dem offenen Mund. »Fahg.«

Ich nicke. »Dann machst du es?«

Er schüttelt den Kopf und spuckt die Zahnpasta aus. »Sorry, Darling, aber Brad freut sich echt drauf. Wir hatten noch keine Gelegenheit für …« Er wackelt mit den Fingern. »… ein Duett. Von der Sorte, die auf einer hohen Note endet.« Nachdenklich legt er den Kopf ein bisschen schief. »Wobei … Er ist ein Bass, also wird sie wohl nicht so hoch ausfallen. Aber laut und lang ganz bestimmt.«

»Okay, aber ich kann mir kein Zelt mit Hudson teilen«, sage ich.

»Tut mir leid, Darling, ich fühle wirklich mit dir. Aber du wirst die zwei Nächte neben ihm wohl überleben. Du kannst ihn ja auch aus der Nähe ignorieren.«

»Bitte?«, bettle ich.

Er wirft mir einen traurigen Hundeblick zu. »Brauchst du das wirklich? Wenn ich Ja sage, bricht es Brad das Herz.«

»Ich …«

»Ich rede mit Brad«, sagt er, sieht aber immer noch sehr unglücklich aus. Und jetzt fühle ich mich schlecht. Ich hätte früher daran denken sollen. Was, wenn Hudson neulich Abend genau darüber reden wollte und ich ein riesiges, emotionales Fass aufgemacht und ihn einfach stehen gelassen habe? Ich war tatsächlich die Dramaqueen.

»Oh!«, ruft Mark plötzlich. »Ich habe total vergessen, euch die zu geben.«

Ich schaue in den Schlafraum, wo er gerade Umschläge mit Fotos auf unsere Betten legt.

»Vom Nachtschwimmen. Foto-Ausdrucke. Den Download-Link findet ihr auf dem Umschlag.«

Als hätte ich heute nicht schon genug mit unangenehmen Erinnerungen zu kämpfen.

Mark wirft einen Umschlag auf mein Bett, den Ashleigh sich schnell schnappt. Auf meinen fragenden Blick hin schüttelt sie den Kopf.

»Die musst du dir gerade nicht anschauen.«

Ich nicke. Sie ist eine gute Freundin.

Hudson versucht nicht, beim Frühstück mit mir zu sprechen, also hat er sich vielleicht eine Lösung für die Zelte überlegt, und George muss mir nicht helfen. Möglicherweise hat Hudson ja jemanden zum Tauschen gefunden, und ich teile mir das Zelt jetzt mit Sam oder sonst wem, bei dem es mir nichts ausmacht. Mir wäre sogar jemand recht, den ich gar nicht kenne. Wäre vollkommen okay.

Vielleicht hat Hudson ja die Pool-Fotos von uns verbrannt.

Daran will gar nicht denken, also verdränge ich auf dem Weg zur Theaterhütte auch die Grübeleien darüber, wo Ashleigh meine Fotos versteckt haben könnte. Warum will ich die überhaupt haben? Ich weiß genau, dass ich heulend mit ihnen im Bett landen werde, aber trotzdem will ich sie sehen.

Ich schüttle den Kopf. Natürlich könnte ich Mark fragen, ob er jemanden dazu bringt, das Zelt mit mir zu tauschen, aber das wäre dumm und kindisch, und er würde sowieso nur die Augen verdrehen und mir sagen, dass ich damit klarkommen muss. Und er hätte recht damit. George hätte ich auch gar nicht erst fragen sollen. Ich schaffe das. Ich will diese Fotos nicht. Ich brauche sie nicht.

Der erste Musical-Durchlauf klappt erstaunlich gut. Diese Aufführung wird die beste, die Mark je betreut hat. Die Inszenierung ist queer und lustig und ein bisschen durchgeknallt und so voll echter Liebe, dass sie das Original noch um einiges übertrifft – und es ist schon eins der besten Musicals aller Zeiten. Aber Mark hat ihm seine ganz eigene Note verpasst. Nein, wir haben ihm unsere Note verpasst. Alle spielen ihre Rollen hervorragend. Ein paar Texthänger gibt es noch, manche Kostümwechsel gehen schief, aber daran können wir arbeiten.

Nach dem Mittagessen gibt uns Mark Feedback, und wir spielen noch ein paar Szenen durch, bevor er uns zum Schwimmen schickt.

Kaum bin ich im Becken, steht auch schon ein finster aussehender Brad vor mir.

»Ich verzichte sicher nicht auf eine Nacht mit Georges haarigem Hintern, nur damit du dir nicht ein Zelt mit Hudson teilen musst«, sagt er anstatt einer Begrüßung.

»Okay«, erwidere ich. »Das war ganz schön viel Info.«

»Komm schon, Randy. Sag George, dass er nicht tauschen muss.«

Er hat ja recht. »Hat Hudson jemanden zum Tauschen gefunden?«

Brad verdreht die Augen und schüttelt den Kopf. »Du bist so … Du solltest wirklich mit ihm reden. Aber … ihr tauscht nicht, okay? Ich will wirklich …«

»Das hast du schon ausführlich erklärt.«

»Hey, kein Kink-Shaming!«

»Sorry, du hast recht. Ich … teile mir das Zelt mit Hudson. Und ich hoffe, dass du Spaß mit George hast.«

»Oh, das werde ich. Er ist so hundertpro mein Typ, und ich kann's echt nicht erwarten, die Beine für ihn breitzumachen, wenn er mich …«

»Du redest zu viel, weißt du das?«

»Tut mir leid.« Brad zuckt die Schultern. »Ich freu mich nur so drauf.«

Ich lache. »Schon okay, aber George ist wie ein Bruder für mich.«

»Oh.« Seine Augen weiten sich. »Ja, sorry. Aber danke, dass du das so cool nimmst. Und … Hudson geht's auch nicht gut, okay? Er ist kein schlechter Kerl. Du hast seine Sicht auf die Welt ziemlich auf den Kopf gestellt. Aber … ich glaube, das war nötig. Allerdings ist er jetzt voll durch den Wind, und du bist weg …« Er lehnt sich neben mir gegen die Beckenwand.

»Ich werde ihm nicht dabei helfen«, sage ich. »Er will es nicht.«

»Bist du dir da sicher?«

»Er hat was gesagt …«

»Hat er mir erzählt. Und ich habe ihm klargemacht, dass das nicht okay war, aber das wusste er schon selbst. Und er will sich entschuldigen. Ganz ehrlich. Du solltest ihn lassen.«

»Warum?«

»Weil du hier nicht nur das Opfer bist, Del«, erwidert er und zieht eine Augenbraue nach oben, als er den Namen ausspricht. »Ihr habt beide Mist gebaut.«

Ich verschränke die Arme vor der Brust. Vielleicht hat er ja recht, aber ich habe es aus Liebe getan. Das kann Hudson wohl nicht von sich behaupten. »Was soll es nützen, jetzt darüber zu reden?«

»Was soll es schaden?«

»Was soll wo schaden?«, fragt George, der neben Brad ins Wasser hüpft.

»Offensichtlich nimmt Brads Hintern Schaden, nachdem du ihn …«

»Hey!«, unterbricht Brad mich. »Komm schon, grade hast du noch gesagt, dass ich nicht so über ihn reden soll, weil er für dich wie ein Bruder ist.«

»Oh, solltest du auch auf keinen Fall. Aber deswegen kann ich dich trotzdem ein bisschen damit verarschen. George, er hat die beiden Nächte schon komplett durchgeplant. Dich erwarten dreiundzwanzig Minuten in Neunundsechziger-Stellung …«

Brad verpasst mir eine Ladung Wasser, und ich schwimme lachend weg. Die beiden jagen mich, bis Ashleigh mir zu Hilfe kommt und mit einer Arschbombe direkt vor ihnen ins Becken springt. Danach tobt die Wasserschlacht erst recht, bis die Aufsicht uns mit der Trillerpfeife zurechtweist.

»Dann muss ich also nicht tauschen?«, fragt George, als wir schließlich auf dem Beckenrand sitzen.

»Nein, schon okay. Du solltest … dich drauf freuen dürfen, was Brad geplant hat.«

»Oh, das werde ich. Und was werden du und Hudson machen?«

»Keine Ahnung. Vielleicht versuchen wir zu reden. Oder wir streiten uns. Oder wir liegen stumm da und schlafen. Oder vielleicht hat er kurzfristig noch mit wem getauscht. Jedenfalls ist es nicht das Ende der Welt, und du sollst nicht darunter leiden, dass es für mich unangenehm ist.«

»Danke, Darling. Du weißt, dass ich jederzeit tausche, wenn du es wirklich brauchst.«

»Ich weiß. Danke.«

George hüpft wieder ins Becken, und ich schaue ihm dabei zu, wie er sich unter Wasser einen Kuss von Brad stiehlt. Hudson beobachtet die beiden auch. Dann schaut er hoch und unsere Blicke treffen sich. Er versucht zu lächeln, sieht aber eher ängstlich aus.

Ich schaue auf meine Nägel. Der Nagellack, den ich für den Wettkampf aufgetragen hatte, blättert immer mehr ab. Ich sollte ihn mal erneuern.

Ich springe kopfüber ins Wasser.

Die wenigsten von uns mögen die Kanutour, weil die mehr Anstrengung als Spaß bedeutet. Nach dem Mittagessen gehen wir alle zum Bootshaus, wo wir uns auf die Kanus verteilen und dann etwa eine Stunde lang flussaufwärts bis zu einer kleinen Insel paddeln. Dort bauen wir ein Zeltcamp für zwei Nächte auf, bevor es wieder zurückgeht.

Paddeln, Feuer machen, Zelt aufbauen, kochen (sehr abgespeckt) – es ist mehr ein Überlebenstraining als ein Spaßtrip. Joan glaubt vielleicht, dass wir das noch brauchen werden, falls wir irgendwann mal aus einem Konversionscamp flüchten, wo sie uns zu braven Heterosexuellen umerziehen wollen, und uns dann in der Wildnis durchschlagen müssen. Oder wenn wir einer heterosexuellen Gesellschaft entfliehen müssen, in der Konversionscamps zur Pflicht geworden sind. Oder vielleicht will sie auch einfach nur ein Wochenende lang ihre Ruhe haben, sie kommt nämlich nicht mit.

Die Leitung für die Tour übernimmt Connie, die mit uns singt (begleitet von Mark, der zähneknirschend mit auf den Trip kommt, und Crystal, die Gitarre spielt), uns zeigt, wie man Zelte aufstellt und Feuerstellen aushebt. Karl geht mit uns in den Wald, um dort Beeren und Pilze zu sammeln. Wir schwimmen im Fluss.

Und alles ist *sehr* schmutzig. Nicht auf die angenehme Art. Wobei … dass wir in den Zelten ohne Betreuer übernachten, macht die Kanutour auch auf die angenehme Art schmutzig. Aber nur, wenn man sich das Zelt mit der richtigen Person teilt, was in meinem Fall ja nicht zutrifft.

Connie ist der Meinung, dass das Wochenende in der Wildnis der wichtigste Teil des Camp-Erlebnisses ist. Ich bin der Meinung, dass der wichtigste Teil des Camp-Erlebnisses darin liegt, sich nah genug am Wald zu befinden, um ihn genießen zu können, aber nicht darin leben zu müssen.

»Die Wolken gefallen mir nicht«, meint Ashleigh auf dem Weg den Fluss hinauf.

Wir sitzen jeweils zu dritt im Kanu, also haben sich natürlich George, Ashleigh und ich zusammengetan. George lenkt uns ganz hinten, und ich sitze vorn. Ich schaue zum Himmel hoch und muss ihr zustimmen. Die Wolken ballen sich über uns zusammen, und es ist kein Ende in Sicht.

»Hatten wir nicht schon genug Regen?«, fragt George und schlägt nach einer Stechmücke, die auf seinem Hals gelandet ist.

»Bestimmt fahren wir ihm nach«, beschwert sich Ashleigh. »Das ist derselbe Regen.«

Wir stöhnen alle drei auf. Bisher hat es nur in einem anderen Jahr bei der Kanutour geregnet, aber das hat den Ausflug noch so viel schlimmer gemacht. Eine windschiefe Plane über dem Feuer sorgt dafür, dass der Rauch nicht richtig abzieht, und man kann weder wandern noch Beeren sammeln noch schwimmen gehen. Stattdessen hockt man im Zelt herum oder wird eingeräuchert, während Crystal sich mit einem Hustenanfall die nächste Strophe von »The Rainbow Connection« abquält. Zumindest war das damals so.

»Connie!«, rufe ich nach hinten.

Sie sitzt mit zwei Zwölfjährigen in einem Kanu, das sie praktisch allein steuert und vorwärtsbewegt, befindet sich aber noch in Rufweite. Im Moment bildet sie den Abschluss, während Rebecca, Tina und Lisa ein Wettrennen zur Insel vor uns veranstalten.

»Was gibt's, Del?«, ruft sie zurück und grinst mich an.

Mir geht auf, dass ich sie in der letzten Woche irgendwie vermisst habe. Die Wanderungen mit ihr haben echt Spaß gemacht, und ihre Unterstützung auf dem Parcours war cool.

»Ich bin wieder bei Randy«, kläre ich sie auf, als mir bewusst wird, dass ich kaum mehr mit ihr gesprochen habe, seit ich bei Outdoor-Abenteuer raus bin. »Machst du dir auch Gedanken über die Wolken?« Ich deute mit dem Kinn in Richtung Himmel.

Sie folgt meinem Blick und schürzt die Lippen. »Sollte nicht schlimm werden«, sagt sie dann. »Vielleicht ein bisschen Regen heute Nacht, aber bis morgen früh ist das durchgezogen.« Sie nickt, ohne von den Wolken wegzuschauen, als ob sie sichergehen will, dass diese ihre Anweisung auch verstehen. Irgendwie fühle ich mich damit ein bisschen wohler.

»Siehst du, alles gut«, sage ich zu Ashleigh.

»Hoffentlich hat sie durch die Silbermedaillen auch übersinnliche Fähigkeiten bekommen«, gibt Ashleigh zurück.

»Sweetie, wenn man irgendwem im Camp beim Wetter vertrauen kann, dann ihr. Oder vielleicht noch Karl.« Ich schaue mich um und entdecke ihn ein Stück weiter vor uns. Er sieht ebenfalls zum Himmel hoch. Als ich noch einen Blick über die Schulter werfe, schaut auch Connie immer noch nach oben.

»Darling, ich glaube, ihnen gefällt das auch nicht.«

FÜNFUNDZWANZIG

Das schlechte Wetter bricht in dem Moment durch, als wir unser Kanu ans Ufer ziehen. Zum Glück nieselt es erst nur leicht, was aber schon bald darauf zu echtem Regen wird, während die Camper hinter uns ihre Kanus auch in Sicherheit bringen.

»Eine Schlange!«, quietscht einer der Jungs aus Connies Kanu und springt hastig aus dem Wasser.

»Okay!«, ruft Connie der Gruppe zu. »Tut euch mit euren Zeltpartnern zusammen, schnappt euch ein Zelt und baut es auf. Karl, hilf mir, eine Plane zu spannen, damit wir versuchen können, ein Feuer in Gang zu bringen.«

»Nimm Tina und Lisa dazu«, erwidert er. »Ich sammle Feuerholz, bevor es zu nass wird.«

Connie nickt und winkt Tina und Lisa heran. Sie holen die Plane aus einem der Kanus, während wir anderen uns alle vor Mark und Crystal aufstellen, die die Zelte verteilen.

»Del.«

Ich höre seine Stimme hinter mir und will mich eigentlich nicht umdrehen, weiß aber, dass ich es muss. Ashleigh und George werfen mir mitleidige Blicke zu, kümmern sich dann aber um ihren Kram.

»Del, ich habe unser Zelt.« Hudson joggt mit dem Zelt unterm Arm zu mir.

Ich drehe mich zu ihm um. Er lächelt. Am liebsten würde ich sein Lächeln erwidern, aber dann erinnere ich mich an alles und kann es nicht.

»Okay«, sage ich nur.

»Vielleicht da drüben?« Er deutet auf eine Stelle etwas abseits.

»Klar«, stimme ich ohne jede Begeisterung zu. Ich folge ihm und sehe ihm zu, wie er das Zelt auseinanderfaltet, bevor er die Heringe in den Boden steckt und ich die Stäbe zusammenbaue, die das Ganze aufrecht halten sollen.

»Ich freue mich, dass du nicht getauscht hast«, sagt Hudson. »Ich meine, ich weiß, dass du das wolltest. Aber ich bin froh, dass du es nicht gemacht hast. Vielleicht können wir reden.«

Ich schweige und beschäftige mich damit, die Stangen gerade zu bekommen, bevor ich sie durch die Laschen an der Zeltwand schiebe. Das ist gar nicht so leicht, aber Hudson hilft von der anderen Seite, und so stecken sie bald dort, wo sie hingehören.

»Dann willst du also nicht reden?« Jetzt klingt Hudson sauer. »Du hast dir so viel Mühe gegeben, hast dir all die Lügen ausgedacht, und jetzt ist es dir einfach egal?«

»Du hast auch gelogen, *Hal*«, gebe ich zurück.

Er nickt und verankert das Zelt im Boden. »Darüber habe ich nachgedacht. Ziemlich viel sogar. Aber du hast gewusst, dass ich lüge. Das war sicher lustig für dich.«

Ich sage nichts. Der Regen wird stärker. Hudson tritt die Heringe auf einer Seite tiefer in den Boden, und ich hämmere sie auf der anderen mit einem Stein fest.

»Nein?« Er lässt nicht locker.

»Nein«, antworte ich. »Ich fand das nicht lustig.«

»Deine Freunde haben gelacht.«

Hudson öffnet den Reißverschluss des Zelts und wirft seinen Rucksack hinein. Ich schmeiße meinen hinterher, doch dann wollen wir gleichzeitig reinkriechen und stoßen mit den Schultern zusammen. Ich mache einen Schritt zurück und bedeute ihm, vorzugehen, was er auch tut.

Für ein Zelt ist es gar nicht so übel. Groß genug für mehr Leute als nur uns beide. Zur Belüftung gibt es Fenster mit Netzeinsatz, und Hudson schließt sie zur Hälfte, um den Regen draußen zu halten. Ich entrolle meinen Schlafsack, um zu prüfen, ob er noch trocken ist. Ist er. Zum Glück habe ich dieses Jahr einen ordentlichen mitgebracht, der auch wirklich fürs Campen gedacht ist, und nicht meinen kuscheligen pinken.

Seufzend lege ich mich auf den Schlafsack. Der Regen ist laut genug, dass sonst nichts zu hören ist.

»Also, hast du es lustig gefunden?«, fragt Hudson und rollt seinen eigenen Schlafsack auf der anderen Seite des Zelts aus.

»Nein.« Ich schüttle den Kopf. »Es war süß.« Mit einem erneuten Seufzen drehe ich mich von ihm weg auf die Seite. »Deswegen wollte ich mir nicht das Zelt mit dir teilen. Ich will mich nicht streiten. Ich verstehe schon, ich hab alles falsch gemacht, ich habe gelogen und dich ausgetrickst. Ich bin schrecklich. Verrückt. Ist angekommen. Du bist sauer. Schön. Lassen wir es dabei.«

»Wir könnten was anderes machen als reden«, erwidert er in einem Tonfall, von dem ich nicht erwartet hatte, ihn noch mal von Hudson zu hören – und der alle meine Nervenenden in Brand setzt.

Ich drehe mich wieder und setze mich auf. Er grinst mich frech an.

»Oh, geht es darum? Werde ich für meine erfolgreiche Scharade mit ein bisschen Schlafsack-Action belohnt? Oder soll das eine Entschuldigung sein?«

Das scheint ihn zu verwirren. »Nein. Hör mal, Del – sorry, Randy. Das kam irgendwie falsch rüber.«

»Lassen wir es einfach dabei«, wiederhole ich und lege mich wieder mit dem Rücken zu ihm hin.

»Okay, alle mal herhören!«, ruft Connie über das Prasseln des Regens hinweg. »Wir könnten ein bisschen Hilfe beim Feuermachen gebrauchen, wenn ihr zu uns unter die Plane kommen wollt.«

Ich warte ab, ob er gehen will. Wenn ja, bleibe ich. Wenn er bleibt, gehe ich. Hudson rührt sich erst nicht vom Fleck, aber dann wollen wir beide gleichzeitig raus.

»Du willst beim Feuermachen helfen?«, fragt er verwundert.

Ich kneife die Augen ein wenig zusammen. Wir waren auf denselben Wanderungen, haben die gleichen Aktivitäten mit Connie mitgemacht, aber jetzt, wo er weiß, dass ich ein Theater-Nerd bin, hält er mich plötzlich für eine Prinzessin mit Outdoor-Allergie? Natürlich würde ich eine fantastische Prinzessin abgeben – Diademe stehen mir hervorragend. Aber ich kann alles, was er kann, *und* dabei eine Prinzessin sein.

»Was, glaubst du, ich kann das nicht?«, will ich wissen.

»Nein«, antwortet er schnell. »Komm, wir helfen ihnen.«

Ich folge ihm in den Regen hinaus, der von Minute zu Minute heftiger wird. Bald sieht man sicher nichts mehr von der Welt.

Wir marschieren über den zum Glück nur leicht schlammigen Boden hinüber zu der grellgelben Plane, die zwischen einigen Bäumen aufgespannt wurde. Sie ist groß, aber wahrscheinlich nicht groß genug, dass wir alle darunter ums Feuer sitzen können. Hier ist der Boden sandig und übersät mit kleinen Steinchen, aber es sieht aus, als hätte die Plane die Stelle ziemlich trocken gehalten.

In der Mitte legt Karl Steine um eine flache Grube. Ein Haufen mit trockenem und halbwegs trockenem Holz liegt neben ihm. Um ihn herum stehen ein paar Leute und beobachten ihn, die meisten scheinen aber in ihren Zelten geblieben zu sein.

»Wir brauchen mehr Steine!«, ruft Karl.

Ich renne in den Regen hinaus, weg von Hudson, und suche nach Steinen. Meine Kleidung ist schnell durchnässt und meine Schuhe saugen sich unangenehm kalt mit Wasser voll. Der Untergrund ist schlammig, und ich bin sicher nicht so vorsichtig, wie ich sein sollte.

Durch den Regen sehe ich fast nichts, und ich spüre, wie sich der Boden um meine Schuhe festsaugt, also hebe ich die Füße ruckartig an … nur um sie dann genauso kräftig wieder abzusetzen. Wahrscheinlich, weil es sich echt gut anfühlt, wenn man mit dem Fuß aufstampft, wenn man wütend ist. Und ich bin wütend.

Wütend auf Hudson wegen dem, was er gesagt hat, wütend auf mich selbst wegen des Plans, wütend auf den Regen und auf die Welt, weil wir uns ein Zelt teilen müssen, und noch mal wütend auf Hudson für sein komisches Flirten. Was sollte das denn?

Und vielleicht bin ich so beschäftigt damit, wütend zu sein, dass ich nicht vorsichtig genug bin und deswegen den Graben übersehe.

Er ist nicht besonders tief, aber ziemlich schlammig, und unten angekommen bleibe ich mit dem Fuß an einer Baumwurzel hängen und schlage der Länge nach hin. Ich höre nichts in meinem Knöchel knacken oder reißen, aber der Regen ist so laut, was soll ich da schon hören? Ich weiß nur, dass es wehtut. Sehr sogar.

Tränen mischen sich mit dem Regen. Ich stemme mich in eine sitzende Position hoch und versuche aufzustehen, aber der Boden ist zu rutschig, und wenn ich den Fuß zu sehr belaste, protestiert mein Knöchel sofort lautstark. Also sitze ich hier fest.

»Hilfe!«, brülle ich.

Aber der Regen übertönt alle anderen Geräusche. Ich bezweifle, dass mich jemand hört. Ich werde hier im Regen in einem Graben sterben. Hudson wird zu unserem Zelt zurückkehren, ich werde nicht wiederkommen, und er wird denken, dass ich irgendwo anders untergekommen bin.

Oder vielleicht ist es ihm auch komplett egal, und er ist nur froh, dass ich weg bin. Keiner wird Connie sagen, dass ich verschwunden bin, und ich sitze hier die ganze Nacht über im Regen, versinke immer tiefer im Schlamm und sterbe an Unterkühlung. Schon jetzt fange ich an zu zittern.

»Hilfe!«, versuche ich es noch mal.

»Hallo?«, höre ich undeutlich eine Stimme.

»Hallo! Hier! Ich bin gestolpert. Kannst du mir zum Lager zurückhelfen?«, rufe ich und versuche, mir den Regen aus den Augen zu wischen, um zu erkennen, wer da steht. »Sei vorsichtig, hier ist ein Graben.«

Er kommt näher und klettert dann langsam zu mir runter. Es ist Hudson. Natürlich ist es Hudson.

»Oh, wow.« Er mustert mich von oben bis unten. Ja, ich weiß, dass ich voller Schlamm bin. »Was ist passiert?«

»Ich bin ausgerutscht.« Und wünsche mir gerade sehr, dass er jemand anderes wäre. »Kannst du Connie holen?«

»Ach was, komm schon.« Er kniet sich neben mich in den Schlamm und legt sich meinen Arm um die Schultern.

»Hol einfach Connie«, bitte ich noch einmal, aber er steht auf und zieht mich mit sich hoch. Ich stütze mich beim Laufen auf ihn, und er findet einen relativ leichten Weg aus dem Graben. »Danke«, sage ich leise, und jetzt bin ich wütend, weil er so nett ist, mich zu retten.

»Natürlich. Alles okay?«

Wir sind aus dem Schlamm raus, und der Boden ist hier etwas fester, also versuche ich, meinen verletzten Knöchel etwas zu belasten. Fühlt sich nicht mehr so schlimm an, nur ein leichtes Ziehen. Ein halbherziges »Lass es besser«, das ich ignoriere. Ich nehme meinen Arm von Hudsons Schultern und marschiere zurück in Richtung Lager.

»Randy, warte.« Weil ich nicht besonders schnell bin, hält er ohne Probleme mit mir mit. »Du fällst sonst wieder hin.«

»Oh, stimmt, ich bin ja nur eine Tunte, die nicht mal einen Fuß vor den anderen setzen kann, wenn sie nicht gerade über einen Laufsteg wackelt, oder?«

»Was? Nein. Ich habe nur gemeint, dass du vorhin ja ausgerutscht bist, also sei bitte vorsichtig.«

»Ich kann auf mich selbst aufpassen. Ich weiß, dass du mich für ein albernes, schwächliches Klischee hältst, aber ich habe die gleichen Wanderungen mitgemacht wie du.« Ich schreie ihn nicht an. Ich spreche nur sehr laut, damit er mich trotz des Regens hört.

»Ich weiß, Randy, ich wollte nur … Es ist rutschig.«

»Mir geht's gut.« Ich marschiere voraus, und Hudson bleibt etwas hinter mir zurück, bis wir wieder im Lager sind. Dort setze ich mich dicht ans inzwischen brennende Feuer.

Connie sieht, dass ich von oben bis unten voller Matsch bin, und kommt zu mir. »Was ist passiert?«

»Ich bin ausgerutscht.«

»Er hat sich den Knöchel verstaucht«, wirft Hudson ein und stellt sich hinter mich. »Er konnte nicht aufstehen.«

»Okay, hol mal den Erste-Hilfe-Kasten«, fordert Connie ihn auf. »Und ein paar Handtücher, um den Schlamm loszuwerden.«

Hudson flitzt zu dem schwarzen Packsack – berüchtigt für seinen unerschöpflichen Vorrat an Kondomen, Lecktüchern und Gleitgel (ja, die Betreuer wissen, was auf diesen Touren passiert), aber auch Erste-Hilfe-Kästen. Jeder darf sich das Wochenende über einfach so daran bedienen.

Connie lässt mich mein Bein anheben und schiebt eine Kühlbox darunter, um meinen Knöchel in der Luft zu halten, während sie ihn vorsichtig abtastet. Ich zucke zusammen, aber nur ein bisschen.

»Wirklich nur ein wenig verstaucht, glaube ich«, meint sie, als Hudson mit den Handtüchern und einem Erste-Hilfe-Kasten zurückkommt. Er befreit sich damit selbst vom Schlamm, und als er eine kleine Wunde an meinem Knie entdeckt, macht er die direkt auch sauber.

»Danke.« Ich versuche, nicht nett zu klingen.

»Kein Problem«, sagt er und klebt mir ein Pflaster auf den Schnitt.

»Morgen ist es sicher wieder gut«, beruhigt Connie mich. »Leg den Fuß eine Weile hoch. Kein Steinesammeln mehr, okay? Und Hudson, hilf ihm nachher bitte ins Zelt, nur zur Sicherheit, ja?«

»Er muss mir nicht …«

»Klar«, unterbricht Hudson mich. »Natürlich.«

Connie geht auf die andere Seite des Lagerfeuers, um das sich immer mehr Leute scharen. Rauch steigt auf und sammelt sich unter der Plane. Er brennt ein bisschen in meinen Augen.

»Danke für die Hilfe«, sage ich zu Hudson.

Er setzt sich neben mich. »Was hast du denn gedacht? Dass ich dich da einfach zurücklasse?«

»Keine Ahnung.«

»Denkst du wirklich, dass ich so was tun würde?«

Ich seufze. »Nein.«

»Gut.«

Einen Moment lang schweigen wir uns an.

»Ich helfe den anderen mit dem Feuer. Geh nicht ohne mich zurück zum Zelt, ja?« Hudson legt mir eine Hand auf die Schulter, und für eine Sekunde glaube ich, dass er mich gleich auf die Wange küsst wie sonst immer. Ich sehe in seinen Augen, dass er daran denkt, aber dann dreht er sich um und geht zum Feuer. Er legt etwas mehr Holz nach.

Vielleicht habe ich mich gerade wie ein Arsch verhalten. Ich meine, er hat mir geholfen. Ich bin hingefallen. Dass er mir geholfen hat, war menschlich. Und anständig.

Aber das bedeutet gar nichts, schärfe ich mir ein. Er war nur nett. Und außerdem will ich auch gar nicht, dass es was bedeutet. Ich will schlafen gehen und nicht mehr an ihn denken.

»Wir haben Hotdogs!«, ruft Connie den Leuten zu, die sich noch immer in ihren Zelten verkrochen haben. »Hotdogs und S'Mores. Kommt und grillt euch euer Abendessen.«

Die Leute kommen aus ihren Zelten, schützen sich quietschend vorm Regen und rennen bis unter die Plane. Mehr als nur ein paar rutschen im Matsch aus. Alle versammeln sich um Connie, schnappen sich Würstchen und spießen sie auf die Stöcke, die sie sich im Gebüsch besorgt haben. Dann stellen sie sich in einer Reihe auf, um sie über den Flammen zu grillen.

Mark und Crystal verteilen Brötchen, und schon bald haben alle was zu grillen und zu essen. George und Ashleigh bringen mir einen Stock und helfen mir, nachdem sie erfahren haben, was passiert ist.

»Er hat dich echt gerettet?«, fragt Ashleigh mit hochgezogenen Augenbrauen. »Im Regen?«

»Er hat mich rufen hören. Das hätte jeder andere auch gemacht.«

»Ist aber schon ziemlich … Jane Austen?«, sagt sie. »Oder so.«

»Darling.« George muss gar nicht mehr sagen, um ihr zu bedeuten, dass sie damit aufhören soll.

»Sorry, du hast recht«, lenkt sie sofort ein. »Das war gar nichts. Soll ich dir ein Würstchen grillen?«

»Ja, bitte.«

George und Ashleigh machen die Grillmeister für mich, kümmern sich erst um meine Hotdogs und dann um die Marshmallows für S'Mores, weil ich nirgendwo nah genug am Feuer sitzen kann, um das selbst zu machen.

Crystal holt ihre Gitarre raus und versucht, ein paar Lieder zu spielen, aber man hört sie kaum, weil der Regen so laut auf die Plane prasselt.

»Wenn ich mir hier eine Erkältung hole, werde ich sehr sauer«, meint George und leckt sich Schokolade und Marshmallows von den Fingern.

»Mark verteilt schon Vitamin-C-Kaubonbons an alle aus der Truppe.« Ich deute mit dem Kopf auf unseren Betreuer, der nach seinen Schauspielern und dem Rest der Crew sucht, um ihnen die sandigen Tabletten mit Orangengeschmack aufzudrängen. Mich hatte er als Ersten erwischt.

»Hey, Randy?«, meldet sich Hudson da. »Wollen wir zurück ins Zelt?«

»Willst du nicht noch hierbleiben?«

»Wofür?«

Ich zucke die Schultern, nicke und lasse mir von ihm aufhelfen – auch wenn der Knöchel kaum noch wehtut. Dann nehme ich mir noch zwei Flaschen Wasser, bevor wir zurück zu unserem Zelt gehen. Bis wir dort ankommen, sind wir wieder klatschnass, und Hudson holt ein Handtuch aus seinem Rucksack, um zuerst sich abzutrocknen und anschließend über den Zeltboden zu wischen, den wir vollgetropft haben. Dann zieht er sein Shirt aus.

Ich schlucke beim Anblick seiner feuchten, nackten Haut und drehe mich schnell weg. Die Romantik zwischen uns ist vielleicht verflogen, die Lust aber nicht, zumindest nicht bei mir. Er ist immer noch so verdammt attraktiv, als wäre sein Körper aus einem Stein gemeißelt, den ich nicht benennen kann.

Ich streife mir ebenfalls das Shirt ab und breite es in einer Ecke zum Trocknen aus. Hinter mir höre ich den Reißverschluss von Hudsons Shorts. Trotz des Regens klingt das Geräusch unglaublich laut. Ich starre zum Fenster hinaus, auch wenn es dort nichts zu sehen gibt. Hinter mir raschelt es.

»Du kannst dich jetzt umdrehen.«

Als ich zu ihm schaue, liegt er in seinem Schlafsack. Seine Schuhe, die Shorts, das Shirt und seine Unterwäsche hat er zum Trocknen in seiner Zeltecke ausgelegt.

»Du hättest dich auch schon vorher umdrehen können.«

Ich werfe ihm einen finsteren Blick zu. »Warum flirtest du mit mir?«

»Was?«

»Vorhin schon und jetzt das, was du gerade gesagt hast. Du flirtest.«

»Keine Ahnung … Wir haben sonst auch immer geflirtet.«

Ich stemme die Hände in die Hüften und nehme eine provozierende Pose ein. »Ja, aber ich bin nicht mehr dein Typ, schon vergessen?« Ich hebe eine Hand und lasse bewusst mein Handgelenk abknicken. »Jetzt bin ich nur noch eine Schwuchtel«, erkläre ich in übertriebenem Tonfall. »Ein klischeehafter Schwächling, nicht wahr?«

Er runzelt die Stirn. »Nein. Und was ich gesagt habe, tut mir leid.« Er setzt sich auf, und der Schlafsack rutscht ihm bis zur Hüfte runter. Hat er sich saubere Unterwäsche angezogen?

»Randy, du musst mir glauben. Es tut mir so, so leid.«

Seufzend lasse ich die Arme sinken. »Ich weiß. Aber du hast es gesagt.«

»Ich war wütend, und es war mir peinlich, dass das ganze Camp alles schon die ganze Zeit über wusste, und ich … ich wollte dir wehtun.«

Ich setze mich in meinen nassen Shorts, in denen mir langsam kalt wird. »Ich weiß.«

»Wenn du das weißt … warum bist du dann so sauer? Ich bin nicht mehr wütend. Ich … hör mal, was du gemacht hast, war echt durchgeknallt, keine Frage. Definitiv drüber. Wie … aus einem Film oder so. Aber … es war auch ziemlich schmeichelhaft. Und das echt Erstaunliche daran ist, dass es funktioniert hat. Ich habe mich wirklich in dich verliebt, Randy. Ich habe dir Sachen erzählt, die ich noch nie zu jemandem gesagt habe, nicht mal zu Brad, und du bist näher an mich rangekommen als irgendwer sonst in meinem Leben.«

Wasser tropft mir aus den Haaren auf den Zeltboden. Hudson greift seufzend nach seinem Handtuch, und als er sich nach vorne beugt, sehe ich seinen unteren Rücken und den Ansatz seines Hinterns – er trägt definitiv keine Unterwäsche. Dann wirft er mir das Handtuch zu.

»Trockne dich ab. Und zieh dir die nassen Sachen aus, ich schaue auch nicht hin.« Er dreht sich um, und ich ziehe mich aus, bevor ich mich mit seinem Handtuch abtrockne. Es riecht nach ihm – nach seinem aufregenden Deo und schwach nach Ahorn. Ich versuche, nicht so viel darüber nachzudenken, während ich in meinen Schlafsack krieche. Dann werfe ich das Handtuch zu ihm zurück, das auf seinem Kopf landet.

»Heißt das, dass ich mich wieder umdrehen kann?«, fragt er.

Ich grinse, setze dann aber wieder einen wütenden Gesichtsausdruck auf. »Ja.«

Er rollt sich herum, sodass wir uns gegenüberliegen, beide nackt in unseren Schlafsäcken und mit viel Platz zwischen uns. Es gefällt mir nicht, aber mein Körper kribbelt. Vielleicht gefällt es mir ja doch.

»Also, warum bist du sauer?«, will Hudson wissen.

Ich zucke die Schultern. »Du magst mich nicht. Das macht mich wütend.«

Seine Augen werden groß und irgendwie traurig. »Wie kommst du darauf?«

»Wegen allem, was du gesagt hast. Allem, was du bist.« Ich setze mich auf und mache eine Geste zu seinem Körper. »Masc4masc, sich hetero verhalten, das alles.«

»Ich habe einfach gedacht, dass solche Leute … stärker sind«, sagt er. »Und sicherer. Ich könnte meinen Eltern nie jemanden vorstellen, der nicht … der anders ist als ich. Der in ihren Augen klischeehaft ist. Ich könnte nie mit ihm auf der Straße Händchen halten. Also habe ich … mir solche noch nicht mal angeschaut. Das war falsch, das weiß ich jetzt. Du hast mir das gezeigt. Ich bin nicht besser als du, Randy. Ich bin nicht besser als George oder irgendwer sonst aus der Theatergruppe.« Er zögert kurz. »Wenn überhaupt, dann bin ich schlechter.«

»Schlechter?«

»Ihr seid einfach ihr selbst.« Er setzt sich erneut auf, legt sich aber sofort wieder hin, weil er offenbar keine bequeme Position findet. »Ich … ich bin nur eine Rolle, vielleicht so sehr wie Del. Keine Ahnung. Die meiste Zeit über habe ich nicht das Gefühl, als würde ich das nur vorspielen, aber dann … als Brad sich die Nägel lackiert hat, war ich so neidisch.«

»Neidisch?«

»Ja. Die Farbe war echt cool.«

»Einhorn-Apokalypse.«

Er lacht. »Heißt die so?« Dann dreht er sich auf den Rücken, um nach oben zur Zeltplane zu schauen. Damit hat er sich nun so weit aus dem Schlafsack befreit, dass sein Bauch zu sehen ist. »Gefällt mir. Ich würde den so gerne tragen. Und ich wollte es auch in dem Moment. Ich wollte mehr … wie ich sein? Nicht, dass alle schwulen Kerle Nagellack tragen müssen, um sie selbst zu sein, oder so. Aber es hat mich an meine Grandma erinnert, wie ich ihr die Nägel lackiert habe und sie mir manchmal meine, und wie glücklich mich das gemacht hat. Ich fand es wirklich toll. Mir die Farbe auszusuchen, sie ins Licht zu halten, sie auf meinen Nägeln zu sehen. Nicht nur Nagellack. Auch Lippenstift und Lidschatten. Ich hatte so viel Spaß dabei, meine Grandma zu schminken und selbst Schminke zu tragen. Und dann hat sie mir alles wieder abgewischt, bevor meine Eltern nach Hause kamen, und mir gesagt, dass ich es ihnen nicht erzählen soll. Sie hat mich beschützt. Und als sie dann gestorben ist, habe ich mich selbst geschützt, wegen …«

»Wegen dem, was deine Mom gemacht hat.«

Er nickt. »Aber ich glaube, dass Grandma mich hierher schicken wollte, weil das hier uns auch beschützt. Hier kann ich … ich selbst sein. Oder?«

»Wie du immer gesagt hast: Du kannst alles sein, was du willst«, antworte ich. »Ich habe das ja irgendwie bewiesen.«

»Ja.« Hudson dreht sich wieder zu mir um. »Aber ich will dir was sagen und … du musst auch nichts antworten oder so, aber ich will, dass du weißt, dass ich über all das nachgedacht hab … Alles, was du gemacht und gesagt hast … Du hattest recht. Ich kenne dich, Randy. Vielleicht nicht alles von dir – ich wusste nicht, wie sehr du Musicals magst und kenne nicht deinen richtigen Modegeschmack und so. Aber ich weiß, dass du mich zum Lachen bringst und ich mich bei dir mit mir selbst wohlfühle. Dass du mit mir redest und ich mich bei dir besonders fühle, nicht wegen dem, was ich nicht bin, sondern wegen dem, was ich bin. Und … das liebe ich immer noch.«

Ich spüre, wie mir die Kehle eng wird und zwinge mich, tief durch die Nase einzuatmen. Hudson streckt eine Hand nach mir aus, aber der Abstand zwischen uns ist zu groß, also robbt er mitsamt seinem Schlafsack näher. Das bringt uns beide zum Lachen, und dann berühren seine Finger meine Wange, und alles in mir fühlt sich wieder an, als wäre es voller Sterne.

»Warte«, sage ich und schiebe seine Hand weg.

»Ich will auch alles andere an dir kennenlernen. Das meine ich ernst. Ich will alles über das Theaterstück wissen und was du diese Woche gemacht hast. Ich will alles über Musicals wissen und Klamotten und … alles, worüber du mit mir reden willst.«

Ich muss lächeln. »Okay. Aber … ich kenne dich nicht mehr.«

»Was?«

»Jedes Jahr habe ich dich beobachtet, wie du die Leute inspiriert hast – mich inspiriert hast. Du hast mir immer das Gefühl gegeben, als könnte ich alles schaffen … Aber dann hat sich herausgestellt, dass du damit gemeint hast, dass ich mehr wie … du sein soll. Und jetzt sagst du, dass du wie ich sein willst, aber …«

»Randy.« Er sieht mir fest in die Augen und lässt damit neue Sterne in mir entstehen. »Ich will so wie du sein. Und ich weiß, dass das, was ich gesagt habe … nicht das war, was du verstanden hattest. Aber … ich mag deine Version lieber. Und daran … glaube ich jetzt wirklich.« Er zuckt die Schultern. »Du hast mir das gezeigt, woran du selbst die ganze Zeit geglaubt hast. Du bist was Besonderes. Ich denke, dass vielleicht … wir beide gemeinsam was Besonderes sind.«

Sterne werden in Explosionen geboren, und in dem Moment, als er mein Gesicht umfasst und mich küsst, entstehen tausend neue in mir.

Als wir kurz aufhören, ziehe ich mich ein bisschen zurück. »Du willst …« Ich schlucke. »Ich meine, sollen wir einfach da weitermachen, wo wir aufgehört haben, als wäre nichts passiert?«

»Wir … versuchen es«, sagt er und küsst mich noch mal. »Aber da ist noch was, das du mit mir machen musst.«

»Okay.« Ich klinge ein bisschen atemloser, als mir lieb ist.

Hudson robbt zu seinem Rucksack und holt etwas heraus, kommt zu mir zurück und zeigt es mir – Nagellack. Ein tiefes Violett mit dunkelblauem Glitter.

»Lackierst du mir die Nägel?«, fragt er ein bisschen zu laut.

Ich lache. »Wo hast du den überhaupt her?«

»Gern geschehen, Darling!«, ertönt Georges Stimme durch den Regen.

»Sie haben ihr Zelt neben unserem aufgebaut«, erklärt Hudson mit einem verlegenen Grinsen. »George hat gesagt, dass ich den Nagellack haben kann, aber ich muss ihm Bescheid sagen, wenn es so weit ist, damit er den ganzen Ruhm dafür einheimsen kann.«

Brads Stimme ist für einen Moment ebenfalls zu hören. »Können wir dann jetzt …«

Der Regen wird wieder stärker und schneidet den Rest des Satzes ab. Hudson und ich lachen.

»Also, lackierst du mir die Nägel?«, fragt er.

Ich nicke und schüttle das Fläschchen. Hudson spreizt die Finger. Festgehalten habe ich seine Hände schon unzählige Male, aber ich habe sie mir noch nie richtig angesehen. Sie sind zierlicher, als ich gedacht habe. Und sie könnten etwas Handcreme vertragen – die Haut ist ein bisschen rau –, aber die Finger sind schlank und elegant und seine Nägel zwar kurz, aber glatt. Vorsichtig trage ich den Lack mit dem Pinsel möglichst gleichmäßig auf.

»Die Farbe ist echt toll«, sagt Hudson. »So …«

»Königlich?«

»Ja. Genau. Ich fühle mich wie ein König, wenn ich die trage.«

Ich konzentriere mich lächelnd aufs Lackieren, damit ich nichts auf seine Haut oder das Zelt schmiere. Dabei lasse ich mir Zeit, obwohl ich es gleichzeitig am liebsten schnell hinter mich bringen würde. Weil ich weiß, was als Nächstes passieren wird, wenn seine Nägel trocken sind und er mit den Händen über meinen Körper streicht. Ich bin bereit dafür. Ich will es.

Doch als ich mit seiner ersten Hand fertig bin, kommt mir der Gedanke, dass das vielleicht keine gute Idee ist. Ich wollte Hudson mit Nagellack, und genau das bekomme ich jetzt, aber was heißt das nun? Wie kann das funktionieren, wenn er gerade erst aus seinem Schneckenhaus kommt und ich ihm nur einen Teil von mir gezeigt habe? Reicht das? Reicht die eine Woche, die wir noch zusammen im Camp verbringen?

Ich mache seine zweite Hand fertig und puste dann auf seine Nägel.

»Wedel ein bisschen mit den Händen, damit es trocknet. Dann mache ich noch eine zweite Schicht drauf, wenn du willst.«

»Kann ich deine auch lackieren?«

Ich zeige ihm meine Hände. Meine Nägel sind kurz geschnitten, und auf jedem habe ich grellpinken, metallisch glänzenden Lack. »Hab ich erst gestern Abend gemacht. Aber du kannst drüberlackieren, wenn du willst.«

Er nickt zufrieden. »Das gibt einen coolen Effekt.« Als er zu lackieren beginnt, wird schnell deutlich, dass er ein Naturtalent ist. Die Jahre, in denen er an seiner Grandma geübt hat, zahlen sich aus. Er führt den Pinsel mit schnellen, sauberen Strichen und ist schneller fertig als ich.

»Das habe ich so lange nicht mehr gemacht. Das war … schön.« Er sieht zu mir auf. »Danke. Ich bin froh, dass ich das bei dir machen durfte.«

Lächelnd puste ich auf meine Nägel, bevor ich mit den Händen wedle und mir wünsche, dass es schneller trocknet. Hudson beugt sich nach vorne und küsst mich erst auf die Lippen, dann auf den Hals.

»Hör auf«, protestiere ich. »Meine Nägel sind noch nicht trocken.«

»Dann solltest du mich lieber nicht anfassen«, gibt er zurück. »Aber meine sind trocken …«

Er legt mir eine Hand auf die Brust und streichelt dann nach unten zu meinem Bauch, wo er wartet, dass ich etwas sage. Als ich das nicht mache, wandert seine Hand weiter runter in meinen Schlafsack. Ich schnappe nach Luft. Ich bin schon hart – war es seit dem Moment, in dem ich gehört habe, wie er seine Shorts auszieht.

»Ist das okay?«, flüstert er. Ich nicke und küsse ihn wieder, höre dann aber auf, um mir hektisch auf die Nägel zu pusten.

»Entspann dich«, meint Hudson. »Die werden schon trocknen.« Er öffnet den Reißverschluss meines Schlafsacks und küsst sich über meinen Hals und die Brust bis zu meinem Bauch nach unten, bis sein Mund findet, wonach er gesucht hat und … oh.

Mein erster Blowjob. Jetzt.

Ich schaue nach unten, und der Anblick von Hudson lässt die Sache beinahe viel zu schnell vorbei sein, also wende ich den Blick ab. Ich habe immer gedacht, dass es ein bisschen wie das ist, was ich unter der Dusche mache, wenn niemand sonst in der Hütte ist, aber es ist ganz anders. Viel besser.

Aber sollte ich auch was machen? Soll ich ihm eine Hand auf den Kopf legen, oder sage ich ihm damit, dass er tiefer gehen soll? Ich will nicht, dass er was tut, was er nicht will, also berühre ich vorsichtig seine Haare, als würde ich einen Hund streicheln. Nein … so läuft das in Pornos nicht. Ich packe mit beiden Händen in seine Haare.

»Autsch.« Er hört auf.

»Sorry.«

Hudson lächelt nur und macht weiter. Ich lasse meine Hände auf seinem Kopf liegen und versuche, mich zu entspannen und es zu genießen. Und es fühlt sich so … *fantastisch* ist ein zu kleines Wort für die Empfindungen. Ich brauche ein neues Wort dafür, dass ich den Rücken durchbiege und mein ganzer Körper sich anfühlt wie unter Strom – als könnten sogar meine Knochen noch was fühlen.

Ich vergesse die Zeit, bin aber gleichzeitig voll im Moment. Nur die Dauer verliert jede Bedeutung, bis ich merke, dass er entweder aufhören oder ich fragen muss, ob er gerne schluckt.

»Warte«, bitte ich ihn keuchend. »Ich bin ... noch nicht.«

Er kommt wieder zu mir hoch und küsst mich. »Wahrscheinlich sind deine Nägel inzwischen trocken«, murmelt er.

Ich muss lachen und teste einen. Komplett trocken. Also schlinge ich die Arme um Hudson und küsse ihn, während sich mein Körper gegen ihn drängt. Da er noch immer in seinem Schlafsack steckt, öffne ich hektisch den Reißverschluss.

Hudson lächelt und überwindet den kleinen Abstand zwischen uns. Unsere Körper schmiegen sich eng aneinander, Beine zwischen Beinen, Arme um Körper, Hände, die über Haut streicheln. Ich ziehe mich zurück, weil es mir viel zu gut gefällt.

»Willst du?« Er schaut an sich runter.

Ich nicke. »Aber ich hab noch nie.«

Wie mache ich das? Keine Zähne, so viel weiß ich. Aber ist das wie ein Lutscher oder mehr wie ein Eis?

»Mach einfach das, was dir selbst gefallen würde.«

Vielleicht merkt Hudson, wie unsicher ich bin. Sein Rat ist auch nicht schlecht, aber ich habe das gerade das erste Mal erlebt, woher soll ich also wissen, was ich mag?

So richtig weiß ich nicht, wie ich das anstellen soll, also öffne ich einfach den Mund so weit, wie ich kann, und nehme ihn dann so tief auf, wie ich es schaffe. Wahrscheinlich sehe ich aus wie ein Fisch. *Unglaublich sexy, Randy.* Der Geschmack überrascht mich. Irgendwie hatte ich erwartet, dass es schmutzig schmeckt und unangenehm riecht, aber es schmeckt und riecht wie seine Halsbeuge.

Ich benutze meine Zunge und Lippen und lächle, als ich ihn stöhnen höre. Das hier passiert wirklich, und ich mache es gut genug – das erste Mal, dass ich jemandem einen Blowjob verpasse. Also probiere ich ein paar Sachen aus, bewege meinen Mund, nehme die Hände dazu, nehme ihn so weit auf, wie ich kann, was in einem unsexy Hustenanfall endet, den ich versuche zu verstecken, was uns beide zum Lachen bringt. Hudson gibt mir ein paar Tipps, und das macht es leichter.

»Genau so. Langsamer. Nicht so viel Druck auf die Lippen.«

Er fährt mir mit beiden Händen durch die Haare, und ich höre einen Moment auf, um durchzuatmen.

»Alles okay?«

Ich nicke. »Mache ich das richtig?«

»Ja.« Hudson lacht. »Du bist ein Naturtalent.«

Am meisten überrascht mich, wie sehr ich es genieße. Nicht nur wegen der Laute, die Hudson von sich gibt, sondern weil ich das will. Man hört ja immer, wie heiß es ist, wenn man einen Blowjob bekommt, aber ich habe noch nie davon gehört, wie heiß es ist, einen zu geben.

»Okay, okay«, sagt Hudson viel zu früh und zieht mich wieder zu sich hoch. Wir küssen uns. »Ich will dich in mir.«

Meine Augen werden groß.

»Wenn du auch willst.«

»Bist du dir sicher?«, frage ich. »Ich meine, ich könnte …«

Er grinst. »Das ist alles neu für dich. Lass uns so herum anfangen. Wenn du willst. Wir müssen nicht …«

Ich unterbreche ihn mit einem Nicken. »Ja«, schiebe ich schnell noch hinterher.

Da werde ich sicher nicht nein sagen. Ich trage gerade alle meine ersten Male auf meiner Scorekarte ein. Hey, war das eine Sportmetapher? Vielleicht steckt ja doch noch ein bisschen Del in mir.

Hudson wühlt wieder in seinem Rucksack, aus dem er einige Päckchen Gleitgel und ein Kondom holt, während ich die feste Rundung seines Hinterns bewundere.

»Du musst mir zeigen, wie es geht.«

»Okay«, erwidert er. »Fangen wir mit einem Finger an.«

Ich halte ihm eine Hand hin, und er öffnet eines der Gleitgelpäckchen, um den Inhalt auf seinen und meinen Fingern zu verteilen, bevor er hinter sich greift. Ich spiele ein bisschen mit dem Gel herum. Es fühlt sich … albern an. Fast, als würde man Wackelpudding zwischen den Händen verreiben. Der Gedanke lässt mich kichern.

Hudson beißt sich auf die Unterlippe und verdreht genüsslich die Augen, als er einen Finger in sich schiebt. Alle Gedanken an Wackelpudding und albernes Zeug verschwinden.

»Darf ich zusehen?«, frage ich.

Er dreht sich lächelnd auf den Bauch, sodass ich zuschauen kann, wie er das Gleitgel verteilt und mit einem Finger in sich eindringt. Er seufzt tief. Dann zieht er ihn wieder raus. »Jetzt du«, sagt er und greift nach meiner Hand. Vorsichtig schiebe ich einen Finger in ihn. Einen Moment später zieht er meine Hand wieder weg. »Mehr Gleitgel.«

Ich schnappe mir ein weiteres Päckchen und versuche, es zu öffnen, aber meine Hände sind zu glitschig, sodass es mir wegrutscht und gegen die Zeltplane klatscht, bevor es wieder runterfällt. Hudson lacht, nimmt es sich und reißt es mit den Zähnen auf, bevor er das Gel auf meinen Fingern verteilt. Dann dreht er sich wieder um und dirigiert meinen Finger zurück in sich, tiefer als vorher. Als er nach Luft schnappt, halte ich inne.

»Nein, das fühlt sich gut an. Mach weiter. Langsam.«

Ich dringe tiefer in ihn ein, und er reckt den Hals, sodass ich ihn dabei auf den Mund küssen kann.

»Und jetzt rein und wieder raus«, fordert er keuchend.

Ich folge seinen Anweisungen, bewege meinen Finger, und die Laute, die Hudson von sich gibt, lassen mich beinahe durchdrehen. Auf seine Aufforderung hin krümme ich den Finger leicht, und er wird noch lauter. Gierig küsst er mich wieder.

»Jetzt zwei Finger.«

Ich schlucke und ziehe meinen Finger zurück, nehme noch mehr Gleitgel aus einem der offenen Päckchen und mache dann mit zwei Fingern weiter. Gerade bin ich so froh, dass ich mir gestern vor dem Lackieren die Nägel geschnitten habe.

»Warte«, sagt er, und ich halte still, während er tief durchatmet. »Okay.«

Ich schiebe mich langsamer weiter nach vorn. Als beide Finger fast komplett in ihm sind, schnappt er wieder nach Luft und vergräbt das Gesicht in seinem zusammengeknüllten Schlafsack.

»Soll ich aufhören?«

»Nein.« Seine Stimme klingt tief und heiser. »Das ist so gut«, murmelt er in sein Kissen. Dann sieht er zu mir auf, und sein Gesichtsausdruck ist lustvoll und ein bisschen betrunken zugleich. Er zieht mich noch mal zu einem Kuss zu sich und dreht sich dabei leicht. Unsere Körper schmiegen sich wieder aneinander, und mein Arm ist halb um ihn geschlungen.

»Ich bin so weit«, erklärt er nach ein paar weiteren Küssen. »Ich will dich.«

Als ich nicke, reißt Hudson das Kondom auf und streift es mir über, was deutlich mehr Spaß macht als meine Übungen an mir selbst. Dann nimmt er noch zwei Päckchen Gleitgel und verteilt sie auf mir.

»Ich bin zuerst oben, wenn das okay ist?«

»Alles ist okay«, antworte ich, und weil Worte für mich gerade nicht so gut funktionieren, küsse ich ihn lieber.

Er lächelt, während er mich küsst, und schubst mich dann nach hinten, sodass ich auf dem Rücken liege und er über mir kniet. Langsam senkt er sich auf mich, führt mich dabei in die richtige Position und nimmt mich in sich auf. Zuerst ist die Enge so krass, dass es beinahe wehtut, und ich frage mich, ob ich was falsch gemacht habe. Doch dann werden Hudsons Atemzüge tiefer, und er lächelt mit offenem Mund, bevor er den Kopf in den Nacken legt.

»Oh ja.« Er beginnt, sich auf mir zu bewegen. Das fühlt sich unglaublich an. Anders als der Blowjob. Und viel besser als meine eigene Hand unter der Dusche. Aber noch besser als das Gefühl ist es, Hudson dabei zu beobachten, ihn zu hören, während er sich über mir auf und ab bewegt.

Er beugt sich nach vorne, küsst mich, und ich greife nach seinem Hintern, den ich drücke, während unsere Zungen miteinander spielen, unsere Körper sich vereinen. Plötzlich wirft er wieder den Kopf in den Nacken und stöhnt lauter auf. Ich bewege das Becken vorsichtig hoch und runter.

Hudson fasst sich selbst an, und sein lila Nagellack glänzt im schummrigen Licht. Der Anblick ist das Erotischste, was ich je gesehen habe. Ich bin hier, habe endlich Sex mit Hudson, den ich seit Jahren liebe, der mich liebt – mein echtes Ich –, und ich habe das Gefühl, dass die Welt mir dafür applaudiert. Nicht, als würden wir beobachtet werden – darauf stehe ich nicht. Glaube ich. Mehr wie eine Standing Ovation, aber nicht von Menschen, sondern von der Welt selbst. Die Welt, das Universum, die Sterne, sie alle klatschen für uns und sagen: »Was für ein wundervolles Ende für eine perfekte Liebesgeschichte.«

»Wollen wir die Missionarsstellung ausprobieren?«, fragt Hudson. Seine Haare sind wieder feucht, aber dieses Mal vom Schweiß.

Ich grinse. »Ja.«

SECHSUNDZWANZIG

Das Morgenlicht wirkt durch die Zeltwände ziemlich grau. Der Regen hat aufgehört, aber es ist stickig. Ich liege nackt auf meinem geöffneten Schlafsack neben Hudsons, doch er ist weg. Die Kleidung, die er zum Trocknen ausgelegt hatte, ist noch da.

Ich atme tief durch. Das war also mein erstes Mal. Und ich bin allein. Am liebsten würde ich die gestrige Nacht immer wieder im Kopf durchspielen, aber dass Hudson nicht da ist, lässt mich unruhig werden. Ich krame in meinem Rucksack nach einer sauberen Unterhose und ziehe sie an.

Wo ist er hin? Bereut er, was wir getan haben, was er gesagt hat, und versucht er jetzt irgendwo, den Nagellack von seinen Fingern zu kratzen? Ein Bild schießt mir durch den Kopf, wie er an seinen Nägeln schabt, bis sie bluten oder abfallen, und ich verziehe das Gesicht. Wenn er das macht, dann ist er wirklich mit mir fertig.

Aber vielleicht war das ja auch alles nur gespielt, ein neuer Trick von Hal, der seinen Namen jeden Sommer mit einer neuen Eroberung in den Baum ritzt. Oder der mal was Neues ausprobieren wollte, das er nun in den Müll werfen kann.

Der Reißverschluss der Zeltklappe wird geöffnet, und ich raffe meinen Schlafsack vor die Brust. Doch es ist nur Hudson, der den Kopf ins Zelt streckt.

»Oh, du hast Unterwäsche an.« Er klingt enttäuscht.

Ich lächle. »Ich kann sie auch wieder ausziehen.«

Habe ich das gerade wirklich laut gesagt? Eine Nacht voller Leidenschaft, und ich bin plötzlich eine Femme fatale aus einem zweitklassigen Film? Ich mache das falsch.

Hudson kommt ins Zelt und gibt mir einen Kuss. »Vielleicht nachher«, meint er. »Ich habe uns Frühstück geholt. Bagels und Frischkäse.« Er reicht mir einen kalten Bagel, eine winzige Packung Frischkäse und ein Plastikmesser. Das Gleiche, was wir jedes Jahr auf dem Kanutrip bekommen.

»Oh, aber vielleicht ...« Er greift in seinen Rucksack und holt eine kleine Flasche Handdesinfektionsmittel heraus, die ich gerne benutze.

Dann zieht er sich die Schuhe aus und setzt sich auf seinen Schlafsack. Seinen eigenen Bagel hat er schon halb aufgegessen und verputzt jetzt lächelnd den Rest, während ich den Frischkäse auf meinem verteile. Ich beiße hinein, und Hudson zieht sich das Shirt über den Kopf, um es in seinen Rucksack zu stecken. Dann wird er auch noch seine Hose los, unter der er blaue Boxershorts trägt.

»Ist stickig hier drin«, kommentiert er. »Echt warm.«

Ich nicke, esse weiter meinen Bagel und beobachte ihn.

»Der Regen hat aufgehört. Wir können heute wahrscheinlich was machen. Karl sagt, dass sicher viele Pilze gewachsen sind.«

»Möglich.«

»Willst du über irgendwas reden?«, fragt er und legt den Kopf ein wenig zur Seite.

»Ich ...«

»Das war dein erstes Mal.« Er grinst.

»Das auch.« Ich muss lachen und beiße noch mal von meinem Bagel ab. »Aber ... ich meine ... Was sind wir jetzt?«

»Oh.« Seine Augen werden groß. »Ich dachte, dass wir wieder zusammen sind. Wenn das okay ist. Willst du das auch?«

Will ich das? Das habe ich doch immer gewollt. Und … ich liebe ihn. Glaube ich zumindest. Es ist schwer, die vielen Schichten von Hudson freizulegen und dabei festzustellen, wie er über schwule Männer denkt und über sich selbst. Über das, wovon seine Eltern wollen, dass er es hasst, während seine Großmutter ihm klarmachen wollte, dass es vollkommen in Ordnung ist, es zu lieben.

Er ist nicht einfach der Traummann, für den ich ihn gehalten habe. Er ist nicht einfach jemand, der mir ein gutes Gefühl gibt, weil er an das Beste in jedem glaubt. Seine Weltsicht ändert sich gerade. Ich verändere sie. Aber ich habe mir die Haare schneiden lassen und den Hindernisparcours bezwungen, also hat er mich zuerst verändert.

Ich schaue auf seine Nägel. Die brauchen wirklich noch eine zweite Schicht. Das hätte ich direkt gestern Abend machen sollen.

»Randy?«, fragt er, und mir wird bewusst, dass ich eine ganze Weile geschwiegen habe.

»Ich habe nur über was nachgedacht«, antworte ich. »Darüber, wer du bist. Wofür du mich hältst.«

»Ich weiß nicht, ob wir jemals alles übereinander wissen können«, meint er. »Aber ich würde es gerne versuchen. Und wie ich gestern Abend gesagt habe … Ich kenne dich gut genug, um dich zu lieben.«

Ich lächle. »Ich kenne dich auch gut genug, um dich zu lieben.«

»Also sind wir wieder zusammen?«

»Ja. Und jetzt komm her, Sweetie. Deine Nägel brauchen noch eine Schicht Nagellack.«

Er grinst, holt das Fläschchen und schüttelt es, während ich aufesse. Dann hält er mir seine Hände hin, und ich pinsele sorgfältig Lack auf alle Nägel.

Den Tag verbringen wir mit Schwimmen im Fluss und mit Karl im Wald, wo wir trockenes Holz, Pilze und Beeren sammeln – die niemand isst, ohne es von ihm absegnen zu lassen, weil sich vor drei Jahren eins der Mädchen aus Hütte zwölf den ganzen Tag lang übergeben hat. Und genau so leicht, wie ich zum Theater zurückgestoßen bin, stoße ich auch zu Hudson zurück.

Nein, das war nicht zweideutig gemeint.

Aber es ist, als wären die Streits und die letzte Woche nie passiert. Oder nein, sie sind passiert, aber wir haben uns da durchgekämpft. Wir wissen nun mehr übereinander, und wir lieben auch diese Facetten des anderen. Also gehen wir Hand in Hand, mit identischem Nagellack, nebeneinander her. Wir stehlen uns Küsse hinter Bäumen und unter Wasser beim Schwimmen. Wir liegen zusammen mit George und Brad und Ashleigh und Paz am Strand, erzählen uns Witze und lachen. Und ich versuche zusammen mit den anderen, Hudson den Zauber von Musicals zu erklären, weil er mehr darüber wissen will – weil er sich dafür revanchieren möchte, dass ich schließlich auch kennengelernt habe, was er mag.

»Uns bleibt nur noch eine Woche«, sagt er irgendwann am Strand und drückt meine Hand.

»Stimmt.« Das lässt mich traurig werden. »Wir machen einfach das Beste draus.«

»Ja. Deswegen komme ich mit zum Theater.«

»Was?«

»Du hast zwei Wochen lang meine Sachen gemacht. Ich halte es auch eine Woche ohne den Parcours aus … Vielleicht mache ich ein bisschen Sport nach dem Mittagessen, wenn ich mich mal bewegen muss. Aber nur, wenn das für dich okay ist, Babe.«

»Du schuldest mir nichts.«

»Okay, dann eben auch, wenn es nicht okay für dich ist. Aber ich komme mit zum Theater. Ich schiebe Sachen durch die Gegend oder … versuche zu tanzen oder so.«

Das bringt mich zum Lachen. »Wie wäre es, wenn du vorbeikommst, wenn du Zeit hast?«

»Okay. Ich will einfach nur Zeit mit dir verbringen.«

»Ich weiß.« Ich lege meinen Kopf auf seine Schulter. »Aber die letzte Probenwoche ist immer superstressig. Wir nennen das die Höllenwoche.«

»Dann sehen wir uns gar nicht?« Er sieht nicht begeistert aus.

»Wir werden uns die Zeit nehmen«, versichere ich ihm. »Versprochen.«

Das entlockt ihm ein Lächeln, und ich bekomme einen Kuss.

An diesem Abend grillen wir Pilze und Hotdogs, und es regnet nicht, also wurde die Plane abgehängt, wodurch wir nicht in einem Rauchzelt enden. Stattdessen singen wir Lieder, trinken süße Brause, erzählen uns Witze und schauen ins Feuer, bis die Flammen ausgehen. Alle scheinen so glücklich zu sein. Wir fühlen uns wie eine große Familie.

Als die Sonne untergeht, gehen Hudson und ich zurück in unser Zelt und küssen uns schon leidenschaftlich, bevor wir den Reißverschluss zugezogen haben. Man sollte meinen, dass ich ruhiger wäre, wo ich doch endlich Sex hatte, aber jetzt will ich Hudson nur noch mehr. In weniger als einer Minute knie ich vor ihm und mache seine Hose auf.

»Wollen wir es heute umgekehrt probieren?«, frage ich, während ich ihm die Shorts ausziehe und ihm durch den Stoff seiner Boxershorts einen Kuss auf den Oberschenkel drücke.

Er lacht. »Würde ich gerne, aber nicht heute Abend. Davor willst du eine richtige Dusche.«

Ich denke einen Moment lang drüber nach, bevor mir aufgeht, was er damit meint. »Stimmt«, erwidere ich ein bisschen enttäuscht.

Hudson kniet sich neben mich und gibt mir einen Kuss. »Aber es gibt noch einen Haufen anderer Sachen, die wir machen können.«

Grinsend lege ich die Arme um seine Taille und schiebe meine Hände in seine Unterwäsche, um seinen Hintern zu drücken. »Na, wenn du drauf bestehst.«

Am nächsten Tag packen wir zusammen, gehen sicher, dass wir keinen Müll zurücklassen, und paddeln dann zurück ins Camp. Ashleigh, George und ich teilen uns wieder ein Kanu, aber jetzt sind Hudson, Brad und Sam in ihrem neben uns. Wir lachen miteinander und singen zusammen, bis Connie uns darauf hinweist, dass wir zu nah zusammen sind und weiter auseinander müssen. Danach halten wir mehr Abstand, bevor wir ein paar Minuten später wieder näher zusammenrücken.

Zurück im Camp stürmen wir als Erstes den Pool, um unsere Körper im Chlorwasser zu desinfizieren und den Gestank des Flusses loszuwerden, bevor wir uns zu den Hütten aufmachen, um ordentlich zu duschen und dann zum Abendessen zu gehen.

Joan gönnt uns noch einen Filmabend – vielleicht, weil sie weiß, dass wir alle eine Überdosis Natur abbekommen haben –, dieses Mal mit »Love, Simon«. Hudson und ich halten Händchen und kuscheln uns aneinander. Dann machen wir noch ein bisschen neben meiner Hütte rum, bis ich Mark rufen höre: »In fünf Minuten geht das Licht aus!«

»Du hast also echt alles bekommen, was du wolltest«, meint Ashleigh, nachdem ich in die Hütte gestürmt bin und mir noch schnell die Zähne putze. »Plan ausgeführt. Happy End.«

»Happy Ends«, korrigiert George sie. »Er hatte zwei Nächte im Zelt.«

Ich verdrehe die Augen, grinse aber. »Ja, es hat wohl alles geklappt.«

Hat es. Und ich sollte glücklich sein. Bin ich auch. Aber ich mache mir trotzdem Sorgen. Uns bleibt nur noch die Höllenwoche, dann ist der Sommer vorbei, und Hudson kehrt zu seinen Eltern in die echte Welt zurück, wo er permanent daran erinnert wird, dass ich nicht der richtige Typ Mann für ihn bin. Dass er was Besseres haben kann – und zwar nicht, wie *ich* früher dachte, dass er es meint, weil, sind wir mal ehrlich, das geht nicht –, sondern auf die Art, wie *er* es früher gedacht hat. Jemanden, der als Hetero durchgeht. Der nicht so aneckt. Der sicherer für ihn ist. Hat er sich wirklich verändert, oder liegt vor mir ein Krieg, bei dem ich ständig um ihn kämpfe, aber für die nächsten elf Monate keine Rolle in seinem Leben spiele?

Ich schaue zu Mark, der am Lichtschalter steht und darauf wartet, dass wir alle in den Betten liegen.

»Alles okay, Randy?«, fragt er.

»Ich glaube schon.«

Wie immer macht die Höllenwoche ihrem Namen alle Ehre. Alles muss perfektioniert werden, und plötzlich tauchen zwei Dutzend Probleme auf. Ein Farbfilter für die Scheinwerfer schmilzt, Jen vergisst auf einmal den kompletten Songtext für »Rosie«, das Ensemble hat von einem Moment auf den anderen zwei linke Füße.

»Sind wir verflucht?«, fragt Mark die Truppe an einem Nachmittag, bevor er nach draußen geht, um seinen Therapeuten anzurufen.

Und trotzdem liebe ich es. Das Chaos, die Stimmung. Vielleicht bin ich die Art von Dramaqueen, die bei Chaos erst so richtig aufblüht. Oder vielleicht liegt es an Hudsons Anwesenheit, denn jedes Mal, wenn ich gestresst werde, scheint er das zu spüren, taucht plötzlich neben mir auf. Er legt einen Arm um mich, sagt mir, dass er nicht alles versteht, es aber echt cool aussieht, oder er ist beeindruckt davon, wie unterschiedliches Licht die Stimmung des Bühnenbilds beeinflusst. Alles ist neu für ihn, aber er will nur für mich da sein. Ich habe wirklich großes Glück.

Und wir unterhalten uns, zwischen den Szenen, während der Abendessen. Wir reden richtig miteinander, ich als Randy, und Hudson will alles über mich wissen, über meine Liebe zum Musical (grenzenlos), warum ich keinen Eyeliner trage (weil ich mir beim Auftragen selbst ins Auge steche), wann ich das erste Mal Nagellack getragen habe (hier im Camp in der ersten Woche, nachdem ich George gefragt habe, ob er mir die Nägel lackiert; in der echten Welt mit dreizehn, nachdem ich den Nagellack meiner Mom geklaut habe, und als sie mich damit gesehen hat, hat sie gelacht und gemeint, dass es komisch ist, einen Jungen mit lackierten Nägeln zu sehen, »Aber wenn es dich glücklich macht …«). Wir sprechen über Randy-Sachen, und er hört zu und mag alles, was ich ihm erzähle.

Ich spreche auch über unsere erste gemeinsame Woche damals im Camp und die Nacht, in der wir miteinander geredet haben. Hudson erinnert sich nicht an das Gespräch, wohl aber an die Nacht, weil es die erste war, in der er gut geschlafen hat. Und jetzt weiß er, dass ich der Grund dafür war.

Ashleigh gibt mir die Fotos vom Nachtschwimmen. Die Unterwasserfotos sind alle verschwommen, aber es gibt eins, bei dem Hudson mich über Wasser auf die Wange küsst. Das klebe ich mir an den Bettpfosten, damit ich es mir vor dem Einschlafen anschauen kann.

Hudson fängt sogar an, beim Schminken der Schauspieler auszuhelfen. Wahrscheinlich liegt es am Muskelgedächtnis oder so, weil er mit die besten Katzenaugen hinbekommt, die ich je gesehen habe, und das auch noch schnell. Und er hat ein paar Veränderungen am Bühnen-Make-up vorgenommen, mit denen alle großartig aussehen. Ich frage mich, ob seine Grandma vielleicht irgendwann mal wie die Leute auf der Bühne ausgesehen hat. Ob er sie darin erkennt, wenn er sich die Proben von seinem Platz hinter dem Vorhang anschaut.

Er hat sogar einen der blauen Eyeliner mitgehen lassen und trägt ihn im Camp. Nur ein kleines bisschen. Nichts Dramatisches. Aber es macht mich glücklich, dass er nicht nur seinen Platz in der Theatertruppe gefunden hat, sondern dass es einem vorkommt, als hätte er schon immer dorthin gehört. Ein bisschen wie bei mir, der vielleicht immer für die Regie vorbestimmt war – nicht, dass mich das jemals vom Schauspielern abhalten würde, sondern Regie *zusätzlich*.

Trotzdem habe ich ein schlechtes Gewissen, dass ich nicht viel Zeit mit ihm verbringe, besonders jetzt, wo wir wieder in getrennten Hütten schlafen und nie allein miteinander sind. Am Donnerstag überredet er mich, mich nach dem Mittagessen wegzuschleichen und mit ihm zu unserer Stelle über dem Camp zu wandern. Dort ziehen wir uns aus und verschwenden keine Zeit auf die Aussicht. Danach machen wir uns mit den mitgebrachten Wasserflaschen wieder frisch und gehen im Stechschritt zur Theaterhütte zurück. Mark empfängt uns mit einem Augenrollen, weil wir zu spät kommen.

»Ich kann es kaum erwarten, dich meinen Eltern vorzustellen«, sagt Hudson beim Abendessen zu mir und drückt meine Hand. »Ich will ihnen zeigen, wie glücklich du mich machst.«

Mein Lächeln ist so breit, dass es wehtut. »Und du kannst meine kennenlernen.«

Aber ich habe auch Angst. Angst vor dem, was er darüber gesagt hat, wie seine Eltern auf Brads lackierte Nägel reagieren könnten – dass Hudson dann nächstes Jahr nicht wieder ins Camp kommen darf.

Ich schaue auf unsere Hände – immer noch lila Nagellack, der aber inzwischen abblättert. Diese Nägel liebe ich so sehr und seine Hände auch, dass ich sie festhalten und unseren zueinander passenden Nagellack anschauen darf. Ich liebe das Gefühl seiner Finger zwischen meinen. Aber ich will auch nicht, dass er verletzt wird.

Nach dem Essen gehen wir wieder ins Theater, um noch ein paar Szenen zu proben. Ich setze mich neben Mark ins Publikum, während Hudson hinter der Bühne beim Make-up hilft.

»Kann ich dich was fragen?«, will ich von Mark zwischen zwei Szenen wissen.

»Das ist kein guter Zeitpunkt, Randy«, antwortet er. »Mach schnell.«

»Hudsons Eltern … Sie finden es nicht gut, wenn er sich feminin benimmt. Soll ich ihm sagen, dass er seinen Nagellack runtermachen soll, bevor sie kommen? Soll ich meinen runtermachen?«

Mark schnaubt. »Du solltest du selbst sein. Und er sollte er selbst sein. Du hast diesem Jungen geholfen, aus seinem Schneckenhaus zu kommen, und er ist offensichtlich viel glücklicher damit. Ich freue mich für euch beide, aber klar, ich weiß nichts über die Situation mit seiner Familie. Mein Rat lautet: Sei immer du selbst und entschuldige dich nicht dafür.«

Ich lehne mich in meinem Sitz zurück. Stimmt. Da hat er recht. Das ist gut.

»Danke«, sage ich.

Mark tätschelt mir das Bein, ohne den Blick von der Bühne zu nehmen. »Du solltest trotzdem mal mit Connie reden. Sie kennt seine Eltern.«

»Oh.« Also doch nicht so einfach. »Okay. Kann ich gleich zu ihr?«

»Sicher, sicher, aber … Nein, kommt schon, der Bühnenbildwechsel muss schneller gehen, Leute! Vor drei Stunden habt ihr das noch doppelt so schnell hinbekommen. *Was macht ihr denn?*«

Ich lächle. Mark ist zu beschäftigt, um mir einen umfangreicheren Rat zu geben. Aber ich stehe auf und verlasse die Hütte. Der Rest des Camps spielt heute Abend Fangen mit Taschenlampen. Dabei laufen sie im Dunkeln rum und versuchen, sich gegenseitig mit dem Lichtstrahl zu erwischen. Connie ist eine der Schiedsrichterinnen, also finde ich sie auf einer Seite des Fußballfelds.

»Wo ist deine Taschenlampe, Randy? Oder bist du heute Abend beim Theater? Ich hab gehört, dass die Aufführung dieses Jahr richtig gut wird.«

»Wird sie.« Ich nicke lächelnd. »Aber ich wollte mit dir über was reden.«

»Klar doch.« Connie wendet sich vom Spielfeld ab, um mich anzusehen. »Ist alles okay?«

»Ich mache mir Sorgen um Hudson.«

»Warum?«

»Seine Eltern. Du hast sie schon kennengelernt, oder?«

Connie nickt. »Ja, ich habe am Ende des Camps immer ein paar Worte mit ihnen gewechselt. Und ich weiß ein bisschen was über Hudsons Leben zu Hause, von dem, was er mir erzählt hat.«

»Du weißt auch, dass er und ich zusammen sind, oder?«

Connie lacht. »Das ganze Camp weiß es, Randy.«

Meine Wangen werden heiß, was die Dunkelheit aber hoffentlich verbirgt. »Okay, aber du hast gesehen, dass er Nagellack trägt und beim Theater mithilft.«

»Ja. Junge Liebe kann einen Menschen verändern. Ich finde es sogar ziemlich süß.«

»Werden seine Eltern das auch so sehen?«

Connie seufzt. »Ich wollte am Samstag mit ihm darüber reden«, antwortet sie leise. Sie setzt sich im Schneidersitz ins Gras, und ich lasse mich neben ihr nieder. »Ich wollte ihm noch ein bisschen mehr Zeit geben … hier zu sein, verstehst du? Dafür haben wir diesen Ort geschaffen. Einen Ort, weitab von eurer alltäglichen Welt. Hast du mal ›The West Wing‹ geschaut? Nein, dafür bist du zu jung. Weit entfernt vom Leben der Normalsterblichen. Das ist das Camp. Nur dass *Normalsterbliche* hier ›Heteros‹ bedeutet. Es ist ein sicherer Ort. Ein Ort, an dem ihr alle ihr selbst sein könnt und die Kindheit habt, die ihr sonst nirgendwo bekommt.« Sie holt tief Luft und lässt den Atem langsam entweichen. »Aber es gibt ein Ablaufdatum.«

»Okay …«

»Er muss den Nagellack entfernen«, fährt sie fort. »Und wenn er dich seinen Eltern als seinen Freund vorstellen will, musst du das auch. Du musst wieder Del sein.«

»Aber ist es nicht besser, zu sich zu stehen und stolz darauf zu sein?«, frage ich.

»Hier? Ja, absolut. Dort draußen? Dort musst du zuallererst auf deine Sicherheit achten. Ihr seid beide noch minderjährig. Hudson braucht Eltern, die für ein Dach über dem Kopf, etwas zu essen und Kleidung sorgen und ihn nicht rauswerfen, schlagen, niedermachen oder ihn in ein Konversionscamp schicken. Sie müssen ihn nächstes Jahr wiederkommen lassen. Und das bedeutet, dass er so sein muss … wie sie ihn haben wollen.«

»Aber sie sind seine Eltern. Sie haben ihn hierhergeschickt.«

»Es gefällt ihnen nicht, dass er hier ist. Ich bin immer wieder froh, wenn ich seinen Namen auf der Teilnehmerliste sehe. Keine Ahnung, wie er sie davon überzeugt, aber sie mögen das Camp nicht.«

Ich weiß, was dahintersteckt: seine Grandma, die ihnen noch aus dem Grab heraus Schuldgefühle einflüstert.

»Du wirst es am Sonntag selbst erleben. Schau ihnen in die Augen. Sie sehen sich um, als wären sie auf auf feindlichem Territorium. Für sie sind wir anders. Nicht wie sie. Vielleicht nicht mal richtige Menschen. Hudson schon, weil er ihr Sohn ist, und weil er sich durch sein Schwulsein allein noch nicht zu weit aus ihrer Vorstellung von dem katapultiert hat, was er sein sollte: männlich, maskulin ... Wie auch immer die Leute dieses Verhalten nennen, das sie selbst für gut befinden.«

Sie lehnt sich gegen einen Baum in ihrem Rücken und rupft ein paar Grashalme aus dem Rasen. »Ich habe mich erst mit siebenundzwanzig geoutet, wusstest du das? Ich hatte mir das Bein verletzt, wusste, dass meine Karriere damit zu Ende war, und das war so eine Erleichterung. Weil ich wusste, dass ich es jetzt tun kann, dass ich mich jetzt endlich outen kann. Allerdings hatte ich mich vorher schon vor meinem Coach geoutet. Jahre vorher. Mit neunzehn. Er hat mich in einem Hotelzimmer erwischt, wie ich einen Rock anprobiert habe, den ich in einem Geschäft gesehen hatte und einfach haben musste. Er war so schön. Blaue Seide mit einem Farbverlauf, heller an der Taille, und der Stoff war ein Traum. Er hat ihn mir runtergerissen. Hat ihn zerfetzt. Ich habe versucht, ihm zu erklären, was ich fühle, wie ich mich immer gefühlt habe. Aber er hat gesagt, dass das nicht sein darf. Dass ich hinter verschlossenen Türen Frauenkleider anziehen kann, wenn ich das will, aber nicht in der Öffentlichkeit. Ich konnte keine Frau sein, konnte den Leuten nicht sagen, dass ich eine Frau bin und das tun, was sich richtig für mich anfühlte: längere Haare, längere Nägel … Ich sollte mich beherrschen. Wie ein Erwachsener, hat er gesagt. Alles andere sei … Er hat es ›Schlafzimmerkram‹ genannt, was ich erst nicht verstanden habe, aber dann ist mir aufgegangen, dass er gedacht hat, es wäre was Sexuelles.« Sie zögert. »Vielleicht sollte ich das nicht einem Minderjährigen erzählen.«

»Mark sagt schlimmere Sachen.«

Sie schnaubt lachend. »Das weiß ich. Aber okay, mein Coach hat mir gesagt, dass er mich fallen lässt, wenn ich mich oute oder es auch nur den Anschein macht, dass ich das vorhabe. Ich hätte alle Sponsoren verloren und wäre vom Sport ausgeschlossen worden. Mein Leben wäre vorbei gewesen. Also habe ich für meine Sicherheit gesorgt. Bis dieses Leben durch die Verletzung auf eine andere Art beendet wurde. Und dann konnte ich endlich wiedergeboren werden.«

»Aber ist das das Gleiche?«

»Nein, nein … es ist nie das Gleiche. Keine Coming-out-Story ist wie die andere. Und du lebst schon offen schwul, genau wie Hudson auch. Schwulsein ist anders als trans. Sich keinem Geschlecht zugehörig zu fühlen, ist anders als trans. Das weißt du. Aber was ich damit sagen will: Es gibt Geoutetsein, und es gibt eine Art, geoutet zu sein, die den Leuten nicht passt. Ich durfte mich als Frau fühlen, mich aber nicht so verhalten. Hudson weiß, dass er ein Mann ist, der gerne Nagellack und Eyeliner trägt, die anderen auf dem Hindernisparcours haushoch schlägt und dabei fantastisch aussieht, aber ob er es zeigen kann? Es gibt Abstufungen von offen queer leben … und ihr müsst bei dem bleiben, was für euch sicher ist. Wie das aussieht, hängt davon ab, wo ihr seid und mit wem ihr zusammen seid. Ich habe diesen Luxus nicht. Aber dafür bin ich inzwischen erwachsen. Damit will ich nicht behaupten, dass die Welt für mich sicher ist, aber meine Eltern können mich nicht mehr rauswerfen. Jedenfalls muss Hudson das Level an queerem Lebensstil finden, mit dem er bei seinen Eltern sicher ist.«

Ich nicke. »Das … genau darüber habe ich mir Sorgen gemacht, glaube ich.« Ich lege mich ins Gras zurück.

»Ich kann mir ihm reden. Ihn davon überzeugen, den Nagellack wegzulassen.«

»Nein, das mache ich. Er sollte es von mir hören.« Ich will dieses Gespräch nicht führen, aber ich muss es selbst machen.

»Denk dran, Randy. Du bist sein Freund, nicht sein Betreuer. Du bist nicht dafür verantwortlich, ihm … beizubringen, wie man schwul ist.«

Ich muss lachen. »Das bringe ich ihm sicher nicht bei. Es gibt nicht nur eine Art, schwul zu sein.«

»Du weißt, was ich meine. Er … selbst zu sein.«

»Ich weiß. Aber ich glaube nicht, dass ich das mache. Ich unterstütze ihn nur. Selbst wenn wir nicht zusammen wären, sollten wir so was doch füreinander tun, oder?«

»Das stimmt.« Connie steht auf und klopft sich die Knie ab. »Du bist ein guter Junge, Randy. Lass mich wissen, wenn du Hilfe bei dem Gespräch brauchst.«

»Danke.«

Ich gehe zurück zur Theaterhütte, und als ich reinkomme, sehe ich gerade noch, wie eine der Neuen im Ensemble beinahe von einem Sandsack erschlagen wird, der mit einem so lauten Knall auf die Bühne fällt, dass es einen Moment lang totenstill im Raum wird.

»Sind wir verflucht?«, brüllt Mark. »Hat einer von euch den Titel des schottischen Stücks laut gesagt oder so was wie, dass das die beste Aufführung aller Zeiten wird oder ›Ich wette, dass dieses Jahr niemand vom Sandsack erschlagen wird‹ oder ›Ich wette, dass Mark dieses Jahr keinen Herzinfarkt bekommt‹? Na? Hat das einer von euch gesagt?«

Niemand meldet sich.

»Ihr geht jetzt alle raus, dreht euch dreimal um die eigene Achse und spuckt aus!«

Ich versuche, mir ein Lachen zu verkneifen.

Hudson ist noch hinter der Bühne, von wo er die Panik der anderen beobachtet, aber nicht zu wissen scheint, wie er helfen soll. Ich nehme ihn mit nach draußen, gebe ihm einen Kuss, und wir legen uns ins Gras.

»Du musst den Nagellack abmachen«, sage ich. »Wir beide müssen das.«

»Keine Chance, Babe«, erwidert er, als hätte er dieses Gespräch schon erwartet. »Es ist mir egal, was meine Eltern denken.«

Ich umfasse sein Gesicht mit beiden Händen. Er ist so wunderschön. Und jetzt ist er noch schöner als je zuvor.

»Ich bin froh, dass dir das egal ist, aber das darf es nicht sein. Wir müssen das tun. Sonst lassen sie dich vielleicht nächstes Jahr nicht wieder her.«

Hudson schaut auf seine Nägel. »Aber der Nagellack erinnert mich an dich.« Man hört ihm die Tränen deutlich an. »An uns.«

»Wir brauchen keinen Nagellack, um uns zu erinnern, oder? Wir können chatten und Videocalls machen, und ich schicke dir eine Liste mit allen Musicals, die du dir auf Netflix anschauen solltest, weil wir deine Theaterbildung dringend erweitern müssen.«

Er lacht auf, aber es klingt traurig. »Jetzt, wo ich weiß, wer ich bin, oder zumindest genauer weiß, wer ich bin, will ich es nicht mehr verstecken. Superklischee, hm? Aber …« Er streckt die Hände vor sich aus, und der Nagellack glänzt im Licht. »Das hier bin ich. Jedes Mal, wenn ich meine Hände anschaue, ist da dieses Gefühl, als würde ich es über die Peanut Butter Pit schaffen oder ein Tor schießen. Jeder Finger ist wie ein Sieg und erinnert mich daran, wer ich bin. Dass ich was Besonderes bin. Und das will ich nicht aufgeben.«

Ich nicke und strecke ebenfalls die Hände aus, wobei ich nach einer von seinen greife. »Wenn ich dieses Jahr eins gelernt habe, dann dass Nagellack mich nicht zu dem macht, der ich bin. Klar, es fühlt sich mehr nach mir an, wenn ich welchen trage. Als würde ich der Welt zeigen, wer ich bin und dass ich stolz auf mich bin … Aber auch als ihn nicht getragen habe und Del war, war ich darunter immer noch Randy. Selbst wenn ich es versuchen würde, könnte ich niemand anderes als Randy sein.«

»Ich weiß«, erwidert Hudson und drückt meine Hand. »Ich habe mich in Randy verliebt.«

»Also ist es eigentlich gar kein Verstecken«, erkläre ich ihm. »Es ist eine Rolle. Für ein Publikum, das nur aus zwei Menschen besteht: deinen Eltern. Und du musst sie nur spielen, wenn sie in deiner Nähe sind. Aber du bist immer noch du. Du hast Nagellack unter deinen Nägeln und Lidschatten unter deiner Haut und die heißesten Katzenaugen … Sie sind einfach unter allem drunter und warten nur drauf, wieder rauszukommen. Das kannst du bei mir tun. Bei mir kannst du immer sein, wer du sein willst.«

Er greift auch nach meiner anderen Hand, und unsere Finger verschränken sich miteinander. »Okay, aber erst am Samstag. Und du musst ihn mir abmachen. Oh … und da ist noch was, was wir vorher tun müssen.«

Am Samstagabend haben wir keine Proben, weil alle sich vor der großen Aufführung noch mal ausruhen sollen. Hudson und ich nutzen die Zeit, um zu dem Baum zu gehen, in dessen Rinde Herzen und Namen eingeritzt sind. Und dort schnitzen wir mit einem Teppichmesser aus der Kunsthütte unser eigenes Herz rein und darin: *Randy und Hudson*. Nicht HAL, nicht Del.

Hudson war da sehr nachdrücklich. Wir sind nicht mehr diese Menschen. Und dann gehen wir mit vom Baumharz klebrigen Händen hoch zur Klippe, unserer Klippe, und schauen aufs Camp runter.

»Okay«, sagt Hudson. Er hält meine Hand und unsere Beine baumeln über den Rand. »Ich bin so weit.«

Mit ein paar Wattebäuschen und Nagellackentferner, den George mir geliehen hat, machen wir uns nackt, aber auf eine andere Art und Weise. Dann legen wir uns ins Gras, halten uns weiter an den Händen und schauen zu den Sternen hoch. In der Luft hängt der chemische Geruch des Nagellackentferners.

»Ich habe überlegt, ob ich mir heimlich Make-up besorgen soll, um in meinem Zimmer an mir selbst zu üben. Lidschatten würde mir, glaube ich, gut stehen.«

»Du siehst in allem gut aus«, erwidere ich. »Aber deine Eltern schnüffeln in deinem Zimmer rum, oder?«

»Ja.« Er seufzt.

»In deinem Browserverlauf auch?«

»Ich glaube nicht.«

»Dann such dir Videos raus. Make-up-Tutorials. Verbring das Jahr damit, dir deine Lieblingsfarben auszusuchen, und ich bringe sie dir dann zum nächsten Camp mit.«

Sein Griff um meine Hand verstärkt sich im Dunkeln, als hätte er Angst, loszulassen. Das verstehe ich – die habe ich auch. Über uns funkeln echte Sterne wie Glitter auf einem Bett aus schwarzem Samt. Wie das Abendkleid einer Dragqueen. Sie sind unendlich viele Meilen entfernt, das weiß ich, aber in diesem Moment fühlt es sich an, als würden sie uns einhüllen.

»Ich habe Angst, fast ein Jahr ohne dich zu verbringen«, gibt er zu. »Ich habe Angst, mich selbst zu verlieren. Wieder zu werden wie …«

»Das wirst du nicht. Ich mein's ernst. Du wachst nicht plötzlich auf und sagst: ›Ich weiß, dass ich das eigentlich gar nicht bin, aber so sollte ich sein‹, wenn dir schon klar ist, dass die Leute um dich herum dir das nur einreden wollen.«

»Bist du dir sicher?«

Nein, aber das sage ich ihm nicht. »Ich bin da, wann immer du mich brauchst. Schreib mir eine Nachricht oder eine E-Mail oder ruf mich an.«

Hudson legt den Kopf auf meine Brust. »Ich werde dich trotzdem so sehr vermissen.«

»Ich dich auch.«

SIEBENUNDZWANZIG

Als der Vorhang aufgeht, habe ich das Gefühl, als würden meine Organe sich mit ihm bewegen, in dem Versuch, meinen Körper durch meinen Mund zu verlassen. Das klappt nur deshalb nicht, weil sie alle auf einmal durch meinen Hals wollen und dort steckenbleiben. In den letzten Jahren stand ich immer hinter der Bühne, habe gewartet, bin meinen Text noch mal im Kopf durchgegangen und habe mich daran zu erinnern versucht, welcher Gesichtsausdruck zu welcher Zeile gehört. Ich habe am ganzen Körper gezittert und immer wieder durch den Vorhang ins Publikum gespäht, während ich gegen die Angst gekämpft habe, meinen Text zu verhauen oder beim Tanzen zu stolpern und auf die Nase zu fallen.

Das hier ist so viel schlimmer.

Ich kann nichts kontrollieren, geht mir auf. Wenn ich auf der Bühne stolpere, ist das mein Fehler, und ich kann die Verantwortung dafür übernehmen. Aber hier tanzen die anderen. Die anderen schauspielern und singen, und wenn einer von ihnen es versaut, geht das auf mein Konto. Weil ich sie nicht gut genug angeleitet habe. Weil ich ihnen nicht gegeben habe, was sie brauchen, damit es klappt.

Ich schaue zu Mark auf dem Sitz neben mir in der ersten Reihe, der an seinem Daumennagel kaut. Ein Nikotinpflaster schaut unter dem Ärmel seines Betreuer-Shirts hervor.

»Geht es dir jedes Jahr so?«, frage ich ihn, und er nickt. »Kein Wunder, dass du so viel Therapie brauchst.«

Mark lacht laut und hört auf, an seinem Nagel zu kauen. »Danke dafür.« Er klopft mir aufs Bein. »Es wird alles gut, Randy. Es wird großartig.«

Ich schaue zu meinen Eltern, die Mark und mich mit ihrem üblichen Gesichtsausdruck beobachten: »Wir verstehen es nicht, aber wir sind stolz auf dich, Schatz.« Den haben sie immer, wenn sie hier im Camp sind. Ich hab sie so lieb, weil sie sich bemühen.

Hinter mir sitzt Hudson mit seinen Eltern, die ich vorhin kurz kennengelernt habe. Sie sind genau so, wie Connie sie beschrieben hat – sie schauen sich um, als wären sie auf feindlichem Territorium, und ihre Blicke huschen ständig durch die Gegend, auf der Suche nach Notausgängen oder vielleicht Schwachstellen.

Als Hudson mich ihnen als seinen Freund vorgestellt hat, hat sich seine Mutter abgewandt, um zu verbergen, dass sie die Augen verdreht, und das Lächeln seines Vaters ist eingefroren. Er hat sich dazu gezwungen, mir die Hand zu schütteln und sie fest zu drücken. »Dann bist du wohl das Mädchen, weil du kleiner bist.«

Ich hätte ihm gerne gesagt, dass das so nicht funktioniert, aber ich habe nur gelächelt und so getan, als hätte ich es nicht gehört. Weil ich nicht wollte, dass Hudson Schwierigkeiten bekommt. In Hudsons Augen habe ich gesehen, wie lustig er die Szene fand. Tatsächlich war es einfacher, als ich gedacht hätte – wieder Del zu spielen oder eine Variante von ihm, weil Hudson mein wahres Ich kennt und ich seins. Als würden wir ein Geheimnis teilen, von dem seine Eltern nie was erfahren werden.

Die beiden haben sich ein bisschen entspannt, als ich sie meinen Eltern vorgestellt habe, und sie haben sich miteinander unterhalten, während Hudson und ich uns hinter einem Baum versteckt und dort Kuss-Selfies mit unseren Handys gemacht haben, die wir wiederbekommen hatten.

Es ist ein tolles dabei, wo man hinter uns die Baumkronen von unten sehen kann und die Schatten aussehen wie das Weltall und das Licht wie Tausende von Sternen dicht nebeneinander. Und da sind wir, schwebend im Raum, und wir küssen uns. Das wird sofort mein neuer Sperrbildschirm. Wir haben Nummern getauscht und alles so eingerichtet, dass wir bis zum nächsten Camp in Kontakt bleiben können.

Und dann sind wir alle zusammen ins Theater gegangen und haben uns auf unsere Plätze gesetzt.

Die ganze Aufführung über spüre ich Hudson hinter mir, seine ruhige Präsenz. Sie ist ebenso stark wie Marks Nervosität, sein unwillkürliches Zucken, wenn jemand fast sein Stichwort verpasst oder das Stück an eine schwierige Stelle kommt. Aber nichts geht schief.

Das Musical ist phänomenal. Es mit den kompletten Lichteinstellungen und vor vollem Zuschauerraum zu sehen, ist irgendwie anders. Jetzt können die Schauspieler mit jemandem arbeiten – mit dem Publikum, für es spielen, *mit* ihm spielen. Man sieht es in ihren Augen und wie sie aufblühen, wenn die Leute lachen oder klatschen.

Und Marks Regie – seine Vision, wenn man so will – ist grandios. Das ist das queerste Stück, das ich jemals unter seiner Leitung gesehen habe. In »Bye Bye Birdie« geht es wohl eigentlich um den Kampf der Geschlechter. Kims Recht darauf, Birdie zu küssen, ohne dass ihr Freund eifersüchtig wird. Rose, die von Albert will, dass er sein Versprechen einlöst und sie heiratet. Die Tatsache, dass diese Männer diese Frauen nicht genug zu respektieren scheinen, um ihre Versprechen zu halten oder ihnen zu vertrauen.

Aber mit dem geschlechtsunabhängigen Casting, ein paar Textänderungen und dem Spiel mit der Performance wird es etwas ganz anderes. Jetzt geht es darum, das Risiko einzugehen, man selbst zu sein, selbst wenn die Welt einem etwas anderes sagt. Ja, Albert ist immer noch nicht bereit, sich an Rose zu binden, aber jetzt hat man das Gefühl, dass der Grund seine homophobe Mutter ist. Hugo will immer noch nicht, dass Kim Birdie küsst, aber es geht um die Symbolik ihrer Beziehung in einer anderen Welt.

Und George haut alle um. Er ist jetzt ein schwuler Mann, aber auch ein Mann mit Familie und jemand, der vielleicht zur *Mattachine Society* gehört hat – jemand, der es für das Beste hält, wenn queere Menschen sich anpassen, bis … bis zur Ed-Sullivan-Nummer, bei der er dem Regenbogenchor beitritt. Das ist sein Moment der Erkenntnis. Ja, er verfällt dann wieder in alte Muster, weil er die Jugend und ihre Art der Queerness nicht versteht, aber in diesem Moment wird George zu jedem von uns, die wir durch Liebe die beste Version von uns selbst finden.

Ich bin der Erste, der ihm eine Standing Ovation gibt. Er entdeckt mich im Publikum und zwinkert mir zu, dann gibt er mir mit einem winzig kleinen Nicken zu verstehen, dass ich mich umdrehen soll. Nein, ich war nicht der Erste, der aufgestanden ist. Das war Hudson. Und Brad direkt danach, und dann das komplette Publikum, während George und die anderen sich verbeugen.

»Was für eine Show.« Meine Worte sind mehr ein Hauchen, als der Vorhang schließlich fällt.

»Wir haben unsere Sache gut gemacht«, meint Mark, der erst Crystal auf seiner anderen Seite umarmt und dann mich. »Wirklich richtig gut. Oh! Wollen wir nächstes Jahr ›Damn Yankees‹ aufführen?«

»Dafür sind die Kids vielleicht noch ein bisschen jung«, wendet Crystal ein. »Und es ist nicht so gut für Ensembles geeignet.«

»Was meinst du mit *nicht geeignet?*«, will Mark wissen. »Das ist absolut für Ensembles geeignet!«

Ich lasse die beiden reden und wende mich meinen Eltern zu, die mich stolz und verwirrt zugleich anstrahlen.

»Die Kostüme waren ganz großartig, Schatz«, sagt meine Mutter. »Hast du die ausgesucht?«

»Ich habe geholfen.«

»Wirklich gut, Kumpel.« Dad umarmt mich. »Ich habe nicht mal die Hälfte verstanden, aber ich erkenne gute Arbeit, wenn ich sie sehe.«

»Danke«, gebe ich zurück und verdrehe die Augen ein bisschen. Hinter mir sind Hudsons Eltern schon in Richtung Ausgang unterwegs, aber Hudson lächelt mich an.

»Das war wundervoll«, meint er. »Ich weiß nicht, ob ich alles verstanden habe … aber es war besonders. Ich konnte spüren, wie besonders es ist.«

»Genau das habe ich auch gerade gesagt!«, ruft mein Dad und klopft Hudson auf den Rücken. »Ich mag ihn.« Er und Mom gehen ebenfalls in Richtung Ausgang, und Hudson nimmt mich in die Arme.

»Danke«, sagt er und drückt mich fest.

»Du brauchst mir nicht danken. Ich danke dir«, erwidere ich. Ich spüre schon, wie mir die Tränen in die Augen steigen. Gleich müssen wir uns für fast ein Jahr trennen.

»Nicht weinen, Babe«, bittet er mich leise. »Wenn du weinst, weine ich auch, und wenn ich weine, werden meine Eltern sauer.«

Ich atme tief durch und löse mich mit einem Nicken aus der Umarmung. Nicht weinen. Zumindest jetzt noch nicht.

»Wir haben ja auch noch das Mittagessen«, sage ich.

Hudson nickt, und wir gehen hinter die Bühne, um allen zur gelungenen Aufführung zu gratulieren. Mark und Crystal strahlen übers ganze Gesicht, Ashleigh und Paz tanzen zu einer Musik, die nur sie hören können, und George und Brad machen in der Requisitenkammer miteinander rum. Es ist wirklich das perfekte Ende für einen irgendwie perfekten Sommer.

»Ich werde das hier vermissen«, meint Hudson und drückt meine Hand so fest, dass ich schon Angst habe, dass er sie zerquetscht. Aber ich drücke sogar noch fester zurück. »Und dich.«

»Das nächste Jahr wartet schon auf uns. Und im Jahr danach … suchen wir uns einen Platz in der Welt, der wie das hier ist. Oder wir machen ihn uns.«

»Ja«, stimmt er mir zu und legt seinen Arm um mich. »Das gefällt mir. Und es wird auch gar nicht so schwierig, glaube ich. Mit dir … fühle ich mich jetzt überall wie im Camp.«

Ich ziehe seine Arme fester um mich und atme tief durch. Ich rieche das Gras und die Bäume draußen, das Haarspray und das Holz des Theaters, den Schweiß der Schauspieler und Hudson. Ich habe es inzwischen aufgegeben, seinen Geruch benennen zu wollen, aber genau so riecht er.

Alles vermischt sich miteinander, und ich sehe ein Leben vor mir, eine Zukunft. Freiheit, Liebe … Nein, besser als das. Es riecht wie ein Zuhause.

DANKSAGUNG

ABSCHRIFT VON L.C. ROSENS DANKESREDE FÜR *CAMP*, GEHALTEN AM 25. MAI 2022

Oh mein Gott, oh mein Gott.

Rosen tritt auf der Bühne ans Mikrofon, während der Applaus langsam abebbt. Er holt einen zerknitterten Zettel aus seiner Tasche.

Das hatte ich absolut nicht erwartet.

Rosen faltet den Zettel auseinander, schaut unsicher auf die Preisstatue, dann wieder auf den Zettel.

Aber ich versuche, mich kurzzufassen.

Zum Orchester: Scheucht mich ja nicht von der Bühne runter.

Rosen macht eine Pause, als würde er auf Gelächter warten. Stille.

Als Erstes möchte ich mich bei der Academy bedanken.

Rosen hält inne, doch wieder gibt es keinen Applaus.

Mein Dank gilt vor allem meiner Familie.

Rosen schaut zu seinen Eltern ins Publikum.

Meinen Eltern. Ohne ihre Unterstützung hätte ich es mit dem Schreiben gar nicht erst versucht. Und auch ein riesengroßes Dankeschön an den Rest meiner Familie!

Natürlich muss ich auch meiner fantastischen Agentin Joy von der David Black Literary Agency danken. Sie hat sich immer um mich gekümmert und an mich geglaubt. Und tada!

Rosen hält die Preisstatue hoch und schwenkt sie durch die Luft. Im Publikum klatscht jemand.

Seht nur, was wir erreicht haben. Vielen Dank an das gesamte Team um David Black – David, Gary, alle, die ich vergessen habe, und Lucy von APA – danke für eure unermüdliche Arbeit.

Und natürlich muss ich mich auch bei Alvina von Little, Brown bedanken, die mit mir ein Risiko eingegangen ist und sich an dieses Projekt gewagt hat.

Rosen wendet sich an Alvina im Publikum.

Ich bin dir so dankbar. Wir sind ein hervorragendes Team, und deine unablässige Begleitung hat mich sehr unterstützt. Ohne dich wäre das alles nicht möglich gewesen.

Rosen wendet sich wieder an den Rest des Publikums.

An alle aufstrebenden Autor:innen dort draußen: Wenn ihr die Chance habt, mit Alvina zu arbeiten, dann tut es! Das wird die beste Entscheidung eures Berufslebens. Und vielen Dank auch an alle anderen bei Little, Brown: Victoria, Alex, Ruqayyah, Christy, Michelle, Marisa, Jen, Emily, Natali, Valerie, Karina, Angelie, Sasha, Olivia. Und bestimmt habe ich noch ein paar Leute vergessen. Es tut mir leid, oh nein, der Mann im Orchestergraben sieht mich an. Nein! Nicht! Noch nicht! Nur noch ein paar Namen, versprochen!

Rosen faltet den Zettel erneut auf, der plötzlich viel größer ist, als es erst schien.

Danke an meine Testleser:innen. Die Menschen, die sich meine ersten Entwürfe angesehen und mir versichert haben, dass ich nicht verrückt bin: Robin und Adam, ich danke euch. Ohne euch hätte ich das nie geschafft.

Oh! Und das britische Team. Ich liebe das britische Team, das sollte nicht so weit unten auf der Liste stehen!

Rosen schaut auf und schüttelt den Kopf über diesen Fehler, als hätte er die Rede nicht selbst ausgearbeitet.

Ben! Ben, du hast mich an der Hand genommen, du warst mein Fels in der Brandung, und du hast mir durch so viel hindurchgeholfen. Leute, wenn ihr die Möglichkeit bekommt, mit Ben zu arbeiten, arbeitet mit Ben. Und Simon. Simon hasst es, wenn ich was Nettes über ihn sage, aber Simon, mit dir zu arbeiten, ist immer traumhaft. Michael, oh Michael, mit dir auch! Du bist wundervoll. Und Emma, Shreeta, Alice und alle anderen von Penguin Random House UK, ich arbeite so unglaublich gerne mit euch, vielen Dank.

In Deutschland geht mein Dank an Timo, der dieses Buch in ein neues Land gebracht, an Jeannette, die es bei sich aufgenommen und an Julia, die es zum Singen gebracht hat!

Das Orchester beginnt »Send in the Clowns« von Stephen Sondheim zu spielen.

Zum Orchester: Nein! Lasst das! Das lief doch gerade so gut.

Okay, dann spreche ich einfach etwas lauter!

Rosen überschreit das Orchester.

Und danke an mein Netzwerk, meine Jungs: Adam, Julian, Phil, Sandy, Adib, Caleb, Tom, Shaun, Cale!

Rosen schlägt sich mit einer Faust gegen die Brust.

Ihr bedeutet mir alles – ihr sorgt dafür, dass ich nicht durchdrehe. Und Lauren, Robin, Richard, Matt, Leslie, Theo, Staab, Skes, Molly, Laura, Desiree, Alexis, Ryan, Teri, T.S., Dahlia, Simon, Amy Rose, Cori und so viele andere. Ohne euch könnte ich nicht weitermachen.

Die Musik wird lauter. Hinter Rosen taucht ein Mann im Smoking auf, Rosen dreht sich halb zu ihm um und scheucht ihn weg.

Nein! Da fehlen noch welche!

Rosen dreht den Zettel um, von dem er abliest.

Danke an meinen Mentor Dan und alle meine Lehrer:innen. Ich weiß, dass ich bestimmt noch jemanden vergessen habe, aber …

Der Ton des Mikrofons wird abgestellt. Der Mann im Smoking fasst Rosen am Ellenbogen. Rosen schüttelt ihn ab, aber der Mann packt ihn erneut.

Okay, okay! Nur noch einer: Chris, weil du Chris bist. Vielen Dank euch allen!

Dabei wird er von der Bühne gezerrt. Die Musik wird lauter und der Vorhang fällt zu leichtem Applaus.

Adam Sass
»Kein Paradies für
Connor Major«

ISBN: 978-3-96698-719-6

Auch als E-Book erhältlich!

Gibt es etwas Schlimmeres, als ein Siebzehnjähriger mit Hausarrest im ländlichen Illinois zu sein? Ja, gibt es. Nämlich, wenn dich deine streng religiöse Mutter eines Nachts auf eine einsame Insel verschleppen lässt, damit dir dein »abartiger schwuler Lebensstil« ausgetrieben wird. Statt im Paradies landet Connor in der Hölle. Denn in diesem Camp voller Lügen, Angst und Geheimnisse ist mehr als nur eine Leiche begraben …

Intensiv, ultraspannend und queer. Adam Sass' düsterer Jugendthriller überzeugt nicht nur mit einem packenden, teilweise wütend machenden Plot, sondern auch mit glaubhaften Figuren. Connor und seine Schicksalsgefährten sind alle auf unterschiedliche Weise queer – und das, ohne Stereotypen zu sein. Repräsentation, wie wir sie brauchen!

Christian Handel, Autor von »Rowan & Ash«